T0294173

LOS MEJORES RELATOS DE HUMOR DE
S. J. PERELMAN

Perelmanía

CONTRA

Dirección editorial: Didac Aparicio y Eduard Sancho

Diseño: Mikel Jaso
Maquetación: Endoradisseny

Primera edición: Diciembre de 2017
Primera reimpresión: Febrero de 2018
Segunda reimpresión: Abril de 2018
© 2018, Contraediciones, S.L.
c/ Elisenda de Pinós, 22
08034 Barcelona
contra@contraediciones.com
www.editorialcontra.com

© 2017, David Paradela López, de la traducción
© 2000, Prion Books Ltd, del prólogo de Woody Allen
© 2017, Didac Aparicio, de la introducción
© Getty Images, del retrato de la cubierta (S. J. Perelman *circa* 1965)
© Ann Rosener/The LIFE Images Collection/Getty Images, del retrato de la contracubierta (S. J. Perelman en 1949)
© Ralph Steiner, del retrato de la página contigua (S. J. Perelman en 1935)

ISBN: 978-84-947459-7-3
Depósito Legal: DL B 25727-2017
Impreso en España por Estugraf

ÍNDICE

PRÓLOGO, DE WOODY ALLEN

No hay escritor de prosa cómica que pueda compararse con S. J. Perelman. Así de sencillo. Su escritura descuella sobre la de Robert Benchley, que fue el otro gran autor verdaderamente cómico y su único competidor. Lardner, Ade, Bill Nye, Leacock y Thurber a menudo pueden ser brillantes, pero ninguno de ellos le hace sombra al creador de Lucas Membrane, los Wormser, Suppositorsky y «No soy ni he sido nunca una matriz de carne magra», entre otros dechados de inspiración. Ningún escritor actual iguala a Perelman en talento cómico, delirante inventiva, erudita habilidad narrativa y deslumbrantes y originales diálogos.

Ninguna recopilación puede hacerle justicia, porque su humor es tan ingenioso y variado que, inevitablemente, toda selección acaba excluyendo alguna de nuestras obras maestras favoritas. Al mismo tiempo, es imposible que ninguna recopilación suya sea menos que excepcional, puesto que, con el paso de los años, el número de textos hilarantes entre los cuales elegir ha ido en aumento. Personalmente, prefiero sus obras más tardías, pero eso no significa que no me ría a carcajadas con sus perlas primerizas. Empecé a leerlo siendo adolescente y jamás me ha defraudado. De entre todos los autores cómicos con los que he trabajado o hablado a lo largo de los años, Perelman siempre ha sido el más icónico y reverenciado, el más genial e imitado, y el más desalentador para todo aspirante a estilista de prosa cómica. Para muchos de quienes empezamos hace ya unos años, su elegante voz era tan abrumadora que resultaba imposible no escribir como él.

Estoy seguro de que esta antología será la prueba de que mis elogios no son exagerados.

INTRODUCCIÓN

«Perelman logró, pese a todo, sacarse de la chistera varios libros, a cuál menos distinguido, todos ellos hitos de la ampulosidad, el engreimiento, la pedantería y pomposidad más endiosada. En sus páginas prolifera la estrambótica flora gramatical de los manuales de redacción de H. W. Fowler: la Variación Elegante, el Zeugma Donoso, el Modismo Labrado en Piedra, el Ornamento Aporreado, la Sentencia Muda, el Férreo Indefendible, el Desliz Colateral y la Confidencia Desigual. Su obra es un museo de la mediocridad, un monumento a la banalidad más genuina. Lo que Flaubert hizo a los franceses con *Bouvard y Pécuchet*, lo que Pizarro hizo a los incas, lo que Jack Dempsey le hizo a Paulino Uzcudun, S. J. Perelman se lo ha hecho a las *belles-lettres* norteamericanas.»

SIDNEY NAMLEREP
(Del prólogo de *Crazy Like a Fox*, 1944)

«Su vocabulario era el resultado de una inmersión profunda en la ficción *pulp* y las películas de gánsteres, clásicos de la literatura francesa, textos científicos del siglo XIX, arcanos libros de geografía, manuales de náutica, relatos de aventuras y privación, y todo diccionario no abreviado de la lengua inglesa jamás compilado (…). En consecuencia, parece que no hubiera ninguna palabra del léxico indoeuropeo que no pudiera emplear con finalidad cómica o perturbadora.»

BILL BRYSON
(Del prólogo de *The Most of Perelman*, 2001)

A pesar de ser un reconocido maniático a la hora de dar por buena una frase, Sidney Joseph Perelman fue un escritor prolífico como pocos. Es el autor de una novela, alrededor de quinientos sesenta relatos —o *feuilletons*, como solía referirse a sus sketches cómicos—, veintitrés colecciones de cuentos (dos de estas póstumas), ocho obras de teatro, once guiones cinematográficos y al menos cuatro para la televisión. Toda su obra, sin excepción, estuvo consagrada al humor. La mayor parte de su narrativa breve —el grueso de su obra— se publicó en el *New Yorker*, donde aparecieron de manera casi ininterrumpida a lo largo de su vida doscientas setenta y ocho piezas cómicas. En 1953, su año más productivo, publicó cincuenta y tres relatos en la revista. Viajero incansable —dio al menos seis vueltas completas al mundo, además de infinidad de viajes a lo largo y ancho del globo—, su pluma también fue reclamada por las revistas *Holiday* y *Travel and Leisure*, donde su barroca prosa fraguó una de las literaturas de viajes más delirantes y divertidas que se conocen. Algo de esta puede leerse en el relato incluido en este volumen «Subiendo la calle y bajando la escalera».

Sus padres, Joseph Samuel Perelman y Sophie, judíos de origen ruso que llegaron a EE. UU. durante la ola de inmigración de finales del xix, se establecieron en Brooklyn. Allí nacería, el 1 de febrero de 1904, Sid Perelman. Poco después, se trasladaron a Providence, Rhode Island. El padre, que aspiraba a la ingeniería, tuvo que conformarse con un trabajo de maquinista en una fábrica y luego abrió una tienda de productos textiles y una granja de pollos, que al parecer se morían cuando llegaban las primeras oleadas de frío. Todo ello contribuyó a que el patriarca desarrollara un férreo sentimiento anticapitalista, que el hijo heredó en no poca medida. A pesar de que los Perelman no acudían asiduamente a la sinagoga ni eran judíos practicantes, en el joven Sidney caló profundamente el yiddish que se hablaba en casa. Y si bien nunca llegó a dominarlo de forma fluida, salpicaría toda su obra y lo utilizaría por su ironía y por el contraste que producía al yuxtaponerlo al erudito despliegue semántico del inglés (o francés) más elevado. Sobre la proliferación de palabras en yiddish, de la que esta antología da fe —el lector se topará con términos como *pascudnick, schmoos, schmendrick, schnorrer, zoftick* o *schlemiel*—, Perelman afirmó: «Me gusta su carácter de invectiva. Existen noventa palabras en yiddish que expresan gradaciones de menosprecio que van desde un estado de apacible y trémula indefensión hasta la más irreconciliable y absoluta brutalidad. Todos ellos me pueden ser útiles para matizar el tipo de individuos sobre los que escribo».

En su obra conviven tanto el registro más elevado como el más popular. Desde muy joven, acudía asiduamente a los anaqueles de la librería pública de Providence para devorar a sus queridos Joseph Conrad o Somerset Maugham —de los que le fascinaban sus retratos de lugares remotos—, James Joyce —del que analizaría con obsesión cada palabra y cada frase, y del que llegó a poseer hasta once ediciones del *Ulises*—, aunque también era un lector contumaz de lo que él mismo denominaría «*mulch*», o la literatura popular y *pulp* de su tiempo. Entre sus lecturas predilectas estaban *El árabe* de E. M. Hull, *Graustark* de George Barr McCutcheon o *El misterio del Dr. Fu Manchú* de Sax Rohmer. También solía faltar a clase y pasarse horas contemplando películas mudas, fascinado por *vamps* del cine silente como Jetta Goudal, Corinne Griffith, Norma Talmadge, Louise Brooks o Nita Naldi. Él mismo lo resume así: «Como escritor, he leído lo peor que el hombre ha pensado y dicho alguna vez. De joven, me quedé prácticamente ciego leyendo toda la porquería jamás escrita, lo que, combinado con mis estudios de latín y griego, produjo unos resultados más que dudosos. En fin, todo aquello conformó una especie de amasijo. Acudía a los tugurios de la costa para ver las películas porno que veían los marineros —*Sex Maniac* es una de las mejores películas que he visto en mi vida—, y me sumergía en la lectura de revistas baratas como *Adventure* y *Black Mask*, de donde, por cierto, salieron Sam Spade y Philip Marlowe».

Al principio, consagró su comicidad al *cartoon*, o viñeta cómica. Al poco de entrar en la Universidad Brown, en 1921, donde tuvo problemas de adaptación en un entorno de corte pijo que no aceptaba a los judíos en sus hermandades, empezó a colaborar en la revista universitaria *The Brown Jug* —de la que acabaría siendo el editor— con algunos dibujos, contribuyendo a la santísima trinidad de la publicación,

a saber: beber, montárselo con tías e incidentes divertidos aconteci-
dos en el campus. Si empezó es escribir relatos fue porque, como él
mismo reconoció, «las leyendas de mis viñetas se hacían cada vez más
largas». En Brown conoció, por cierto, a una de las figuras que marca-
rían su vida, Nathan Weinstein, más conocido como Nathanael West,
del que recibió el influjo de sus novelas, además de su amistad, y con
cuya hermana Laura acabaría casándose. Perelman entró en Brown
con la intención de convertirse en médico —como sus queridos Joyce
y Maugham—, pero tras ser invitado a diseccionar un gato, se pasó a
Filología Inglesa. Nunca terminó los estudios. En 1925, después de
recibir una oferta como dibujante y escritor de *Judge*, que junto con
Life era la revista de humor por antonomasia del país, hizo el petate y
se trasladó a Nueva York. Entre sus jefes estaba Harold W. Ross, que
ese mismo año fundaría el *New Yorker* y pocos años después tendría a
Perelman entre sus escritores predilectos.

En 1929, se casa con Laura West y viajan de novios a Francia.
Durante el viaje, llega el primer libro de Perelman, *Dawn Ginsbergh's
Revenge*, una antología de cuarenta y nueve relatos, la mayoría previamente aparecidos en *Judge*, que le publicó el editor Horace Liveright
—que tenía en su filas a Faulkner, Freud, Hemingway o Dreiser—, y
empieza a prefigurarse su estilo. El libro no tuvo mucha repercusión,
aunque se vendieron la nada despreciable cifra de cuatro mil seiscientos ejemplares. Quizá lo más destacable fue que una de las copias
de promoción acabó en manos de Groucho Marx, al que se pidió
que escribiera un *blurb*, o cita promocional, para la contracubierta.
«Desde el momento en que cogí el libro hasta que lo dejé, me invadió
una risa incontenible. Algún día tengo intención de leerlo», concluyó
el *frontman* de los Marx.

En 1930 empieza a escribir para *College Humor*, donde apareció
serializada su única novela, coescrita con Quentin Reynolds, *Parlor,
Bedlam and Bath*. Cuando se publicó el libro —Liveright, de nuevo—,
se vendieron solo mil quinientos ejemplares —un completo desastre—, lo cual es uno de los motivos por los que Perelman no volvería
a escribir novelas, si bien es cierto que *Parlor...* adolecía de falta de
pulso narrativo y sentido dramático. En cualquier caso, su preferen-

cia por la forma breve queda descrita por él mismo así: «Para mí, la escala carece de importancia. En mi opinión, el muralista no es más válido que el pintor de miniaturas. En este país enorme donde el tamaño lo es todo y en el que Thomas Wolfe goza de un mayor estatus que Robert Benchley, me conformo con dar puntadas en mi bastidor de bordar. Creo que la forma en la que trabajo puede tener su propia distinción».

En 1930 también se estrena en el *New Yorker* de Harold Ross con «Open Letter to Moira Ransom», que ve la luz un 13 de diciembre. Cuarenta y nueve años y doscientos setenta y siete relatos después, llegaría el último, de 1979, «Potrait of the Artist as a Young Cat's Paw». En ambos es evidente una de las genialidades del autor: los títulos de sus relatos, que a modo de avanzadilla prefiguran el particular universo léxico y humorístico de sus historias, así como su estilo barroco e hiperbólico. Solo por la titulación ya merecería un lugar destacado en la historia de la literatura. Otro rasgo característico es su excentricidad a la hora de bautizar a sus personajes. Además de Moira Ransom («*ransom*» en inglés es «secuestro» o «rescate»), por sus páginas desfilan pájaros como Lucas Membrane, Benno Troglodeit, Sherman Wormser, el señor Fabricant, Walt Chicanery y muchos otros.

Durante la temporada 1928-1929 de Broadway se produjo otro momento fundamental en la vida de Perelman: en una representación de la obra de los Hermanos Marx *Animal Crackers*, Sidney envió una nota de agradecimiento al camerino de Groucho por el *blurb* que este había escrito para su primer libro. Para su sorpresa, Groucho le correspondió con una propuesta: coescribir junto con Will B. Johnstone un guion radiofónico. Cuando le presentaron la idea —cuatro hermanos de polizontes en un transatlántico—, Groucho dijo que era demasiado buena como para que acabara siendo una obra radiofónica y decidió que iba a ser el guion de su próxima película. Perelman y Jonhstone se pusieron manos a la obra con *Monkey Business* —estrenada en España como *Pistoleros de agua dulce*—, a pesar de no tener ni idea en lo que a escritura cinematográfica se refiere. Lo disimularon como pudieron, y salpimentaron el guion con lo que les pareció convincente jerga profesional, como improbables «planos Vorkapich» —una especie de zooms rápidos al rostro—, «*dollys*» y «cierres en iris».

En menos de seis semanas, Johnstone y Perelman tenían el guion. Tras sortearse lanzando una moneda al aire quién lo leería en voz alta frente a los Marx en la suite del hotel Roosevelt de Nueva York, en febrero de 1931, Perelman fue el encargado de declamarlo ante una audiencia que, además de los cómicos, incluía a un nutrido séquito y hasta cinco perros. En lo que se convirtió en una hora y media agónica de bostezos y ladridos, S. J. salió al paso como pudo. Al finalizar, Chico le preguntó a Groucho: «Y bien, ¿qué opinas?», a lo que Groucho respondió: «Apesta». Un proceso de reescritura de cinco meses dio por fin como resultado un guion satisfactorio. La película se estrenó en septiembre de 1931 y fue un rotundo éxito de taquilla. Perelman y Jonhstone repetirían en el guion de *Horse Feathers* (1932, traducida como *Plumas de caballo*). «Aquí tiene mi tarjeta y mi último análisis de orina» es uno de tantos *one-liners* que Perelman escribió para los Marx.

Su relación con Groucho fue tensa y cordial a un tiempo, como revela el relato incluido en este antología, «Yo siempre te llamaré *schnorrer*, mi explorador africano», que relata un encuentro entre el cómico y el escritor en Hollywood mientras el primero estaba rodando *Una novia en cada puerto*. Si bien ambos se profesaron respeto y admiración, también es cierto que, hacia el final de sus vidas, no dudaron en manifestar su desencanto y descrédito hacia el otro. Perelman lo resumió elocuentemente: «Hice dos películas para los Hermanos Marx, que en cierto modo es lo más admirable que he hecho en mi vida, porque todo aquel que ha trabajado alguna vez en una película de los Marx te dirá que prefiere ser encadenado al remo de una galera y flagelado a intervalos de diez minutos hasta chorrear sangre que volver a trabajar con esos hijos de puta».

Tras el éxito con los Marx, Perelman y su mujer se instalaron con cierta frecuencia durante las décadas de los treinta y los cuarenta en Hollywood, en nómina para las principales *majors* puliendo guiones y escribiendo algunas películas que no han pasado a la historia. Aunque su trabajo en California motivaba frecuentes dolores de cabeza, estaba bastante mejor remunerado que su escritura creativa. De todos modos, su experiencia fue sin duda uno de los temas que más explotaría en su obra: léase por ejemplo «¿De verdad visteis a Irving Thalberg?», incluido en esta colección, que, en una trama digna de Kafka, retrata su frustrado intento de escribir un guion para el todopoderoso productor. De su experiencia en la meca del cine, Perelman concluyó: «Hollywood es una ciudad industrial siniestra controlada por gánsteres de enorme fortuna con la ética de una manada de chacales y un gusto tan degradado que ensucia todo lo que toca».

En 1932 los Perelman compran una casa de campo en Bucks County, Pensilvania. Allí residirían durante largas temporadas, sobre todo cuando la vida en la ciudad se les hacía insoportable. De todos modos, la vida rural también era una fuente inagotable de pormenores, como se deja entrever, por ejemplo, en «Cinco bicepitos, y de cómo se fueron volando». Dio buena cuenta de todo ello en su compendio de 1947 *Acres and Pain*, que recoge veintiún sketches previamente aparecidos en el *Saturday Evening Post*. El 19 de octubre de 1936 nace su hijo, Adam, y un año y medio después, su hija, Abby Laura, cuyos trasuntos ficcionales pueden verse en «No me traigan Oscars (que lo que necesito son zapatos)». Su relación profesional con el *New Yorker* se afianza a partir de un contrato firmado con Ross y Gus Lobrano por el cual debía entregar una serie de piezas al año. Perelman respetaba a la revista, sobre todo porque sus editores apenas le sugerían cambios y aceptaban sin reticencias su particular léxico y puntuación. En una ocasión, William Shawn, que fue su editor en la revista tras la muerte de Lobrano, le llamó para sugerirle amablemente si, en una determinada frase, podía cambiar un guion por un punto y coma. Perelman insistió en que debía permanecer el guion, y ahí se quedó.

Sid escribía con una lentitud pasmosa. Para él, el acto de escritura era doloroso y laborioso. Escribía de forma metódica de diez de la mañana a seis de la tarde, seis días a la semana. Se cuenta que cuando recibió una llamada de un conocido mientras se devanaba los sesos para conferir la forma perfecta a una frase, se disculpó con su interlocutor y prometió llamarlo al terminar. Tardó un día entero en devolver la llamada. No es raro, pues, que en el plazo de una semana no escribiera más de mil palabras. Él mismo explicaba, en la entrevista que concedió a George Plimpton y William Cole en 1963 para la serie *Writers at Work* de la *Paris Review*, medio en broma, que lo normal era escribir treinta y siete borradores de una historia. «Una vez intenté hacer treinta y tres versiones, pero algo faltaba. En otra ocasión, hice cuarenta y dos, pero el efecto final era demasiado lapidario.» Muchas veces, para afinar el tono de un sketch, lo leía en alto, a veces incluso delante de amigos, para ver cómo reaccionaban frente a los pasajes humorísticos.

Devoraba periódicos y revistas de todo el mundo, confiando en encontrar algo que inspirara su imaginación. Incluso pedía a conocidos que recopilaran aquellos artículos más extravagantes, extraños o ridículos. Su convicción era que el humor debía partir de la realidad, pues, como afirmaba, «no hay nada más aburrido que el sinsentido basado en el sinsentido». Muchos de sus relatos no solo no ocultan su origen, sino que este aparece destacado y citado o comentado en la apertura del relato. Quizá Perelman sea el autor que mejor y más honestamente ha revelado sus fuentes de inspiración. En su caso, estas eran, casi invariablemente, la lectura de la prensa o de revistas de toda índole y nacionalidad, donde a menudo proliferaban artículos y anuncios que, por su extrañeza, activaban automáticamente la máquina satírica de Perelman, que, al llevar el absurdo hasta límites demenciales una situación ya de por sí ridícula, ponía de manifiesto lo irracional del mundo que le rodeaba. Por ejemplo, en el hilarante y primerizo relato «Azótame, papi posimpresionista», Perelman parte de varios pósters de la película *La luna y seis peniques* para, a continuación, reproducir la supuesta correspondencia entre el pintor Paul Gauguin y el barbero del padre del narrador, y de paso poner de manifiesto el machismo de Hollywood y su visión de la mujer como mero objeto de satisfacción del deseo masculino.

En «Añada dos partes de arena, una parte de chica y remueva», de 1944, Perelman parte de unos anuncios que descubrió mientras hojeaba la revista *Vogue*.

Este hallazgo le servirá para, por una parte, ironizar sobre el absurdo de algunas estrategias publicitarias, y por otra, denunciar, en forma de vodevil, la hipocresía y pleitesía de una reunión de creativos.

Con respecto al humor, en una entrevista de 1969 con William Zinsser, afirmó: «El humor es básicamente un punto de vista, y solo los pedantes intentan clasificarlo. Para mí, su mayor mérito es el uso de lo inesperado, la alusión oblicua, la deflación de la pomposidad y la constante repetición de la indefensión de uno mismo en múltiples situaciones. Nadie quiere convertirse de forma consciente en un escritor de sátiras sociales. Encuentras algo lo suficientemente absurdo como para ponerle un par de minas antipersona debajo. Si entonces lo resultante parece tener otro sentido, pues eso es un regalo, pero la obligación principal es entretenerse uno mismo». Para Tom Wolfe, en un artículo para el *New York Times* que apareció tras la publicación (póstuma) del último libro de Perelman, *The Last Laugh* —que incluía cuatro episodios de la que debía ser su autobiografía, indefinidamente pospuesta a la largo de su vida—, la técnica de Perelman podía resumirse como «la parodia de la grandilocuente perífrasis y la frase subordinada de la prosa del siglo xix, el término del argot punzante, la subversión del cliché, el extranjerismo irónicamente elegante o perelmanizado, el descarado juego de palabras, el símil forzado y excesivo, la micrometonimia y la extrapolación del cliché en metáfora». Prepárense para esto y mucho más en los cuarenta y dos relatos que siguen. Sirva este pasaje típicamente perelmaniano de adelanto, donde son evidentes dos de los rasgos más característicos de su prosa: la inversión del sentido común y la hipérbole: «Un sábado de mediados de abril, tras nueve semanas ausente de la casita que tengo en Pensilvania, saqué nuestro Wills Sainte Clare del garaje de Nueva York para ir a ver si los ratones tenían suficiente comida, la pintura se había desconchado a tiempo y el sótano estaba debidamente inundado. Era un día glorioso, soleado y con unas nubes de algodón, y la perspectiva de pasar una tarde serena y agradable rascando óxido y vaciando sumideros en medio de una calma rota solamente por mis fatigosos jadeos me embriagaba ligeramente».

En lo personal, Perelman no era alguien particularmente gracioso. Era más bien serio, ultrasensible y muy vulnerable a las críticas. Desde muy joven, cultivó un porte de dandi, y a lo largo de los años fue perfeccionando su imagen elegante de bigote cuidadosamente recortado, gafas redondas con montura de acero —que compró en París en 1927— y un vestuario que encargaba en Londres: en George Cleverley de Cork Street, el calzado; en Anderson and Sheppard de Savile Row, sus trajes de tweed. Su obsesión por la ropa queda manifiesta en dos de los sketches aquí recogidos: «Eine kleine polillamusik» y «Sin almidón en el *dhoti, s'il vous plaît*», en ambos casos la correspondencia entre un puntilloso cliente y su tintorero. Con la edad, se acentuó su irascibilidad y atravesaba prolongados episodios de melancolía. A la gente le sorprendía su timidez, reserva y carácter taciturno. Raramente contaba chistes a extraños ni trataba de entablar una conversación. Muchas veces, en reuniones sociales, se recluía y permanecía en silencio, aunque, otras, frente al mismo grupo de personas, se mostraba locuaz y contaba un montón de anécdotas inteligentes y divertidas. No eran infrecuentes sus estadios depresivos, que incluso le impedían escribir. Algunos podían durar hasta un año.

En 1940, su mejor amigo y hermano de su mujer, Nathaniel West, murió en un accidente de circulación. Los Perelman nunca se recuperaron del todo. Hasta su muerte, Laura Perelman atravesó episodios de alcoholismo profundo que las frecuentes infidelidades de Sidney, a quien fascinaban las mujeres jóvenes, no contribuyeron a aliviar. Una de sus amantes fue la bella *socialité* Leila Hadley, con la que mantuvo un romance que duró varios años. Se dice que, por su parte, Laura tuvo una historia con Dashiel Hammett.

Perelman era un quebradero de cabeza para sus editores, a los que este solía cambiar con más frecuencia que sus almidonadas camisas. A ellos culpaba de la tímida respuesta de lectores y de los escasos *royalties*. Su colección de relatos *Strictly from Hunger*, publicada por Random House en 1937, compuesta por veintiuna piezas del *New Yorker*, arrojó la exigua cifra de doce dólares de derechos de autor. No sería hasta 1944, cuando aparece *Crazy Like a Fox*, que vendió veinticinco mil ejemplares durante los primeros meses desde su publicación, que empieza a gozar de cierto éxito. Este se consolidaría por fin con *Westward Ha!*, de 1948, el resultado de su primera vuelta al mundo, acompañado por el dibujante Al Hirschfeld, que vendió más de sesenta mil ejemplares. En enero de 1949 dio otra vuelta al mundo, esta vez con su mujer e hijos, de cuya experiencia surgió *The Swiss Family Perelman*, publicado un año después.

Su consagración internacional le llegó a mitad de la década de los cincuenta. En 1955 el productor Mike Todd lo reclutó para escribir el guion de *Around the World in 80 Days*, con David Niven como Phileas Fogg y Shirley MacLaine como Aouda. Se estrenó el 17 de octubre de 1956 en el Teatro Rivoli de Nueva York. Ganó cinco estatuillas, incluida la de mejor guion para Perelman, *ex aequo* con John Farrow y James Poe, aunque no acudió a la ceremonia de entrega de los Oscars, alérgico también como Woody Allen a la Costa Oeste. En su nombre, recibió el premio la actriz Hermione Gingold, que dijo, «estoy encantada de recibir este *objet d'art* de parte del Sr. Perelman, que lamenta no poder estar hoy aquí por un buen número de razones, todas ellas picantes». El «*objet d'art*» acabó, por cierto, de tope de puerta en su oficina de Nueva York.

Tras el Oscar, su fama creció. *The Road to Miltown*, de 1957, otra compilación de sketches, fue un *best seller*. En 1958 aparece su antología más extensa, que incluye noventa y seis *feuilletons*, y ese mismo año es nombrado miembro del prestigioso Instituto Nacional de las Artes y las Letras norteamericano. En 1966 se traslada definitivamente a su finca de Bucks County. Tras la muerte de Laura, el 10 de abril de 1970, vende todas sus pertenencias, incluida la finca, y se marcha a su idolatrada Inglaterra, con intención expresa de no regresar jamás, cosa que le valió no pocas críticas. Sin embargo, su arcadia británica no se materializa, y regresa, apesadumbrado, dos años después. No tardará en volver a poner pies en polvorosa, y en 1975 da su sexta vuelta al mundo, que recogerá en *Eastward Ha!*

En 1978, recibe la medalla especial al mérito del National Book Award por su contribución a las letras norteamericanas. Ese mismo año, presenta el galardón de la Asociación de Críticos de Nueva York, que recayó en Woody Allen y Marshall Brickman por el guion de *Annie Hall*. En su discurso, dijo: «El mundo ya sabe qué intenso placer nos ha proporcionado Woody Allen, y nunca tanto como en su última película. La tercera vez que la vi, me di cuenta de la inexpresable deuda de placer que he contraído con él. Me complace tener ocasión de reconocerlo». El cineasta ha afirmado en diversas ocasiones, como en el prólogo que abre este volumen, que es un admirador acérrimo de Perelman, y en su estilo —tanto en su obra literaria como en los diálogos de sus películas— es evidente la profunda huella que dejó su humor. Sus personajes hipocondríacos y cobardes, su a veces pedante intelectualidad, el judaísmo neoyorquino sofisticado y una ironía devastadora nacen en Perelman, como el lector no tardará en comprobar. Los dos genios, muy parecidos físicamente, como demuestra el retrato de Perelman de la contracubierta de este libro, no se conocerían hasta pocas semanas después de la entrega del premio, cuando en el famoso restaurante Elaine's, muy frecuentado por la intelectualidad neoyorquina, Perelman vio a Woody Allen sentado a la mesa que solía ocupar y le envió una nota invitándole a unírsele para una copa. Woody Allen, que recibía constantemente invitaciones de comensales que ansiaban conocerlo, pensó que se trataba de una broma y no se presentó ante la mesa de Perelman hasta un buen rato después, disculpándose por la demora y abrumado por la ocasión.

Perelman falleció a los setenta y cinco años de un ataque al corazón propiciado por la arterioesclerosis en su apartamento del hotel Gramercy Park de Nueva York, el 17 de octubre de 1979, el día del cumpleaños de su mejor y difunto amigo Nathanael West. Fue incinerado y no hubo funeral o servicio de ningún tipo. Sus cenizas reposan debajo de un árbol en West Hurley, Nueva York, no muy lejos de donde vivía su hija.

La presente antología reúne, por primera vez en castellano, cuarenta y dos relatos escritos a lo largo de cinco décadas. Previamente, de S. J. Perelman solo se había vertido a nuestro idioma el relato de la vuelta al mundo que hizo con su familia en 1949, *The Swiss Family Perelman* (*Los Robinsones Perelman*, Versal, 1991, con traducción de Celia Filipetto), y el relato «Up the Close and Down the Stair», que fue incluido en *Antología del cuento norteamericano* (Galaxia Gutenberg / Círculo de Lectores, 2001, con traducción de Javier Calvo).

Para la presente selección, se ha partido de las principales antologías de relatos de Perelman, así como de la lectura del archivo del *New Yorker*, donde recordemos que el autor publicó buena parte de sus cuentos. Se ha optado por traducir de la versión que apareció en dicha revista, y no de las que posteriormente fueron recogidas en las distintas colecciones. Si bien las diferencias son mínimas, las hay, aunque sobre todo afectan a algunos nombres propios. A modo de ejemplo, en la versión que se publicó en el *New Yorker* de «Inserte la lengüeta "A" y tírelo a la basura», Perelman cita a la actriz Jane Russell, mientras que en la versión que posteriormente se publicó en *The Most of S. J. Perelman*, su antología más completa, aparece Chili Williams.

La peculiar forma de algunos cuentos —en forma epistolar, en forma de sketch dramatizado— invitaba a secuenciar esta antología por afinidades formales, o incluso temáticas —son recurrentes sus relatos sobre el mundo de la publicidad o sobre Hollywood / Broadway—, pero se ha optado por ordenarlos cronológicamente, sobre todo con la finalidad de que el lector pueda apreciar cómo evolucionan el humor y el lenguaje de Perelman, y de cómo algunos temas se retoman y reinventan en relatos de diferentes décadas. A continuación se señalan, siempre que ha sido posible, el título original —que no tiene desperdicio, amén de difícil traducción—, el año de publicación y la revista donde estos sketches aparecieron por primera vez.

«Mañana: pintan nubes» [«Tomorrow: Fairly Cloudy»] — *The New Yorker*, 20 de agosto de 1938

«De repente, una pistola…» [«Somewhere a Roscoe…»] — *The New Yorker*, 15 de octubre de 1938

«Azótame, papi posimpresionista» [«Beat Me, Post-Impressionist Daddy»] — *The New Yorker*, 21 de noviembre de 1942

«Las termitas rojas» [«The Red Termites»] — Según la principal antología de Perelman, *The Most of S. J. Perelman*, el relato se publicó en la revista *College Humor* entre 1930 y 1944, pero dicho dato no ha podido corroborarse

«Póngale otra, que está sobrio» [«Hit Him Again, He's Sober»] — *The New Yorker*, 8 de enero de 1944

«Inserte la lengüeta "A" y tírelo a la basura» [«Insert Flap "A" and Throw Away»] — *The New Yorker*, 5 de febrero de 1944

«Dental o mental, y a hacer gárgaras» [«Dental or Mental, I Say It's Spinach»] — *Saturday Evening Post*, 27 de mayo de 1944

«Añada dos partes de arena, una parte de chica y remueva» [«Take Two Parts Sand, One Part Girl, and Stir»] — *The New Yorker*, 8 de julio de 1944

«Adiós, muñeca sueca» [«Farewell, My Lovely Appetizer»] — *The New Yorker*, 6 de diciembre de 1944

«Doctor, ármese de valor» [«Physician, Steel Thyself»] — *The New Yorker*, 2 de marzo de 1946

«De las golosinas al diván, pocos pasos van» [«The Sweeter the Tooth, the Nearer the Couch»] — *The New Yorker*, 7 de febrero de 1948

«No me traigan Oscars (que lo que necesito son zapatos)» [«Don't Bring Me Oscars (When It's Shoesies That I Need)»] — *The New Yorker*, 13 de marzo de 1948

«Exceso de proteínas, diría yo» [«Methinks He Doth Protein Too Much»] — *The New Yorker*, 27 de noviembre de 1948

«Subiendo la calle y bajando la escalera» [«Up the Close and Down the Stair»] — *The New Yorker*, 8 de septiembre de 1951

«Yo siempre te llamaré *schnorrer*, mi explorador africano» [«I'll Always Call You Schnorrer, My African Explorer»] — *Holiday*, abril de 1952 (publicado originalmente con el título «Week End with Groucho Marx»)

«¿De verdad visteis a Irving Thalberg?» [«And Did You Once See Irving Plain?»] — Según la principal antología de Perelman, *The Most of S. J. Perelman*, el relato se publicó en la revista *Holiday* entre 1950 y 1958, pero dicho dato no ha podido corroborarse

«No soy ni he sido nunca una matriz de carne magra» [«I Am Not Now, Nor Have I Ever Been, a Matrix of Lean Meat»] — *The New Yorker*, 16 de mayo de 1953

«Adelante, la póliza lo cubre» [«Come On In, the Liability's Fine»] — *The New Yorker*, 6 de junio de 1953

«No se aceptan pedidos postales ni telefónicos, disculpen las moles-tias» [«Sorry—No Phone or Mail Orders»] — *The New Yorker*, 18 de julio de 1953

«No me digas, gitanilla» [«Don't Tell Me, Pretty Gypsy»] — *The New Yorker*, 15 de agosto de 1953

«Para mí lo eres todo, más impuestos municipales» [«You're My Everything Plus City Sales Tax»] — *The New Yorker*, 12 de diciembre de 1953

«Llamando a todos los cretinos» [«Calling All Addlepates»] — *The New Yorker*, 16 de enero de 1954

«Sin almidón en el *dhoti*, *s'il vous plaît*» [«No Starch in the Dhoti, S'il Vous Plaît»] — *The New Yorker*, 12 de febrero de 1955

«Cuenta de gastos con sangre azul angrelada y flagrantes mentiri-jillas rampantes» [«Swindle Sheet with Blueblood Engrailed, Arrant Fibs Rampant»] — *The New Yorker*, 4 de junio de 1955

«Cucos anidando: no molesten» [«Cuckoos Nesting—Do Not Disturb»] — *The New Yorker*, 25 de agosto de 1956

«Ponga dos granujas a marinar y añada una pizca de peligro» [«Heat Yeggs in Vessel and Sprinkle with Hazard»] — *The New Yorker*, 15 de septiembre de 1956

«Pulso acelerado, respiración débil, sin mostaza» [«Pulse Rapid, Res-piration Lean, No Mustard»] — *The New Yorker*, 8 de diciembre de 1956

«Eine kleine polillamusik» [«Eine Kleine Mothmusik»] — *The New Yorker*, 13 de agosto de 1960

«Monomanía, lo nuestro se ha acabado» [«Monomania, You and Me Is Quits»] — *The New Yorker*, 26 de noviembre de 1960

«Retrato del mimo adolescente» [«Portrait of the Artist as a Young Mime»] — *The New Yorker*, 28 de enero de 1961

«Hasta la vista, dulce polluelo» [«The Sweet Chick Gone»] — *The New Yorker*, 3 de junio de 1961

«Respuestas blandas ahuyentan los *royalties*» [«A Soft Answer Turneth Away Royalties»] — *The New Yorker*, 7 de abril de 1962

«Agárrense las carteras, que viene el lujo» [«Flatten Your Wallet—High Style Ahead»] — *The New Yorker*, 20 de febrero de 1965

«El sexo y el muchacho soltero» [«Sex and the Single Boy»] — *The New Yorker*, 8 de mayo de 1965

«Paracaidista de mi corazón, dime una cosa: ¿eres hombre o ratón?» [«Tell Me Clear, Parachutist Dear, Are You Man or Mouse?»] — *The New Yorker*, 25 de diciembre de 1965

«Demasiada ropa interior malcría al crítico» [«Too Many Undies Spoil the Crix»] — *The New Yorker*, 22 de octubre de 1966

«Cinco bicepitos, y de cómo se fueron volando» [«Five Little Biceps and How They Flew»] — *The New Yorker*, 19 de octubre de 1968

«¡Sea un pardillo! ¡Tire usted la pasta!» [«Be A Cat's-Paw! Lose Big Money!»] — *The New Yorker*, 26 de julio de 1969

«¡Habrase visto! ¿De dónde han salido ese par de zánganas con curvas de guitarra?» [«Hark—Whence Came Those Pear-Shaped Drones?»] — *The New Yorker*, 1 de noviembre de 1969

«Desaparecidas: dos mujeres de bandera. No hay recompensa» [«Missing: Two Lollapaloozas—No Reward»] — *The New Yorker*, 17 de octubre de 1970

«Mientras tanto, en el dique seco...» [«Meanwhile, Back at the Crunch...»] — *The New Yorker*, 8 de abril de 1972

«Bajo el exiguo *royalty* se alza la forja del pueblo» [«Under the Shrinking Royalty the Village Smithy Stands»] — *The New Yorker*, 27 de diciembre de 1976

Finalmente, hay que agradecer la labor del traductor, David Paradela, que se las ha visto para verter el incombustible arsenal léxico de Perelman y sus *idioms* de algún argot hoy perdido en la noche de los tiempos.

Didac Aparicio
Barcelona, noviembre de 2017

LOS MEJORES RELATOS DE HUMOR DE
S. J. PERELMAN

MAÑANA: PINTAN NUBES

Dios me libre de ser chismoso, pero algo muy serio está pasando en el mundo de la publicidad americana. De hecho, casi da la impresión de que el día menos pensado la publicidad americana habrá dejado de existir.

Puede que alguno de ustedes, miembros de la División de la Vieja Guardia, recuerde un anuncio que apareció a finales de los años veinte. En él se veía a una conocida princesa rusa que, con un libro de la editorial Knopf en la mano, decía con ojos arrobados: «Consciente de mi deber social, nunca me dejo ver en público sin uno de los libros del borzoi».[1] En su momento creí oír en las calles los pasos amortiguados de la *jacquerie* e incluso llegué a comprarme una pica apta para ensartar cabezas. Supongo que no fue más que una ilusión. Por entonces yo era un bobo extraordinario y petulante, e imaginaba que la publicidad sería destruida desde el exterior. Pero no: seguirá hinchándose más y más hasta expirar en brazos de un par de monjas, como Oscar Wilde.

La primera nota de la *marche funèbre* llegó con un anuncio de la pasta de dientes Listerine aparecido en el número de diciembre de 1937 de *American Home*. Consistía en una tira cómica titulada «¿Cómo llegó Patty al cine?», y la trama era la siguiente: Patty, una muchacha hermosa y pizpireta, está sentada en la playa soñando despierta junto a un chico y otra chica. De su boca sale un bocadillo en el que pone:

---

1. El borzoi, o galgo ruso, es el emblema de la editorial Alfred A. Knopf. [Todas las notas son del traductor]

«He leído que las modelos de fotografía van muy buscadas. Cuánto me gustaría dedicarme a eso... montones de dinero y quizá algún día llegar a actriz». «¿Por qué no, Patty? —le dice Bob—. Seguro que triunfarías. Le diré a papá que llame a su amigo fotógrafo, el señor Hess.»

Menos de dos viñetas más tarde, el señor Hess le da malas noticias a Patty: «Me temo que no podrá ser, señorita Patty. Tiene usted unos dientes bonitos, pero no *lo bastante bonitos*. Para trabajar frente a las cámaras tienen que ser perfectos». Patty se desahoga con la señorita Jones, la secretaria del señor Hess: «He fracasado, señorita Jones... ¡y con lo mucho que necesitamos el dinero!». «¿Fracasado? ¡Bobadas! —responde enérgica la señorita Jones—. Lo único que tiene que hacer es usar la pasta de dientes especial que usan nuestras mejores modelos y estrellas de cine. DENTÍFRICO LISTERINE, se llama. Pruébela dos semanas... luego vuelva.»

Sí, señores míos, seguramente tengan ustedes el don de la videncia. «Tres semanas después, en el estudio», comienza la quinta viñeta, en la que el señor Hess anuncia: «El trabajo es suyo, señorita Patty... 50 $ a la semana. No puedo creer que sea usted la misma chica de hace unas semanas. Sus dientes están perfectos». «Cuánto se lo agradezco, señor Hess —replica Patty, que es tenaz como un bulldog—. Quién sabe, quizá acabe haciendo cine. Y todo gracias a la señorita Jones.» La sexta y última viñeta empieza: «Un año después». Entre las caras de la gente del pueblo, vemos a Patty de pie en la plataforma del vagón de cola de un tren, vestida con un elegante traje adornado con orquídeas. «Sois maravillosos. ¡Adiós! ¡Adiós!», dice. «Hollywood caerá a sus pies», observa Bob, categórico, dirigiéndose a la amiga de Patty, y es la respuesta de esta amiga sin nombre la que debería reverberar en los corredores del tiempo: «Quizá nosotros también deberíamos empezar a usar el DENTÍFRICO LISTERINE —murmura sombríamente—. *Lo que sea por salir de este pueblo de paletos*».

Las cursivas son mías, pero la desesperación es la de toda la cofradía del oficio publicitario. Las estrategias de antaño han fracasado por fin: la adulación, el insulto, el esnobismo, el terror. Y ahora vuelvo la vista hacia delante, hacia la última gran era de la publicidad, una época de melancolía, derrotismo y frustración en la que anuncios como el siguiente serán el pan de cada día:

(Escenario: el sótano-sala de juegos del hogar de los Bradley, en Pelham Manor. El señor y la señora Bradley y sus dos hijos, Bobby y Susie, se hallan reunidos en torno a su nuevo quemador de aceite. Todos van vestidos impecablemente con traje de noche, incluido Rover, el airedale de la familia.)

Bobby: ¡Oh, mamá, qué bien que papá y tú hayáis decidido instalar el quemador de aceite y acondicionador de aire automático Genfeedco, con sus nuevos faldones autoventilantes y botón de control! ¡No hace ruido, permite ahorrar en la factura de la calefacción y enriquece el aire que respiramos con partículas de rayos vita!

Susie: ¡Piénsalo! ¡Varios experimentos realizados con agua filtrada por parte de ingenieros titulados demuestran que las partículas tóxicas que habitualmente se encuentran en los sótanos quedan reducidas hasta un treinta y cuatro por ciento utilizando Genfeedco!

Sr. Bradley *(con voz monocorde)*: En fin, supongo que cualquier cosa es mejor que tener una montaña de escoria en esta parte del sótano.

Sra. Bradley: Sí, y gracias a Buckleboard, el nuevo plástico de pared satinado de triple capa y repelente al polvo, ahora tenemos una espantosa sala de juegos donde podemos sentarnos y odiarnos mutuamente todas las tardes.

Bobby: ¡Hurra por Buckleboard! ¡Desde que papá convirtió esta pocilga en una sala de juegos ya no vamos a las caballerizas a mezclarnos con gente indeseable!

Sr. Bradley: No, ahora tenemos nuestra propia caballeriza en casa. El gasto inicial es desorbitado, pero el banco solo nos daba un dos por ciento de rendimiento.

Bobby y Susie *(masticando sendas chocolatinas)*: ¡Hurra! ¡Hurra por este nuevo sabor!

Sra. Bradley: Harvey, los niños me tienen preocupada. ¿No crees que tienen demasiada energía?

SUSIE: ¡Los Choc-Nugs están *cargados* de energía, mamá! ¡No hay niño
ni niña que no exclame «¡Ñam!» al probar estas crujientes barritas
del más puro cacao del Perú, con sabrosos frutos secos lavados al
natural!

BOBBY: En Francia dicen *«Vive les Choc-Nugs!»* y en América decimos
«¡Vivan los Choc-Nugs!». Pero, sea en el idioma que sea, millones
de amantes del chocolate lo pronuncian «¡Chocolicioso!».

SR. BRADLEY: Ya veo que he engendrado una pareja de merluzos...
Bobby, ve a abrir la puerta.

BOBBY: Si hubiéramos instalado Zings, la nueva campanilla eléctrica,
los visitantes no tendrían que esperar fuera bajo la lluvia y el agua-
nieve...

SR. BRADLEY: Vete a abrir la puerta antes de que te parta la crisma,
pequeño mico con dientes de serrucho. *(Bobby abre la puerta, deja
pasar al señor y la señora Fletcher y sus tres hijos, vestidos con calcetines
Balbriggan. Se saludan.)*

SRA. FLETCHER: No te molestes por nosotros, Velma, solo hemos
venido a contemplar con desprecio tus toallas. *(Despliega una toalla.)* Madre mía, qué absorbentes y mullidas, ¿a que sí? ¿Sabías que
están hechas con fibras selectas provenientes de las mejores ovejas
de cola plana de Montana, elegidas por medio de un rígido proceso
de inspección a cargo de inspectores ovinos cualificados?

SRA. BRADLEY *(apática)*: Se deshilachan en dos días, pero es que ya
estábamos hartos de utilizar papel secante.

SR. FLETCHER: Oye, Harry, tienes que probar esto. ¿Has notado alguna
vez que ciertas marcas de tabaco te irritan la lengua y hacen que los
ojos se te revuelvan en las órbitas? Entonces carga tu vieja pipa con
la aterciopelada Picadura Pocahontas y fuma tranquilo. A fin de
cuentas, *algo* hay que ponerle a la pipa. No vas a quedarte ahí sentado como un pasmarote, sin hacer nada.

SR. BRADLEY: Hasta ahora he estado fumándome el césped seco y
estoy muy satisfecho.

SR. FLETCHER: Claro, pero mira con qué lata tan chula venden este.
Y recuerda que con quinientas latas y una redacción de cincuenta
palabras sobre «Las antiguas efigies monumentales del condado

de Kent» tienes derecho a las ofertas de vacaciones de la Picadura Pocahontas, gracias a las cuales puedes jubilarte a los sesenta años con la mayor parte de las facultades menguadas.

SRA. FLETCHER: Esto... Fred, ¿no crees que va siendo hora de que...?

SR. FLETCHER: Harriet, no me interrumpas. ¿No ves que estoy hablando con Harvey Bradley?

SRA. FLETCHER *(con timidez)*: Ya lo sé, pero es que parece que hay dos palmos de agua en el sótano, y subiendo.

SR. BRADLEY *(con vergüenza)*: Supongo que debí especificar que pusieran Tuberías de Latón Supertemplado Sumwenco en toda la casa. El contratista ya me lo advirtió.

SR. FLETCHER *(achicando agua como un loco con su lata de tabaco)*: Bueno, pues qué agradable reunión.

SRA. BRADLEY *(con serenidad)*: Al menos, pase lo que pase, con el Plan de Seguros del Grupo Mutuo Amortizador Perpetuo Central Americano nuestros seres queridos no tendrán que verse en la miseria.

SRA. FLETCHER: ¿Y para qué sirve eso si nuestros seres queridos están aquí con nosotros?

SR. BRADLEY *(con contención)*: Me lo dices o me lo cuentas...

SRA. BRADLEY: Como yo digo siempre, un poco de protección extra marca la diferencia, ¿verdad, Harvey? *(Le da una palmada tranquilizadora en el hombro a su marido mientras se ahogan como ratas en una trampa.)*

DE REPENTE, UNA PISTOLA...

Esta es la historia de una mente que se encontró a sí misma. Hace un par de años, yo era un tipo taciturno, insatisfecho, irritable, casi un personaje de novela rusa. Solía quedarme echado en la cama días enteros, bebiendo té en un vaso de cristal (fui uno de los primeros en este país en tomar el té en vaso de cristal; por entonces lo que estaba de moda era bebérselo directamente con las manos). Por dentro, seguía siendo un alegre muchacho americano al que le encantaba divertirse y al que nada le gustaba más que salir a pescar con un alfiler doblado. Vamos, que me había convertido en una curiosa combinación entre Raskólnikov y Mark Tidd[2].

Un buen día caí en la cuenta de que con el tiempo me había vuelto muy introspectivo, así que decidí ponerme a hablar conmigo mismo como un cascarrabias cualquiera. «Escúchame bien, Mynheer —me dije (me ahorraré imitar el acento, aunque, créanme, era la monda)—, eres demasiado duro contigo mismo. Te estás poniendo rancio. Necesitas aires nuevos, ¡sal y que te dé un poco el fresco!» Así que corrí a echar unas cuantas cosas en una bolsa —cáscaras de naranja, corazones de manzana y demás— y salí a dar un paseo. Minutos más tarde, me encontré en un banco una revista medio arrugada que llevaba por título *Detectives Picantes*... ¡Y eso me cambió la vida!

2. Protagonista de una serie de novelas juveniles de aventuras de Clarence Budington Kelland, publicadas entre 1913 y 1928.

Espero que a nadie le importe que haga una declaración de amor en público, pero si Culture Publications, Inc., sita en el 900 de Market Street, Wilmington, Delaware, me aceptara, estaría encantado de casarme con ella. Sí, ya lo sé: aquello era un amor precoz, de juventud, el capricho absurdo de un muchachuelo inmaduro que se prenda de una casa editorial experta en las cosas de la vida; me da lo mismo. Si la amo, es porque no solo publicaba *Detectives Picantes*, sino también *Vaqueros Picantes*, *Misterios Picantes* y *Aventuras Picantes*.[3] Y sobre todo por su prosa cálida y mullida.

«Canto las armas y al hombre», cantaba Virgilio hace unos veinte siglos, mientras se disponía a celebrar las andanzas de Eneas. Si hubiera que acuñar un lema a medida para el buque insignia de Culture Publications, Inc., ese sería «Las armas y la mujer», pues lo cierto es que *Detectives Picantes* representa la más descarada mezcla de libido y muerte después de Gilles de Rais. La revista yuxtapone el acero de la automática y la braguita con volantes, y ha descubierto que la cosa sale a cuenta. Pero por encima de todo le ha dado al mundo a Dan Turner, la apoteosis de todos los detectives privados, a medio camino entre Ma Barker y el Sam Spade de Dashiell Hammett. Dejemos que se presente a sí mismo en el primer párrafo de «Un cadáver en el armario», en el número de julio de 1937:

> Fui a abrir el armario del dormitorio. Un cadáver de mujer medio desnudo se derrumbó en mis brazos [...]. Ir a buscar el pijama y encontrarte a alguien criando malvas es algo que te pone los puñeteros pelos de punta.

El señor Turner, como habrán notado, es un hombre sentimental, y en ocasiones eso hace que se vea metido en apuros. Por ejemplo, en «La cosecha del asesino» (julio de 1938) le encargan escoltar a una joven dama desde el Cocoanut Grove de Los Ángeles hasta su casa:

---

3. *Spicy Detective*, *Spicy Western*, *Spicy Mystery* y *Spicy Adventure* fueron algunas de las revistas *pulp* más famosas. En la primera (publicada entre 1934 y 1942) aparecieron muchos de los relatos de Robert Leslie Bellem que tienen como protagonista al detective Dan Turner.

Zarah Trenwick era una jaca con un vestido de lamé plateado que se pegaba a sus exuberantes curvas como una capa de barniz. Su maquillaje era perfecto, y su vestido sin tirantes daba sobradas pruebas de que todavía no había perdido el don de la atracción. Sus hombros desnudos eran tersos y blancos como la nieve. La pendiente superior del pecho quedaba oprimida hacia arriba y sobresalía en parte del apretado corpiño, como la nata montada.

Dan, por decirlo finamente, no sabe resistirse al atractivo de unos pies bonitos, y, tras librarse del marido borracho de Zarah («Le pegué un tortazo en todo el morro. Los bolsillos de las perneras rebotaron contra el suelo»), se lleva a la *charlotte russe* a su apartamento. Ya a solas, el policía que lleva dentro sucumbe frente al hombre y ella «me estampó un beso que me hizo estremecer desde la cabeza hasta los pies», pero entonces:

Desde la puerta, una pistola gritó: «¡Badabang!», y la bala pasó rozándome la jeta. Sentí como un estallido de luces de neón en la cabeza [...]. La chica estaba más muerta que una mangosta disecada [...]. Mi herida no era grave, pero no me gusta que me disparen. Y tampoco me gusta que liquiden a una dama cuando estoy a punto de darme el lote con ella.

Molesto, Dan se encoge de hombros y llama a la brigada de homicidios para notificar la muerte de Zarah con una tierna necrológica: «Acaban de mandar a Zarah Trenwick al otro barrio en su choza del Gayboy. Moved el culo para aquí... y traed un coche para el fiambre». Acto seguido, se va en busca del criminal:

Conduje hasta Argyle; estacioné delante de la modesta guarida de Fane Trenwick [...]. Apreté el timbre con el pulgar. La puerta se abrió. Un criado chino me miró con sus ojos rasgados. «Señol Tlenwick, él dulmiendo. Usted malchalse, volvel mañana. Muy talde pala visitas.» «Que te zurzan, Confucio», dije yo, dándole un sopapo en la napia.

El marido de Zarah, al que saca a rastras de la cama sin ridículas formalidades como una orden de registro, tiene una coartada que podría confirmar una tal Nadine Wendell. Dan atraviesa la ciudad en un periquete y, con sus acostumbrados modales, se planta delante del tocador de la señorita para descubrir, una vez más, que *au fond* su carne también es débil:

> La fragancia de su cabello pelirrojo me hacía cosquillas en la nariz; la calidez de su joven y esbelta figura prendió fuego a mis arterias. Al fin y al cabo, soy tan humano como cualquier hijo de vecino.

Y menudo humano debe de ser el hijo del vecino, porque Dan traiciona primero a Nadine y luego su secreto, a saber: que ella es la que ha cosido a tiros a Zarah Trenwick por razones demasiado numerosas como para enumerarlas aquí. Si alguien siente curiosidad, se nombran en la página 110, al lado de unos fascinantes anuncios de dados trucados y muchachas bien dotadas, artículos ambos que el lector puede recibir envueltos en discreto papel enviando un dólar a la Majestic Novelty Company de Janesville, Wisconsin.

Cuanto más se sumerge uno en la saga de Dan Turner, más se sorprende ante la similitud entre el caso al que el detective se enfrenta en ese número y sus casos anteriores. Los asesinatos siguen un patrón rígido y exacto, casi como una corrida de toros o una obra de teatro nō. Fijémonos, por ejemplo, en «La dama del velo», en el número de octubre de 1937 de *Detectives Picantes*. Dan está tratando de darse el lote con la señora Brantham en el apartamento de esta, en el lujoso Gayboy Arms, que aparentemente no admite más que a asesinos:

> A mi espalda, una pistola gritó: «¡Bang, bang!». Un par de balas pasaron zumbando al lado de mi oído izquierdo y por poco no me atraviesan el cráneo. La señora Brantham se desplomó sobre el cojín del salón [...]. Estaba más muerta que un siluro congelado.

O en esta viñeta de «Estrella fugaz», del número de septiembre de
1936:

«¡Bang!», gritó la pistola, escupiendo una llamarada que pasó a un
dedo de mi hombro [...]. La bella filipina se quedó tendida en el último
lugar donde yo la había visto. Estaba más muerta que un arenque ahumado.

Y de nuevo en «La negra estrella de la muerte», de enero de 1938:

Desde el dormitorio, la pistola gritó: «¡Patabang!», y la píldora de
plomo reventó el ozono justo al lado de mi jeta [...]. Kane Fewster
estaba en el suelo. Tenía un agujero de bala en la cabeza. Estaba más
muerto que una ostra frita.

Y lo mismo en «Liquidar a una morena», de mayo de 1938:

Y entonces, desde una ventana abierta junto a la cama, una pistola
bramó: «¡Badabang!» [...]. «¡La madre que...!», exclamé yo, antes de
estamparme de narices contra el suelo [...]. Ahí estaba la morenita,
medio destapada entre las sábanas revueltas [...]. Estaba más muerta
que el vodevil.

La fase siguiente de todos estos dramas procede con la fría belleza
y la inevitabilidad de un sumario judicial. La pistola grita, brama
o eructa, y, a continuación, Dan escapa corriendo campo a través,
con el poderoso perfume de Nuit de Noël metido aún en la nariz.
En algún sitio, en algún tocador tenuemente iluminado, espera una
hembra voluptuosa que conoce todos los detalles referentes al esca-
broso caso. Y aun cuando no es así, Dan se va a verla, por si acaso. La
casa siempre está custodiada por un oriental al que Dan se ve obligado a quitar de en medio. Compárese la escena de la modesta guarida de Fane Trenwick con esta otra procedente de «Encuentra ese
cadáver» (noviembre de 1937):

La soñolienta criada china, aún en pijama, respondió al timbrazo. Era una chiquilla mona de ojos rasgados. «¿Está en casa el señor Polznak?», pregunté. Ella negó con la cabeza. «Señol Polznak lodando en Flesno. Él dos semanas fuela.» «Gracias —dije—, entonces echaré un vistazo.» La empujé a un lado y ella se puso a dar berridos [...]. «¡Cállate!», gruñí. Pero ella seguía empeñada en armar jaleo, así que le arreé en la nariz y se fue al suelo.

Podemos afirmar sin miedo a equivocarnos que el señor Polznak ha olvidado aquel dicho según el cual la tetera nunca hierve si la miras y ha dejado en casa a una cándida corifea ataviada con el chifón mínimo exigido por las autoridades postales. Ineluctablemente, el poeta que Dan lleva dentro siempre le puede al poli («La negra estrella de la muerte»): «Clavé los ojos en aquella rubia primorosa; no pude evitarlo. La colcha había resbalado de sus hombros tersos y preciosos, dejando a la vista una buena porción de deliciosa epidermis femenina». Suenan de nuevo las trompetas; nuestro particular torero da un par de capotazos y («Liquidar a una morena»): «Entonces me estampó un beso que hizo que un chorro de vapor me subiera por el gaznate [...]. Qué le voy a hacer, soy tan humano y tan bobo como el que más».

A partir de aquí, las teclas de la máquina de escribir del autor inevitablemente se funden en una bola de metal caliente y todo se termina; ya solo falta el grito del culpable y el «Atención caballeros: ¡cien fotos atrevidas!». Vuelta a la guarida, la pistola siempre a mano, Dan Turner reposa la cabeza cansada sobre una almohada y descansa hasta el número de noviembre. Y a menos que ustedes me necesiten esta tarde para algo, creo que voy a hacer lo mismo. Estoy exhausto.

AZÓTAME, PAPI
POSIMPRESIONISTA

Muchachos, ¿alguien ha visto por ahí a Somerset Maugham? Llevo tiempo sin toparme con él, pero me juego lo que sea a que esos carteles de *La luna y seis peniques* le han hecho subir el rubor a las mejillas. Por si han pasado ustedes las últimas dos semanas bajo el agua, los Messrs. Loew y Lewin acaban de adaptar para la gran pantalla la novela de Maugham sobre las vicisitudes de Charles Strickland, un personaje que recuerda mucho a Paul Gauguin. Enfrentados al dilema de cómo promocionar tan espiritual problemática, los productores, evidentemente, recordaron que Vincent van Gogh pasó al imaginario popular como el hombre que envió por correo una de sus orejas a un amigo, y decidieron vender a su héroe de un modo similar. El leitmotiv de la campaña era una turgente polinesia ataviada con un sarong tremendamente ceñido, la cual retoza con considerable abandono mientras huele una flor. De detrás de una palmera, poderoso cual gorila, asoma George Sanders con la mejor barba que pueda pagarse con dinero. «¡Yo no quiero amor! ¡Odio el amor! —declara petulante—. Interfiere en mi obra... Y no obstante... ¡soy humano!» En un segundo cartel se ve al pintor con el mismo ademán desengañado y, en letras sobreimpresionadas, se lee: «¡Las mujeres son bestias extrañas! Puedes tratarlas como a perros (¡como hizo él!), azotarlas hasta que te duelan los brazos (¡como hizo él!)... y aun así te aman (como hicieron ellas). Pero al final te atrapan y en sus manos no hay escapatoria».

A pesar de que el diario de Gauguin, *Antes y después*, y su correspondencia con D. de Monfreid contienen algunos fragmentos subidos de tono, nadie recuerda al artista como un juguete de la pasión precisamente, por lo que estas insinuaciones podrían hacer que los más mojigatos se lleven a engaño. Sin embargo, ahora que Hollywood ha abierto la veda, puede que ciertas cartas recientemente desenterradas del último cajón de mi escritorio merezcan un cuidadoso escrutinio. Estas las escribió el artista al barbero de mi padre, que vivió en dicho cajón entre 1895 y 1897. Aquí y allá, me he tomado la libertad de traducir algunas expresiones argóticas casi impenetrables al lenguaje actual, por mor de claridad.

MATAIEA, 17 DE JULIO DE 1896

QUERIDO MARCUS:

Debes de pensar, viejo amigo, que estoy hecho un buen *pascudnick*[4] por no haberte escrito hasta este momento, pero el hombre nace para sufrir, tan cierto como que las chispas vuelan,[5] y uno hace lo que puede. El día siguiente a mi última carta, vino a verme una muchachita morena llamada Tia, con su pareo de hojas sueltas, cosa de por sí suficiente para fundirle los ocres de la paleta a cualquiera. Se da el caso de que yo estaba en la cabaña pintándole un pastel a un mujerón de Papeete. Le dije a Tia que dejara de incordiar, pero la muchacha parecía inconsolable. Mal de mi grado, le pregunté qué quería. «*Poi*», me respondió. *Poi* es algo que nunca le he negado a nadie, amigo Marcus, así que me deshice de la otra y me puse manos a la obra con el *poi*. En cuanto estuvimos solos, la muy pilluela reveló sus intenciones. «¡Soy una bestia extraña! —gritó—. ¡Azótame hasta que te duelan los brazos!» Yo, un padre de familia. *Figurez-vous*. ¿Qué podía hacer, Marcus? La arrastré un rato por la habitación, le hice saltar varios dientes y la invité a marcharse, pues debía terminar un guache para las cinco. *Dame!* Cuando quise darme cuenta, la virginal

4. En yiddish, «granuja».
5. Job 5:7.

damisela había candado la puerta, se había tragado la llave [*clef*] y me tenía a su merced.

En cuanto al cuadro, avanza muy despacio. Muchas gracias por enviarme tu nuevo calendario, que ha llegado en buen estado. Personalmente, creo que la modelo es algo enclenque para mi gusto y que hay exceso de ropajes, pero *tiens*, así es el estilo burgués. Cuéntame más sobre ese joven, el hijo de tu mecenas. El muchacho tiene genio, Marcus; tengo instinto para esas cosas. Recuerda bien lo que te digo: pronto tendremos otro Piero della Francesca.

Beso tus zarpas,

PAUL

MATAIEA, 12 DE NOVIEMBRE DE 1896

QUERIDO MARCUS:

La vida se me hace aquí cada vez más insoportable; las mujeres se niegan a dejarme en paz. Cómo envidio a Vincent, cuando estaba en Arlés y lo único que se interponía entre él y su musa era el espectro solar. Yo me vine a este miserable agujero porque estaba harto de la civilización y sus baratijas, pero es como si no hubiera salido de la rue Vercingétorix. Anoche asistí a una fiesta nativa y, necio de mí, olvidé cerrar la puerta de casa. Al regresar hacia las dos con una persona encantadora que insistía en ver mis frescos, me encontré a la esposa del ministro de Obras Públicas escondida bajo la cama. La historia de siempre: que la azotase, que la tratara como a un perro o, si no, dejaría de amarme. *Quelle bêtise!* Los brazos me duelen tanto de fustigar a estas focas que apenas soy capaz de mezclar los pigmentos. Si me siento en un bar de trabajadores para tomarme una infusión, al punto me veo rodeado por una horda de bellezas que me ruegan que las maltrate. Todas las mañanas me levanto con la determinación de dedicar el día a asuntos serios. Pero bastan un par de ojitos oscuros asomados a la ventana, una mirada tierna y, puf [*pouf*], adiós a la determinación. A fin de cuentas, yo también soy humano.

Tengo una idea soberbia para un lienzo que sería la pura antítesis de la *Olympia* de Manet: una muchacha nativa acostada en un sofá, mirando al espectador con una mezcla de miedo y coquetería. A este ritmo, no lo voy a terminar nunca. Cada vez que me pongo a hacer esbozos ocurre lo mismo. Coloco a la modelo sobre el diván, froto suavemente su espalda con la mano para realzar el brillo —*au fond* soy un pintor de resaltes— y, pam, nos vamos por la tangente. Por el momento, a efectos puramente de sombrear los relieves, me estoy sirviendo de un paraguas en lugar de una chica. De hecho, no deja de ser un comentario irónico sobre la mujer moderna: toda costillas y ropa. ¿Adónde han ido esas muchachas lozanas, abundantes y rellenitas que antes se veían por todas partes?

A tus cartas solo les encuentro una tacha: contienen demasiadas lagunas. Dices que el hijo de tu mecenas fue sorprendido abrazando a su institutriz. *Et alors?* ¿Qué ocurrió? Dejas demasiado espacio a la imaginación. Describe la escena con mayor fidelidad. Manda fotografías, si es posible. En cualquier caso, necesito una foto de esa institutriz, a ser posible en camisón, para una composición en la que estoy trabajando. Es un capricho etéreo a la manera de Watteau, muy distinto al resto de lo que estoy pintando: la institutriz presa de un sobresalto, ruborizada toda ella, que contra su voluntad se entrega a un pequeño sátiro. Lo titularé *De mil amores*. No me malinterpretes, *mon compain*. No es más que un divertimento, un cambio de ritmo con respecto al resto de mi trabajo.

Tuyo como siempre,

PAUL

MATAIEA, 3 DE MAYO DE 1897

QUERIDO MARCUS:

¡Noticia histórica! ¡Lo he conseguido! Tras muchos años de desaires y escarnios, tras toda una vida de insultos por parte de los academicistas y la prensa paniaguada, ¡al fin he logrado reconocimiento oficial! Ha llegado de manos de Mme. Dufresnoy, esposa del nuevo gobernador general, justo cuando me hallaba al borde mismo de la desesperación. Dejaré que tú mismo te imagines la escena: estaba yo paseándome con aire taciturno delante del caballete, solo, olvidado, tratando de exprimir algo de inspiración de las cuatro o cinco huríes que con sus escasas ropas ocupaban la tarima. De repente, se oyen las ruedas de un carruaje y entra la viva imagen de la belleza, una verdadera Juno. Qué rítmica fluidez, qué vibraciones... y, al mismo tiempo, ese toque de ordinariez tan irresistible. ¡Me puse a temblar como un niño de colegio! Pero la verdadera sorpresa todavía estaba por llegar. Y es que quien se aloja tras esta deslumbrante fachada no es una sórdida filistea, sino un espíritu delicado y sutil en sintonía con el mío propio; en pocas palabras: una *connoisseuse*. Al parecer, la fama de mi obra se ha difundido entre sus lacayos y plenipotenciarios, y ella desea verla al instante. Concretamos los detalles en un santiamén: el próximo martes, debo llevar mis mejores lienzos a la mansión del alto funcionario para su inspección. Solo una cosa enturbia mi dicha. Dado que la mansión está siendo revocada, la muestra tendrá lugar en el *boudoir* de la señora, una pieza demasiado angosta que temo no sea del todo adecuada para exhibir los óleos de mayor tamaño. ¡Perdición! Pero saldremos de esta. Estoy frenético con los preparativos: barnizar cuadros, pedir prestada colonia para los lóbulos de las orejas, mil y una distracciones... Debo irme volando.

Abrazos, querido amigo,

PAUL

P. D.: Hay un pasaje de tu última carta que me dejó desconcertado. ¿Cómo es posible que el hijo de tu mecenas se deslizara al interior del cuarto de la casera sin trepar por el hueco de ventilación? Refrena estas exuberancias, te lo imploro, y no dejes de enviarme un retrato de la casera.

MATAIEA, 19 DE MAYO DE 1897

QUERIDO MARCUS:

Mi decisión es irrevocable: dejo la pintura. Tengo una nueva misión, el exterminio de la clase dirigente y, en particular, de sus esposas. Después de eso, al monasterio.

La traición ha sido completa, catastrófica. Esperé el día de la visita con Mme. Dufresnoy con la cabeza llena de proyectos: una casa en la avenue Matignon, una *petite amie* ronroneando a mi lado cual gatita, una villa en Chantilly. Mi benefactora me recibió vestida con un vaporoso *peignoir* y los ojos relucientes de belladona. La pieza estaba sumida en la penumbra, pues prefería (la muy tirana) examinar los lienzos con luz artificial. Yo, ante esa excentricidad, me encogí de espaldas, apuré un *fine à l'eau* como digestivo y pronuncié un breve preámbulo sobre mi obra. *Basta!* De repente se hace una oscuridad estigia y me veo aferrado por un abrazo de hierro. «Madame —suplico yo—, permítame al menos que nos sentemos a debatir sobre este asunto.» *Enfin*, la mujer se sienta a regañadientes sobre mi regazo y, justo cuando estaba logrando que entrara en razón, la puerta se abre de golpe y el gobernador general entra como un torbellino. Podría haber derribado a ese saco de patatas con el dedo meñique, pero el hombre iba escoltado por una banda de apaches armados hasta los dientes. No obstante, me desenvolví con destreza y, aparte de un ojo a la funerala y una pequeña fractura en tallo verde, obtuve una fácil victoria. Gracias a la intercesión de Madame, me fue concedida la celda más amplia del calabozo y la misión de encalar las paredes. No es pintar, pero trabajar con nuevas texturas siempre viene bien para la disciplina artística.

Tus cartas, como siempre, son mi único solaz. No obstante, si no es abusar de tu amistad, por favor, omite en adelante toda referencia a ese desgraciado mequetrefe, el hijo de tu mecenas. No tengo ningún interés en sus sucios amoríos, ni, para el caso, en los de nadie más. Todo este maldito asunto me tiene ya hasta la coronilla.

Siempre tuyo,

P. GAUGUIN

LAS TERMITAS ROJAS
UN CUENTO PARA JÓVENES ESQUIROLES

⬤ Centreville! ¡Todo el mundo abajo!

La voz del revisor resonó por el vagón de primera clase y Avid Lissner, con su cautivadora figura elegantemente ataviada a la última moda de la Quinta Avenida, se empolvó un poco la nariz y se levantó. El viejo George, el maletero «de color», le sonrió paternalmente mientras se rascaba la cabeza lanuda.

—¿Quiere que la ayude, señorita Avid?

—No, George, bajaré de la manera habitual —replicó Avid con voz alegre. La broma no le pasó por alto al viejo George, que dejó escapar una risita cómplice y arrojó su equipaje por la ventanilla. Avid bajó y se reunió con el viejo George, el capataz de la fábrica de su padre, que la esperaba en el andén. El hombre, con aire contrito, se limpió las manos grasientas en las enaguas de la muchacha y le estrechó la mano.

—Señorita, cuánto me alegro de verla de vuelta de la universidad —dijo respetuosamente—. Estos rojos del demonio nos traen por el camino de la amargura, ¡vaya si no! Desde el fallecimiento de su pobre papá... —Sacudió la cabeza abatido y de ella salieron volando un puñado de polillas. Avid apretó los labios con gesto grave y unas pequeñas llamas ardieron en sus ojos; era evidente que tenía las pupilas irritadas.

—¡Yo les enseñaré a esos cobardes nihilistas! —declaró furiosa—. ¡Venir aquí a corromper a los buenos trabajadores americanos con sus utópicas ideas! Si no les gusta nuestro país, ¿por qué no se vuelven por donde han venido? Figúrate, George, ¡pretenden que me lo reparta todo a medias con esos campesinos malolientes! Eso es lo malo de estos extranjeros, que vienen aquí a hacer dinero y luego se lo llevan con ellos a Polonia. ¡La horca es demasiado buena para esos socialistas!

Desafortunadamente, las acaloradas palabras de Avid no le pasaron por alto a un espía rojo que merodeaba entre la multitud. Bomba en mano, esbozó una sonrisita maligna y se escabulló prometiendo venganza.

El mayordomo salió a recibir a Avid a las puertas de la mansión Lissner con el rostro atribulado. El viejo George había criado a Avid como si fuera la hija de una hija que una vez él había tenido, y ella había aprendido a quererlo como a un hermano.

—¿Qué ocurre, George? —preguntó Avid mientras se quitaba las apretadas zapatillas y, con un suspiro, introducía los pies en el caldero de sopa que hervía sobre el fuego.

—Los rojos, señorita —le confió George susurrando nervioso—. Llevan días dejando notas en las que nos ordenan que no comamos otra cosa que pan negro y caviar. Ayer mismo, durante una reunión, cambiaron el nombre de la ciudad a Centregrado. Todo es cosa de ese tal Jake Gold, el Soviético.

Avid sabía que ese era el nombre de un corpulento matón bolchevique que había estado agitando a los trabajadores con sus insidiosas doctrinas. Ya de noche, la muchacha se sentó a cavilar en la biblioteca, escuchando el crujido de los viejos volúmenes encuadernados en badana, hasta que, cuando los tenues rayos del alba y el lechero se asomaron por la ventana, supo que su plan estaba listo.

Tres horas después, disfrazada de obrero, con un pañuelo rojo anudado holgadamente sobre la frente y las facciones embadurnadas de grasiento aceite, se mezcló con el enjambre de alegres y sonrientes operarios que estaban entrando en la fábrica. Poco después, se puso a manejar una prensa de punzonar, con los ojos y los oídos bien abiertos, claro está. De pronto, una carcajada ronca y carrasposa llamó su atención. Al levantar la vista, reconoció el rostro de Jake Gold, el Soviético, sonriendo frente a ella.

—Ven a darme un besito, camarada —dijo el muy salvaje, levantándole la barbilla—. ¡Un poco de conciencia de clase, repollo mío!

Avid trató de apartarlo, pero el hombre ya la tenía aferrada contra su cuerpo. El zumbido de la maquinaria apagaba los gritos de la muchacha, y la cara de él no dejaba de buscar la suya. Un golpetazo inesperado lo hizo salir despedido. Linwood Flowers, un joven y robusto maquinista americano, se interpuso entre ellos con los puños cerrados.

—Ahora explícales *esto* a tus jefes moscovitas —gruñó Flowers, asestando un contundente puñetazo contra el plexo solar de Gold—. ¡Yo te enseñaré a ponerle la mano encima a una muchacha americana indefensa!

Pero el comunista, espantado, ya estaba pidiendo clemencia, si bien no pudo resistirse a dirigir a Avid una última amenaza.

—¡Tú espera, que ya llegará tu día! —masculló—. ¡Te nacionalizaremos como a todas las demás! Y sin casarte, ¿me oyes? ¡Cuando dos personas se aman, lo único que tienen que hacer es firmar un certificado!

—Ah, conque de eso se trata, ¿eh? El amor libre —dijo Flowers, dando una zancada hacia él. Pero el matón agachó la cabeza y se marchó volando como el gallina que era.

—¡Oh, Linwood! —suspiró Avid mientras sentía cómo él la apretaba con sus musculosos brazos—. ¡Parece que estamos perdidos! ¿Para eso ha cruzado nuestras puertas el invasor? ¿Para empañar los ideales por los que lucharon nuestros abuelos en Bunker Hill, Chicken Ridge y Mungerstown? ¿Para eso se enfrentó Montcalm a Wolfe en las cumbres nevadas de Quebec? Además, ¡cuando impere el comunismo no nos dejarán ni bañarnos! Oh, Linwood...

—Ya pasó, Avid —la serenó él—. Venceremos, y entonces... —En sus ojos se reflejaba una pregunta inexpresada. Ella asintió, y todo su cuerpo se tiñó de rubor. El estridente sonido del timbre del mediodía rompió su embeleso; juntos se retiraron a una zona de césped, donde compartieron quimeras y un poco de pastel de cerdo que llevaban en la fiambrera. Instantes después, Avid se sumió en un sueño sin sueños, mientras Flowers le sacudía las moscas de la cabeza y estudiaba los Harvard Classics con los que se edificaba en los ratos de asueto.

Esa noche, al dar la una, una figura embozada cruzó el muelle en dirección a la secreta caverna subterránea en la que los conspiradores rojos celebraban su cónclave diario. Camuflada con una adusta barba negra y un abrigo de astracán de enviado soviético, Avid Lissner sentía cómo su corazón latía furioso. El hosco vigilante apostado a la entrada de la cueva se quedó mirándola con suspicacia.

—Alto ahí, ¡el santo y seña! —bramó en ruso.

—Muerte a los burgueses aristócratas —respondió Avid en el fluido tártaro que había aprendido en el colegio. Reticente aún, el indeseable rojo seguía bloqueándole el paso.

—¡A un lado, perro hijo de una cerda! —espetó Avid, azotándolo con la fusta—. ¿Es esta manera de recibir a un camarada que trae un despacho secreto del Comité Central?

Agachándose humildemente, el vigilante dio un paso atrás murmurando algo para sí en algún obscuro dialecto ucraniano. Reunidos en torno a una gran hoguera, una veintena de anarquistas de ojos aviesos y piel morena confabulaban para derrocar la supremacía estadounidense. Entre ellos, Avid reconoció a varios agitadores notorios, defensores del impuesto único, lectores liberales del *The Nation* y el *New Republic*, prófugos de la Gran Guerra y demás elementos destructivos.

—Saludos desde la Unión de Repúblicas Socialistas Soviéticas —dijo Avid en tono sentencioso—, y también desde las repúblicas autónomas de Turkmenistán y Uzbekistán. Recuerdos, asimismo, de los muchachos de la sala de billar de Tobolsk. El gobierno os envía este presente. —Y depositó un tractor sobre el mueble aparador. De las gargantas de los revolucionarios emergió un salvaje rugido de bienvenida. Sentada sola junto al fuego con un tazón caliente de *borsch*, o sopa rusa de remolacha, Avid miraba de un lado para otro con ojos fieros.

—¿Qué nuevas traes de nuestra querida patria? —preguntó Jake Gold, el Soviético, arrojando al fuego un ejemplar de la Constitución estadounidense.

—Todo avanza satisfactoriamente —respondió Avid, sacándose del bolsillo un pedazo de esturión y masticándolo a la manera de un lobo—. La semana pasada fusilamos a tres traidores a los que sorprendimos vestidos con camisas de lino blanco y a una joven contrarrevolucionaria de diecisiete años que tenía dos pares de medias de seda.

—¿Y qué hay del *New York Times?* —inquirió un socialista del ala izquierda desde el ala derecha de la sala.

—¡Bah! No hay nada que hacer con esos, se niegan a aceptar sobornos —gruñó Avid.

Un coro de silbidos dirigidos al *New York Times* inundó la sala.

—Nosotros tampoco hemos estado ociosos —informaron Kalmar y Ruby, los líderes del comité central de la fábrica—. Anoche tuvimos elecciones. El camarada Ryskind ha sido nombrado comisario en jefe de Toallas Limpias.

—Ya lo creo que sí —graznó el camarada Besprizorny—. Y también hemos votado enviar a los camaradas Oppenheimer y Mankiewicz al pelotón de fusilamiento.

—¿Delante o detrás de los fusiles? —preguntó Avid en un inglés gutural, al tiempo que besaba en ambas mejillas a los nuevos miembros del pelotón de fusilamiento, una imprudencia por su parte, pues la barba postiza se le despegó accidentalmente y cayó al suelo. Los conspiradores alzaron un grito de rabia al ver que los habían embaucado. En un abrir y cerrar de ojos, ataron y amordazaron a la muchacha. El Comité de Espías Americanos de Nacimiento convocó una reunión de urgencia y condenó a Avid a ser torturada y quemada. Envalentonados por el vodka, los borrachos comunistas apilaron leña sobre la fogata y prepararon los instrumentos. Avid, pálida pero resuelta, los observaba con desprecio. Finalmente, la abominable parafernalia quedó dispuesta; la muchacha podía oír el silbido del hierro candente acercándose poco a poco a su piel, cada vez más cerca, y más cerca...

De repente, fuera resonó un clarín; la puerta se pandeó y acabó partiéndose hecha astillas bajo el poderoso ariete de un escuadrón de Marines al frente del cual Avid acertó a distinguir a Linwood Flowers, sable en mano. Detrás de ellos, unidades escogidas de la Guardia Nacional, los Boy Scouts, las Girl Scouts, las Hijas de la Revolución

Americana y demás organizaciones patrióticas entraron a la carga. Desconcertados, los rojos se pusieron a blasfemar en eslavo, y al punto quedaron reducidos por sus corteses aunque firmes captores, que se los llevaron a la penitenciaría de Leavenworth a cumplir duras condenas.

—Efectivamente —dijo riendo Linwood Flowers, divertido ante el asombro de Avid, mientras se sacaba una placa dorada del bolsillo—, tiene delante ni más ni menos que a Abe Smolinsky, del Departamento de Justicia de los Estados Unidos, operativo número quinientos cuarenta, para servirla. Jake Gold, el Soviético, ha decidido cantar justo a tiempo y me ha telefoneado. Es usted una muchacha muy valiente.

—Oh, Jake —musitó Avid acurrucándose bajo los brazos protectores del arrepentido Gold—. Siempre supe que eras de los buenos. Y ahora prométeme que no volverás a creerte esa odiosa propaganda subversiva, ¿me lo prometes?

—Sí, Avid —respondió Jake en tono varonil—. He aprendido la lección, y, a partir de ahora, si mi país me necesita, ¡estaré preparado!

Y diciendo esto, tomó en brazos a su sonrojada prometida entre los hurras de la clase cívica. Y llegados aquí, al momento en que sus labios se unen, permítanme que corra un pudoroso velo.

Poco más hay que añadir. Los empleados de la Fábrica de Cojinetes Lissner, exultantes y libres de la amenaza roja, exigieron un recorte salarial del treinta por ciento y que se les permitiera trabajar jornadas de once horas. Avid y Jake se casaron y poco después los encontraron asesinados en su cama. Afortunadamente, nunca se encontraron pistas que ayudaran a resolver tan espantoso caso, al que los viejos del lugar se refieren todavía como «el sospechoso suceso de la mansión Lissner».

PÓNGALE OTRA,
QUE ESTÁ SOBRIO

Si el difunto Henry James hubiera estado en la escalera de entrada a su casa en el 21 de Washington Place esta mañana, habría visto al deponente, su vecino, salir tambaleándose de un taxi y desplomarse en brazos del ascensorista de noche entre sollozos. Sin duda el señor James, que curiosamente *estaba ahí* departiendo con Mark Twain y Richard Harding Davis, creyó estar viendo a un borracho cualquiera. Allá el señor James; por lo que a mí respecta, se me da una higa la opinión que pueda tener de mí. De todos modos, quisiera poner en claro el incidente antes de que se tergiverse, pues en nuestra enferma sociedad es cosa habitual que un hombre como yo, abstemio hasta rozar lo fanático, se convierta en blanco de habladurías. Paradójicamente, ha sido mi sobriedad lo que me ha valido más vilipendios y maltratos físicos que los que jamás sufrieran los primeros mártires del cristianismo.

Todo este desdichado asunto comenzó ayer por la tarde. Los últimos rayos de sol se filtraron entre las venecianas hasta posarse sobre la enferma silueta sentada en el sofá de color púrpura imperial. Tres liliputienses vestidos con calzas y jubón, y armados con abrenueces y tenedores para ostras, acometieron contra el dedo gordo de mi pie, del que se vieron salir las letras «A-Y» zigzagueando rumbo al infinito. Durante la noche, alguien me había extraído las córneas, las había barnizado y había vuelto a colocármelas, y me había encajado un curioso yelmo de acero que me iba varias tallas pequeño. Ahí tendido, envuelto en las más suaves sábanas de holanda, una sensación de remordimiento con gusto a cacao empezó a manar de mis rodillas hasta atenazarme el corazón.

—Tú, puerco —dije entre dientes—, si te queda un gramo de hombría bajo ese disfraz, deberías ponerte de rodillas y pedir perdón.

El vulgar monólogo prosiguió ininterrumpido mientras hacía mis abluciones, hasta que la lata de polvo dentífrico se me escurrió de los dedos y estalló en el suelo con un estruendo similar al de una granada de fragmentación. Segundos después, me presenté ante mi esposa con el ímpetu y la exaltación de un personaje salido de las novelas de Hall Caine, vestido con un traje blanco de algodón y una cinta de pelo azul y señalándome la insignia a favor de la abstinencia que llevaba clavada en el pecho.

—Se acabó —declamé—. Nunca más. Adiós, John Barleycorn; hola, Walker-Gordon.⁶ *Mens sana in corpore sano*. Mira mi mano: firme como una roca.

Mi flor de durazno alzó la vista de su secreter de concha de tortuga, se encogió fríamente de hombros y continuó sacando la cuenta de la factura del whisky. Decidido a demostrar que había experimentado una regeneración moral a la altura de *El progreso del peregrino*, hice aparecer un cuenco de palomitas y un volumen de las memorias de Colley Cibber y me acomodé junto a la chimenea. Tras veinte segundos leyendo en silencio, mis ojos se cansaron de escudriñar aquellas letras del tamaño de un cícero y apoyé la cabeza sobre la mano. De repente sonó el teléfono y me levanté, derribando el jarrón de los crisantemos con suma habilidad. Dos miembros de nuestro grupo de amigos recién casados habían decidido organizar un cóctel. Según ellos, mi presencia, sumada a la de la señora George Washington Kavanaugh⁷, haría que la fiesta se convirtiera en el acto social de la temporada. Yo, con voz educada a la par que firme, ya

---

6. «John Barleycorn» es el título de una canción popular inglesa cuyo protagonista epónimo personifica la cebada y, por extensión, el whisky. Las granjas Walker-Gordon eran conocidas por la calidad de su leche, la bebida típica entre los defensores de la abstinencia.

7. Marie Miller Kavanaugh (más conocida como George Washington Kavanaugh) era una *socialité* neoyorquina famosa en los años cuarenta por sus excentricidades.

estaba presentando mis excusas cuando oí a mi esposa relinchar sobre mi hombro.

—¡Una fiesta ¡Una fiesta! —suspiró— ¡Nunca me llevas a fiestas! Fiesta... Fiesta... Fiesta...

Antes de que pudiera razonar con ella, se arrojó sobre el cubrecama y empezó a gimotear contra el cabezal. Consciente de que combatir las lágrimas con la lógica era tarea fútil, accedí a regañadientes. No obstante, mientras íbamos en el taxi dejé bien claro que mi decisión de renunciar al alcohol era irrevocable. Mi esposa torció el labio con desdén.

—Eso díselo a Sweeney —replicó.

Me incliné hacia Sweeney, que golpeteaba impaciente el volante con su tatuaje mientras esperaba a que cambiara el semáforo, y le dije que mi decisión era irrevocable. Su risita despectiva me enfureció y perdí los estribos.

—¡Ya veréis, vosotros dos! —grité estampando mis menudos puños sobre el asiento plegable—. ¡Que me caiga muerto si pruebo tan solo una gota!

Yo seguía desafiando al rayo cuando entramos en el pabellón de los placeres. Dieciocho o veinte adeptos a los excesos en distintos grados de desmejora habían montado una juerga en un acogedor apartamento de dos habitaciones. Para mayor intimidad, alguien había traído un gran danés, un periquito y un niño prodigio que estaba ocupado echando cáscaras de fruta y colillas de cigarrillo en los sombreros de los hombres. Aquello era una orgía nauseabunda, equiparable a los peores tiempos de Babilonia (la Babilonia de Long Island, quiero decir), pero conseguí mantenerme al margen, impertérrito como un pilar pese a las lisonjas y las burlas de mis compañeros.

—Solo un sorbitito de nada —me rogó la anfitriona, una rubia seductora con un vestido de *crepé georgette* negro y medias de rejilla—. No seas así, chico serio.

Por un momento, su proximidad me hizo perder el seso, pero aparté resueltamente la cara de ella y pedí un vaso de agua. Cuanto más turbulenta se volvía la francachela, tanto mayor era mi displicencia; a mi lado, el corazón de pedernal de Cromwell habría parecido una orquídea. Mi estúpido orgullo me hizo creer que había dado con la piedra filosofal, que me había vuelto inmune al desastre. Y entonces el demonio movió ficha: el anfitrión, un tipo que en sus tiempos había corrido setenta y nueve yardas con toda la defensa de Harvard agarrada a su cintura, me tomó del brazo.

—Vamos a buscarte un sándwich —fue lo único que acerté a oír—. Ven a la cocina.

Me zafé con brusquedad y me aparté de él. Simultáneamente, el tipo se agachó casi hasta la tibia y me soltó un mamporro que me acertó de pleno en la mollera. Ante mis ojos se iluminó una curiosa exhibición de girándulas, bengalas y bombas incendiarias, y, tras balbucir un escueto «Ay, mamá», me desvanecí sobre el suelo. Me desperté en el dormitorio, encima de una pila de abrigos de astracán, y vi a mi esposa, que me estaba aplicando una cataplasma fría en la región submaxilar. Entre linimentos, Ángeles de Crimea y sus mejillas inflamadas de martinis, me informó de que gracias a mí habíamos quedado proscritos para siempre del *beau monde*. Por lo visto había pellizcado a la anfitriona, pateado las espinillas de dos señores Whitney y hecho añicos un juego de porcelana Royal Worcester que no tenía precio. Protesté diciendo que era inocente, víctima de alguna conspiración abominable.

—¡Estoy tan sobrio como tú! —me defendí—. ¡Más aún! ¡No he probado una gota desde ayer!

—Claro, claro —convino ella con dulzura—. Ariadne, ¿me ayudas a levantarlo? Cuando se pone así se le quedan las piernas como flanes.

Antes de que pudiera liberarme, unas manos atentas me embutieron en un gabán, me encasquetaron sobre las orejas, al más puro estilo Ben Welch, un sombrero de fieltro que no era mío, y me metieron en el montacargas. Mientras yo trataba de alzar la cabeza, que pendía cual dalia en el tallo, mis rescatadores se pusieron a barajar ideas para mi futuro: «Llévatelo a casa... No, que se va a cortar... ¿Quién es?... Sé de un sitio donde pueden darle un poco de sopa... Sí, la sopa le sentará bien». Farfullé una tenue protesta que pasó inadvertida; cuando la polvareda se hubo despejado, me hallaba recostado en la mesa en un bar de mala muerte en Broadway, contemplando con ojos lánguidos un cuenco de suero de mantequilla. Mi esposa y su grupito habían desaparecido, y un sirio gritón, que se presentó como el dueño de una cadena de zapaterías de Hartford, se ofreció a hacerme su socio. A media arenga hizo una pausa y, llamando «cuatro ojos» al barman, le pidió que me sirviera una copa. Evidentemente, aquella pulla era la guinda de una larga y dura jornada de trabajo, y el barman, profiriendo un grito destemplado, saltó por encima de los surtidores de cerveza y disparó un gancho que logré interceptar hábilmente con la oreja. El sirio contraatacó con presteza y al instante me encontré bamboleando entre ellos como un corcho. La estadística no es oficial, pero los cronistas deportivos calculan que esa noche paré más puñetazos que Jacob «Soldier» Bartfield en toda su carrera.

Recobré el conocimiento en un callejón con dos flamantes ojos a la funerala dignos de ser enmarcados y el coro de Hall Johnson cantando el *Stabat Mater* en mi cabeza. Misteriosamente, mi esposa había vuelto a aparecer y, con la ayuda de una joven y chillona pareja cuyos diálogos parecían escritos por Clyde Fitch, me estaba sacudiendo el polvo de encima.

—Ahora serénate, ¿de acuerdo? —me imploró mientras me frotaba el pico de viuda—. Todo irá bien. Tú relájate.

Cerré los ojos exhalando un suspiro de gratitud. Cuando volví a abrirlos, estaba sentado en una otomana en un bar de alterne de altos vuelos cerca de la avenida Amsterdam. El amanecer se asomaba a la ventana y un falso violinista gitano interpretaba una selección de arias de *La muchacha bohemia*. En la mesa de al lado, un trío de demacrados personajes que recordaban a la bebedora de absenta de Picasso, vagamente identificables como mi esposa y los Fitch, sollozaban desconsolados por la vieja Viena. Como pude, me puse en pie, le di a la regenta lo poco que me quedaba del fondo de contingencia y empujando a los parranderos delante de mí me encaminé hacia la puerta. Nada más salir, nos topamos con dos texanos monumentales de unos cuatro metros de estatura y con nieve en el pelo que insistían a gritos para que los dejasen entrar. Lo que ocurrió a continuación permanece parcialmente envuelto en una nebulosa, pero según lo que recuerdo, nuestro amigo Fitch, algo secamente, les pidió a Gog y a Magog que se apartaran, empleando para ello el informal apelativo «pareja de paletos». Yo había echado a correr como un vendaval por la acera, cuidándome mucho de mancharme la nariz o abrir la boca, cuando de repente noté que alguien me tiraba del cuello de la camisa y me alzaba un metro y medio del suelo.

—¿Se puede saber qué me has llamado, infusorio? —bramó uno de los ogros—. Ven, que te voy a aplastar el pico...

Su puño, no mayor que un jamón criado con cacahuetes, tomó impulso, y la corriente de aire que levantó aquel gesto fue suficiente para hacer que me rodara la cabeza. Grazné un patético desmentido y el tipo me soltó. Por poco me rompo los tobillos con la caída. En ese momento, mientras caminaba sigilosamente detrás del resto de mi grupo, tomé la decisión más trascendente de mi vida. Por tres veces esa noche había fruncido los labios repudiando el néctar de la vid, y por tres veces mi vida había quedado pendiente de un hilo. Decidí que ya podían abrirse las puertas del infierno, podían desatarse los mares y las diez plagas de Egipto: la leche, los grandes propósitos morales y yo habíamos terminado. A partir de ese momento, empezaba el gran carnaval de los pecados mortales. Camarero, póngame otra de ese mejunje ambarino y no se pase con la soda.

INSERTE LA LENGÜETA «A» Y TÍRELO A LA BASURA

Una sofocante tarde de verano, el agosto pasado, en el desván de una pequeña casita de piedra en Pensilvania, hice un descubrimiento de lo más interesante: la manera más rápida y barata jamás concebida para provocar un ataque de nervios. La técnica (con el tiempo adoptada por el departamento de psicología de la Universidad Duke, claro que en Duke adoptan cualquier cosa) consiste en colocar al sujeto en un desván de suelo irregular calentado a 170 grados centígrados y obligarlo a montar un armario a prueba de polillas conocido como el Instarmario. El Instarmario, que puede adquirirse en cualquier gran almacén o manicomio del barrio, se compone de media docena de láminas gigantes de cartón rojo, dos puertas de contrachapado, un riel para las perchas y una cajita de grapas. El paquete incluye un juego de instrucciones mimeografiadas en tinta violeta pálido y trufadas de frases como «Inserte la sección F en la ranura AA, con cuidado de no doblar las lengüetas situadas detrás de las arandelas (véase Fig. 9)». El cartón está procesado de tal modo que, cuando el sujeto forcejea convulsivamente para clavar la grapa, la lámina se comba de repente, introduciendo la grapa hasta bien adentro del pulgar. A continuación, el sujeto pega un brinco acompañado de un alarido de dolor y hace pedazos el tirador (sección K) contra el travesaño (RR). A guisa de demoníaco golpe de gracia, los astutos fabricantes del Instarmario no incluyen cuatro de las grapas necesarias para finalizar el montaje, por lo que después de tan inenarrable suplicio, lo más que obtiene el sujeto es una estructura sórdida y caprichosa que arrancaría las carcajadas de toda polilla digna de tal nombre. La frustración acumulada, el calor tropical y las discretas y fantasmales risas de las polillas están calculadas para desestabilizar aun a los más determinados.

Sin embargo, en estos tiempos de vertiginosos cambios tecnológicos, era inevitable que un método tan engorroso como el del Instarmario quedara pronto superado. Y quedó superado exactamente a las nueve y treinta minutos de la mañana del día de Navidad gracias a un artilugio conocido como el Juego de Camión Automóvil de Reparto a Escala con Motor Mágico; tamaño: 25 centímetros; precio: 29 centavos. Hacia las nueve de esa misma mañana me encontraba yo despatarrado sobre la cama, entregado a mi deporte favorito (respirar por la boca), cuando un corcho proveniente de la escopeta de aire comprimido de alguno de los niños se alojó misteriosamente en mi garganta. El proyectil se resistió unos instantes, pero al final logré expulsarlo a fuerza de sacudir al pequeño francotirador (y a su hermana, por si acaso) hasta que le aplaudieron las meninges, y entonces nos fuimos a desayunar. Antes de poder beberme un reparador jugo de fruta, apareció disparada mi consorte, una criatura alta y majestuosa indistinguible de Cornelia, la madre de los Gracos, salvo por el hecho de que se le había enredado el pie con un patín. Puso delante de mí una caja grande e inconfundible cubierta de diagramas.

—Y no empieces a poner excusas —dijo con voz quejumbrosa—. Solo es un juguete de cartón. Las instrucciones están detrás de...

—Verás, cariño —la interrumpí, levantándome raudo a ponerme el abrigo—, se me había ido de la cabeza, pero hoy tengo clase de sombreado en la Escuela de Dibujo Zim.

—¿El día de Navidad? —preguntó suspicaz.

—Sí, era el único día que había hueco —repuse con naturalidad—. Es la semana del sombreado, ¿sabes? Entre Navidad y Año Nuevo.

—¿Y piensas irte en pijama? —preguntó.

—Oh, no pasa nada —sonreí—. En Zim a menudo trabajamos en pijama. En fin, adiós. Si el jueves no he regresado, en la caja fuerte hay un tentempié.

Mi subterfugio, por desgracia, fue en vano, y poco después estaba sentado en el suelo del cuarto de juegos rodeado por un par de corderitos y las noventa y ocho piezas del Juego de Camión Automóvil de Reparto a Escala con Motor Mágico.

La teoría era sumamente sencilla, al alcance del señor Kettering de la General Motors, del profesor Millikan o de cualquier físico de primera línea. Tomando como punto de inicio la única frase que fui capaz de comprender («Doblar hacia abajo a lo largo de todas las líneas marcadas "Doblar hacia abajo"; doblar hacia arriba a lo largo de todas las líneas marcadas "Doblar hacia arriba"»), puse a los niños manos a la obra mientras yo me aplicaba al estudio de una revista llena de fotos de Jane Russell. Poco después, un cosquilleo delicioso invadió toda mi piel y me sentí en condiciones de pasar a la segunda fase, descrita sucintamente en las instrucciones como «Preparación de la unidad del motor de cuerda». Hasta donde se me alcanzaba, tras veinte minutos farfullando entre dientes, el Motor Mágico («Sin electricidad, sin pilas, no hay que dar cuerda, el motor nunca se agota») era un artefacto con forma de acordeón que, unido a los ejes, operaba por torsión. «Es preciso —decía el texto— cortar una pequeña muesca en cada uno de los ejes con la ayuda de un cuchillo (véase Fig. C). Para localizar el lugar exacto para cortar la muesca, colóquese uno de los ejes encima del diagrama que se encuentra al pie de esta página.»

—¡Bueno, ahora sí que se entiende! —exclamé con un falso entusiasmo que no logró engañar a nadie—. Eh, Buster, corre y tráele un cuchillo a papá.

—No quiero —dijo el chiquillo con voz trémula—. Cuando llegamos a este punto siempre te cortas.

Para enseñarle un poco de modales, le di al pequeño una indulgente palmada en la cabeza que se la aplastó ligeramente y me fui a la cocina a requisar un largo cuchillo de sierra de los de cortar el pan.

—Ahora observad bien, niños —ordené—. Colocamos el eje sobre el diagrama, como en la figura C, y aplicamos presión hacia abajo sujetando el cuchillo por el mango en todo momento.

El eje debía de tener algún defecto de fábrica, porque al momento siguiente yo estaba en el cuarto de baño, con los dientes apretados de pura agonía mientras trataba de contener el flujo de sangre. Al final, conseguí ponerme un vendaje provisional y regresé al cuarto de juegos sin despertar las sospechas de los niños. Allí me aguardaba una agradable sorpresa. En un alarde de destreza mecánica claramente heredada de su padre, los muy granujas habían armado el chasis del camión.

—Muy, pero que muy bien —los felicité (evidentemente, uno tiene que exagerar para fomentar la autoestima de los niños)—. Veamos... ¿cuál es el paso siguiente? Ah, sí. «Para cerrar el compartimento, introduzca las lengüetas C, D, E, F, G, H, J, K y L en las ranuras C, D, E, F, G, H, J, K y L. Inserte los extremos del eje delantero en los agujeros A y B.» Mientras me las veía y me las deseaba para colocar las partes indicadas en el orden correcto, recalqué a mis atentos vástagos las virtudes de la paciencia y la perseverancia—. Poco a poco y buena letra —les recordé—. Roma no se hizo en un día. Recordad que algún día vuestro padre no estará aquí para ayudaros.

—¿Y dónde estarás? —preguntaron.

—Espero que en el cine —les espeté.

Una vez hube logrado sujetar las lengüetas C, D, E, F, G, H, J, K y L con una mano y las correspondientes ranuras con la otra, traté de unirlas, pero fue en balde. Cada vez que encajaba una pareja y pasaba a la siguiente, la lengüeta y la ranura se separaban como burlándose de mí. Aunque los niños eran demasiado inmaduros para comprenderlo, al instante pude ver dónde estaba el problema. Algún idiota que trabajaba en la fábrica había puesto los agujeros en el lugar equivocado, seguramente por resentimiento. Conque pretendían jugármela, ¿eh? Apreté los labios y, tras perder setenta kilos de grasa en el intento, machaqué las piezas hasta formar con ellas una masa homogénea.

—Ya está —dije resollando—, casi igualito. A ver, ¿quién quiere un caramelo? Uno, dos y tres, ¡corriendo a la tienda de caramelos!

—¡Queremos terminar de montar el camión! —aullaron—. ¡Mamá, papá no nos deja terminar el camión!

—¡El camión, el camión! —berreé poniéndome de color púrpura—. Pero ¿qué os habéis creído que es la vida, un gran camión de reparto?

De nada me valieron amenazas, zalamerías y sobornos. En su código de la jungla, aquel trasto de veintinueve centavos pesaba más que el amor de su progenitor. Tras caer en la cuenta de que tenía que vérmelas con un par de monomaníacos, decidí demostrarles quién mandaba ahí y empecé a ensamblar las piezas de cartón a la buena de Dios, sin prestar la menor atención a las instrucciones. Cuando las piezas se resistían, las forzaba con las uñas hasta que encajaban. Los paneles laterales se vinieron abajo; blasfemando cual bestia, los fijé con un imperdible y los estampé contra el techo entre estridentes carcajadas. Utilicé clips, horquillas, todo lo que caía en mis manos. Mis dedos volaban y mi garganta emitía silbidos al respirar.

—¿Queréis un camión, ¿no? —dije jadeando—. Muy bien, ¡pues ahora veréis!

Cuando la noche piadosa empezó a caer, yo seguía a cuatro patas en el suelo empujando aquel aparato infernal con la punta de la nariz mientras gritaba: «¡Rueda, maldito trasto! ¡Rueda!».

—Reposo absoluto —dijo una voz prudente y modulada— y quince pastillas de estas cada cuatro horas.

Abrí los ojos con cuidado en el cuarto a oscuras. Vagamente, distinguí los rasgos afilados de un personaje con impertinentes y vestido de chaqué que estaba guardando un estetoscopio en un maletín.

—Sí —agregó con aire pensativo—, si jugamos bien nuestras cartas, será una recuperación larga y onerosa.

A lo lejos, acerté a oír la voz de mi mujer, tratando valerosamente de sobreponerse al nerviosismo.

—Doctor, ¿y si se pone nervioso?

—Dele un libro de detectives —repuso el muy sanguijuela—. O mejor aún, que se relaje haciendo un puzle... algo con lo que pueda usar las manos.

DENTAL O MENTAL, Y A HACER GÁRGARAS

Hace pocos días, bajo el titular: Un hombre salta por la ventana mientras su dentista busca los fórceps, el *New York Times* informaba del insólito caso de un hombre que saltó por la ventana mientras su dentista buscaba los fórceps. Un ciudadano de Staten Island entró tambaleándose en la consulta de un dentista y, señalándose una muela dolorida, gimió: «Me está matando. Tiene que sacármela». El dentista sonrió como un gato de Cheshire —el *New York Times* omite esta información, pero un gato de Cheshire que se hallaba presente en ese momento sonrió a su vez como un dentista— y se fue en busca de su instrumental. «Entonces se oyó un salto y un ruido de cristales —relata la noticia—. El asombrado dentista vio cómo su paciente atravesaba la ventana, que estaba cerrada, y descendía tres metros hasta el suelo, donde quedó postrado.» La víctima fue ingresada con abrasiones y en estado de *shock* en un hospital cercano, donde la atendieron los doctores J. G. Abrazian y Walter Shock, y entonces, cual gusano, regresó arrastrándose al dentista, se disculpó y se ofreció a pagar los desperfectos. Curiosamente, no obstante, en algo se mostró categórico: todavía tiene la muela.

Considerando que hace poco me pasé una mañana entera con las rodillas pegadas contra el pecho de un dentista implorando: «¡No, no, haré lo que sea, pero el torno no!», es probable que yo sea el único hombre del país en condiciones de simpatizar con ese pobre diablo. Desde que la Naturaleza me dotó al nacer con estas treinta y dos

inmaculadas perlas de tamaños varios, ni por un instante he relajado
mi celosa guardia sobre estas. A los seis años, adquirí la costumbre
de frotarme el esmalte con crocante de cacahuete, masajearme los
incisivos dos veces al día con caramelos de palo y mascar escrupulo-
samente tofe y dulces de chocolate con el fin de ejercitar las encías.
En lo que respecta a las visitas regulares al dentista, mi puntualidad
es poco menos que fetichista. Cada doce años dejo lo que sea que
tenga entre manos y permito que una manada de ponis caucásicos
me arrastre hasta la consulta de un reputado odontólogo. Supongo
que podríamos decir que el cuidado de la dentadura es para mí una
obsesión.

De modo, pues, que cuando la semana pasada me golpeé un
diente sin querer con la guinda de un *old-fashioned* y mi tupé salió
disparado hacia el techo del local, me sentí consternado, a la vez
que traicionado. Hacia las once de la mañana siguiente, estaba sentado en la salita de espera de un tal Russell Pipgrass, cirujano dental,
sosteniendo del revés, entre mis manos temblorosas, un ejemplar
del *National Geographic* con el que trataba de fingirme absorto en el
folklore magiar. A través de la puerta que comunicaba con el matadero, se oía un leve zumbido que helaba la sangre, como una sierra
radial cortando una tabla de madera. De repente, se alzó un chillido
ensordecedor que se apagó con un gorgoteo ahogado. Impertérrito,
me apagué el cigarrillo en la oreja y me acerqué a la enfermera, una
de esas arpías con aspecto de Medusa, con serpientes retorciéndose
bajo su remilgada cofia blanca.

—Esto... ejem... disculpe usted —articulé después de tragarme
el trozo de papel de lija que había estado mascando—. ¿No ha oído
usted nada?

—No, señor —respondió, escondiendo remilgadamente una de las
serpientes bajo la cofia—. ¿A qué se refiere?

—Un... como una especie de chirrido —balbucí.

—Ah, eso —dijo ella chasqueando la lengua con indolencia—. Una
muela del juicio que no ha erupcionado. Es que con esas hay que ir a
través del cráneo, ¿sabe usted?

Tras murmurar alguna excusa incoherente a propósito de un

almuerzo con alguien en Sandusky, Ohio, me eché cuerpo a tierra y repté hacia el pasillo, pero justo entonces apareció el doctor Pipgrass frotándose las manos.

—¡Vaya, vaya, un paciente inesperado! —cacareó con los ojos relucientes de codicia—. Cuidado, ¡que no abra la puerta!

Antes de que pudiera escurrirme, el doctor me inmovilizó con una media nelson e, indiferente a mis patadas y forcejeos, me arrastró hacia su red. El hombre seguía tratando de sentarme en la silla cuando la enfermera entró corriendo blandiendo un pesado cenicero de cristal.

—¡Tenga, arréele con esto! —dijo jadeante.

—No, no hay que dejar marcas —masculló Pipgrass—. Luego la familia siempre hace preguntas.

Finalmente lograron acomodarme amarrándome a la silla con media docena de toallas, me pusieron con las patas para arriba y me abrieron la boca con una cuchara.

—A ver, ¿dónde están sus radiografías? —preguntó el doctor.

—No tiene —replicó la enfermera—. Es la primera vez que se visita con nosotros.

—Muy, pues trae una radiografía cualquiera —ladró su jefe—. ¿Qué más da? Vista una muela, vistas todas. —Puso la radiografía frente a la luz y la examinó con aire grave—. Vaya, vaya, amigo mío, esto pinta feo —dijo al fin—. En fin, se lo diré sin rodeos: tiene usted los dientes de un octogenario. Ha venido justo a tiempo.

Y agarrando un monstruoso artilugio del soporte, empezó a dispararme aire comprimido en el gaznate hasta provocarme un paroxismo de asfixia; él, entretanto, contemplaba mis empastes con ademán curioso.

—¿Quién le ha hecho esto? ¿El fontanero? —dijo con sorna—. Deberían arrestarlo por ir por ahí con un apaño semejante. —Al oír el frufrú de los billetes, se dio la vuelta y fulminó a la enfermera con la mirada—. Señorita Smedley, ¿cuántas veces le tengo que decir que no cuente el dinero de los pacientes delante de ellos? Llévese la billetera afuera y cuente ahí. —La mujer asintió avergonzada y salió de puntillas—. Son ese tipo de cosas las que dan mala impresión a ojos del profano —gruñó el doctor Pipgrass, revolviéndome la lengua con una varilla afilada—. Muy bien, ¿y qué dice que le pasa?

—Ong ong ong —farfullé.

—Hmm, paladar hendido —musitó—. Justo lo que me temía. Y unas cuatro o cinco mil caries. Ya que estamos, creo que será mejor extraer los molares con un martillo neumático y colocar unas cuantas coronas de las caras. Perdone —dijo marcando a toda prisa un número de teléfono—. Irene, ¿eres tú? —preguntó—. Soy Russell. Oye una cosa, lo de ese abrigo blanco de visón del que estábamos hablando mientras desayunábamos... adelante, cómpratelo, he cambiado de idea... No, ya te lo explicaré más tarde. El tipo este está podrido.

—Oiga, doctor —dije bostezando un poco para disimular—, no es nada, de verdad... Solo una sensación de cosquilleo en la última del fondo. Volveré el martes, tal día como hoy, pero del año que viene.

—Claro, claro —me interrumpió, mientras me daba unas palmaditas en el hombro—. No tenga miedo, no le va a doler nada.

El hombre, sonriendo lenta y maliciosamente, se sacó de detrás de la espalda una aguja hipodérmica de las que se usan para los caballos de tiro y, apartándome el labio, me la clavó en la encía. Al instante, sentí que se me congelaba la punta de la nariz y que la lengua adquiría las proporciones de un rollo de franela. Traté de gritar, pero mi laringe había decidido que era la hora de hacer la pausa del almuerzo. Aprovechando la oportunidad, Pipgrass echó mano del torno, me jaló del pelo con fuerza y atacó. Me invadió una sensación ambigua, como si me hubieran clavado un estilete y, a la vez, me estuvieran inflando con una bomba para bicicletas; dos finas hebras de humo ondulaban lentamente hacia arriba procedentes de mis orejas. Por suerte, desde pequeño me habían educado para soportar el dolor sin pestañear, así que, aparte de algún que otro chillido que hacía temblar las ventanas, hice gala de un estoicismo digno de un piel roja. Apenas noventa minutos después, el doctor Pipgrass volvió a guardar el torno, se enjugó el sudor que le manaba a raudales de la frente y agitó una masa de protoplasma delante de sus narices.

—Bueno, ya casi estamos —anunció alegremente, mientras extraía una lámina de goma de un cajón—. Ahora le pondremos este dique y rellenamos lo que falta en un periquete. No sufre de claustrofobia, ¿verdad que no?

—¿Qué... qué es eso? —grité.

—Miedo a ser enterrado vivo —explicó como si nada—. Una sensación como de sofoco. Provoca palpitaciones y uno cree que se está volviendo loco. Solo es la imaginación, evidentemente.

Fijó la lámina de goma sobre mi cara, la deslizó hasta el diente y me dejó solo con mis pensamientos. En menos tiempo del que tarda en explicarse, me convertí en miembro de honor *summa cum laude* del Club de la Claustrofobia. Mi tez había adquirido un insólito color verde, mi corazón latía como el Big Ben y en mi oído un par de castañuelas tocaban la «Malagueña». Haciendo acopio de mis últimas fuerzas, logré soltarme de mis cadenas y salí catapultado hacia la antesala en busca de la libertad. En la consulta del doctor Pipgrass me dejé un sobretodo forrado de borrego valorado en sesenta y ocho dólares, y por mí bien puede quedárselo; lo que es yo, podré apañármelas con esta especie de chicle gigante clavado en la muela. Además, me favorece.

AÑADA DOS PARTES DE ARENA, UNA PARTE DE CHICA Y REMUEVA

A parte de las tres P —las pastillas, el precipicio y la pistola— solo conozco un método seguro para soportar el calor achicharrante que alegremente podemos esperar en este meridiano desde hoy hasta el Día del Trabajo. Por mi parte, cuando el mercurio empieza a ascender por la columna, adopto la posición horizontal, me sirvo una copa decorada con helechos, me dejo una tableta de digoxina o cualquier otro estimulante cardíaco al alcance de la mano y abro el *Vogue* por la sección de anuncios. Quince minutos en compañía de esa paradisíaca prosa, esos vertiginosos anacolutos, y mis labios se quedan más azules que el lago Louise. Quien quiera hacer sorbete o congelar caballa que se acerque y deje que le lea la sección de anuncios del *Vogue*. También acepto grupos pequeños para pícnics, de hasta cinco personas. La próxima vez que los agobie el calor y la asfixia, acuérdense, amigos, de las Industrias de Congelado y Desazón de Little Labrador.

Se requerirían instrumentos de precisión que todavía nadie ha soñado siquiera para determinar si los anuncios del *Vogue* contienen más rayos de luna por pulgada lineal que los de sus competidores, pero sin duda el número de junio era un serio aspirante al premio gordo al éxtasis. En él podía verse, por ejemplo, una rara perla en la que aparecía una heroína revolucionaria prendiendo fuego a un trigal y, al pie, la leyenda siguiente: «*El patriotismo de su corazón incendiaba los campos de trigo*. Hacía falta valor para hacer como Catherine Schuyler aquel día de octubre de 1777 y arrojar una tea a los trigales de su marido para que la comida no cayera en manos del enemigo. Pero las llamas que consumieron los trigales de la hacienda de los Schuyler en las afueras de Saratoga quedaban eclipsadas en comparación con el patriótico fulgor del corazón de Catherine Schuyler». A continuación, con un triple salto mortal digno de Alfredo Codona, el mago del trapecio, el redactor cambiaba de tercio y arengaba a las mujeres americanas para que realzasen sus encantos con los cosméticos Avon. Casi sin aliento, di vuelta a la página y me quedé contemplando a una joven bien parecida en cuclillas sobre el ala de un avión. «Piloto de pruebas, talla 34 —leía el texto—. A nueve mil pies de la pista de aterrizaje, un caza Hellcat se lanza rugiendo en picado. Una mano menuda, aunque firme, sujeta los mandos del aparato a seiscientos kilómetros por hora.» Según pude descubrir por obra y gracia de la caída en picado verbal que seguía a continuación, la dueña de esa mano menuda, aunque firme, era una compradora entusiasta de los productos de belleza Du Barry. La transición lógica era tan abrupta que no tuve más remedio que abrir la boca y proferir un grito —procedimiento que he aprendido gracias al cine— para que no me reventaran los tímpanos.

No obstante, la más singular muestra del eterno deseo de novedad de los publicistas era una atrevida fotografía a todo color en la que se veía a una belleza de piel aceitunada, enterrada en la arena hasta la cintura por cortesía de Perlas de Imitación Marvella. Una ristra de estas rodeaba su voluptuoso cuello, y al fondo, apenas visibles, se adivinaban una caracola y una esponja de mar que permitían deducir que el escenario era una playa. El rostro de la modelo traslucía una irritación lindante con la furia, cosa que a primera vista se le puede perdonar: cualquiera sumergido en unas arenas movedizas a cambio solamente de un collar de perlas falsas tiene motivos para estar molesto. Y yo también los tenía. Sabe Dios que la conexión entre los trigales en llamas y el frasco de cosmético, o entre el caza y la barra de labios, ya era lo suficientemente tenue, pero al menos el redactor se las había ingeniado de algún modo para enlazarlos con sofisterías. Ahora bien, por qué repámpanos una mujer con cara de pocos amigos que está desnuda y enterrada en la arena debería animar al lector a bajar corriendo a la joyería a comprar una determinada marca de perlas artificiales es algo que no alcanzo a imaginarme.

A lo mejor si reconstruimos las circunstancias en las que esta desconcertante campaña fue concebida, lograremos hallar alguna pista. Pongámonos, pues, una camisa limpia y acerquémonos discretamente a las oficinas de Meeker, Cassavant, Singleton Doubleday & Tripler, una agencia publicitaria tan representativa como cualquier otra a efectos de lo que aquí nos proponemos.

ESCENARIO: La Sala de Ideas de la agencia, una sala de conferencias decorada en tono gris cerebral, mobiliario sueco de líneas modernas y las inevitables reproducciones de Van Goghs. Se alza el telón y vemos a Duckworth, el jefe de redacción, y cuatro miembros de su equipo —Farish, Munkaczi, DeGroot y la señorita Drehdel—, sumidos todos en sus cavilaciones.

DUCKWORTH *(con impaciencia)*: Muy bien, Farish, ¿qué tenemos? DeGroot, ¿cuál es la estrategia?
FARISH: Solo se me ocurre la idea que hemos comentado al principio, V. J.
DUCKWORTH: ¿O sea?
FARISH *(nervioso)*: Una foto atrevida de una dama con un vestido transparente y un par de buenos atributos que... *(De repente, repara en la presencia de la señorita Drehdel.)* Oh, perdón.
SRTA. DREHDEL *(hastiada)*: No pasa nada. Yo también leo la columna de Earl Wilson.
FARISH: De su boca sale un bocadillo en el que pone: «Hoy he comido Lacitos de Queso Vita-Ray... *¿Y tú?*».
DUCKWORTH: Nooo, no da... no da *el tono*, no sé si me explico. Me da la sensación de que los lacitos de queso tienen que ser algo alegre, juvenil, vivo. Ese es el tono que quiero que tenga el texto.
DEGROOT: ¿Y si ponemos a un bebé en una cuna? Eso conjugaría los tres elementos. Y quizá una frase como: «Especialmente indicado para barrigas delicadas».

DUCKWORTH: No, demasiado estático. Me parece que le falta dinamismo.

SRTA. DREHDEL: ¿Qué tiene de malo un plano detalle de los lacitos y, debajo: «20 centavos la caja»?

DUCKWORTH: Demasiado simple. Nadie lo entendería.

MUNKACZI *(acalorado)*: ¡Lo tengo, V. J.! ¡Ya lo tengo!

DUCKWORTH: ¿Qué?

MUNKACZI: ¡Cogemos a una de esas modelos de Conover y la enterramos hasta el cuello bajo la arena! ¡Podríamos añadir unos tablones de madera o un par de almejas para darle dramatismo!

FARISH: ¿Y cómo metemos los lacitos de queso?

MUNKACZI: Todavía no lo he pensado, pero me huele bien.

DUCKWORTH *(emocionado)*: Un segundo, creo... creo que me has dado una idea cuando has dicho «arena». Lo que necesitamos es algo con garra, con fuerza, un conflicto. Veo una trinchera en Anzio, bombas que explotan, un soldado con los ojos brillantes que dice: «Esto es por lo que estoy luchando, mamá: ¡por la libertad de comprar al estilo americano, por el derecho a comprar Lacitos de Queso Vita-Ray en cualquier tienda, botica o supermercado del país!».

FARISH: ¡Cielos, oh, cielos, es fantástico! ¡Lo compro!

DEGROOT: ¡Es poético y, a la vez, actual! ¡Lo ha clavado, V. J.!

DUCKWORTH *(radiante)*: ¿Lo decís en serio? ¿Seguro que no decís eso porque soy el jefe? *(Indignación en distintos grados por parte de todos.)* De acuerdo. Si algo no soporto, son los adulones. Ahora pasemos a las Mantas Dulceadiós. ¿Alguna idea?

DEGROOT: Tenemos algo estupendo. *(Saca dos fotografías.)* Este es el aspecto que tienen las Mantas Dulceadiós vistas al microscopio.

FARISH: Y la otra es una manta normal. ¿Se ve la diferencia?

DUCKWORTH: Sí, claro. Esta tiene el doble de fibras de lana que la Dulceadiós.

DEGROOT *(feliz)*: Cierto. En eso consiste la campaña.

DUCKWORTH: Hmm. ¿Y no es un poco derrotista?

FARISH: Un poco, pero demuestra que no hacemos afirmaciones extravagantes.

DeGroot: Siempre podemos intercambiar las fotografías.

Farish: Desde luego, nadie se dedica a mirar las mantas a través de un microscopio.

Duckworth (*indeciso*): Bueeeno, no sé. Me gusta el enfoque, pero creo que no habéis acabado de sacarle... el jugo, diría yo. A mí se me había ocurrido atacar por otro ángulo.

Farish (*al instante*): Sí, a mí también, V. J. Yo veo a una bailarina exótica con una carrocería imponente vestida con un camisón abierto. Mire, le haré un esquema...

Srta. Drehdel: No te molestes. Podemos leerte el pensamiento.

Munkaczi: Escuche, V. J., ¿quiere oír algo que va a revolucionar este negocio? Diga sí o no.

Duckworth: ¿Encaja con el producto?

Munkaczi: ¿Qué si encaja? ¡Le viene como un guante! Se ve una playa, ¿de acuerdo? ¡Pam! En primer plano aparece una de las chicas Powers enterrada hasta el busto en la arena, y unos cuantos cangrejos de herradura o unas algas para subrayar el efecto.

Duckworth: ¿Se ve una manta Dulceadiós en alguna parte?

Munkaczi: No, eso sería demasiado obvio. Sutileza, V. J., es la tendencia hoy en día.

Duckworth: Has identificado bien el problema, Munkaczi, pero a tu síntesis le falta algo. No veo una meta. ¿Cuál es el producto?

Munkaczi: Bueno, solo era una idea a bote pronto. Todavía no he tenido tiempo para explorar los detalles.

Duckworth: Escuchad una cosa, chicos, si no os gusta lo que voy a proponer, ¿me lo diréis?

Farish (*muy serio*): Claro, yo no soy el palmero de nadie.

DeGroot: Tú lo has dicho. No hay suficiente dinero en el mundo para comprar mi voto.

Duckworth: Así se habla. Quiero a gente con agallas, no un hatajo de alfeñiques con miedo a que les dé una patada en el culo. Veréis, todavía es una idea vaga, pero lo tiene todo. Una playa en las Salomón: vemos una trinchera y a un soldado normal y corriente que, a pesar del polvo y la mugre que le rebozan la cara, sonríe a la cámara y dice: «¿Queréis apoyarme? Elegid Mantas Dulceadiós.»

¡Por favor, mamá, no sabotees mis derechos comprando esas horribles mantas de peor calidad!».

DeGroot: ¡La madre del cordero! ¡Se les van a saltar las lágrimas!

Farish *(sollozando)*: Se me ha hecho un nudo en la garganta. Es el reflejo de algo que vivimos a diario.

Duckworth: Recordad que no está escrito en piedra. Si creéis que podéis mejorar el texto...

DeGroot: Yo no le tocaría ni una coma.

Farish: Tiene equilibrio, ritmo y disciplina. ¿Podría repetirlo, V. J.?

Duckworth: No, ya casi es la hora de comer y todavía no sabemos qué enfoque darle a lo de las perlas Marvella.

Munkaczi *(exaltado)*: No piense más, jefe. ¡Tengo algo que saltará directamente de la página a los corazones de un millón de mujeres! Son las cuatro de la madrugada en las islas Aleutianas. Un Marine harapiento y mal afeitado está de rodillas en mitad del socavón que ha abierto una bomba, apunta el rifle hacia nosotros y susurra: «¡Piensa! Cuando Johnny vuelva a casa, ¿qué se va a encontrar? ¿Una mujer serena y distinguida con sus perlas Marvella o solo un ama de casa más?».

Farish: ¡Cáspita, se me había ocurrido lo mismo, V. J.! ¡Me ha quitado las palabras de la boca!

DeGroot: ¡Me gusta! ¡Tan actual como el periódico de mañana!

Duckworth: Solo le veo un inconveniente. Que es *demasiado* actual.

DeGroot *(agitado)*: Eso quería decir. Es deprimente.

Farish: Hará que la gente piense en sus problemas. ¡Ugh!

Duckworth: Precisamente. Sin embargo, llevo un tiempo meditando sobre una idea que, aunque pueda parecer algo estrambótica, me parece bastante sólida. A ver, no son más que cuatro conceptos al vuelo. Una muchacha en una playa, casi totalmente enterrada en la arena, con un collar de Marvella y en el rostro un gesto adusto, inescrutable, como una esfinge. Inquietante, pero atrayente... el eterno enigma de la feminidad.

DeGroot *(emocionado)*: ¿Quiere mi opinión sincera, V. J.? No se lo diría ni a mi propia madre, pero ¡acaba de marcar un hito en la historia de la publicidad!

FARISH: ¡Es provocativo, enérgico, tridimensional! Cuanto más lo piensas, más ves que tiene cierta textura *espiral*.

DUCKWORTH: ¿Qué te parece, Munkaczi?

MUNKACZI *(delicadamente)*: No podría gustarme más si se me hubiera ocurrido a mí.

DUCKWORTH: Me pregunto si la señorita Drehdel podría darnos su opinión como mujer, en una palabra.

SRTA. DREHDEL *(se levanta)*: Claro que sí. La palabra que se me ocurre rima con «tabasco». *(Radiante.)* Bien, yo ya me voy. Si alguien me necesita, estaré en el bar de Tim, enterrada en serrín y cubalibres. *(Se va; pausa.)*

FARISH: Siempre he pensado que no era de fiar.

DEGROOT: Mujeres y trabajo no combinan bien.

MUNKACZI: Nunca sabes lo que piensan.

FARISH *(con una risita socarrona)*: El viejo V. J. la ha dejado sin palabras, ¿eh?

DUCKWORTH *(satisfecho)*: Sí, puede que me equivoque, pero me da la impresión de que tardará en olvidar la reunión de hoy, ¿verdad, chicos? *(Los muchachos sonríen con lealtad y se dan de tortas para encenderle el puro.)*

TELÓN

ADIÓS, MUÑECA SUECA

Añadan los Smorgasbits a su lista de deberes pendientes, el nuevo producto de Betty Lee. ¡Increíbles! Pequeños daditos de arenque de tonos rosados. Hemos prometido no revelar el secreto de su color.— De la columna de gastronomía de Clementine Paddleford en el *Herald Tribune*

La Blusa «Shhh». ¡Queremos mantener su nombre en silencio, pero el célebre fabricante que la confecciona para nosotros es famoso en dos continentes por sus blusas con detalles como los pliegues del canesú, las formidables hombreras y los lazos con gomita!—De un anuncio de los almacenes Russeks en el *Times*

Recorrí el pasillo del sexto piso del edificio Arbogast y pasé por delante de la Corporación Mundial de Fideos, Zwinger & Rumsey Contables y el Servicio de Secretarias Ace, Especialistas en Mimeografía. En el cristal esmerilado de la puerta ponía: «Agencia de Detectives Atlas, Noonan & Driscoll», pero Snapper Driscoll se había jubilado un par de años antes con una bala del 38 entre los hombros, cortesía de un cocainómano de Tacoma, y yo me había quedado con toda la buena voluntad que le quedaba a la firma. Entré en la decrépita salita de espera que teníamos para impresionar a los clientes y, con un gruñido, le di los buenos días a Birdie Claflin.

—Vaya, vaya, tienes peor aspecto que un gato callejero después de una pelea —dijo. Tenía la lengua afilada. También tenía unos ojos de lapislázuli, un pelo de caramelo y una silueta que me hacía sentir cosquillas. Abrí de una patada el cajón inferior de su escritorio, me eché al coleto un par de dedos de whisky de centeno, estampé un beso en su roja y exuberante boca y prendí un cigarrillo.

—Algún día iré a por ti, bombón —dije con voz cadenciosa. La muchacha se quedó mirándome con el rostro sombrío. Observé sus orejas, me encantaba cómo se unían a su cabeza. Tenían algo, se notaba que estaban ahí para quedarse. Cuando eres detective privado, te gusta que las cosas tengan cierta permanencia.

—¿Algún cliente?

—Una mujer llamada Sigrid Bjornsterne, ha dicho que volvería. Una curiosa más.

—¿Sueca?

—Eso dice ella.

Señalé con la cabeza hacia el despacho para indicarle que iba a entrar, y entré. Me eché en el sofá, me quité los zapatos y me invité a un lingotazo de la botella que guardaba debajo. Cuatro minutos más tarde, una rubia platino de ojos color ópalo vestida con un vestido sencillo de Nettie Rosenstein y una estola de piel de marta entró como una exhalación. Resollando, dio la vuelta a la mesa en busca de un lugar para esconderse, y entonces, al ver el armario donde guardo el burbon de repuesto, corrió a meterse dentro. Yo me levanté y me asomé a la salita de espera. Birdie estaba enfrascada haciendo crucigramas.

—¿Has visto entrar a alguien?

—No. —Tenía una arruga pensativa entre las cejas—. ¿Palabra de cinco letras sinónimo de «problemas»?

—«Sueca» —respondí y volví adentro. Esperé el tiempo que un niño pequeño y no muy listo tardaría en recitar el «Ozymandias» y, avanzando con cuidado, pegado a la pared, eché un vistazo por la ventana. Un tipejo con los hombros caídos estaba muy ocupado leyendo un periódico delante de la tienda de Gristede, un par de manzanas más allá. Una hora antes no estaba ahí, pero lo cierto es que yo tampoco. Llevaba un sombrero color paloma de la talla siete de Browning King, camisa a rayas azul claro de Wilson Brothers, fular de J. Press con estampados rojiblancos, calcetines Interwoven azul marino y un par de zapatos London Character de color sangre de buey. Dejé que el cigarrillo se consumiera entre mis dedos hasta que me dejó una pequeña señal roja y entonces abrí el armario.

—Hola —dijo la rubia con displicencia—. ¿Es usted Mike Noonan?

Repliqué con un ruido que podía haber sido un «sí» y esperé. La muchacha bostezó. Tras pensar un poco, preferí ir sobre seguro. Bostecé. Ella me devolvió el bostezo y, acurrucándose en un rincón del armario, se echó a dormir. Prendí otro cigarrillo y dejé que ardiera hasta dejar una segunda marca roja al lado de la anterior, y entonces la desperté. La chica se dejó caer sobre una silla y cruzó un par de cachas que me hicieron sentir un nudo en la garganta al echarles un vistazo por debajo de la mesa.

—Señor Noonan —dijo—, tiene usted que ayudarme.

—Los pocos amigos que tengo me llaman Mike —dije educadamente.

—Mike —dijo ella paladeando la sílaba con la lengua—. Me parece que es la primera vez que lo oigo. ¿Es usted irlandés?

—Lo suficiente como para distinguir un trébol de una rama de perejil.

—¿Dónde está la diferencia? —preguntó. Yo callé; no iba a responder así, a cambio de nada. La muchacha entornó los ojos. Cambié mis noventa kilos de posición, me prendí fuego a un dedo con indolencia y me quedé viendo cómo ardía. Era evidente que la muchacha estaba admirando la interacción de los músculos de mis hombros. Mike Noonan no tenía ni un gramo de grasa de más, pero eso no iba a decírselo. Prefería ir sobre seguro hasta saber a qué atenerme.

Cuando volvió a hablar, lo hizo atropelladamente.

—Señor Noonan, cree que quiero envenenarlo. Pero le juro que los arenques eran rosas. Yo misma los saqué del frasco. Si pudiera averiguar cómo les dan ese color. Les he ofrecido dinero, pero no me lo quieren decir.

—¿Qué tal si empezamos desde el principio? —sugerí.

Ella exhaló un suspiro.

—¿Ha oído hablar de la espintria de oro de Adriano? —Sacudí la

cabeza—. Es una moneda tremendamente valiosa que se cree que
le entregó el emperador Adriano a uno de sus procónsules, Cayo
Vitelio. Desapareció en torno al año ciento cincuenta, hasta que llegó
a manos de Hucbaldo el Gordo. Después de que los turcos saquearan
Adrianópolis, un hombre llamado Shapiro se la dio en préstamo al
hakim o médico de la corte de Abdul Mahmud. Después de eso, se le
perdió la pista durante casi quinientos años, hasta el agosto pasado,
cuando un librero de segunda mano llamado Lloyd Thursday se la
vendió a mi marido.

—Y ahora ha vuelto a desaparecer —concluí.

—No —dijo ella—. O por lo menos cuando me fui, hace una hora,
estaba en el tocador. —Me retrepé en la silla y, mientras fingía buscar
una hoja papel carbón sobre la mesa, volví a contemplar sus piernas.
Aquello iba a ser más intrigante de lo que pensaba. La chica continuó,
con voz más áspera—: Anoche compré un tarro de Smorgasbits para
hacerle la cena a Walter. ¿Los ha probado?

—¿Los pequeños daditos de arenque de tonos rosados?

Sus ojos se ensombrecieron, se iluminaron y se volvieron a ensom-
brecer.

—¿Cómo lo sabe?

—Por algo hace nueve años que soy detective privado, muñeca. Siga.

—Enseguida... enseguida me di cuenta de que algo no iba bien.
Walter pegó un grito y apartó su plato. Traté de explicarle que el
arenque era rosa de verdad, pero empezó a comportarse como un
loco. Desde entonces desconfía de mí... Bueno, en realidad desde que
le hice firmar aquel seguro de vida.

—¿A cuánto asciende la póliza?

—Cien mil. Pero incluía una cláusula de triple indemnización en
caso de muerte por alimentos marinos. Señor Noonan... Mike... —El
tono de su voz me supo a caricia—. Tengo que volver a ganarme su
confianza. ¿Podría averiguar cómo les dan ese color?

—¿Y yo qué saco?

—Lo que quiera.

Sus palabras eran un susurro. Me incliné hacia ella, abrí su bolso y
conté cinco de los grandes.

—Con esto bastará para empezar —dije—. Si necesito más, ya tocaré la campanilla desde el trono. —La chica se levantó—. Oh, ahora que lo pienso, ¿cuál es la relación entre esa espintria de oro y los arenques?

—Ninguna —dijo ella muy serena—. Lo dije por el glamur.

Pasó por mi lado dejando tras de sí una nube de perfume de los de noventa billetes la onza. La agarré de la muñeca y la atraje hacia mí.

—Me gustan las chicas que se llaman Sigrid y tienen ojos de ópalo —dije.

—¿Cómo sabe mi nombre?

—Por algo hace doce años que soy detective privado, muñeca.

—Antes eran nueve.

—Parecen doce desde que llegaste.

Seguí aferrándola hasta que de sus orejas comenzó a emanar una fina voluta de humo y entonces me la llevé hacia la puerta. Luego me eché una botella de whisky de centeno entre pecho y espalda, me guardé la pistola en el bolsillo y salí en busca de cierto librero llamado Lloyd Thursday. Sabía que no tenía nada que ver con los arenques, pero en mi oficio no se puede pasar nada por alto.

El tipejo que estaba delante de la tienda de Gristede había puesto los pies en polvorosa cuando llegué allí; eso quería decir que aquello había dejado de ser un juego de niñas. Me monté en un taxi para ir a los almacenes Wanamaker's, corté por la Tercera y caminé en dirección a la Catorce. En la Doce, un rufián con cara de visón disfrazado de barrendero me siguió por espacio de una cuadra y se metió en una lechería. En la Trece, alguien me arrojó un tomate podrido desde la ventana de un tercer piso, pero falló por un pelo. Doblé hacia Wanamaker's, agarré un bus que subía por la Quinta hasta Madison Square y allí cambié a un taxi para bajar por la Cuarta, donde las librerías de segunda mano se apelotonan como tunantes.

Un tipo fofo con un suéter de lana Joe Carbondale y un mentón al que no le habría venido mal un afeitado dejó de reírse con el *Heptamerón* el tiempo suficiente como para decirme que era Lloyd Thursday. Sus ojitos de botón se volvieron opacos cuando le pregunté si tenía algún incunable que hablase de la *Clupea harengus* o arenque común.

—Le han dado un mal soplo, agente —bramó—. Esos van más buscados que el clarinete de Pee Wee Russell.

—A lo mejor un machacante te ayuda a encontrarlo —dije. Doblé uno hasta dejarlo del tamaño de un sello y me rasqué la barbilla con él—. Hay cinco pavos en juego para el que sepa por qué los Smorgasbits de Sigrid Bjornsterne son de color rosa.

El tipo me miró con ojos astutos.

—Podría hablar por uno de los grandes.

—Desembucha.

Me indicó que lo acompañara a la parte de atrás. Di un paso adelante. Al segundo siguiente, en mi cabeza estalló un petardazo y perdí el conocimiento. Cuando volví en mí, me encontraba en el suelo con un chichón en la cabeza del tamaño de un huevo de chorlito y Terry Tremaine, de Homicidios, estaba agachado a mi lado.

—Alguien me la ha jugado —dije con voz pastosa—. Se llama...

—Webster —gruñó Terry, levantando un ejemplar manoseado del diccionario Webster—. Has tropezado con un tablón suelto y se te ha caído esto en la mollera.

—No me digas —dije con escepticismo—. ¿Y dónde está Thursday?

Terry señaló al gordo, que estaba tendido sobre una pila de libros eróticos.

—Se ha desmayado cuando te ha visto derrumbarte.

Disimulé y dejé que Terry pensara lo que quisiera. No iba a decirle qué cartas tenía en la mano. Prefería ir sobre seguro hasta tener todos los cabos bien atados.

En una farmacia de mala muerte próxima a Astor Place, un armenio hediondo que bien podría haberse llamado Vulgarian aunque su nombre fuera otro me vendó la cabeza y empezó a hacer preguntas. Cuando le hundí la rodilla en la ingle perdió el interés. Me volví hacia donde estaba la cafetera y dediqué cinco centavos y los cuarenta minutos siguientes a estrujarme las meninges. Luego me metí en una cabina telefónica y llamé a un conocido llamado Little Farvel, que trabajaba en una charcutería de la avenida Amsterdam. Tardé algo más de la cuenta en conseguir lo que quería, porque la conexión era mala y Little Farvel llevaba dos años muerto, pero los Noonan no nos rendimos a las primeras de cambio.

Cuando regresé al edificio Arbogast, tras dar un rodeo con el ferri de Weehawken y por el puente de George Washington para no dejar pistas, todas las piezas estaban encajadas. O eso creía yo hasta que la muchacha salió del armario apuntándome con una automática de color azul hielo.

—Las manos a la estratosfera, sabueso. —La voz de Sigrid Bjornsterne estaba más fría que Horace Greeley y Little Farvel juntos, pero su calorífica ropa lo compensaba. Llevaba un vestido verde bosque de Hockanum, unas Knox Wayfarer y zapatos de cría de cocodrilo; no obstante, era su blusa lo que me ponía de punta los pelos de los nudillos: los pliegues del canesú, las formidables hombreras y los lazos con gomita solo podían haber sido diseñados por un maestro artesano, un Cézanne de la aguja y el dedal.

—Veamos, don metomentodo —dijo con desdén—, así que has averiguado cómo tiñen los arenques.

—Pues claro, con granadina —dije resueltamente—. Y tú también lo sabías. Solo que tu plan era añadir al plato de tu marido una pizca de querifosfato oxilbutánico, porque diluido tiene el mismo tono rosado y sabías que no lo detectarían en la autopsia. Luego te embolsarías los trescientos de los grandes y te reunirías con Harry Pestalozzi en Nogales hasta que las aguas se serenasen un poco. Pero no contabas conmigo.

—¿Contigo? —dijo mofándose con una sonora carcajada—. ¿Y qué piensas hacer tú?

—Esto —dije tirando de la alfombra, y la chica cayó al suelo trazando una espiral con sus tobillos de seda. La bala pasó silbando por mi lado y fue a incrustarse en la pared al tiempo que yo rodeaba la mesa y la inmovilizaba contra el armario.

—Mike. —De pronto el odio se había evaporado de su voz y su cuerpo cedía bajo el mío—. No me entregues. Yo significaba algo para ti.

—Es inútil, Sigrid. Volverías a traicionarme.

—Ponme a prueba.

—Muy bien. El modista que ha diseñado tu blusa, ¿cómo se llama? —La muchacha sintió un escalofrío de miedo y apartó la mirada—. Es famoso en dos continentes. Vamos, Sigrid, es tu oportunidad.

—No te lo diré. No puedo. Es un secreto entre... entre los grandes almacenes y yo.

—Ellos no serían tan leales como tú. Te venderían por menos.

—Oh, Mike, no sigas. No sabes lo que me estás pidiendo.

—Por última vez...

—Oh, amor mío, ¿es que no lo ves? —Sus ojos eran dos trágicas lagunas, un cenotafio a las ilusiones perdidas—. No me queda casi nada. No me arrebates también esto. Jamás podría... jamás podría volver a poner los pies en Russeks.

—Muy bien, si es esto lo que quieres... —En la habitación se hizo un silencio roto tan solo por los sollozos ahogados de Sigrid. Entonces, con una extraña sensación de vacío, levanté el teléfono y marqué Spring-7-3100.

Una hora después de que se la hubieran llevado, yo seguía sentado en aquella oscuridad parduzca, viendo cómo una luz se encendía y, en el hotel de delante, una mujer se ajustaba la liga. Me remojé las amígdalas con cinco dedos de aguardiente, me calé el sombrero y salí a la salita de espera. Birdie seguía contemplando su crucigrama con el ceño fruncido. Me lanzó una mirada aviesa y dijo:

—¿Me necesitas esta noche?

—No —respondí dejando un par de billetes sobre su regazo—. Toma, para que te compres la luna.

—Gracias, ya tengo mi parte. —Por primera vez advertí en sus ojos una sombra de dolor—. Mike... ¿puedo preguntarte algo?

—Mientras no me hagas una proposición decente... —dije para disimular mi aflicción.

—¿Palabra de nueve letras sinónimo de «sentimental»?

—«Detective», querida —respondí, y salí a la calle lluviosa.

DOCTOR, ÁRMESE DE VALOR

¿Saben ustedes cuántas borlas llevaba en la rodilla un petimetre de la Restauración? ¿O qué clase de hornillo habrían utilizado un grupo de estudiantes de Skidmore durante una fiesta de pijamas en 1911? ¿O cuál era el método exacto para extraer la turba de un tremedal en tiempos de las Leyes del Grano de Irlanda? Es más, ¿saben ustedes algo que nadie más sepa o, ya puestos, que no le importe un pepino a nadie? Si la respuesta es sí, agárrense los machos, porque cualquier día los veo en Hollywood haciendo de supervisores técnicos en una producción de un millón de dólares. Puede que hasta sus familias estén hasta la coronilla de sus cosas, pero para la industria cinematográfica valen ustedes su peso en piastras.

Efectivamente, a Hollywood le encantan los expertos técnicos, por recóndito o estérico que sea su campo. Cualquier película que no pueda permitirse al menos uno se considera una birria; en ocasiones, su número supera casi al de los actores. En la serie de Sherlock Holmes, por ejemplo, trabajan tres de estos sabios a tiempo completo: uno lleva toda la vida estudiando la decoración del 221B de Baker Street; el segundo está profundamente versado en la psicología y las peculiaridades del gran detective, y el tercero se dedica a revisar los guiones en busca de anacronismos que pudieran molestar a los holmesianos, como la penicilina o la bomba atómica. Qué existencia tan ideal, pensarán ustedes, y sin embargo hay excepciones. Yo mismo conocí a un ruso blanco, antiguo oficial de artillería, al que la MGM, tras pagar una cifra que hiela la sangre, había importado desde

Argelia para trabajar como asesor en una película romántica sobre la Legión Extranjera. El hombre llevaba dos años vegetando en una mazmorra debajo del Departamento de Música y, cuando se tomaba su yogur del mediodía, hablaba con voz temblorosa de sus deseos de volver a Rusia, donde lo esperaban para fusilarlo, pero el director de *Cornetas con ampollas* creía que el hombre era indispensable. Finalmente, se marchó con casi cuarenta mil colinabos en el bolsillo y con el corazón partido. Su única contribución consistió en lograr que cambiaran un «*pouf*» por un «*sacré bloo*». Otro experto al que conocí en esa misma época era un tipo jovial y anquilosado llamado Settembrini que, supuestamente, era el más destacado del hierro forjado del país. Le habían hecho volar cinco mil kilómetros para autentificar varias antorchas que aparecían brevemente durante una escena nocturna en Versalles. Más tarde coincidimos en el mismo tren hacia el Este, y, salvo por el hecho de que lucía un bombín dorado y se encendió un puro con un bono hipotecario, parecía seguir siendo el mismo.

—Qué lugar tan estupendo —comentó, echando la ceniza en el corpiño de una rubia a la que se había llevado a tal efecto—. Sol, muchachas bonitas, la uva a diez centavos los cien gramos.

Le pregunté si las antorchas habían superado la prueba.

—Al cien por cien —respondió—, pero al final las quitaron. En la escena en que María Antonieta baja la escalera, pusieron un lacayo enfocando con una linterna para evitar que tropezara.

Por lo visto, el grupo de especialistas más favorecido en Hollywood en los últimos tiempos es el de los psicoanalistas. Gracias a la boga de las películas psicológicas iniciada con *Una mujer en la penumbra*, la profesión vive un momento dulce, y todo aquel capaz de distinguir entre un ello frustrado y un complejo de Edipo más vale que se prepare para ser llamado de forma inminente a la Costa Oeste. Así, por ejemplo, los títulos de crédito de *Recuerda*, el último *thriller* de Alfred Hitchcock, incluyen la mención «Supervisión de las escenas psiquiátricas a cargo de la Dra. May Romm», y Sidney Skolsky, a propósito de cierta película llamada *Obsesión* (antes *El secreto de un hombre*, y, antes de eso, *El secreto de una mujer*) ha asegurado que «Joan

Crawford lleva un tiempo viéndose con un eminente psiquiatra que la asesora para su próximo papel en *El secreto*». Los psiquiatras que se ven arrastrados a la fuerza hasta Hollywood, la pesadilla definitiva, deben de sentirse como niños en una juguetería, pero me pregunto cuánto tiempo son capaces de mantener un espíritu de estricta objetividad científica. La siguiente viñeta, un intento apresurado por esbozar esta nueva tendencia, es un ejercicio puramente imaginativo. Evidentemente, el Brown Derby, Vine Street y Hollywood Boulevard son lugares que no existen, y si existieran, no saben cuánto lo lamento.

El licenciado y doctorado en medicina Sherman Wormser salió del Hotel Hollywood Plaza algo aletargado tras el copioso *brunch* dominical y se detuvo indeciso en la acera. La idea de dar un paseo, que tan inspirada le había parecido un momento antes, en su habitación, ahora lo deprimía sobremanera. Hacia el sur, Vine Street se extendía interminable: manzanas sin fin de clubes nocturnos en bancarrota, garajes de coches de segunda mano, mercadillos al aire libre y bazares repletos de cerámica de jardín y muebles sin pintar. Hacia el norte, la calle ascendía abruptamente por una empinada colina coronada por una aglomeración de funerarias y salones de masaje de estuco marrón. Sobre toda ella se cernía una tibia miasma vagamente sugerente de lavandería industrial. Sherman caminó sin rumbo hacia el bulevar y se detuvo para hacer breve inventario de sí mismo frente al escaparate del edificio Broadway Hollywood.

A la mayoría de los pacientes neoyorquinos del doctor Wormser, habituados a la pulcritud de su chaqué y su pantalón a rayas, les habría costado reconocer a su padre confesor en ese momento. Llevaba puesto un traje de *sport* de color verde guisante con solapas bajas y llamativas, hecho de un material basto como de toalla, con cuadros y estrías arbitrariamente distribuidos en la parte delantera y, misteriosamente, una textura como de gamuza en la espalda. Sobre el finísimo polo color salmón, se había anudado un fular amarillo en forma de lazo que recordaba a los *minstrels* de George Primrose, y en la cabeza lucía un sombrero de alpinista modelado a imitación de los que llevaba el tirano Gessler[8]. Ocho semanas antes, nada más llegar para supervisar las secuencias oníricas de *Ofuscación* para la RKO, no se habría vestido de esa manera ni muerto, pero sus trajes de siempre resultaban tan llamativos, que, como el camaleón, enseguida desarrolló una especie de camuflaje protector.

Acababa de ladearse informalmente el sombrero cuando, al darse la vuelta, reparó en que uno de los viandantes se había quedado mirándolo fijamente. El hombre llevaba un abrigo de camello de color hueso, abierto y con el cinturón arrastrando por el suelo. Debajo se distinguían un pantalón de pinza lavanda y una chaqueta de patrón de yate adornada con un monograma y botones de latón. La cara que había debajo de la boina escarlata le resultaba extrañamente familiar.

—Disculpe usted —vaciló el extraño—, me parece que... ¿No es usted Sherman Wormser?

Al oír su voz, Sherman abrió la boca encantado y rodeó los hombros del tipo con el brazo.

—¡Randy Kalbfus, viejo zorro! —cacareó—. ¡Dos años, ya! ¡El Congreso de Higiene Mental de Cleveland!

—¡Bingo! —dijo Kalbfus riéndose—. Me ha parecido que eras tú, solo que... vaya, te veo un poco cambiado.

—Pues... ehm... claro, es que antes llevaba perilla. —Wormser sintió que se le encarnaban las mejillas—. Me la afeité al llegar. Ya sabes, los estudios. Por cierto, tú también llevabas perilla. ¿Qué ha sido de la tuya?

—Lo mismo —admitió Kalbfus con vergüenza—. Mi productor decía que parecía un mamarracho. Se bloquea cuando ve a un psiquiatra con perilla.

—Ya, el rechazo de perilla involuntario —asintió Wormser—. Stekel habla de eso. Vaya, vaya. Había oído que estabas en la ciudad. ¿Dónde trabajas?

---

8. En la leyenda de Guillermo Tell, Gessler es el despótico gobernador habsbúrgico que coloca su sombrero sobre un poste ante el que todo el mundo debe inclinarse en señal de respeto.

—En la Twentieth. Puliendo un par de traumas para *Delirio*.

—¡No me digas! —Sin quererlo, a Sherman le salió un tono de voz ligeramente condescendiente—. ¿Sabías que yo rechacé ese encargo? No me parecía posible justificar el simbolismo de la escena en la que Don Ameche destripa la yegua.

—Oh, esa parte la borraron —dijo Kalbfus, afable—. Debieron de darte la primera versión.

—Yegua que no has de destripar, déjala pasar, ¿no se dice así? —dijo Sherman tratando de restarle importancia al asunto.

Kalbfus soltó una carcajada estentórea, no tanto por la ocurrencia como porque era la primera vez que alguien le dirigía la palabra en tres días.

—Hagamos una cosa —sugirió, tomando del brazo a Sherman—, vamos al Salón de Bambú y nos tomamos un par de zombolas. —De camino al Brown Derby, le explicó a Wormser, que seguía siendo algo sobrio y neoyorquino en la elección de sus bebidas, en qué consistía aquel brebaje—. No es más que un vaso de ron con una medida de ginebra, hielo de alcanfor y una tira de aguacate —dijo para tranquilizarlo.

—¿No es un poco potente? —preguntó Wormser, dudoso.

—Por eso no sirven más de seis por cliente —replicó pícaro su compañero—. Pero ya sabes lo que dicen: hermano bebe que la vida es breve.

Sentados en la fresca oscuridad del bar, con tres zombolas recorriendo sus entrañas, los dos colegas empezaron a sincerarse. Para cuando hubieron terminado de hablar del congreso de Cleveland, de la codicia de sus compañeros de oficio y de su inquebrantable integridad, no quedaba en ellos el menor rastro de hostilidad o envidia profesional.

—¿Te gusta vivir aquí, Randy? —inquirió Wormser—. Yo me siento algo confundido. Será que todavía no me he adaptado.

—Estás inhibido —dijo Kalbfus mientras le pedía otra ronda al camarero—. No terminas de dejarte llevar. Negación infantil del entorno.

—Ya lo sé —dijo Wormser lamentoso—, pero es que hace unas

semanas vi a Jack Benny en un trineo por Sunset Boulevard, con renos de verdad. Y anoche un viejo eremita vestido con una funda de almohada me paró y me dijo que estaba a punto de llegar el fin del mundo. Cuando le dije que discrepaba, me vendió una caja de higos.

—Ya te irás acostumbrando —replicó el otro—. Llevo aquí cinco meses y para mí esto es la tierra prometida. Yo nunca como naranjas, pero, leches, ¿tres docenas por veinticinco centavos?

—Supongo que tienes razón —reconoció Wormser—. ¿Dónde estás viviendo?

—En el Auto Motel Insolación, en Cahuenga —dijo Kalbfus, apurando su vaso—. Comparto casa con dos muchachas que hacen de extras en la Paramount.

—Oh, lo siento. No... no sabía que la señora Kalbfus y tú os habíais separado.

—No seas arcaico. Ella también está viviendo aquí. —Kalbfus chasqueó los dedos en dirección al camarero—. De vez en cuando me equivoco de cama, pero Beryl ha sabido adaptarse emocionalmente; tiene un asunto con un griego de Malibú. Interesante caso de sublimación de la libido bajo tensión, ¿no te parece? Estoy escribiendo un artículo al respecto.

Wormser levantó la mano inútilmente para que no le sirvieran el quinto zombola, pero Kalbfus no estaba dispuesto a dejar que le hicieran ese desprecio.

—De eso nada —dijo tajante—. Vamos, bebe. Sí, señor, es una gran ciudad, aunque te diré una cosa, Sherm. Nos hemos equivocado de profesión. Los tratamientos: ahí sí que hay negocio... —Miró en torno y bajó la voz—. Te contaré un secreto si prometes no abrir el pico. He estado colaborando con el jefe de barberos de la Fox, y tenemos algo que va a ser la repanocha. Es la historia de una chica sencilla y sin pretensiones que trabaja de manicura y que un día hereda cincuenta millones.

—Una fantasía, ¿eh? —dijo Wormser pensativo—. Es una buena idea.

—¿Qué demonios quieres decir, una fantasía? —preguntó Kalbfus acaloradamente—. Ocurre todos los días. Pero espera a oír el giro. La muchacha lo tiene todo (casas, yates, coches, tres hombres enamorados de ella), pero de pronto cambia de idea y devuelve la pasta.

—¿Por qué? —preguntó Wormser, presintiendo que eso era lo que se esperaba de él.

—Bueno, eso todavía no lo hemos decidido —dijo Kalbfus en tono confidencial—. Probablemente una fobia subconsciente a la riqueza. Sea lo que sea, Zanuck nos ha ofrecido ciento treinta mil por ella, y eso que ni siquiera lo hemos puesto sobre el papel.

—¡La madre! —exclamó Wormser—. ¿Y qué vas a hacer con todo ese dinero?

—Le tengo el ojo echado a una casa en Beverly —confesó Kalbfus—. Solo tiene dieciocho habitaciones, pero es una joya: piscina interior, galería de tiro interior, todo es interior. Incluso la barbacoa.

—Eso no puede ser —protestó Wormser—. Las barbacoas siempre son exteriores.

—Esta no —repuso Kalbfus sonriendo—. Eso es lo que la hace tan especial. Luego, claro, cuando llegue el divorcio, tendré que darle a Beryl su parte.

—Pero... pero acabas de decir que estabais bien —balbució Wormser.

—Oh, y lo estamos, pero aspiro a algo más —dijo Kalbfus encogiéndose de hombros—. Escucha una cosa, viejo, no quiero que esto salte a los periódicos, pero voy a casarme con Ingrid Bergman.

Un extraño cosquilleo, como el entumecimiento inducido por la novocaína, se propagó desde la punta de las orejas de Wormser hacia el resto de su cuerpo.

—No sabía que la conocieras —murmuró.

—Y no la conozco —dijo Kalbfus—, pero la otra noche la vi en el Mocambo y me lanzó una mirada que solo puede significar una cosa. —Rio y engulló su sexto zombola—. En cierto modo es comprensible. Debió de darse cuenta de forma instintiva.

—¿Debió de darse cuenta de qué? —Los ojos de Wormser, aunque habituados a las cosas inusuales, se le salían de las cuencas.

—Oh, nada, de que soy el hombre más fuerte del mundo —dijo

Kalbfus con modestia. Entonces se levantó, respiró hondo y agarró
la mesa—. Mira —ordenó, arrojando decididamente la mesa hacia el
otro extremo del bar. Dos pirámides de botellas se derrumbaron y se
hicieron añicos en el suelo, llevándose consigo a un camarero filipino
y varios cientos de vasos de cóctel. Antes de que el estruendo de los
enseres hubiera terminado, un destacamento de camareros se lanzó
a la carga contra Kalbfus. Hubo un oscuro intervalo de escaramu-
zas, durante el cual Wormser, sin saber muy bien cómo, se encontró
caminando a cuatro patas por el suelo mientras una mujer gorda le
arreaba puntapiés. Luego los gritos y las recriminaciones cesaron
y, de repente, sintió el duro impacto del pavimento. Cuando, eones
más tarde, la niebla se hubo disipado, Wormser se encontró con que
estaba en un aparcamiento, sentado en el estribo de un sedán y pal-
pándose una especie de huevo de petirrojo en la mandíbula. Kalbfus,
con la cara más hinchada aún de lo que recordaba, le imploraba entre
espasmos que lo perdonase y cenase con él en su motel. Wormser
negó lentamente con la cabeza.

—No, graciaz. —Pese a tener la lengua como un rollo de franela,
Sherman trató de conferir dignidad a sus palabras—. Me caez bien,
Kalbfuz, pero erez un poco ineztable.

Dicho esto, se puso en pie, hizo una inclinación formal y se metió
en el Pig'n Whistle a por una atomburguesa y un mango helado.

DE LAS GOLOSINAS AL DIVÁN, POCOS PASOS VAN

D ebía de hacer diez días de mi llegada a la isla de Penang, en la Malasia Británica, cuando confirmé que, efectivamente, estaba hablando solo. Reparé en ello a las cuatro y cuarenta de la tarde, mientras estaba sentado en un cuarto del Hotel del Oeste y de Occidente examinando la bandeja que el muchacho nativo acababa de dejar a mi lado. Encima estaban el indefectible plátano enano y el sándwich de paté de todas las mañanas y todas las tardes desde hacía una semana. «Plátano enano con sándwich de paté —me oí decir de repente, con voz crispada y furibunda—. Sándwich de paté con plátano enano. Para eso has cruzado medio mundo hasta el legendario Oriente: para sentarte en este mísero y pestilente agujero a leer novelas de bolsillo y comer sándwiches de paté. Y ahora —añadí con amargura—, para rematar, vas y te pones a hablar solo. Pues estás tú bueno. Sigue así, muñeco, y a la que te despistes estarás corriendo por ahí como un loco con un *kris* entre los dientes.»

Lo cierto es que la convicción de que me hallaba en terreno movedizo la llevaba dentro casi desde el momento en que puse los pies sobre la isla. Penang (a menos que desde entonces se haya hundido en el mar sin dejar rastro, idea que me llena de sosiego) se encuentra frente a la costa malaya, unas veinticuatro horas al noroeste de Singapur. En un momento de aberración, me había trasladado desde Siam a Penang, donde todo el mundo me había asegurado que podría disfrutar de un idílico interludio antes de continuar hasta Ceilán a bordo del vapor que zarpaba de allí quince días más tarde. Descubrí que al menos dos de las afirmaciones que mis informantes habían hecho sobe Penang eran ciertas. Sus playas, en efecto, eran iguales a cualquier otra de los mares del Sur, e igual de accesibles, deberían haber añadido. Y la comida del Hotel del Oeste y de Occidente era tan buena como la del Raffles de Singapur, y se me hace difícil concebir cumplido más ambiguo que este. Ambos establecimientos sirven un tipo de pan frito que se le deshace a uno en la boca, fundiéndole a la vez los empastes. En manos de sus chefs, el mango no pierde ni un ápice de su aromático sabor, y para aquellos a quienes les encanta el queroseno no puede haber más cálido homenaje.

Después de un viaje —profusamente jalonado de hemorragias nasales— en funicular, de una visita a un par de sórdidos salones de baile atestados de exaltados adolescentes malayos que bailaban el *jitterbug* y de un paseo por los jardines botánicos al que puso broche final el doloroso picotazo de un periquito, decidí que había llenado mi cupo de lugares de interés y que necesitaba con desesperación la compañía de algún europeo. Los únicos que había a la vista eran los funcionarios británicos del vestíbulo del hotel, que contemplaban con semblante arrugado sus gimlets y gin pahits mientras se explicaban unos a otros que los japoneses habían capturado Singapur a traición. Mis tentativas de confraternizar con ellos enseguida dejaron ver a las claras cuál era el estatus de los turistas americanos en Penang. «¡Tendrá morro el pordiosero este —oí que estallaba un burócrata de rostro encarnado en cuanto creyó que ya no podía oírlo—. ¿Habéis visto cómo me hablaba, el muy zalamero, con esa sonrisilla empalagosa?» Su compañero movió la cabeza con un gesto solidario. Los yanquis son todos iguales, dijo. Un hatajo de tahúres y esquiroles. Todos allí parecían predispuestos a hacer mofa y befa del gringo.

Con todo, no fue hasta el 23 de mayo que comenzó la verdadera pesadilla: un encadenamiento de dolencias me obligó a circunscribir mi futuro periplo tropical a las almohadas de la otomana y las páginas de Somerset Maugham. Recuerdo la fecha porque era el cumpleaños de mi esposa y, tras enviarle una felicitación por telegrama a cobro revertido, me tomé una copa extra a su salud antes de la cena. Suerte de ello, pues me sirvió de anestésico para poder ingerir una comida que habría hecho estallar un motín entre los marineros de Portsmouth. Como buenamente pude, me las tuve con una sopa viscosa y clorada, un filete de calamar untado de grasa y una ración de tapioca bañada en sorgo, tras lo cual, con el espíritu abatido, me arrastré desesperado hacia la ciudad pensando en cómo ocupar las horas hasta el momento de acostarme. La idea de ir a ver cualquiera de las dos películas de Tarzán que proyectaban se me hacía insoportable, sobre todo porque ya las había visto dos veces cada una —las dos noches anteriores— y mis conocimientos del dialecto hokkien eran demasiado rudimentarios para disfrutar de la obra de teatro religioso chino en el parque de atracciones Nuevo Mundo.

Llevaba una hora deambulando sin destino, contemplando los peces luchadores de las tiendas de animales y las tejedoras que trenzaba sus canastas de ratán, cuando me asaltó la imperiosa necesidad de comer dulce. Soy del todo consciente de la clase de escarnio a que puede dar pie una confesión semejante; durante años, la pasión por el dulce me ha convertido en el hazmerreír de amigos y familiares por igual. Dicho esto, y a riesgo de que me señalen como si fuera un leproso, considero que hay circunstancias en las que uno puede preferir un buen bombón de cacahuete a una copa de armañac, y en las que el ansia de caramelos puede alcanzar cotas comparables a la obsesión. Esa noche, en Penang Road, fue una de esas ocasiones. Sabía que a menos que lograra hacerme con una pastilla de goma o una rama de regaliz, aquello era el fin. Salvo el asesinato, estaba dispuesto a cualquier cosa por un pedazo de caramelo, y si el asesinato era inevitable, no iba a dejar que los escrúpulos se interpusieran en mi camino.

Afortunadamente, no hubo necesidad de nada tan drástico; a apenas cincuenta metros había una confitería repleta de toda suerte de golosinas regentada por un chino de lo más servicial. Por no sé qué oscuros derroteros del mercado negro, el hombre se habría procurado un cargamento de chocolate amargo suizo, una de esas delicias que los *connoisseurs* estiman más que el jade blanco y, en Oriente, diez veces más rara. Para parar el golpe, compré dos tabletas de formato económico, media libra de crocante de cacahuete y otra media de jengibre escarchado y una docena de galletas de alcaravea, y, tras asegurarle al propietario que si la mercancía era de mi gusto, al día siguiente regresaría para abastecerme al por mayor, salí corriendo hacia mi cuarto. Habría preferido abandonarme a mi orgía en otro lugar que no fuera bajo esa mosquitera que no dejaba de engancharse en el crocante, pero a excepción de la lámpara de la cama, el cuarto estaba bañado en una densa sombra, y todo hombre tiene derecho a ver lo que se está comiendo. No obstante, y pese a la incómoda sospecha de que todo aquello parecía una fiesta de colegio mayor, la experiencia fue sumamente placentera y, satisfecho por primera vez desde mi desembarco en Penang, me quedé dormido.

Poco duró mi solaz. La mañana siguiente a las siete y treinta, nada más incorporarme en la cama para engullir el sempiterno té, el sándwich de paté y el plátano, reparé en una borrosa línea oscura que vibraba en el suelo desde las ventanas a la cómoda. Pensé que sería un acceso de miopía causado por mi glotonería de la noche anterior, de modo que le resté importancia, pero al comprobar que una hora más tarde seguía allí, se extendió sobre mí un oscuro desasosiego. Que se convirtió en horror al inspeccionar la bolsa de dulces que había dejado abierta en lo alto de la cómoda. Un enjambre de pequeñas hormigas rojas se había arremolinado sobre las golosinas, de las que arrancaban grandes fragmentos de jengibre y chocolate. Asomándome peligrosamente al alféizar, pude ver cómo la caravana se extendía por los tres pisos de la fachada del edificio hasta mi cuarto. El pánico me dejó obnubilado. Parecía fútil presentar batalla contra un enemigo que se contaba por millones, cuya paciencia era proverbial y que conocía el terreno mucho mejor que yo. Luego me poseyó una fría cólera. Nadie iba a privarme del *único* consuelo que había logrado encontrar en ese erial miserable; les enseñaría a esos demonios colorados de lo que es capaz el ingenio americano cuando se lo pone a prueba. «Creéis que podéis avasallarme, ¿eh? —grité—. Esperad, amiguitas. Tengo guardados bajo la manga un par de trucos de los que nunca habéis oído hablar, y lo que es más, ¡la guerra no ha empezado aún!»

A fuerza de buscar toda la tarde por medio Penang, localicé al fin un taller de hojalatería donde compré una caja metálica de unos quince centímetros de largo por diez de fondo. La tapa ajustaba lo suficientemente bien como para mantener a raya a maleantes, pero para asegurarme me hice también con un rollo de cinta adhesiva para bicicleta. El vendedor de golosinas chino empezó a hacerme reverencias cuando todavía me encontraba a una manzana del bazar. Pese a su amplio repertorio de lisonjas, rechacé el surtido de grajeas, caramelos y pastillas de menta que me había preparado y le pedí que llenara la caja con lo mismo que había comprado el día anterior.

Si cuando regresé quedaba una sola hormiga en mi dormitorio, sería porque el ojo de lince del botones la habría pasado por alto. Un intenso olor a desinfectante lo impregnaba todo, incluida, para mi pesar, la mosquitera, motivo por el que mi festín nocturno perdió parte de su sabor. Ello quedó compensado, no obstante, por la sensación de triunfo que sentí al sellar la caja con la cinta adhesiva y esconderla en un cajón de la cómoda antes de recogerme. Puede que no fuera un purasangre como aquella panda de envarados del vestíbulo, pensé riendo para mis adentros, pero podría haberles enseñado un par de cosas sobre las hormigas.

Mis ilusiones se derrumbaron abruptamente al despertarme a la mañana siguiente. Las cazadoras furtivas no solo habían vuelto, sino que habían penetrado en el cajón y habían desvalijado la caja sin hacer el menor caso de la tapa y la cinta. Su perseverancia habría despertado mi admiración de no ser por la furia incontenible que se había apropiado de mí. Aparte de mi vanidad herida, era evidente que debía hallar el modo de burlarlas antes de que me arruinasen. Al rato, encontré una solución que debería habérseme ocurrido antes. Había una barrera que jamás podrían sortear: una buena dosis de letal polvo insecticida. Por la noche, armado con una nueva remesa de golosinas y una lata de DDT al diez por ciento, puse todo mi empeño en lograr que la caja fuera inexpugnable. La envolví con cinta, formé un foso de DDT a su alrededor, sellé el cajón con más cinta y esparcí los polvos a lo largo de la ruta que las hormigas habían seguido. Mi sueño fue caótico e intermitente; por dos veces me levanté para hacer un reconocimiento, la segunda justo antes del amanecer, pero no había señal de ellas. Me desplomé sobre la cama con una irresistible sensación de alivio. La batalla se había saldado con un alto coste para mi autoestima y mis nervios, pero al fin la victoria estaba en mis manos.

Ruego a Dios no tener que volver a sufrir nunca la angustia que experimenté al abrir los ojos y encontrarme con aquella borrosa y ondulante columna vibrando sobre el suelo y el frontal de la cómoda. Ninguno de mis obstáculos había logrado repeler a las criaturas; al contrario, a juzgar por el vigor y el incremento de su número, el DDT las había estimulado y había avivado su apetito. Las hormigas entraban y salían del cajón correteando y entonando cánticos, y si se detenían era tan solo para mofarse de mí haciendo un gesto con la pata en la nariz. Cuando el botones llegó con el té, el sándwich y el plátano, yo ya había recuperado el aplomo suficiente para estudiar la situación con un mínimo de sangre fría. No me decidía a quemar mi último cartucho, pero marcharme de Penang sabiéndome humillado tanto por los hombres como por las bestias habría empañado lo que me quedaba de viaje. Valiéndome de sobornos y de todos mis rudimentos de la lengua nativa, le expliqué al muchacho que necesitaba colocar un juego de vasitos de cristal llenos de gasolina bajo las patas de la cómoda. La mueca que invadió su rostro traslucía claramente la opinión que le merecían las excentricidades de los blancos, y era evidente que en cuanto saliera de mi cuarto todo aquello iba a ser motivo de gran hilaridad, pero en mi situación no me podía permitir sentirme agraviado. En la tienda de golosinas, tras comprar la misma mercancía por cuarto día seguido, disimulé mi vergüenza con un despliegue innecesario de groserías. Curiosamente, los dulces ya no me incitaban como en los días anteriores, e incluso me costó reprimir un escalofrío cuando el tendero me invitó a probar una tableta de coco por cuenta de la casa, una oferta que en el pasado habría vivificado el color de mis mejillas. Ya de regreso al hotel, y para poner la guinda, me detuve en la farmacia y compré un cuarto de tarro de pasta para hormigas.

Por desgracia, el desenlace de esta historia tendrá que permanecer en secreto hasta que vuelva a Penang, cosa que no pienso hacer hasta la última semana del milenio. Esa noche, justo antes de cenar, me hallaba departiendo conmigo mismo mientras untaba los dulces con pasta para hormigas y sellaba con cinta toda la parte delantera de la cómoda, cuando llegó una llamada desde la recepción. Mi barco estaba en el muelle y tenía previsto zarpar al cabo de dos horas. El recepcionista, con voz azorada, me dijo que temía que no me diera tiempo a embarcar con tan poco tiempo de preaviso. Jamás hubo temor más infundado. Quince minutos más tarde, una especie de rayo, descrito por algunos como el cometa Halley y por otros como un frenético americano cargado de maletas, iluminó momentáneamente el porche del Hotel del Oeste y de Occidente y se perdió de camino al mar. Le di al botones cinco dólares malayos y una dirección de Bombay para que me informase de lo que había encontrado por la mañana en la 318, pero nunca volví a saber de él. El pobre diablo seguramente se comió los dulces, la pasta para hormigas y todo lo demás. Eso es lo malo de los nativos: no puede uno fiarse de ellos. Hatajo de gandules, holgazanes e inútiles; de no ser por nosotros todo el mundo haría mofa y befa de ellos. Y no lo digo por decir, no. Lo he visto con mis propios ojos.

NO ME TRAIGAN OSCARS (QUE LO QUE NECESITO SON ZAPATOS)[9]

¿Hay alguien por aquí que quiera quedarse, sin pagar nada en absoluto, con los derechos exclusivos para Estados Unidos de una de las más trepidantes películas documentales jamás inacabadas? Resulta que sé dónde pueden adquirirse, juntamente con los derechos exclusivos para todo el mundo, una cámara Bell & Howell nueva a estrenar, un silbato de director, una silla de tela plegable (si quieren pueden quitar mi nombre y poner el suyo en su lugar), un par de pantalones de montar y un megáfono para ladrarles órdenes a los actores. De hecho, incluso estoy dispuesto a darle un par de pavos de propina al primero que venga a sacar de mi casa todo lo anterior y, ya de paso, a regalarle el ejemplar del *Times* que inspiró todo este lío.

El impulso para capturar con la cámara una pequeña pero significativa porción de mi vida cotidiana surgió a raíz de un artículo, publicado en la sección de cine de los domingos de la antedicha revista, sobre Roberto Rossellini. «Armado solamente con una cámara de cine y una idea», informaba el corresponsal en Berlín, el dotado director de *Roma, ciudad abierta* y *Paisà* había estado rodando una película titulada *Alemania, año cero* con un reparto no profesional encabezado por un golfillo de once años salido de la calle. Lo que más llamó mi

9. El título original es una paráfrasis de la canción «Don't Bring Me Posies (It's Shoesies That I Need)» (1921), con música de Fred Rose y letra de Billy McCabe y Clarence Jennings.

atención fueron los comentarios sobre la iconoclasta técnica de producción de Rossellini:

El guion se escribe literalmente a medida que avanza el rodaje, en un esfuerzo porque resulte lo más realista posible. Cuando el joven Edmund, la estrella, se encuentra frente a una situación dramática, Rossellini le pregunta: «¿Qué dirías si esto te ocurriera de verdad?». El muchacho responde con alguna observación que seguramente no lograría pasar los filtros de Eric Johnston y, si no es demasiado obscena, se traslada al guion. En cierta ocasión, durante una escena de calle, pasó un camión cargado de pan. Edmund, olvidándose de todo, exclamó: «¡Mi madre, me encantaría comerme todo ese pan!». «¡No cortéis, no cortéis! —gritó Rossellini—. ¡Incluid eso también!»

Comprensiblemente, la espontánea y rabelaisiana tosquedad del comentario de Edmund me hizo subir los colores a las mejillas, pero cuando el estupor hubo remitido, vi que se me imponía un reto. Si la exclamación de Edmund podía considerarse dramática, entonces los diálogos que tenían lugar en mi propia casa eran puro Ibsen. Por lo visto, toda aquella palabrería que a mí se me antojaba monótona y banal poseía un ímpetu y una majestuosidad auténticamente shakesperianos; plasmada en celuloide, podría poner los pelos de punta a los espectadores de toda la nación, arrancarles ora una sonrisa, ora una lágrima, mientras loaban mi talento en mil y un teatros. Ya me veía celebrado como el poeta de lo mundano, el hombre que se había sumergido en lo inane y lo trillado del hogar americano para dejar al desnudo su nobleza esencial. Nada más pensar en el prestigio y el dinero que todo aquello me iba a reportar, sentí un mareo tal que tuve que tumbarme, pero, ya acostado, me arranqué el *Times* de encima de la cara y me apliqué a forjar mi plan. Sirviéndome de mi familia para los actores y del método de la improvisación de Rossellini, rodaría un documental sobre una tarde en la vida del inquilino medio neoyorquino. Convoqué a la parentela y, desbordante de emoción, les describí en qué consistía el proyecto. El entusiasmo de mi esposa fue inmediato, aunque lo disimuló bajo una capa de apatía; era evidente que estaba furibunda porque la idea no se le había ocurrido a ella.

—Qué hombre tan estulto —admitió, aunque evidentemente quería decir «astuto», pero ya se sabe que a veces las mujeres se confunden cuando quieren dárselas de cultas—. Esta vez te has superado.

—Yo debería ser la estrella —gritó mi golfillo residente de once años—. El año pasado salí en la función del colegio.

—¡No, yo, yo! —chilló su hermana—. ¡Y quiero ponerme el rímel de mamá!

—Para el carro, míster Burbage —exclamé—, y tú también, Ellen Terry.[10] En esta película no hay estrellas, ni maquillaje ni ninguna de esas patochadas hollywoodienses. Quiero autenticidad, ¿entendido? No tratéis de actuar; sed naturales. Comportaos como si la cámara no estuviera ahí.

—Si quieres realismo absoluto —empezó a decir mi mujer, con rostro iluminado de esperanza—, ¿por qué no te olvidas de la cám...?

—Suficiente —corté—. Y ahora poneos el rebozo y despejando, los tres. Tengo una agenda de producción muy apretada y no hay tiempo para estar de *schmoos*[11] con los actores. Recordad, mañana todo el mundo en el estudio a las tres en punto: empezaremos a rodar tanto si estáis como si no.

Me pasé el resto del día como cualquier otro hombre de cine bien bregado, tomando bicarbonato, leyendo el *Variety* y diseñando el emblema que figuraría en mi papelería. Lo del emblema trajo algún que otro problema. Tras barajar la idea de combinar los logotipos de J. Arthur Rank y la MGM y poner a un esclavo dándole con una maza a un león, la descarté por socialista y se me ocurrió que podía poner un perezoso colgado de una rama con el lema: «*Multum in Parvo*». Cabía la posibilidad de que los exhibidores no acabaran de captarlo, y, francamente, a mí también se me escapaba un poco, pero rezumaba dignidad y garbo.

10. Cuthbert Burbage (1568-1619) y Ellen Terry (1847-1928) fueron dos actores que se labraron fama interpretando las obras de Shakespeare.

11. En yiddish, «cháchara».

El primero en presentarse a la hora convenida al día siguiente fue mi hijo; entró en el recibidor vestido con unas plumas de jefe indio y albornoz, indumentaria algo peculiar para un niño que acaba de llegar del colegio, sobre todo en pleno invierno. Me explicó que de vez en cuando a él y a sus amigos les gustaba ponerse algo que no fuera la típica combinación de abrigo y chanclos; eso me permitió rodar un tráveling de un pequeño indio en un vestíbulo a oscuras que bien podría competir con cualquier toma equivalente hecha en Hollywood. Recordando que mi hijo debía comportarse con la mayor espontaneidad posible y seguir su rutina habitual, me retiré al salón, me agazapé entre los morillos y me preparé para hacer una deslumbrante toma de sus evoluciones enfocándolo a través de la pantalla de la chimenea. De manera algo artificiosa y teatral, el muchacho depositó la cartera sobre la mesa, prendió una pipa y, tras sentarse en el sillón, se enfrascó en la lectura de un artículo sobre Kierkegaard publicado en la *Antioch Review*.

—Espera un momento, chaval —dije algo aturdido—. Aquí pasa algo raro. No sé lo que es, pero se ha colado algo que no resulta del todo natural. No sé por qué, pero me da la sensación como si estuvieras actuando. Piensa un segundo: ¿es esto lo que haces habitualmente cuando llegas a casa por la tarde?

—Pues claro —dijo asintiendo con la cabeza—. A veces reviso las cuentas del talonario y luego le pego una patada al perro, como tú. ¿Quieres que haga eso?

Finalmente, conseguí hacerle ver la diferencia entre la realidad y la fantasía, diferencia que los filósofos llevan mil doscientos años tratando de poner en claro, y el chiquillo consintió en reproducir su quehacer habitual, advirtiéndome, con toda franqueza, que ello podía ocasionar ciertos desperfectos.

—Rompe lo que quieras —ordené impaciente—. Queremos la verdad; cuanto más entusiasmo, mejor. Lo demás son paparruchas.

El muchacho se encogió de hombros, recogió la cartera y la arrojó hacia el otro lado de la estancia para demostrarme cómo solía desprenderse de ella. Un exquisito Buda de porcelana que me había costado treinta dólares y dos días de regateo en Hong Kong se hizo pedazos en el suelo. Saqué un plano detalle tan soberbio que no pude reprimir un grito de euforia.

—¡Bravo! ¡Brillante! —dije para animarlo—. Haz lo que quieras, seguimos rodando, ¡que no se rompa el ritmo! ¡Yo te sigo!

Tarareando una tonadilla alegre, el actor se fue hacia la cocina y se sirvió un cuenco de arroz con leche, la mitad del queso cremoso, una naranja, un tallo de apio y un vaso de agua mineral, dejando la nevera abierta y la botella sin cerrar. A continuación, lo seguí con la cámara hasta la panera, donde arrastró subrepticiamente el dedo por encima del glaseado de una tarta de chocolate y mordisqueó la punta de un milhojas. En el plano siguiente, hicimos una transición hacia el arma-rio de la entrada, donde rodamos una secuencia portentosa. El chico registró tranquilamente los bolsillos de mi sobretodo y observó que a menudo encontraba monedillas sueltas, que podían oxidarse si se dejaban allí demasiado tiempo. Hizo una pausa, claramente reticente a revelar su siguiente paso por miedo a la censura paterna.

—Pues... normalmente escucho el programa de Jack Armstrong y hago los deberes hasta que llega la hora de ponerle el ojo a la virulé a mi hermana —dijo evasivamente.

—Vamos, piensa —dije azuzándolo—. Todavía no estamos en la sala de montaje. Seguro que te dejas algo.

—Bueeeno —dijo él—, a veces hago volcanes en el inodoro.

—¿Por qué? —pregunté perplejo.

—Por nada —respondió—. Me gusta cómo suena.

Después de interrogarlo averigüé que todos sus compañeros se divertían con aquel edificante pasatiempo, y dado que el éxito o el fracaso de mi fresco ha de medirse en función de su fidelidad a la naturaleza, me fui a filmarlo. Los preparativos estuvieron listos ense-guida; con consumada eficacia, el muchacho vació una lata de lejía en la taza, amarró un cordel largo a la cadena y, tras arrojar un fósforo encendido a la lejía, tiró del cordel. Hubo unos instantes de ominoso silencio. Acto seguido, un estruendo como el bombardeo de Port Arthur sacudió las tuberías y un géiser de tres metros de agua salió disparado hacia lo alto, desde donde cayó formando una cortina de niebla. El efecto, cinematográficamente hablando, fue similar al que se aprecia bajo las cataratas del Niágara (salvo por las toallas y los cepillos de dientes que se veían al fondo, por supuesto); actuarialmente hablando, me restó diez años de vida. El resultado final, no obstante, mereció la pena, ya que el muchacho, llevado por la emoción, añadió una intervención inmensamente más gráfica que la del joven héroe de Rossellini:

—¡Mi madre! —exclamó—. ¡No me gustaría tener que fregar toda esa agua!

—¡No cortéis, no cortéis! —grité—. ¡Incluid eso también!

El hecho de no disponer de equipo de sonido y de que, por tanto, el *mot* de mi chaval no hubiera quedado registrado en parte alguna debilitaba un poco mi posición, pero bueno, no se puede tener todo.

Con ese don de la oportunidad que caracteriza a los aficionados, mi esposa y mi hija eligieron, entre todos los momentos, precisamente ese para efectuar su entrada con los brazos cargados de bolsas de la compra, y yo, como el *foyer* es más bien angosto, no pude maniobrar con la cámara para obtener una composición armónica. Al ver el estado en que había quedado el baño, mi buena mujer puso el grito en el cielo, olvidando el fundamental axioma cinematográfico de que para hacer una tortilla hay que romper huevos. No obstante, le expliqué brevemente que tan solo habíamos hecho un volcán con el inodoro, y eso pareció bastarle, así que, tras comentarle que los gastos de producción se nos estaban disparando, la urgí a proceder con sus actividades de costumbre. A esto le siguió una secuencia impregnada de interés humano en la que ella desordenó o escondió de forma deliberada todos mis papeles importantes, así como los gemelos de las camisas, mandó las corbatas equivocadas a la lavandería e invitó por teléfono a cenar a una serie de personas a las que sabe que no puedo soportar. Al objeto de acelerar el tempo y flexibilizar el estado anímico, intercalé unos cuantos planos de mi hija pintando la alfombra con las acuarelas y armando una buena zapatiesta frente a su atril de música.

—Excelente —felicité a mi *troupe* entre aplausos (los actores, sobre todo los más jóvenes, son como niños: siempre hay que estar alimentando su vanidad)—. Hijo —agregué—, ahora te toca manejar a ti la cámara, porque este es el momento en que habitualmente yo llego a casa. —Los tres a un tiempo se quedaron tiesos, pero mi ojo de director detectó y rectificó al punto la falacia—. Agarrad esas dos cocteleras y recordad: todo el mundo grita de alegría en cuanto papá entra en casa.

En un pispás ya me había metido en el papel: solo era cuestión de hundir un poco los hombros y poner mirada asesina. Justo cuando me encaminaba arrastrando los pies hacia la puerta para crear un poco de suspense antes de mi entrada, esta se abrió de golpe y, como catapultados, aparecieron tres personajes que no estaban previstos en el presupuesto. En orden ascendente de histerismo, eran el hombre de la caldera, el mozo del ascensor y el portero. Este último portaba lo que la gente de teatro solemos llamar un «objeto de utilería» —un hacha de incendios— y estaba, como la gente de a pie suele decir, echando sapos por la boca.

La escena siguiente, por más que bulliciosa y llena de tensión, no es que revistiera gran importancia cinematográfica. Tenía que ver con no sé qué mandanga de una inundación en el apartamento de abajo, y su interés para el público, excepción hecha de los fontaneros y, tal vez, uno o dos abogados, sería nimio. Entiendo que en breve habrá que rodar escenas adicionales, o «tomas extra», en el juzgado de Essex Market. Puede que me deje caer por ahí, por la pura curiosidad. Mi agenda ya no está tan apretada como antes, ahora que he terminado con la producción activa en el estudio.

EXCESO DE PROTEÍNAS, DIRÍA YO

Ella ha elevado la belleza a una nueva categoría, pensó, pues parece incluso comestible. Es el verbo hecho fruto, más que carne, y con azúcar y nata sería deliciosa. Su cuello sabría a manzana inglesa, una *pippin* o una *nonpareil*; y sus brazos, ligeramente bronceados aún por la nieve de la montaña, a ciruela verde.—De un relato de Eric Linklater publicado en *Harper's Bazaar*

Con la precisión y la meticulosidad que caracterizaba todos sus actos, Monroe Fruehauf leyó sin prisa el parte meteorológico y la información marítima del periódico matutino. Un área de bajas presiones dominaba el macizo del Labrador y chubascos aislados amenazaban las Carolinas. De acuerdo con la lista de cargueros que transportaban correo, el *Zulu Queen* aceptaba paquetes y material impreso con destino a Lourenço Marques, el protectorado de Nyasalandia, Kenia y Uganda. Ninguno de estos datos fueron para Monroe motivo de sorpresa ni, a decir verdad, de verdadera preocupación. Por él, en las Carolinas podían llover ranas y el *Zulu Queen* podía transportar marihuana si así se le antojaba; él se limitaba a cumplir con su arraigada costumbre de inspeccionar a fondo el periódico antes de irse a trabajar. Tampoco es que tuviera ninguna prisa en ese sentido. Nadie se fijaba en la hora a la que abría su librería de segunda mano de la calle Cuatro Oeste, y todavía pasarían horas hasta que entrara el primer estudiante furtivo en busca del

Heptamerón o las obras de Sacher Masoch. Monroe pasó hacia atrás las hojas del periódico para echar un último vistazo general y descubrió que se había saltado la columna de gastronomía. Con la misma parsimonia con que había leído la sección del tiempo y la de los mercantes, se enteró de que en Vermont habían empezado a moler un nuevo tipo de maíz, de que el paladar de los millonarios tenía a su disposición una variedad de pavo aún más cara y que las anchoas podían mezclarse con mucílago para darle el toque definitivo a la bandeja de los *smörgåsbord*.

El último elemento de la columna, sin embargo, llamó el interés de Monroe. Una atenta organización conocida como Yale Lox Asociados había creado un servicio de entrega a domicilio de sabrosos surtidos de salmón, queso fresco y *bagels*, ideal para el desayuno de los domingos; los mensajeros eran raudos y corteses. Qué idea tan aguda, pensó Monroe. La cocina de su apartamento de una habitación era muy limitada, y a él le gustaba remolonear en la cama la mañana del *sabbat*. La idea de que le sirvieran tan señorial exquisitez junto al sofá era seductora. Dejándose llevar por el impulso, cosa que rara vez se permitía, llamó al servicio de inmediato. La voz enérgica y dinámica que lo atendió le garantizó que, a menos que ocurriera un cataclismo, recibiría el desayuno a tiempo.

—Añádale una ración extra de panecillos —dijo Monroe en un arrebato de imprudencia. Ya puestos, mejor no escatimar en nada.

—Doble de *bagels* para el señor —confirmó la voz, y a Monroe casi le pareció oír un entrechocar de talones. Antes de que las trivialidades del día ocuparan su mente, reflexionó satisfecho sobre la sibarítica experiencia que le aguardaba. Había dado un paso poco menos que insignificante, y sin embargo no podía evitar la sensación de que se hallaba a las puertas de una nueva vida.

A las once en punto del domingo por la mañana, Monroe se volteó gruñendo y buscó las zapatillas a tientas. Los repetidos timbrazos de la puerta se habían convertido en un gañido prolongado y enloquecedor. Cruzó la habitación trastabillando mientras se ponía la bata y abrió la puerta de un tirón. En el rellano había una joven pizpireta vestida con uniforme de oficial de dragones: enorme chacó negro, casaca con alamares, botas de montar y una funda de sable colgada del cinto. Mientras Monroe la miraba, la muchacha se llevó una corneta a los labios y tocó una fanfarria que reverberó por toda la escalera.

—¡Eh, por el amor de Dios! —protestó Monroe dando un paso atrás—. ¡Que va a despertar a todo el edificio!

Ajena a sus protestas, la joven saludó con brío y se dirigió a él en tono sonoro y declamatorio:

—Yale Lox Asociados le desea buen provecho. Desde las heladas aguas azulinas de Terranova, le traemos la delicia rosada de Nueva Escocia: salmón ahumado con fuego de achicoria; desde las frondosas granjas del estado de Nueva York, donde zumban las abejas, un queso fresco de textura granulosa elaborado con la mejor leche de Jersey; y desde los aromáticos hornos de Hester Street, el señorial y suculento *bagel*, reluciente como el barniz. Permítame.

Y empujando la cocina de campaña que tenía al lado, entró en el cubículo de Monroe. Aturdido e incómodo ante aquellas autoritarias maneras, el hombre la siguió musitando excusas por el desorden de la pieza.

—No pasa nada. Estamos acostumbrados —lo tranquilizó ella, sacando con destreza unos cuantos paquetes de papel parafinado—. ¿Esa es la cocina? Ahora, relájese. Lo tendrá todo listo en un periquete.

Dicho y hecho: cuando Monroe salió del baño, ya algo menos contrariado, el desayuno estaba maravillosamente dispuesto sobre la mesa, y el café, caliente en la cafetera. Impresionado, Monroe preguntó si tanta atención era la norma.

—Viene con el servicio. —La muchacha sonrió, se sacó un lápiz del chacó y garabateó un recibo—. Por supuesto, si quiere que le lea las viñetas, le costará veinticinco centavos más.

Monroe, que de ordinario no era susceptible a los encantos femeninos, tenía que admitir que la chica era condenadamente guapa. Sus mejillas tenían el rubor delicado del melocotón maduro, sus orejas brillaban como pequeños camarones bajo su pelo acaramelado y las

curvas de sus firmes y gráciles caderas, ceñidas en aquellos pantalones, recordaban el perfil sinuoso de las peras Bartlett.

—Oiga, señorita —empezó a decir Monroe, sin mucha convicción—. No me malinterprete, pero me preguntaba si... es decir, si tal
vez le gustaría compartir la comida conmigo.

—Oh, imposible, señor —respondió ella a toda prisa—. Las reglas
del señor Fabricant son muy estrictas.

Por lo visto, a uno de los dragones le habían formado consejo de
guerra y lo habían condenado a filetear esturión durante treinta días.
No obstante, el ofrecimiento de Monroe era tan sincero y tan exento
de malicia que, al final, la muchacha accedió a tomarse un café. Tras
un hábil interrogatorio, reveló que se llamaba Norma Ganz, que sus
aficiones eran cocinar, hacer pasteles y limpiar, y que ella misma se
tejía la ropa (a excepción, claro está, de la que llevaba puesta), que
prefería los conciertos sinfónicos a los clubes nocturnos y un buen
libro a ambos, y que era de la opinión de que hoy en día la mayoría
de las chicas eran extravagantes, egoístas y superficiales. Ante semejante dechado de virtudes, los ojos de Monroe hicieron chiribitas. Su
marido, sugirió, excusándose por el cariz personal del comentario,
debía de ser un hombre muy feliz. No solo no estaba casada, respondió Norma con tristeza, sino que era prácticamente huérfana,
a menos que contase a su padre, un rico empresario del petróleo de
Oklahoma, del cual ella era la única heredera.

A Monroe le costó varias cenas de las caras, numerosas entradas
de cine y más de sesenta dólares en flores y bisutería comprobar la
verdad de la historia de Norma, pero al final se dio por satisfecho.
Ni una sola palabra era cierta. Además de ser una mentirosa inveterada, Norma llevaba una complicada falsa vida en la que se identificaba con la heroína de cualquier película o novela romántica que
la dejara impresionada. Era descuidada, fatua, iletrada y, en general, una fuente de preocupaciones para su nuevo admirador. Y sin
embargo, Monroe, aunque plenamente consciente de sus defectos,
no alcanzaba a imaginar bocado más delicioso que ella. Sus papilas
gustativas la deseaban; no podía mirar sus carnosos hombros blan-

cos ni el cremoso contorno de su cuello sin pensar en engullirlos con la glotonería de una adolescente ante una *charlotte russe*. En su fantasía amorosa, sus encantos adquirían una exquisitez y una cualidad dietética sin par en ninguna otra mujer que hubiera conocido. Conforme su deseo por Norma crecía, Monroe se alarmaba al comprobar que la muchacha iba volviéndose incorpórea; en varias ocasiones se sorprendió a sí mismo pensando en ella no tanto como una persona como un aperitivo, una apetitoso *hors-d'oeuvre* que dominaba sus sueños. A veces, mientras estaba en la librería contemplando con la mirada perdida una primera edición del *Jurgen* que poco antes lo habría encandilado, el recuerdo de su suculencia ponía su corazón al galope y se le escapaba un rugido. Su apetito por la comida, por el contrario, disminuyó. Visiblemente más delgado y con los ojos hundidos en las cuencas, dedicaba horas a deambular por las calles luchando por refrenar su obsesión, si bien en el fondo sabía que la pugna era fútil. Solo era cuestión de tiempo, susurraba una voz oscura, que el demonio que lo habitaba se impusiera. Convencido de la más completa fatalidad, Monroe esperaba que aquella pesadilla alcanzara su clímax.

El primer atisbo de este llegó varias noches más tarde, mientras estaba sentado en un reservado del restaurante Brass Rail, con el tenedor ocioso entre sus nerviosos dedos y la mirada vorazmente fija sobre Norma. Jamás le había parecido tan encantadora y suculenta; necesitó hasta el último gramo de autocontrol para no saltar por encima de la mesa e hincar los dientes en su piel rosada. Ella comía con la despaciosa y grave concentración de un ternerito, sin hablar y con todas las energías puestas en la masticación. Cuando al fin se hubo saciado, reparó de pronto en el rostro ensoñado de su acompañante.

—¿Qué te ocurre? —preguntó—. ¿No tienes hambre?

—¿Hambre? —repitió Monroe, profiriendo un bufido brusco y melodramático—. Ya lo creo. Me muero de hambre.

—¿Y por qué no te comes tu filete? —preguntó Norma, muy razonablemente—. Anda, pruébalo.

—Escucha, Norma —dijo Monroe con discreta pero feroz intensidad, al tiempo que se inclinaba hacia delante y la tomaba de las manos—. Nunca antes había sentido esto por ninguna chica.

—¿Disculpa? —dijo Norma con altanería, tratando de liberarse y tirando un rábano en el intento—. Me parece que no es el momento ni el lugar...

—No hay momento ni lugar mejor —la interrumpió Monroe—. Norma... por favor... escúchame. Te necesito, ¡te deseo!

—¿Te has vuelto loco? —preguntó Norma—. En un restaurante, delante de todo el mundo... Debería darte un bofetón.

—No sabes el efecto que tienes sobre mí —suplicó Monroe, salivando mientras sus palabras se escapaban impetuosamente una tras otra—. ¡Tus ojos son como dos olivas negras, tus dientes son como cebollitas, tus labios como una tarta de queso con fresas! Podría comerte de un bocado.

De repente, una mirada de comprensión, mezclada con cierto alivio, iluminó la cara de Norma.

—Oh, ¿*solo* es eso? —dijo indiferente—. Quieres decir que te abro el apetito.

—¿Te... te lo han dicho antes? —preguntó Monroe estupefacto.

—¿Que si me lo han dicho? —dijo Norma dejando escapar una risita—. Casi todos los lobos que se suscriben a Yale Lox Asociados, por no hablar del señor Fabricant.

—Creía que eran imaginaciones mías —balbució el pretendiente.

—Piensa como un adulto —dijo ella maternalmente, bizqueando frente al espejito de la polvera—. ¿Por qué te crees que llevo esos guantes de vaquero con flecos? Siempre hay algún *schmendrick*[12] que trata de mordisquearme las muñecas. Chico, tendrías que ver lo que tengo que aguantar algunos domingos.

—Pero eso es peligroso —objetó Monroe—. Podrías encontrarte con alguien a quien no pudieras dominar. Alguien que fuera... en fin, un antropófago de verdad.

Con toda la delicadeza de que fue capaz, y con cautelosas alusiones al bosque de Ituri y las tribus remotas de la Micronesia, le explicó que

12. En yiddish, «estúpido».

algunos primitivos *connoisseurs* todavía aprecian la carne humana y que, dada su peligrosa profesión, las posibilidades de que Norma se topase con excéntricos de esa ralea no debía descartarse. Norma se tomó sus reparos con ligereza. Las situaciones más difíciles podían resolverse con una patada a tiempo en la entrepierna, y Monroe sería el primero en comprobarlo si se pasaba de la raya.

Cuando recordaba ese día a la luz de la tragedia final, Monroe casi siempre se culpaba. Debió haberse mostrado firme, obligarla a dejar su trabajo, seguirla e incluso secuestrarla para protegerla. Pero luego, con sorda desesperación, se decía que no habría sido más que un intento inútil por burlar al hado; era el destino, lo llevaba escrito en su plasma germinal.

El resto de aquella mascarada grotesca se desarrolló con una lúgubre sensación de inevitabilidad. Cuando al domingo siguiente Monroe se despertó al oír el estridente toque de corneta, se encontró con un adusto levantino mal afeitado cuyos colbac y uniforme escarlata contrastaban de forma extraña con la colilla de cigarro que mascaba entre los dientes. Con un murmullo forzado y totalmente desprovisto de *esprit de corps*, hizo el acostumbrado saludo de Yale Lox Asociados y, con un gesto zafio y ordinario, le entregó un miserable arenque marinado y unos panecillos salados.

Monroe pestañeó inquieto.

—¿Dónde está Norma? —graznó con una voz malhumorada y trémula que apenas reconocía como propia. Lo embargó un vago presentimiento—. ¿Qué le ha pasado a la señorita Ganz?

—A mí que me registren —dijo el otro escuetamente.

Monroe trató de presionarlo y de apelar a su magnanimidad, pero fue en balde; él no era sino una rueda más de un vasto engranaje, observó, cuyo núcleo era el poderoso e inaccesible señor Fabricant.

Esperando que Norma telefoneara o se pusiera en contacto con él de alguna u otra manera, Monroe dejó transcurrir el día sumido en una agonía de indecisión y miedo. A la tarde siguiente, su desasosiego había alcanzado cotas casi insoportables. Tras conversar con la casera de la chica, dedujo que Norma no había pasado por su casa en los últimos cinco días. Podía ser que se hubiera ido a Rochester a visitar a la familia, reconoció la casera, pero, personalmente, ella sospechaba que había gato encerrado. Monroe llamó de inmediato al señor Fabricant. El director de Yale Lox Asociados se mostró de lo más elusivo. Cuando, tras infinidad de evasivas y subterfugios, accedió a responder, sus reticencias indicaron que sabía más de lo que decía. Es posible que el tono de Monroe trasluciera una especial urgencia, pues, tras una pausa cautelosa, el señor Fabricant lo invitó a regañadientes a ir a verlo.

Sentado en una oficina que habría sido la envidia de cualquier nefrólogo de Park Avenue, el señor Fabricant posó su mirada de basilisco en Monroe y escuchó su crónica de los hechos. Cuando este hubo terminado, sacudió la cabeza como compadeciéndolo.

—Amigo mío —dijo—, no tiene por qué avergonzarse del amor que le profesaba a Norma Ganz. A mí me ocurrió lo mismo.

—¿Por qué demonios habla en pasado? —preguntó Monroe bruscamente—. ¡Por el amor del cielo, dígame lo peor!

—Calma, calma —lo apaciguó Fabricant—. Llevo nueve años en el negocio del cátering personalizado y son cosas como estas las que me han hecho salir las canas.

—¿Cosas como cuáles? —gritó Monroe—. ¡Déjese de rodeos!

—Cosas como esta —dijo el señor Fabricant, abriendo cansinamente un cajón y acercándole un recorte de periódico. Debajo de la fotografía de un gigantesco guerrero masái con escudo y lanza, gorro de seda y el cuello rodeado de colmillos de león, aparecía la breve noticia de que el príncipe Balegula había embarcado rumbo a Dar es-Salam tras una gira de buena voluntad por Hollywood, Washington y Nueva York. «El potentado africano —concluía el texto— se ha confesado abrumado por la hospitalidad recibida en su visita a Manhattan. Durante su estancia, incluso ha podido disfrutar de su plato favorito, y, de hecho, ni siquiera ha tenido que salir de su habitación para degustarlo.»

—Imposible —sollozó Monroe tapándose la cara con las manos—. A lo mejor se ha fugado con él. Descubriré la verdad.

—La tiene delante, hijo —dijo el señor Fabricant, y puso frente a Monroe una charretera dorada que este recordaba muy bien—. La encontraron en la cocina de su habitación, en el Waldorf, cuando ya se había ido. —Mientras una lágrima empezaba a surcar su mejilla, el hombre se inclinó hacia delante y palmeando los convulsos hombros de Monroe añadió—: Todos hemos de llegar a la ciudad de Dios, pero algunos entran por otras puertas. *Lox vobiscum*.

SUBIENDO LA CALLE
Y BAJANDO LA ESCALERA

No soy ningún maldito héroe, y cuando el Regimiento de la Princesa Patricia estuvo en la batalla de Passchendaele en el 17, tuve el maldito cuidado de tener doce años y de encontrarme a cinco mil kilómetros en la retaguardia, vendiendo tacos de goma para las sillas al salir del colegio a las amas de casa de Crescent Park, Rhode Island. Siempre voy a lo mío y nunca busco problemas, pero si estos vienen a mí, me precio de saber afrontarlos tan bien como el que más. Una vez pasé la noche en un vagón de tercera clase en los Estados Malayos Federados, con setenta y pico chinos con dentadura postiza procedentes de Swatow y Amoy que se dirigían al interior, a las minas de estaño de Ipoh. La locomotora del demonio rompió un acople en algún sitio perdido del rincón más remoto de Negri Sembilan, y allí nos quedamos, con la lluvia colándose por el techo, sin una taza de té que llevarnos a la boca y con todos esos hijos de su madre fumando *chandoo* y engullendo arroz con *trassi*, comparado con el cual incluso el durio sabe a aceite de rosas. Peor aún: el culí instalado en la litera de arriba no dejaba de comer plátanos ni de tirarme las pieles encima; media docena de veces habría jurado que tenía una cobra o una víbora de Russell suelta en la cama. Pintaban bastos, como suele decirse, pero le eché agallas y el viejo bucarán aguantó y salí del paso. En otra ocasión, estando en Amboina, en las Molucas, un tipo que se dedicaba a comprar *bêche-de-mer* y conchas en los archipiélagos de Kai y Aru, al sudeste de Ceram, se ofreció a llevarme hasta Banda Neira a bordo de su *prahu*. En realidad era una

barcaza mugrienta de treinta y cinco toneladas con toldilla y doble
hélice, pilotada por una tripulación de buguis dispuestos a clavarte
un *kris* por un quítame allá esos cabos. En fin, ya saben ustedes cómo
es el mar de Banda cuando empieza el monzón, traicionero como
una mujer: lo mismo te echa encima una ola de nueve metros que
se queda llano y en calma, el viento sopla como mil demonios y
cada palmo de agua está infestado de tiburones. Y yo me dije, mientras sopesaba la propuesta del vagabundo en aquel bar de Amboina:
calma, chaval, tómate otra mientras te lo piensas. Nos tomamos una
segunda botella de *genever*, y una tercera, hasta que casi me dio la
impresión de que los malditos ojos iban a salírseme de la cabeza.
Sabe Dios cómo lo logré, pero lo cierto es que zarparon sin mí y
que nunca más volví a saber de ellos. Probablemente habría acabado
sabiendo más cosas, pero tenía que volver a Nueva York a arreglar
unos papeles de la Seguridad Social.

Así es, muy peluda tiene que estar la cosa para que a mí se me
encoja el ombligo, pero cuando ocurre, no tengo inconveniente
en admitirlo. Hace un par de semanas tuve que dejar mi refugio de
Pensilvania e irme a la ciudad por motivos de trabajo, y pasé la noche
solo en nuestro piso de Greenwich Village. Solo diré una cosa: no
nací precisamente ayer y las he visto de todos los colores, pero no
repetiría la experiencia ni por todos los rubíes de la pagoda de Shwe
Dagon. Es una manera de hablar, claro. Si alguien quiere que lo nego-
ciemos, en dos días puedo plantarme en Rangún.

Tal vez, dado lo peculiar de las circunstancias, debería ponerlos en
antecedentes. El pasado mes de diciembre, por deferencia a mi mujer
y su recelo a dormir sobre las rejillas del metro, trasladé a la familia a
un bonito edificio antiguo de la calle Nueve Oeste. La casa era encantadora, con su fachada de ladrillo desgastado de color rosa bajo la
hiedra, su escalera fresca y espaciosa, y su balaustrada curva de nogal,
envejecida por las manos de un sinfín de inquilinos morosos. Con el
fin de repartir todo ese encanto entre el mayor número de personas
posible, el propietario había dividido la vivienda en ocho apartamentos; los del piso de arriba eran dos dúplex diminutos, y nosotros nos

quedamos con el que daba a la parte de atrás. Desde allí se dominaba perfectamente una tienda de comida saludable de la calle Ocho, y en las grises tardes de invierno resultaba de lo más reconfortante ver a los dispépticos salir tambaleándose cargados con sus cubos de melaza y germen de trigo y con el rostro exultante de devoción por el evangelio de Gayelord Hauser. La instalación, si he de ser sincero, era deplorable. De los grifos de agua caliente salía un fluido viscoso y marronáceo parecido al cacao, los radiadores emitían un tam-tam constante como el de los Reales Tambores Watusis, y el frigorífico escaldaba la comida en vez de refrigerarla, pero a la jefa y mí nos importaba tres pitos. Vivíamos con elegancia; podíamos respirar. Dábamos gracias al cielo por no vivir en uno de esos enormes apartamentos de Park Avenue, todos iguales, llenos de platos de ducha, cocinas que funcionan y toda suerte de artilugios deprimentes.

Transcurrido aproximadamente un mes, uno de los inquilinos me contó una cosa increíble, a saber: que tres décadas atrás la casa había sido el escenario de un audaz golpe. Resumiendo brevemente: un domingo de abril por la tarde, en 1922, el señor Frederick Gorsline y su señora, la rica pareja de ancianos que ocupaba por entonces la mansión, estaban disfrutando de una siesta cuando cinco cacos liderados por un matón francés que tiempo atrás había trabajado allí como mayordomo suplente entraron en la casa. Redujeron a los dueños y sus ocho empleados, los encerraron en la bodega del sótano y huyeron llevándose consigo joyas y plata por un valor aproximado de ochenta mil dólares. Si los prisioneros lograron escapar del sótano con vida, fue tan solo gracias a la *sang-froid* y la iniciativa del propietario, de setenta y tres años; al cabo de dos horas de trabajar en una oscuridad absoluta con un cortaplumas y una moneda de diez centavos, logró aflojar los tornillos que sujetaban la cerradura de combinación y abrió la puerta. Después de eso dedicó siete años y una parte considerable de su fortuna a buscar a los culpables, el último de los cuales, el jefe de la banda, fue aprehendido en Francia y enviado a la isla del Diablo.

Como es natural, me fui directo a inspeccionar pormenorizadamente el sótano con una vela de cera, o algo que el hombre de la ferretería aseguraba que era una vela de cera, y quedé convencido de la veracidad de la historia. Incluso encontré una moneda de diez centavos encajada en una grieta del suelo; tenía fecha de 1936, pero limé los dos últimos dígitos y elaboré un relato bastante convincente de mi papel en aquel caso. La pasada primavera, cada vez que dábamos una fiesta, la gente me imploraba que les contase la anécdota; hay que decir que tenían una manera bien curiosa de implorármelo, a veces ni siquiera abrían la boca. Se limitaban a quedarse ahí, muriéndose de ganas, y claro, cuando uno es el anfitrión, se debe a sus invitados. Pero todo esto solo son preámbulos. Ya veo que ustedes también están muriéndose de ganas de saber qué ocurrió la noche que pasé allí yo solo.

Pues bien, llegué al centro hacia las seis de la tarde del viernes, bastante agotado y sin ningún compromiso a la vista. (Resulta curioso que prefieran quedarse en casa lavándose el pelo en vez de aceptar una invitación en el último minuto. Jamás lo entenderé.) Como decía, estaba exhausto y lo único que quería era pasar un rato tranquilo con Gibbon o Trevelyan, cerrar los ojos once horas y regresar temprano a Pensilvania por la mañana. Uno de nuestros vecinos, un tipo joven que hace de modelo para los anuncios de corbatas Bronzini, esos en los que sale gente con el torso transfigurado por una daga, estaba cargando una máquina de coser portátil y un juego de cuencos de ensalada en la trasera de su MG.

—¿Cómo va eso? —dijo con sorpresa—. Creía que se habían marchado. —Le expliqué el motivo de mi presencia y se estremeció—. Qué miedo. Aquí no queda nadie. Los Cadmus se acaban de ir a la casa que tienen en Bucks. Hasta Benno Troglodeit se ha ido a la playa, y ya sabe usted que a ese viejo no hay quien lo saque de su rutina.

—La soledad no me preocupa —dije en tono altanero—. Cuando uno ha pateado los lugares más remotos de la Tierra, como yo, se vuelve bastante autosuficiente. Recuerdo que una vez en Trebisonda...

El rugido de su pequeño pero potente motor ahogó el resto de la frase y, con un giro de muñeca, el coche salió volando por la calle Nueve. Qué aceleración tan sensacional tienen estos MG.

Lo seguí con la mirada hasta que se perdió de vista; luego, subí lentamente al apartamento. Por algún motivo —aunque no sabría decir cuál—, noté un cambio de humor incomprensible, como un malestar vago e indescriptible. También la casa presentaba un aspecto misteriosamente distinto; la escalera no era tan fresca y espaciosa como antes. En el aire flotaba un opresivo olor a cerrado, como si hubiera pasado por un filtro de felpa caliente, y me imaginé que cada puerta encerraba tras de sí un secreto inconfesable. Al meter la llave en la cerradura de nuestro apartamento, las caras deformadas y lívidas de Andrew y Abby Borden[13] se aparecieron ante mí; como si me hubiera dado una descarga, abrí la puerta, me metí dentro y cerré a toda prisa. A la luz de los débiles rayos que se escurrían a través de las venecianas examiné el salón, el suelo sin alfombras y los muebles cubiertos con sábanas para que no cogieran polvo. Todo parecía estar en su sitio, pero preferí cerciorarme. Me humedecí los labios y, en un tono suave y apacible que no habría podido molestar ni a un perro, pregunté:

—¿Hay alguien en casa?

Huelga decir que si alguien hubiera respondido, me habría caído muerto al suelo al instante. Tras verificar que no había ningún intruso corpóreo, subí sin hacer ruido a los dormitorios —gracias a mis expediciones por las junglas del sur de Siam había aprendido a moverme sin tocar ni una rama— y revisé los armarios por encima.

Mientras palpaba con cuidado los abrigos en busca de la presencia no autorizada de algún cuerpo, el teléfono pegó un timbrazo repentino que me puso los nervios de punta. Me pegué a la pared de un brinco y me acerqué al aparato con todos los sentidos en tensión. Algo muy y muy turbio estaba ocurriendo; recordaba perfectamente haber dado de baja la línea un mes atrás. ¿Debía contestar o era mejor ganar tiempo? Traté de imaginarme el rostro que había al otro lado del hilo, su sonrisa retorcida y sus ojitos siniestros. Empecé a notar un sudor en el cuero cabelludo. Finalmente recuperé el equilibrio; mejor

---

13. El matrimonio Borden fue asesinado a hachazos en 1892, supuestamente a manos de la hija de Andrew, absuelta en un juicio en el que nadie fue condenado. El misterioso caso ha pasado a formar parte de la cultura popular norteamericana y ha inspirado películas, series y musicales.

averiguar quién era mi enemigo que sucumbir a ese horror anónimo e inescrutable. Levanté el auricular.

—Control de Cucarachas de Grand Central —dije sin ninguna inflexión en la voz—. Leonard Vesey al habla.

Hubo una pausa tensa y, al comprender con quién se la estaba jugando, el desconocido colgó desconcertado.

Había ganado el primer asalto, pero a partir de ese momento mi integridad dependía de que me mantuviera totalmente alerta. Al objeto de afilar mis sentidos como una navaja, decidí tomarme dos deditos de brandi. Registré los armarios de la cocina sin encontrar dicho reconstituyente; lo que sí encontré fue una lata tibia de jugo de tomate cuya tapa logré romper con un cuchillo de los de quitar corazones de manzana. Cinco o seis gasas fueron suficientes para taponar el cortecito que me había hecho en la muñeca, y, tras quitarme toda la ropa salvo los calzoncillos (más valía no llevar exceso de peso encima si surgía una emergencia), abrí mi Gibbon por las campañas de Diocleciano.

¡Qué espíritu tan noble el que inspira esas majestuosas frases, qué sabiduría y qué calma celestial! Y pensando en la mediocridad de nuestros actuales historiadores, me sumí en un agradable ensueño que debió de prolongarse alrededor de cuatro horas.

Poco después de medianoche, me desperté con la firme convicción de haber olvidado alguna obligación de vital importancia. Me quedé rígido, esforzándome por recordar, y de pronto vino a mí como un rayo. Con todo el trajín de la mudanza el otoño pasado, había olvidado darle el aguinaldo de Navidad al portero de nuestra nueva casa. Supongamos que eso lo hubiera molestado. Supongamos también que su resentimiento se hubiera convertido en una manía persecutoria que exigiera mi extinción, que me hubiera visto entrar a solas en la casa esa noche, que hubiera decidido aprovechar la ocasión para quitarme de en medio y que, en ese preciso instante, estuviera subiendo la escalera de puntillas con un cuchillo de carnicero en la mano. Me imaginé cruelmente desmembrado, con la cabeza metida en una sombrerera como en *Al caer la noche*, las extremidades envueltas en arpillera y diseminadas por las consignas de una docena de estaciones ferroviarias. Lágrimas de autocompasión me humedecieron los ojos; era demasiado joven para morir de una manera tan absurda, víctima de los caprichos de un demente. ¿Qué iba a ser de mi prole, en Pensilvania, esperando el abrazo paterno y unas golosinas que ya no iban a llegar jamás? Decidí vender mi vida lo más cara posible. Tras remangarme metafóricamente con gesto despiadado, me disponía a esconderme debajo de la cama cuando en el piso de abajo sonó un golpe metálico que me dejó de piedra.

En ese horrible instante, todos los detalles del robo a la casa de los Gorsline regresaron a mi mente con claridad diamantina, y entonces comprendí la espantosa verdad. La policía, pese a su vanagloria, nunca había llegado a recuperar el botín; el cerebro de aquel grupúsculo mafioso lo había escondido en algún lugar del edificio y ahora, tras veintinueve años de infierno en la Guayana Francesa, había vuelto para desenterrarlo y saldar cuentas pendientes. Como Jonathan Small en *El signo de los cuatro*, que regresa a Pondicherry Lodge desde las islas Andamán para hacerse con el Tesoro de Agra, el francés también era una bestia desencadenada y, al dar ese portazo en el sótano, estaba notificando a los ocupantes de la casa que había llegado su hora. Ya solo faltaban el pinchazo del filo envenenado y las convulsiones de la agonía final. Dentro de diez minutos, mis facciones quedarían congeladas con la horrenda forma del *risus sardonicus* y yo sería indistinguible de Bartholomew Sholto. Podía ir despidiéndome.

Y sin embargo, es tal la complejidad del espíritu humano, máxime la de uno forjado en el crisol de Oriente, que en mis enjutas mejillas no se movió ni un solo músculo. En lugar de ello, me embargó una furia enorme e incontenible. Estaba resuelto a bajar al sótano y librar a la sociedad de aquel flagelo aborrecible, aunque ello supusiera mi destrucción. Fui a por la vela, abrí la puerta de golpe con audacia y descendí las escaleras con paso gatuno. Cuando ya estaba cerca del rellano del primer piso, una voz de mujer que hablaba en tono tenso y perentorio llegó a mí desde abajo.

—Vamos, échale ganas —decía con aspereza—. Tenemos que abrirla esta noche.

Reprimí un bufido de triunfo involuntario. Conque así estaba la cosa; había una mujer implicada: ella era sin duda la que había maquinado toda aquella trama, como sospechaba yo desde el principio. Apretado contra la balaustrada, me agaché con infinita cautela y me asomé al último tramo de escaleras.

La imagen que vieron mis ojos parecía calculada para desbaratar el más sensacional de los aplomos. Envuelta en un kimono de flores que apenas escondía sus generosos encantos, la señora de Purdy Woolwine, el inquilino del primer piso, estaba arrodillada junto a un cubo de basura metálico, tratando de sujetarlo contra el suelo. Su cabello brillante estaba revuelto, y su cara, desencajada como las de los luchadores de los grabados japoneses. A su lado, un tipo menudo y cetrino al que vagamente reconocí como Woolwine había introducido un destornillador debajo de la tapa con la ayuda de un martillo y trataba desesperadamente de hacer palanca con el evidente propósito de deshacerse de una cesta repleta de botellas y cáscaras de fruta. Ninguno de los dos se había dado cuenta de mi presencia, y jamás habrían reparado en ella de no ser por una necesidad insoportable de estornudar. En cuanto dejé escapar un «¡Aaa-chús!» salvaje, se giraron de golpe y se quedaron mirándome —vela en mano y totalmente desnudo a excepción de los calzoncillos— boquiabiertos sobre el rellano. Con un berrido estremecedor que hizo temblar las reproducciones de Piranesi de las paredes, la señora Woolwine trató de levantarse y se desplomó de lado, desmayada.

Es fantástico cómo la gente tergiversa los sucesos más inocentes. Que me parta un rayo si no tuve que pasarme dos horas explicando lo ocurrido a esos cenutrios de la comisaría del Distrito Octavo. Estaban mosqueados, ¿saben?, tenían que encontrar a un cabeza de turco y todas esas cosas. Cualquiera diría que yo era Harvey Hawley Crippen[14], con todo el rato que me hicieron perder con sus pruebas

14. El doctor Crippen envenenó a su mujer con escopolamina y la enterró en el sótano de su casa en 1910, antes de fugarse a Canadá con su amante. El caso ha dado pie a numerosos libros, películas y musicales.

de alcoholemia y aquellas monsergas sobre el voyeurismo y sabe
Dios qué más. En fin, todo eso es agua pasada, alabado sea el cielo.
Ahora paso la mayor parte del tiempo en Pensilvania, y, cuando llegue el otoño, seguramente buscaremos un alojamiento más acorde
con las necesidades de la familia. Entre ustedes y yo, incluso puede
que me vuelva a Oriente. Ya estoy hasta la coronilla de la vida elegante y de los cócteles y de las histéricas llamadas Woolwine. Respiro
mejor en lugares como Amboina, donde nadie hace preguntas,
donde lo único que uno necesita es un retal de algodón para cubrirse
los riñones y un puñado de arroz, y donde cada cual es dueño de su
pasado.

YO SIEMPRE TE LLAMARÉ
SCHNORRER, MI EXPLORADOR
AFRICANO[15]

mpelida por el viento del nordeste, que durante toda una noche de febrero de 1916 había azotado la bahía de Narragansett hasta convertirla en una espuma helada, la gélida lluvia empezó a caer implacable sobre Westminster Street, principal arteria y rue de la Paix de Providence, Rhode Island. Dentro de la taquilla del Teatro Keith-Albee, el más famoso tablado de variedades de la ciudad, el director se roía las uñas y contemplaba cariacontecido el mazo de entradas sin vender. Eran casi las tres en punto; dentro había diecisiete espectadores, cinco de ellos con invitación, y el telón llevaba levantado ya media hora en lo que debía de ser la matiné más desastrosa de la historia del espectáculo. Justo cuando se disponía a ir al drugstore de Farcher y poner fin a todo aquello con dos mínimas de ácido prúsico, un curioso homúnculo entró corriendo en el vestíbulo. Iba vestido con un chaquetón de lana, un par de zapatos desparejados y un gorro de pescador amarillo, cortesía de Emulsiones Scott, y su excitación

---

15. El título hace alusión a Groucho Marx. Parafrasea la letra de «Hooray for Captain Spaulding», canción que aparece en *El conflicto de los Marx* y que, más tarde, se convertiría en la sintonía del programa televisivo *You Bet Your Life*, presentado por el propio Groucho. La letra de la canción dice: «*Hooray for Captain Spaulding / The African explorer / Did someone call me schnorrer? / Hooray, Hooray, Hooray*» (Hurra por el capitán Spaulding / El explorador africano / ¿Alguien me ha llamado *schnorrer*? / Hurra, hurra, hurra). *Schnorrer*, en yiddish, significa «sablista» o «gorrón».

era tal que su cara de niño de doce años —si se me permite la licencia— estaba roja como un filete de ternera.

—¡Al trolía se le ha caído el tranve! —dijo al borde del resuello—. Digo, al tranvía se le ha caído el trole. ¡He tenido que venir corriendo desde la avenida Chalkstone! ¿Ya han empezado?

—¿Si han empezado quiénes? —gruñó el director, quemando disimuladamente una pastilla para neutralizar cualquier infección que pudiera entrar por la ventanilla.

—Los cortezas de cordel —balbució el otro—. Digo, los cabezas de cartel, los cuatro hermanos Marx con su descacharrante espectáculo *En casa otra vez*, un festival de risas para grandes y pequeños.

Antes de que el hombre pudiera responder, el joven se sacó un pañuelo del mono y desparramó sobre el tablero un hatillo de monedas grasientas. Acto seguido, agarró una entrada y subió brincando las escaleras hasta el gallinero.

Recordar con algún grado de exactitud los números que vi al llegar a mi asiento de la galería sería, por supuesto, imposible, teniendo en cuenta que un abismo de treinta y seis años me separa de ese día. Entre las tinieblas de la memoria, no obstante, recuerdo las Mulas Domadas de Fink, a Willie & McGinty con su inmortal número de la construcción, al teniente Gitz-Rice declamando «Mandalay» con la faringe hinchada de emoción y mucosidades, y a Grace La Rue, el más alegre de los ruiseñores. Pero todo esto no era más que el aperitivo previo al banquete. El número de los Hermanos Marx estaba ambientado en los muelles Cunard de Nueva York, remedados por medio de cuatro maletas viejas y un telón de fondo que supuestamente representaba la pasarela del *Britannic*. Groucho, vestido con su habitual chaqué, los ojos danzando ávidamente detrás de las gafas y en la boca un puro sin prender, irrumpió en el escenario acompañado por su presunta esposa, una arpía flacucha ataviada con una boa de plumas. Detrás de él aparecieron Gummo, que interpretaba a su arrogante hijo, y Harpo y Chico, un par de granujas. La primera intervención de Groucho daba el tono de lo que sería el resto del número.

—Amigos —dijo, reprimiendo un eructo—, la próxima vez que cruce el océano pienso ir en tren. La verdad es que resulta un alivio poner los pies en tierra firme. Ahora sé que cuando coma algo no tendré que volver a verlo.

Tan terrenal confidencia arrancó, comprensiblemente, un paroxismo de carcajadas por parte del respetable (paroxismo modesto, claro está, a la vista del número de espectadores), y a partir de ahí Groucho se explayó hablando del viaje. Gummo lo interrumpía a cada momento, hasta que al final Groucho, mordaz, comentaba: «Hoy en día uno sabe todo lo que sabe hasta que su hijo crece y le dice todo lo que no sabe». Según Groucho, ningún sabio ha sido nunca capaz de dilucidar el significado exacto de esas palabras ni por qué siempre suscitaban aclamaciones y aplausos; por lo visto, al público le parecía detectar un fondo subyacente de cultura popular del que él mismo era inconsciente. Sea como fuere, tras un prolongado intercambio durante el cual Harpo se sacó de las mangas toda la cubertería del barco e inspeccionó la lencería de varias pasajeras de aspecto *zoftick*,[16] Chico se acercó a Groucho con la mano extendida.

—Me gustaría decirle adiós a su esposa —dijo en lo que sin duda era la más rastrera imitación del dialecto de Mulberry Street.

—¿Y a quién no? —respondió su hermano.

Después de esta gansada dio comienzo la segunda escena, que arrancaba sin solución de continuidad en la villa de Groucho a orillas del Hudson. Para ser sinceros, la estructura de la trama era de lo más sutil; se hacía una vaga referencia a una bandeja robada, lo cual daba pie a una vigorosa búsqueda por parte de Harpo entre los corpiños de un par de coristas aparecidas inopinadamente de la nada, aunque en general había pocos matices. Después de una interpretación más bien edulcorada de «The World Is Waiting for the Sunrise» a cargo de Harpo, Chico tocó «Chopsticks» al piano con una salacidad agotadora, y luego la pareja hizo mutis por el foro a bordo de una barca de papel maché con ruedas, derribando por el camino a tres de los actores. Quienes quedaron en escena se arrancaron con una elegante tonada titulada «Over the Alpine Mountains E'er So Far Away» y, cuando la orquesta empalmó con la obertura de la *Caballería ligera*

16. En yiddish, «voluptuosa».

de Von Suppé para anunciar a los acróbatas, me fui al drugstore de Farcher a por un banana split doble con cerezas.

Raudos como de costumbre, pasaron los años, dejando tras de sí un admirable poso de plata en el pelo, que no en los bolsillos. No volví a saber de Groucho ni de su harapienta *troupe*, y di por hecho que se habrían dedicado a otras lides para las que su impericia fuera de menos estorbo. Así pues, cuál no fue mi sorpresa al recibir no hace mucho una conferencia de Groucho desde Hollywood.

—Vaya, vaya —dije con voz jovial—, ¿y a qué te dedicas ahora? ¿Trabajando en algún restaurante o garaje?

—No, hombre, no —dijo molesto—. Por fin me he encarrilado. Estoy haciendo una película con William Bendix y Marie Wilson, y además —agregó con jactancia—, tengo mi propio programa de radio y televisión.

—Claro, hombre —dije yo, conciliador—. ¿Y qué me cuentas?

—Pues verás —dijo—, estaba pensando que ya va siendo hora de que salgas del caparazón. Estás aburrido, inquieto, harto de la civilización y de sus vacuas apariencias... ¿no? —Tuve que admitir que había dado en el clavo—. Entonces ¿por qué no te vienes a pasar un par de días conmigo? El viaje te lo pagas tú, claro. Si lo que te apetece es ver a gentes prístinas y primitivas, aquí hay más de uno que se diría que acaba de aprender a caminar erecto.

—Hmm —dije yo, pensativo—. Suena tentador, pero no puedo irme. Para empezar, está mi secretaria. —Acababa de contratar a una mecanógrafa sensacional, una especie de Boots Mallory versión joven a la que yo ya no sabía cómo impedir que se pasara el día sentada en mis rodillas, palabra de honor.

—Podrías levantarte y echarla al suelo —sugirió él.

Uno de los rasgos más característicos de la audaz imaginación de Groucho, de su negativa a acatar las convenciones, era que siempre iba directo al meollo del asunto. Pasadas cuarenta y ocho horas, yo ya había abandonado mis obligaciones y estaba desembarcando en el aeropuerto de Los Ángeles, y pasadas otras veinticuatro ya había llegado a la colonia donde estaban los estudios. Ligeramente mareado por culpa del puré de aguacate y la salchicha de pollo que

me había comido, me dejé caer por la RKO, donde Groucho estaba
filmando *Una novia en cada puerto*. El plató al que me condujeron,
una fiel réplica de un buque de guerra, bullía de actividad; hordas de
extras vestidos de azul marino repasaban los resultados de los caballos, los eléctricos se peleaban por todas partes por ver quién sacaba
una escalera y, en la tarima de la cámara, dos productores asociados
se daban la mano examinándose cuidadosamente la ropa en busca
de pulgas. Groucho, según su costumbre, ocupaba el centro de todo
aquel torbellino. Estaba sentado en una silla de director mientras
Marie Wilson, una joven señorita cuyos atributos naturales provoca-
ban un perceptible pitido en los oídos, le masajeaba las vértebras. Al
punto, acerqué una silla a su lado y le confesé que yo también sufría
de sacroilitis, pero la bella masajista parecía un poco sorda.

—¿Has traído café? —preguntó Groucho abruptamente. Yo, a mi
vez, le pregunté si se había dado cuenta de que acababa de llegar en
avión desde la otra punta del país, pero él respondió con un bufido
malhumorado—. Habrase visto —espetó—. Alguien con un gramo
de decencia me habría comprado un café en Lindy's. Aquí no dan
más que aguachirle.

—¿Y por qué no te vas?

—¿Dónde más voy a conseguir que Marie Wilson me frote la
espalda? —preguntó—. Un poco más abajo, cariño... ahí, así está mejor.

—Todavía no me has presentado a la señorita —observé en tono
elocuente.

—No, ni creo que te la presente, sabandija —replicó—. Estoy muy
bien así. Y entonces, ¿de qué se habla en Broadway?

Con unas cuantas frases incisivas resumí los últimos acontecimientos, como el clamoroso éxito de Olga Nethersole en *Safo*, el derribo
del Teatro Victoria de Hammerstein y la aparición de A. Toxen
Worm como crítico teatral de referencia, y, para levantarle la moral,
le expliqué que el programa de Milton Berle tenía más público que el
suyo. Se quedó visiblemente satisfecho.

—Tenemos que quedar antes de que te vayas —dijo estrujándome
cálidamente la mano—. Me gustaría que echaras veneno a unos
topos que me han salido en el jardín.

Llegados a este punto, sonó la campana del almuerzo y, dejando en su lugar una réplica de sí mismo para que la señorita Wilson siguiera entretenida hasta su regreso, Groucho me acompañó al comedor. El desproporcionado puro y las gafas parecían no ir a juego con el traje de marino, pero él se las arregló para imprimirle a la comida cierto aire marítimo gritando de vez en cuando «¡Rayos y centellas, marinero de agua dulce!» y bailando una polca con la camarera. Bendix, vestido de marino también él, se pasó el almuerzo masticando un jarrete de buey con aire meditabundo. Bendix tiene buen saque, como corresponde a alguien de sus hechuras, y de él se dice que ha llegado a zamparse un barril de manteca y una hectárea de pepinillos en menos de lo que se tarda en gritarle «¡Bu!» a un ganso.

—Vaya, señor Bendix —dije con envidia—, debe de ser hilarante rodar una película con un humorista de altos vuelos.

—Sí —convino él—, me encantaría poder hacerlo algún día.

—No... no entiendo —insistí yo—. Pero si cuando suelta una réplica de las suyas debe de ser para desternillarse.

—¿A quién se refiere? —inquirió él, apartando lentamente la mirada del jarrete. Yo señalé a su compañero de reparto y él entonces continuó masticando con rostro pensativo—. Bueno, de algo hay que vivir —gruñó.

Durante este intercambio, Groucho se las había apañado para endosarme su cuenta. Cuando se lo reproché, prorrumpió en un torrente tal de jeremiadas e improperios que, mal que me pese, acabé pagando. Los temperamentos volátiles se alimentan a base de estos pequeños triunfos; de repente se mostró entusiasmado, hospitalario y dispuesto a dispensarme toda clase de atenciones.

—Y ahora escucha —dijo con voz enérgica—, a partir de ahora todo corre de mi cuenta. ¿Qué te parece si cenamos en mi casa y nos vamos a bailar después? —Acepté sin vacilar y entonces preguntó—: ¿Dónde están tus cosas?

—Las he dejado con el vigilante de la entrada principal.

—Estupendo —dijo—. Tengo una casa grande y espaciosa en Beverly. Recoge tus maletas y llévalas al aparcamiento de coches de segunda mano de Schwabacher, en Exposition Boulevard. Te dejará dormir gratis en alguno de sus viejos cacharros.

—Debería lavarme y darme una ducha —protesté sin mucho convencimiento.

—¿Qué clase de persona se ducha antes de ir a un baile? —preguntó irritado—. Qué bobadas. —Garabateó algo en una tarjeta—. De acuerdo, entrégale esto a la criada y te dejará usar el baño, pero no te pases con el agua caliente, que tampoco nado en la abundancia. ¿Has traído toalla?

—Solo una de fibra, birlada del avión.

—Bueeeno —dijo a regañadientes—, supongo que puedo prestarte una, pero tendrás que firmarme un recibo. Nos vemos luego, entonces; cena a las siete en punto.

Mientras me dirigía a la puerta del comedor, sentí cómo se posaban en mí cien miradas envidiosas. Una gran estrella me había abierto su corazón. Cuántas idiosincrasias, cuántas flaquezas habría podido divulgar de no ser por la sacrosanta deontología del reportero. Pero mis labios estaban sellados, y si las artes culinarias de Groucho eran tan tóxicas como imaginaba, abrirlos ni que fuera un dedo podía llegar a costarme la vida.

Esa noche a las siete y treinta minutos, en la sala de juegos de una mansión de Hillcrest Drive, dos galanes de mediana edad con ciática desmontaban con dolor de los taburetes del bar y se cogían del brazo de dos esculturales actrices. El cuarteto estaba de un humor claramente festivo; la lengua suelta por los copiosos tragos de cóctel de zarzamora, las mejillas encarnadas y los ojos relucientes los identificaban de modo inequívoco como discípulos de Baco.

—Grousho —dije entre hipos—, lo eshtoy pashando fenomenal. Olvidémonosh del baile y tomémonosh otro cóctel de sharshamora. ¿Qué decish, chicash?

Mi anfitrión se apresuró a apartar una pecera de mi camino y abrió la puerta del comedor.

—Traedlo por aquí y que coma algo —ordenó—. Cuidado... que no se refriegue con el piano.

—No es lo único con lo que se está refregando —murmuró mi

acompañante, desenredando mi brazo de su cintura—. ¿Se puede saber de dónde has sacado a este pelele?

—Del vapor entre Boston y Nueva York —dijo Groucho con convicción—. Creo que hacía de mozo de cubierta. Le di una buena propina y desde entonces no deja de sablearme.

Me recostaron sobre una silla y se retiraron a una mesita auxiliar para trinchar el asado. Yo sonreí para mis adentros. Mi estratagema estaba funcionando a la perfección: pese a mi achispada apariencia, mi entendimiento estaba afilado como una navaja y los estudiaba con la misma objetividad que si fueran especímenes bajo un microscopio.

—Eres un sentimental, Groucho —lo reconvino Queenie, la pechugona del dúo, mientras desmenuzaba a conciencia su panecillo—. Mira que eres tontorrón, ¿por qué dejas que estos jetas se aprovechen de ti? Necesitas una mujer que te cuide.

De repente, Groucho aguzó la oreja, tanto es así que por poco se la corta.

—Eso mismo estaba yo pensando —dijo, rodeando la mesa a toda prisa—. ¿Qué me propones?

—Ay, no lo sé —dijo ella con timidez.

—Conque no, ¿eh? —preguntó él, pasando al ataque—. Entonces ¿por qué me provocas hasta el borde de la locura y te burlas de mí con esa sonrisa que parece una cimitarra? —dijo lanzando su cuchillo al aire con una triste carcajada—. ¿Sabes lo que es estar aquí una noche tras otra, comiendo estofado y muriendo por probar los besos de una muñeca como tú?

—Oye, esta carne está más seca que una lija —protestó Chiquita, nuestra otra dríade—. ¿No hay salsa?

—¡Salsa, salsa! —gritó Groucho—. ¡Todo el mundo quiere salsa! ¡Acaso tenían salsa aquellos seis pobres diablos de la *Kon-Tiki*? ¿Tenían salsa las legiones de Escipión cuando atravesaron el abrasador desierto africano? ¿Y Fanny Hill[17]?

17. Fanny Hill es la protagonista de *Memoirs of a Woman of Pleasure* (1748, generalmente traducida como *Fanny Hill, memorias de una cortesana*) de John Cleland, considerada la primera novela pornográfica escrita en inglés.

—¿Fanny Hill qué? —pregunté yo.

—Tú calla, sinvergüenza —replicó—. Estoy harto de insinuaciones, de habladurías, del perverso y sedoso tacto de la ropa interior femenina. Quiero sentarme en una grada con el viento en la cara e inhalar a pleno pulmón el aroma frío y límpido de las palomitas. Quiero oír el latigazo del fresno sobre el cuero, el rugido de la multitud convertida en una hidra de mil cabezas, al umpire gritando «¡strike!» con su voz de bajo.

Su descripción fue tan gráfica y tan vívida que los tres nos quedamos contemplándolo con ojos refulgentes, demasiado arrebatados incluso para rechazar las mezquinas y casi transparentes lonchas de carne que nos había servido.

—¡Chispas! —suspiró Chiquita—. ¡Me siento como si yo misma hubiera presenciado el partido!

—Lo mismo digo —dijo Groucho, bostezando—. Estoy reventado. Os agradeceré si al salir os lleváis a este borracho con vosotras. Tengo que estar en el estudio a las ocho.

Cortés como uno de los hacendados de George Cable[18], nos acompañó hasta la puerta y nos dijo adiós con la mano. Al llegar a la acera me di la vuelta para verlo una última vez y, de algún modo, me pareció apreciar una cualidad trémula en aquel gesto de despedida. Volví a mirar: en efecto, se estaba rascando. Grité su nombre, pero sus pensamientos estaban ya muy lejos de allí, concentrados hojeando el ejemplar de la *Partisan Review* con el que invariablemente concluían sus días. Caminando despacio, me perdí entre la niebla.

—De acuerdo, todo el mundo en silencio, ¡rodamos! —bramó el director—. Encended la máquina de viento, y recuerda, Groucho, inclínate junto a su oído y suplícale.

El turbulento plató quedó en silencio, los técnicos intercambiaron unos últimos monosílabos y la pantalla situada al fondo de la escena se iluminó para revelar a media docena de caballos de carreras galo-

18. George Washington Cable (1844-1925) fue un novelista conocido por sus retratos de la sociedad sureña anterior a la guerra de Secesión.

pando hacia nosotros. Delante de ellos estaban Marx y Bendix, vestidos de yóquey y montados a lomos de dos corceles tremendamente reales modelados en caucho. Cuando el artilugio que tenían debajo se accionó, los caballos parecieron cobrar vida: sus cuellos se alargaron, la crin y la cola ondearon al viento y los músculos de los flancos y el vientre se tensaron. Los jinetes azuzaban a sus monturas con ruegos y golpes de fusta, encorvados hacia delante para destacar más que el otro ante la cámara.

—Cada uno de esos jamelgos cuesta veinticinco de los grandes —me confió el productor en la oscuridad—. Alquilar un par nos cuesta quinientos pavos diarios, pero merece la pena. Cuando el público vea la película, jurará que son caballos de verdad.

—¿Y si el público no va a ver la película? —pregunté fascinado. El hombre se puso mortalmente pálido, se excusó y se fue dando trompicones a ver al psiquiatra del estudio. Minutos después, ya sin maquillaje y de un humor excelente, Groucho se reunió conmigo en la puerta de su camerino. La película estaba terminada y por fin podía volver a dedicarse a la más desaforada de sus aficiones: la recolección y fertilización cruzada de distintas especies de capital. Para celebrar la ocasión, sugirió ir a almorzar a Romanoff's. Mientras nos comíamos el *risotto*, le pregunté por sus planes de futuro.

—Quién sabe. —Tenía una sonrisa encantadora, y viendo sus dientes, cualquiera habría jurado que eran reales—. Me iré de viaje, supongo; viajar ensancha horizontes, ¿no crees? ¿Casarme? No, gracias. ¿Hijos? No, gracias.

—¿Chutney? —preguntó el camarero.

—No, gracias —dijo Groucho—. Eh, un momento: eso está incluido en el *plat du jour*. Póngame doble ración, y me llevaré un poco a casa en una bolsita.

—¿Qué consejo le darías a alguien que acaba de empezar en el mundo del teatro? —pregunté.

Rumió un buen rato, hasta que al fin se le ablandó el semblante.

—¿Sabes qué le diría? —respondió—. Si fuera una chica, la agarraría de los hombros y le diría: «Cariño...». —En ese momento levantó los ojos y vimos cómo Marilyn Monroe, vestida con una diáfana blusa rosa, pasaba junto a nuestra mesa en dirección al reservado del fondo. A mi lado se levantó una ventolera y, apenas cincuenta minutos más tarde, Groucho regresó con una expresión de irónico desconcierto estampada en el rostro—. Qué casualidad —exclamó—. Por lo visto esa muchacha también acaba de empezar en el mundo del teatro y me ha preguntado lo mismo que tú.

—¿Y qué le has dicho?

—Oh, trivialidades. —Carraspeó—. Evidentemente, con tan poco tiempo no hemos tenido tiempo de entrar en particulares. Hemos quedado esta noche en el Mocambo para seguir departiendo.

—Groucho, Groucho —dije con voz ronca mientras recogía mi sombrero—, no quiero ser zalamero, pero doy fe de que tienes un corazón tan grande como una pradera. Si algún día pasas por el condado de Bucks, siempre habrá una cama para ti en casa de George S. Kaufman.

—Amigo mío —dijo él, con un ligero temblor en la voz—, un hombre muy viejo y muy sabio dijo una vez que hay dos cosas que no pueden comprarse con dinero: la nostalgia y la amistad. Murió en un asilo para pobres. No te olvides de pagar la cuenta cuando salgas.

Me estrechó la mano con fuerza y se marchó cual galante filibustero acudiendo a su cita con el Destino. Mientras su figura discreta y rapaz se perdía de vista, incliné respetuosamente la cabeza.

—*Adieu*, Quackenbush —musité—. *Adieu*, capitán Spaulding.[19] Jamás vi a nadie sablear con tanta pericia.

Y entonces, entre la bruma de las lágrimas, rubriqué sobriamente su nombre sobre la cuenta y volví a salir al prosaico mundo.

19. Nombres de los personajes interpretados por Groucho Marx en *Un día en las carreras* (1937) y *El conflicto de los Marx* (1930), respectivamente.

¿DE VERDAD VISTEIS A IRVING THALBERG?

Cuando los marajás de Hollywood se reúnen en sus bibliotecas de paneles de madera de pino junto a las murmurantes orillas del Pacífico y, mientras el humo de los cigarros traza volutas sobre sus Renoirs, rememoran el pasado con nostalgia, hay un nombre que invariablemente hace que todos se queden en silencio: el de Irving Thalberg. De todos los cometas que han surcado el firmamento del celuloide, se dice que Thalberg fue el único genio digno de tal nombre; bajo su influjo, los dividendos de la MGM proliferaron como la madreselva y surgieron semidioses de la talla de Gable y Garbo, Joan Crawford y Wallace Beery, que deslumbraron a las multitudes. Las leyendas acerca de su munificencia rivalizan con las de Lorenzo de' Medici, y su sabiduría con la de Spinoza. Acaso el ejemplo más llamativo de esta última sea su opinión a propósito de los guionistas de cine. «El escritor —declaró con profundidad mosaica— es un trastorno necesario.» Las afirmaciones de quienes aseguran que lo que dijo en realidad fue «un trasto innecesario» no parecen tener ningún fundamento en los hechos.

¿Cuán excepcional era este empresario? Describir a un coloso en una frase es a todas luces imposible, pero se da el caso de que un servidor tuvo ocasión de trabajar para él durante un tiempo hacia 1937, y de que dedicó varias semanas a intentar conocerlo. He aquí, a pesar del bulto del tamaño de una bola de matzo que me ha salido en la garganta, mis recuerdos de esa experiencia única.

Una soleada tarde de noviembre de 1936, el jardinero japonés
que estaba podando la buganvilla que rodeaba el bungalow
número 12 del Jardín de Alá[20], en Hollywood, miró sin querer
por la ventana del dormitorio y vio algo que hizo que se le cayeran las
podadoras al suelo. Despatarrado encima de la cama, estaba yo con
los ojos vidriosos cual loza de Staffordshire, sollozando inconsolable
con la cara hundida en la colcha. Mis manos flácidas acababan de
soltar las ciento treinta páginas de un manuscrito titulado *Greenwich
Village*, y la constatación de que el hambre pudiera obligarnos a mí y a
mi esposa a destilar de él un guion para Joan Crawford me agarrotaba
la cara con una desesperación que solo El Bosco habría sido capaz de
plasmar.

Las circunstancias que nos habían conducido a esa tesitura eran de
lo más prosaicas. Del pequeño botín acumulado el invierno anterior
en Hollywood ya no quedaba más que una goma elástica deshila-
chada, por lo que a mediados de septiembre mi esposa y yo regresa-
mos a la costa a importunar febrilmente a nuestro agente con el fin
de que nos consiguiera un encargo. Este, un tipo con cara de batracio
llamado Kolodny que llevaba de ante hasta la ropa interior, nos aseguró que no había por qué preocuparse. Los estudios iban buscando
guionistas por las esquinas, declaró optimista; en una semana, dos
a lo sumo, nos habría colocado con un estipendio de príncipes en
alguno de los gigantes de la industria. Las dos semanas se habían
convertido en nueve y el encargado del hotel hervía como una cafetera cada vez que nos veía, cuando Kolodny telefoneó muy agitado.
Irving Thalberg, un productor cuyo nombre solo se pronunciaba
entre susurros catedralicios y reconocido universalmente como el
máximo genio del celuloide, había expresado su interés en nosotros y
nos enviaba un tratamiento para que le echáramos un vistazo. El *quid
pro quo* era miserable, cierto, pero, tal y como Kolodny se apresuró
a añadir, el lustre de nuestra asociación con Thalberg, la pátina que

---

20. El Garden of Allah era un hotel frecuentado por grandes nombres del arte y el espectáculo.
En él se alojaron personalidades como F. Scott Fitzgerald, Harpo Marx, Stravinski y el propio
Perelman. Fue derruido en 1959.

adquiriríamos trabajando en su órbita, afianzaría para siempre nuestra posición en Hollywood.

La reacción de mi esposa al leer *Greenwich Village*, si bien algo menos volcánica que la mía, fue de gran incredulidad.

—Esto no puede ir en serio —dijo después de haberlo hojeado—. Pero si es pura parodia: todos esos poetas de parranda, los pintores con sus batas de trabajo, la vieja bruja de la pensión con esos enormes senos y su corazón de oro. Cuando la estrenen, todo serán abucheos. ¿Por qué nos ha elegido a nosotros?

—Por nuestra experiencia, al parecer —dije—. Kolodny le ha dicho que durante un tiempo vivimos cerca de Washington Square. Supongo que nos habrá descrito como si fuéramos e. e. cummings y Edna Millay.

—En, fin a caballo regalado... —declaró con su vivaz perspicacia femenina—. Sabe Dios que no es Flaubert, pero es mejor que recoger lechugas en Imperial Valley. ¿Cuánto tardarán en ponernos en plantilla?

La respuesta a esa pregunta no tardaría en llegar. Antes de que el sol dorara los tejados de la Pacific Finance Company, nuestro agente le había trasladado nuestra convicción de que el texto era una cautivadora mezcla entre *Trilby* y *La Bohème*, y recibimos orden de personarnos en la MGM a la mañana siguiente. Kolodny estaba exultante. A partir de ese momento, anunció, formábamos parte de la aristocracia cinematográfica. En un arrebato de clarividencia, el hombre nos vio mudándonos a un *palazzo* en Coldwater Canyon, paseándonos en Bentleys y codeándonos con la élite de Palm Springs. El supervisor de producción de la Metro, aunque menos efusivo, también se explayó a propósito de nuestra buena fortuna.

—Espero que sean conscientes de que esto es una gran oportunidad —dijo mientras nos acompañaba a la estructura coloquialmente conocida como el Taller de Corte y Confección, donde se alojaban los guionistas—. Sé de personas en esta ciudad que darían la mitad de su salario por trabajar bajo los auspicios de Irving Thalberg.

—Está hablando con dos de ellas, Jack —confesé.

—Bueno, esperen a conocerlo —dijo—. He tratado con gente avispada a lo largo de mi vida, empezando por L. B. Mayer, pero, entre ustedes y yo, Thalberg es el hombre con más cerebro de cuantos andan por aquí. Además, su inteligencia se complementa con una humildad tan maravillosamente franca que recuerda a Abraham Lincoln. Es la persona más sencilla y natural que puedan imaginarse.

—Genial, estupendo —dijo mi esposa—. Oiga, si no es ningún secreto, ¿cuánto han pagado por esta... por este original que tenemos que adaptar?

—Alrededor de setenta y cinco de los grandes —respondió—. ¿A que es una mina?

—Oro en paño —asintió ella, contemplando el lúgubre cuartucho que debíamos ocupar, amueblado con una mesa carcomida, un par de sillas de madera de eucalipto y un diván dislocado. Una lástima, observó con contención, que el estudio no haga extensiva su prodigalidad a la decoración.

Aquello pareció molestar a nuestro cicerone, que respondió que aquel despacho había albergado a multitud de autores distinguidos, ninguno de los cuales había expresado queja alguna. El más reciente de ellos, al parecer, era una célebre dramaturga por entonces muy en boga que se había pasado ahí catorce meses; en vano, añadió, ya que nadie había logrado dar con un tratamiento digno de su talla. Curioso por saber en qué había ocupado el tiempo, en cuanto el hombre cerró la puerta hice un rápido inventario de lo que había sobre el escritorio. El único recuerdo de su paso por allí eran un par de intricadas blondas hechas con trozos de papel amarillo de escribir a máquina. Suponiendo que le hubieran pagado ciento cincuenta dólares semanales —un cálculo modesto para cualquiera con sus credenciales—, deduje que los mantelitos le habían costado a la empresa unos cuarenta y dos mil dólares cada uno: un encantador ejemplo de artesanía adecuadamente recompensada.

A la vista de la aparente urgencia de nuestro proyecto, supusimos que Thalberg nos convocaría antes de mediodía para comunicarnos los sueños y esperanzas que había depositado en el guion. Cuando vi que habían pasado tres días y que no se había manifestado, me impacienté y llamé por teléfono. Su secretaria trató de tranquilizarme.

Nuestra película estaba entre sus prioridades, pero el Sr. T. tenía otras dos en producción y trabajaba más horas de las que tenía el día; en cuanto estuviera libre, ella nos lo comunicaría. Dado que proceder sin la menor idea de sus intenciones habría sido de ineptos, nos resignamos a esperar. Al cabo de una semana, el tedio adquirió tintes claustrofóbicos. Pasábamos las mañanas como podíamos leyendo los boletines del gremio, la columna de Louella Parsons y las memorias carcelarias de Dostoievski; por lo demás, la desenfrenada actividad de nuestros colegas no animaba demasiado a confraternizar. El más consagrado de estos era quizá un escritor que ocupaba el estudio del otro lado del pasillo y cuyos hábitos creativos parecían sacados de un relato de ciencia ficción. Cuando dictaba con el micrófono de su Ediphone, solía llevar en la cabeza un vibrador parecido a una coctelera metálica que oscilaba con tanto ímpetu que uno no podía por menos de preguntarse cómo sonarían sus diálogos al ser transcritos. Un día me fui a ver la película en la que estaba trabajando y puedo asegurar que salí de la sala profundamente agitado.

Consumidos tras cuatro semanas allí, volví a llamar al despacho de Thalberg, donde una vez más me aconsejaron que tuviera paciencia; la reunión estaba al caer. Nuestro agente, Kolodny, que pasaba de visita de vez en cuando como un pescador de langostas que revisa sus nasas, me reprochó mi entrometimiento. Nos suplicó que fuéramos discretos, que cobráramos nuestro estipendio semanal y que diéramos gracias al cielo por tener comida que poner en el plato. Esa noche, de camino a casa, mi esposa hizo un alto en Westwood para comprarse un ambicioso diseño de bordado y una docena de madejas de hilo. Yo, por mi parte, revolví varios comercios en busca de un colmillo de narval o un hueso de ballena con los que entretenerme grabando filigranas, pero al no encontrar ni lo uno ni lo otro, tuve que conformarme con las obras de Boswell y un manual de problemas de ajedrez.

Dos semanas más tarde, mientras salía del comedor del estudio, me encontré con un conocido de Broadway llamado Reifsneider. La última vez que nos habíamos visto, cinco años atrás, trabajaba como coreógrafo para un musical de medio pelo en el que alguien me había liado, y ahora, sin razón aparente, se había transformado en escritor de guiones. Se me llevó al cubículo donde los últimos quince meses había estado trabajando en el guion de *Edwin Drood* y allí empezó a contarme sus penas.

—Es un infierno —se lamentó—, no se me ocurre cómo terminarlo.

Para consolarlo, observé que Dickens tampoco había sabido darle un final, y para animarlo le hablé del punto muerto en el que estábamos. Él chasqueó la lengua lamentando mi ingenuidad. Nadie, ni siquiera los más eminentes dramaturgos, había logrado nunca conferenciar con Thalberg, afirmó, y entonces me relató lo que le había ocurrido a George Kelly. Trasplantado desde la Costa Este por una suma astronómica, el autor de *The Show-Off* y *Craig's Wife* había sido recibido con toda suerte de atenciones y lo habían instalado en un lujoso despacho, donde se quedó esperando a que lo llamara Thalberg. Tras dos meses de llamadas infructuosas, Kelly mandó decir al productor que, a menos que le concedieran una entrevista, volvería a Nueva York al cabo de veinticuatro horas. Su pretensión fue rechazada entre fervientes promesas, y finalmente, lleno de rencor, Kelly se sacudió de los zapatos el polvo de Culver City. Unas seis semanas después, sin embargo, tuvo que regresar a Hollywood por otros motivos y pasó por la MGM a recoger su correo. Cuidadosamente dispuestos sobre su escritorio, había seis sobres con sendos talones por valor del sueldo correspondiente al periodo de su ausencia. Poco menos que atónito, Kelly se embolsó los talones y salió. Al doblar la esquina de uno de los platós, se encontró cara a cara con Thalberg. El productor, con gesto contrito, lo tomó de la manga.

—Discúlpeme, muchacho —se excusó—, sé que lo tengo abandonado, pero esta vez le doy mi palabra de caballero. Lo veré mañana... mañana por la tarde. A las cuatro a más tardar.

Pasaron otros diez días y mi esposa y yo empezábamos a preguntarnos si el tal Thalberg existía de veras, si no sería un mito solar o una deidad inventada por la gerencia para obtener prestigio. Si bien eran pocos quienes habían visto al gran hombre en persona, no eran pocas las leyendas acerca de sus idiosincrasias. Una de las más memorables, de la que daba fe Ivan Lebedeff, el actor, tenía que ver con cierto oficial ruso conocido suyo. Veterano de la Legión Extranjera y con un historial brillante en las campañas del norte de África, el mayor Peshkov había escrito un libro titulado *El toque del clarín* en el que relataba sus hazañas, y Thalberg no tardó en llevárselo a California para trasladar estas a la gran pantalla. Los dos compatriotas coincidieron un día en la Metro y estuvieron departiendo alegremente frente a una cazuela de *borsch*, y entonces Lebedeff le preguntó a su amigo qué tal avanzaba el proyecto.

—Si quieres que te diga la verdad, estoy un poco preocupado —admitió Peshkov—. Llevo dos meses tratando de hablar con él de la trama, pero el señor Thalberg siempre me evita. No me malinterpretes, ha sido la cortesía en persona: me ha dado un buen despacho, una secretaria rubia encantadora...

Con un cinismo fraguado a lo largo de su dilatada experiencia, Lebedeff aplacó sus miedos. Le explicó que aquello era la norma en Hollywood. Thalberg acabaría materializándose; hasta entonces, podía disfrutar de unos honorarios estables, un comedor excelente y, sobre todo, de la hermosa rubia. En su siguiente encuentro, un mes o dos más tarde, Peshkov se mostró muy agitado. Decía que un hombre de su temperamento, habituado al Sáhara, no podía soportar semejante inacción y confinamiento. Si Thalberg insistía en evitarlo, dijo entre dientes... Lebedeff le pidió que se serenase y le recordó la disciplina y la entereza de que había hecho gala durante su ardua trayectoria militar. Peshkov replicó que las guerras con los beduinos eran un juego de niños en comparación con lo que estaba sufriendo en Culver City. Aguantaría un tiempo más, pero solo por miedo a que su partida redundara en desdoro para la Legión. Al cabo de diez semanas, Lebedeff volvió a verlo y al instante detectó en él un cambio de actitud, un renovado aire de decisión.

—La suerte está echada —declaró Peshkov—. Mañana vuelvo a Marruecos y nada en el mundo podrá disuadirme. He enviado un telegrama al señor Thalberg para anunciarle que hoy a las cuatro iré a verlo para saldar cuentas.

El motivo de la entrevista fue una incógnita para Lebedeff hasta

que su amigo se lo reveló en primera persona años más tarde, en
París. Al tocar las cuatro, Peshkov había entrado en el despacho de
Thalberg y, sacudiéndose de en medio a la secretaria, había invadido
el sanctasanctórum. Tras una presentación lacónica, pidió disculpas
por haber fallado en su misión, añadiendo que de haberle ocurrido
semejante cosa en la Legión, lo habrían fusilado.

—Nada de eso —dijo Thalberg, perplejo—. Está usted muy equivocado. Estamos totalmente satisfechos con usted; de hecho, vamos
a aceptar su oferta. Un día de estos nos sentaremos usted y yo para...

—No, no —dijo Peshkov—. Es demasiado tarde. —Sacó una lista
desglosada y la colocó sobre la mesa—. Confío en que mis cálculos
le parezcan lo bastante detallados —dijo—. Mi salario de ocho meses
a setecientos cincuenta dólares la semana: veinticuatro mil dólares.
Gastos del vapor, el tren y los hoteles desde Marruecos: novecientos
quince dólares. Gastos imprevistos: trescientos sesenta dólares. Y
aquí —agregó extendiendo un trozo de papel— tiene un talón por el
importe total. Solo me queda pedirle que me disculpe por haber abu-
sado de su confianza.

Thalberg permaneció unos instantes observándolo sin comprender, y entonces, encogiéndose de hombros, encendió el intercomunicador.

—Como desee, mayor —dijo—. No sé a qué viene todo esto, pero
si no quiere hablar conmigo, tendrá que hablar con Loophole, mi
abogado. Buenas tardes, señor mío.

Puede que se debiera al perturbador efecto de esas anécdotas o quizá
tan solo a un lento proceso de desgaste, pero el caso es que tres semanas después mi esposa y yo decidimos que la cosa había alcanzado ya
un punto de no retorno y, escupiéndonos mutuamente en las palmas
de las manos, nos pusimos a trabajar en el guion de *Greenwich Village*.
A fin de cuentas, mal podía acusársenos de insubordinación tras tanto
haber esperado en vano a que alguien nos diera órdenes. Estábamos
sumidos hasta la cintura en clichés para describir la angustia de Joan
Crawford ante las libidinosas insinuaciones de un dibujante de grabados, cuando una mañana telefoneó la secretaria de Thalberg: debía-

mos presentarnos *ipso facto* en su bungalow. Azorados y confusos
por cómo debíamos comportarnos, acudimos a toda prisa al edificio
de estuco de estilo palladiano donde estaba el despacho. Haciendo
tiempo en la antesala, había media docena de artesanos literarios de
nota, como Sidney Howard y Robert Sherwood, George S. Kaufman,
Marc Connelly, S. N. Behrman y Donald Ogden Stewart. Podrán
imaginarse los epigramas que inspiraba semejante constelación de
astros. Al rato, sin embargo, descubrí que todos los presentes echa-
ban chispas porque llevaban tiempo tratando de ver a Thalberg sin
ningún éxito. Poco después, la puerta de la guarida se abrió para dejar
salir a alguien del calibre de Pirandello o Molnar y, para gran sorpresa
nuestra, la secretaria nos invitó a pasar. Podrán ustedes imaginarse
los epigramas que de ello resultaron. Lo que es yo los he olvidado,
pero recuerdo que en ese momento me hicieron subir el rubor a las
mejillas.

Entramos en una sala muy larga, bañada en sombras y muy parecida a la del anuncio de los pianos Duo-Art. Al fondo, iluminado por
un único haz de luz, se veía a un caballero de aspecto frágil y mirada
intensa que no nos quitó la vista de encima durante el rato que tarda-
mos en llegar hasta su mesa, apenas dos minutos. Tras los saludos de
rigor, nos preguntó si creíamos que *Greenwich Village* tenía potencial.
Respondí que las posibilidades eran infinitas y que ya nos habíamos
puesto a trabajar con diligencia en el guion.

—Oh, no me diga —dijo Thalberg, visiblemente contrariado—.
Pues ya pueden dejarlo. No quiero ni una palabra sobre el papel...
repito, ni una palabra... hasta que hayamos encontrado la respuesta a
la pregunta.

—¿La pregunta? —repetí, indeciso.

—Eso es —dijo él—. La gran pregunta que plantea la historia, es
decir, ¿debe confesar una mujer?

Se hizo un breve y denso silencio, aproximadamente lo bastante
largo como para comerse una porción de *strudel* con semillas de ama-
pola, hasta que mi esposa se inclinó hacia delante.

—¿Si debe confesar qué una mujer? —preguntó con una finura casi
japonesa.

—La verdad sobre su pasado, ¿qué si no? —replicó Thalberg como quien le habla a un niño pequeño—. Es decir, ¿debe una mujer hermosa y sofisticada confesar sus indiscreciones prematrimoniales a su prometido?

Antes de que la mujer hermosa y sofisticada sentada a mi lado pudiera confesar que hasta entonces no había vislumbrado semejante problemática en la historia, el intercomunicador salió a su rescate. Alguna personalidad olímpica, con una voz más negra que todo el alquitrán necesario para asfaltar el paso de Cahuenga, llamaba para pedir prestados un puñado de documentos y, a mitad de su petición, alguien avisó de parte de la señorita Garbo de que la civilización occidental corría peligro a menos que Thalberg acudiera de inmediato al plató número 9. Cuando mi esposa y yo quisimos darnos cuenta, estábamos pestañeando fuera del edificio con una misma sospecha bullendo en nuestro pecho. Ninguno de los dos la expresó con palabras, pero ambos estábamos en lo correcto. Esa noche, a la hora de la cena, Kolodny telefoneó para decir que a la mañana siguiente podíamos dormir hasta tarde. *Greenwich Village* había sido archivada y volvíamos a estar en lista de espera. Se me ocurrió que podía ir al estudio a buscar el bordado y las obras de Boswell, pero entonces, pensándolo mejor, deseché la idea. Con mayor rapidez aún, deseché también la tentación de emular a Peshkov y devolver el botín. Por elevado que fuera mi concepto de la *noblesse oblige*, ya tenía suficientes dolores de cabeza como para preocuparme del honor de la Legión Extranjera.

NO SOY NI HE SIDO NUNCA UNA MATRIZ DE CARNE MAGRA

Me desperté dando un violento y estremecedor respingo, tan abrupto que noté en los ojos ese dolor repentino que uno experimenta cuando se traga un refresco de helado de un tirón o cuando asciende demasiado aprisa de los fondos oceánicos. En la casa reinaba una quietud absoluta; a excepción del bramido del arroyo en el prado, crecido con el deshielo, un silencio tan formidable como el de Fatehpur Sikri, la ciudadela abandonada de los mogoles, rodeaba la granja. Casi al instante, sentí un gran desasosiego, una angustia de proporciones tales que me puse a temblar. El reloj fluorescente de la alarma marcaba las dos y media: la misma hora exacta, pensé con un escalofrío, a la que me había visto envuelto en el Asunto de los Filetes de Ternera Sin Hueso la noche anterior. Los Filetes de Ternera Sin Hueso... tenía ese mismo tono prosaico y, a la vez, truculento que Las Cinco Semillas de Naranja o La Aventura del Pulgar del Ingeniero.[21] Reclinándome sobre un codo y hundiendo la mirada en la oscuridad aterciopelada, me puse a revisar con toda la coherencia de que fui capaz los sucesos de la noche precedente.

Me había desvelado en torno a las dos, y después de dar vueltas y revueltas por la cama como una perca agonizante, me prendí un cigarrillo que me fumé del revés hasta que me entraron náuseas. A continuación, desperté a mi esposa, quien aparentemente pensó que podía rehuir sus responsabilidades durmiendo, y le hice un breve

---

21. Dos de los relatos de *Las aventuras de Sherlock Holmes* de Arthur Conan Doyle.

resumen de los desastres —económicos, políticos y emocionales— que nos amenazaban. Cuando ella empezó a reconvenirme, de esa forma absurda tan característica de las mujeres, en lugar de sucumbir a un comprensible ataque de ira, me retiré pacíficamente a la cocina a comer algo. Mientras trataba de extraer una alita de pavo de entre el montón de las sobras del frigorífico (es admirable lo mal que el ama de casa media organiza su reino; ningún hombre toleraría semejante ineficacia en su trabajo), me llamó la atención un envase etiquetado como «Filetes de ternera sin hueso congelados Gilbert». Grapada en el exterior, había una nota impresa escrita con la lúgubre sinceridad de un historial clínico freudiano. «Querido Chef —decía—: He perdido mi carácter. Antes tenía tendones, pero entonces conocí a uno de los carniceros de Gilbert. Cortando todo aquello que me ayudaba a mantenerme de una pieza, me privó de mi capacidad de resistencia. Soy una matriz de carne magra a la que han molido y vuelto a unir. Por favor, tráteme con cuidado. Extráigame con una espumadera o una espátula, no me saque por los bordes con el tenedor. Después de todo lo que he pasado, soy más frágil que otros que haya conocido. Por favor, tráteme con cuidado y no me haga daño. Phillie el Filete.»

La revelación de que por fin la comida había aprendido a hablar, y de que, por tanto, yo había pasado de consumidor a padre confesor, me amedrantó de tal modo que solté la alita de pavo; con un sonoro «Mrkgnao» que obviamente había aprendido leyendo el *Ulises*, el gato se abalanzó raudo sobre él. Debí de quedarme en auténtico estado de choque, porque me limité a seguir allí, mirando, con el cerebro totalmente confundido. El motivo de mi asombro no era tanto que la ternera hubiera encontrado una manera de comunicarse —un avance más o menos inevitable cuando uno ha aceptado la premisa básica de la Vaca que Ríe— como el tono meloso y masoquista de sus palabras. Por primera vez en la historia humana, un objeto supuestamente inanimado, una chuleta, rompía la barrera para revelarse como una criatura capaz de sentimientos y deseos. Y sin embargo, ¿proclamaba con júbilo su liberación, profería algún exultante lema emancipatorio o, cuando menos, lo disimulaba con alguna mansa solicitud del tipo:

«Señor Watson, venga aquí. Lo necesito»? No; su mensaje apestaba de principio a fin a autocompasión, a discapacidad, a farsa. Era el lacrimógeno ruego de un eunuco que solicita un privilegio, un hito de la hipocresía. Aquello era repugnante.

En ese mismo instante, vi que indignarse era fútil e intuí lo que estaba por venir. Antes o después, por medio de algún ensalmo refrigerativo que la ciencia aún no ha descubierto, al resto de vituallas del frigorífico se les soltaría la lengua, y, sin duda, emularían a Phillie y exigirían mimos similares. Mis opciones eran dos: podía gritar para que bajara la familia y prepararla para la emergencia o podía enfrentarme a la situación en solitario, o lo que es lo mismo, podía regresar a la cama y dejar que los acontecimientos siguieran su curso. Solo un cobarde habría elegido la segunda opción, y eso mismo fue lo lo que hice. A la mañana siguiente, distracciones de orden diverso me impidieron echarle un vistazo al frigorífico, pero ahora, tendido en la cama incapaz de dormirme, sabía que cada segundo de retraso podía traer consigo una calamidad. Con el sigilo de un comanche, saqué los pies de la cama y pisé un caniche de color canela que resultó estar ahí durmiendo. El animal emitió un aullido que me perforó los tímpanos.

—Que te calles, bicho del demonio —masculló entre dientes, y acto seguido añadí un conciliatorio—: Buen chico, buen chico.

El bruto se apaciguó, o fingió apaciguarse, hasta que cerré la puerta del dormitorio detrás de mí; entonces, convencido de que me estaba yendo a cazar mapaches o a realizar cualquier otra actividad sin él, empezó a arañar la madera con las patas. Lo dejé ir conmigo y, cuando estuvimos lo bastante lejos de la parienta, le arreé una patada en la barriga para que aprendiera a ser obediente. En cuanto abrí la puerta del frigorífico supe que algo iba mal. Sujeta a un cuenco de barro lleno de arroz con leche había una nota garrapateada con una letra temblorosa, casi ilegible. «Querido Chef —decía entrecortadamente—: vive usted en el paraíso de los locos. Jamás creería las cosas que ocurren aquí: qué de calumnias, de envidias, de artimañas. Todos están contra mí porque tengo pasas. Pero qué más da: tengo pasas desde que ese salmón de Nueva Escocia que está en la balda de arriba era un alevín en la bahía de Fundy. Si no me cree, compruébelo usted mismo. No digo más. Un amigo.»

Un somero escrutinio de los distintos compartimentos reveló que, ciertamente, algo muy turbio estaba ocurriendo. Dos manojos de apios se habían salido del congelador, su lugar habitual, y se habían introducido entre una montaña de botellas de leche. El tarro de la mahonesa había sido privado de su legítimo contenido y rellenado a medias con grasa de oca, lo que daba motivos para temer juego sucio. No era tanto la presencia de un elemento concreto —las tiras de vapor helado o el plato de la salsa, congelada e inhóspita como el lago Baikal— como su conjunto lo que llenaba aquel espacio con ese silencio premonitorio que antecede al ciclón o al motín carcelario. Inopinadamente, mientras me devanaba los sesos en busca de algún método clandestino que me permitiera esclarecer la verdad de los hechos, se me ocurrió la solución perfecta: la grabadora. Podía esconderla en el armarito contiguo, introducir el micrófono disimulándolo como si fuera un *knish* de patata y, al día siguiente, asombrar al mundo con el primer testimonio de la existencia de alimentos parlantes. La idea de los millones que iba a ganar en *royalties*, el revuelo que crearía la prensa, las aclamaciones de las sociedades eruditas y la frustración de mis enemigos cuando me vieran elevado a la categoría del mismísimo Steinmetz me hicieron entrar tal mareo que tuve que echar un trago de yogur líquido del Dr. Dadirrian para recuperarme. Sí, lo cierto es que al hacerlo me sentí algo antropófago y que casi me esperaba oír un grito ahogado con acento levantino, pero al final lo más grave que ocurrió fue un ligero ataque de diplopía; al cabo de unos minutos, volví a sentirme como nuevo.

—Y ahora —le dije al caniche mientras apagaba la luz—, de vuelta al sobre. Será mejor levantarse bien temprano antes de que alguien descubra todo esto y lo malinterprete.

—Bobadas —replicó—. Es tu grabadora, ¿no?

—Claro —dije yo—, pero ya sabes que la gente es tan tonta que... *¿Qué es lo que has dicho?*

Por supuesto, el bicho se calló y no volvió a soltar prenda; cualquiera habría pensado que se le había comido la lengua el gato.

Me fui a la cama muy perplejo por culpa de todo aquel asunto y, debido al miedo a quedarme dormido y la preocupación por la cantidad de corriente que estaría consumiendo la máquina, me sumí en un sueño pesado que terminó hacia el alba. Bajé corriendo a la cocina, me tomé un café solo y rebobiné la cinta para escuchar la grabación. Los primeros giros no me permitieron oír más que murmullos conspirativos y, de vez en cuando, alguna palabra demasiado imprecisa como para poder descifrarla. Entonces, de repente, oí una voz grave de fondo, una voz untuosa y, a la vez, llena de pompa y de desdén.

—Indigentes con ínfulas —decía con desprecio—. Todo por aparentar. Los calé tanto a él como a la mujer en cuanto los vi entrar en la tienda. Ella llevaba un viejo abrigo de astracán remendado. «Algo en plan de cóctel, Greengrass», dice ella bostezando como si fuera la señora de T. Markoe Robertson. «Me llevaré un tarro de dos onzas de ese caviar doméstico.» Y entonces se vuelve hacia su marido, que está ahí todo nervioso haciendo sonar la calderilla que lleva en el pantalón y dice: «Cariño, ¿verdad que sería divertido ponerles un par de rebanadas de Novy a los invitados?». El pobre *schmendrick*[22] se puso de todos los colores cuando el jefe me puso en la balanza. Cinco centavos más y habría tenido que irse a casa caminando bajo la lluvia, como los héroes de Hemingway.

—Mira, chico —añadió una rezongona voz de bajo, procedente sin duda de un frasco olvidado de rábano rusticano—, cuando lleves aquí tanto tiempo como yo, dejarás de sorprenderte de lo que hace esta gente. Una vez tuvimos un costillar de cordero que se pasó aquí siete semanas. El fontanero tuvo que arrancarlo con el soplete.

Otra voz, algo afectada y empalagosa, como las que uno asocia habitualmente a la remolacha agridulce, asintió sonoramente.

—Aquí solo hay una cosa que no se pone rancia —dijo—: el agua carbonatada. ¿Cuánto tiempo puede tirar a base de dieta líquida?

—Eternamente, a menos que se caiga y se corte —replicó el salmón ahumado, soltando una risotada ordinaria.

22. Ver nota 12.

—¿Podéis hacer menos ruido, por favor? —agregó una voz bronca y destemplada de soprano—. No he pegado ojo. Desde la operación estoy hecho un manojo de nervios...

—Pssst, ya está Phillie otra vez —advirtió el rábano rusticano—. Bajad el volumen o le escribirá otra notita. El muy chivato repite todo lo que decís.

En ese momento estalló un guirigay de maldiciones y recriminaciones que nunca llegué a saber cómo terminaba. Temblando de furia, arranqué la cinta del cabezal, corrí al salón y la arrojé a los rescoldos de la chimenea. Ante mis ojos flotaron chispas de distintos colores; se me hacía insoportable saber que había estado alimentando a tales víboras en mi casa. Se imponían medidas drásticas, y yo era el único que podía tomarlas. De camino al frigorífico, decidido a desahuciar sin piedad a toda aquella cuchipanda, me di de bruces con mi mujer, que estaba envuelta en un salto de cama liso como si fuera un ejemplar de *El amante de lady Chatterley*, contemplando anonadada la grabadora.

—¿Qué... qué ha ocurrido? —balbuceó—. ¿Qué estás haciendo con este micrófono en el frigorífico?

En fin, he aprendido la lección; las mujeres no entienden de sofisticaciones. No hay ni una, ni Judy O'Grady ni la esposa del coronel[23], capaz de entender las ideas abstractas, y cuando tratas de explicárselo de forma educada y civilizada, entonces se enfadan. ¿Se imaginan a alguien tan rencoroso como para atrincherarse en el corral y negarse a desayunar con su marido? He preparado la comida aprovechando un poco de esto y de lo otro —un pomelo y un par de huevos—, pero no puede decirse que sean grandes conversadores. A veces, lo que uno necesita es a alguien con quien se pueda hablar de verdad.

---

23. La referencia es al poema «Las damas» de Rudyard Kipling, cuyos dos últimos versos dicen: «Y es que Judy O'Grady y la esposa del Coronel / hermanas son por debajo de la piel». Su correcta interpretación ha dado pie a encendidas discusiones. La alusión de Perelman, obviamente, pretende decir que todas las mujeres son iguales.

ADELANTE, LA PÓLIZA LO CUBRE

Aquella reciente mañana en el campo, los rayos del sol eran tan benignos y el aire venía tan cargado con la promesa de la primavera que, antes de irme a mi red a tejer algo que vender, decidí dar una vuelta por el lugar y ver qué catástrofes podía exhumar para mermar mi eficiencia. Durante un rato, me auguré lo peor; las puertas del granero no habían reventado durante la noche, los surcos del camino —hasta entonces tan profundos como las trincheras unionistas antes del sitio de Vicksburg— se habían llenado de forma misteriosa y la cisterna que contenía el suministro auxiliar de agua de lluvia había dejado de oler a podrido y exudaba un fresco y vigorizante aroma de resina. En mi aflicción, había empezado a dar patadas al muro del bancal con la esperanza de soltar alguna piedra y enredarme en una larga y exasperante trifulca con los albañiles, cuando un coche azul celeste se detuvo y, al dar marcha atrás, partió las ramas bajas de un magnolio a punto de florecer. Un tipo fornido e impelente, como esos de los anuncios de las gafas Shuron que pueden verse en los escaparates de las ópticas, se apeó del vehículo y echó un vistazo superficial a los desperfectos. Luego, tras sacar un portafolio del maletero, se acercó hacia mí a grandes trancos con la mano extendida.

—Buenos días tenga usted —dijo, radiante y risueño como un lechuguino de pueblo—. Me llamo Chicanery, Walt Chicanery. Vengo de parte de la Compañía de Seguros A Toro Pasado, de Doylestown. ¿Podría hablar con el propietario?

Le expliqué que, aunque por mis ropas no se echara de ver, yo era el dueño de aquellos predios, y él contuvo la risa lo suficiente como para mitigar mi bochorno.

—Me ha engañado usted bien —dijo—. Lo había tomado por el hombre de los recados.

—Y lo soy —respondí con voz monocorde—. Yo me encargo de todo, hasta de podar los árboles cuando la gente les pasa por encima con el coche.

—Pues ahí sale usted perdiendo, amigo —dijo apuñalándome con el dedo en el esternón—. No los pode, sustitúyalos. Tengo aquí una póliza que lo asegura contra toda pérdida relativa a arbustos, setos, matorrales, lianas, pináceas, enredaderas, juncos y trepadoras.

—Yo también —confesé—. Tengo todas las pólizas que se le puedan ocurrir: contra granizadas, naufragios, volcanes, calumnias, heladas, todas. Incluso estoy asegurado contra meteoritos o lluvias de ranas rojas. Y ahora, si me disculpa...

—Espere un segundo —dijo con tono condescendiente—. Lo veo a usted muy confiado, ¿verdad? Se cree que tiene cubierta cualquier posible contingencia, ¿no? Piénselo mejor. ¿Qué ocurriría si se le resbalara la bola de jugar a los bolos y le rompiera los huesos del pie a su compañero?

Sabía que tenía que haber llamado al indio que me hacía de mozo de cuadra para que echara a aquel tipo a golpe de *lathee*, pero el sol caía tan agradablemente sobre mi espalda que entré al trapo.

—Las únicas bolas que yo toco son las de matzo —dije—, y dudo mucho que supongan un peligro para los pies de Jed Harris. No, señor mío —continué—, no suelo sufrir esa clase de percances. No hay hombre menos proclive a los accidentes en toda la Tierra. Yo soy de los que se quedan en casa a hacer su trabajo, y eso mismo es lo que me dispongo a hacer ahora.

Tras entrar en el anexo donde doy rienda suelta a mis preocupaciones, me enfrasqué en una pila de papeles. Al instante, la mano de Chicanery se inmiscuyó en mi campo visual sujetando una hoja de papel impreso.

—Hágalo por su familia, amigo mío —ronroneó por encima de mi hombro—. Dele un vistazo antes de echarme.

—¿Qué es? —pregunté malhumorado.

—Una lista de los accidentes que cubre nuestra nueva política estatal de seguros generales de responsabilidad civil personal —dijo untando cada palabra con mantequilla como Svengali[24]—. Adelante, adelante, lea, lo desafío.

Privado de mi voluntad, leí.

La lista era algo formidable, una auténtica enciclopedia del desastre. «Un transeúnte resbala sobre el hielo en la puerta de su casa y se rompe el brazo —comenzaba—. Su perro muerde al repartidor. Su esposa lastima a un transeúnte con el paraguas. El cartero entra en su jardín y sufre una conmoción. Su hijo derriba a un anciano con el trineo. El fontanero se cae utilizando su escalera. Un amigo resbala en el suelo recién encerado de su casa y se queda inválido. Durante una cacería, le dispara por accidente a otro cazador. La niñera se rompe el tobillo al tropezar con un juguete de su hijo. El hijo del vecino se quema en la hoguera de los rastrojos. Su hijo golpea accidentalmente a su amigo en el ojo con la pelota. Su hijo atropella a un viandante con la bicicleta. Un extraño se quema por accidente con su cigarrillo. Un invitado tropieza con la alfombra. Su hijo estampa accidentalmente un avión de juguete en la cara de su amigo. Jugando al golf, hiere a otro jugador de un pelotazo. El columpio del jardín se rompe y lastima al hijo del vecino. En el autobús, un pasajero tropieza con su maleta o equipaje. El bate de béisbol se le escapa de las manos a su hijo y golpea a un espectador en la cara. La hoguera de los rastrojos se extiende a la casa del vecino. Su hijo rompe accidentalmente el cristal de una ventana. Su gato araña el costoso abrigo de piel de un visitante.»

Alcé la vista hacia Chicanery, que mientras yo estaba absorto había abierto mi talonario y contemplaba el balance con divertido desprecio, y le devolví el prospecto.

---

24. Svengali es un personaje de la novela *Trilby* (1894) de George du Maurier, adaptada al cine por Archie Mayo en 1931. Se caracteriza por su habla meliflua y su carácter manipulador.

—Oiga, todo esto está muy bien para los *schlemiels*[25] —dije—, pero repito: servidor está libre de peligro. He cruzado medio mundo, me he hundido hasta las trancas en pantanos de malaria, he dormido mejilla con mejilla con las cobras reales, he compartido mi última ración de arroz con cazadores de cabezas y nunca me ha sangrado la nariz siquiera. Se equivoca usted de primo, rey moro. Buenos días.

—Chist, chist —dijo sin tensar un solo músculo—. Dígame, ¿qué es ese silbido que se oye en el porche? ¿Un pájaro? —Admití ser dueño de un maina, adquirido en Tailandia, que habla siamés, chino e inglés con corrección, y que no permite que nadie más que yo lo acaricie—. No me diga —exclamó maravillado—. ¿Y qué hace cuando sus invitados se acercan a la jaula?

—¿Quién? ¿Tong Cha? —pregunté sin darle importancia—. Nada, generalmente trata de picotearles los ojos. Se cree que son uvas.

—Sería una pena desembolsar cincuenta mil pavos en daños y perjuicios por un grano de uva —observó Chicanery bostezando—. A un vecino de Chalfont le ocurrió algo parecido. Su gallo le pegó un picotazo en la nariz a un chiquillo. Para cuando los tribunales hubieron terminado con él, el pobre diablo tuvo que acogerse al subsidio de beneficencia.

—Pero... pero Tong Cha nunca le haría daño a nadie intencionadamente —dije yo, repentinamente nervioso—. Quiero decir que casi siempre es encantador... Es un pájaro juguetón, muy animado...

—Eso su pájaro tendrá que explicárselo al jurado —dijo Chicanery—. O quizá tenga suerte y le toque un juez siamés. De lo contrario, lo veo a usted entre rejas con una bola de hierro soldada al tobillo, tan cierto como que me llamo Walt.

—Esto... ¿Cuánto ha dicho que cuesta esa póliza? —inquirí humedeciéndome los labios—. A lo mejor puedo permitírmela. A fin de cuentas, no necesito que me pongan ese puente en los molares, puedo masticar por el otro lado...

—Pues claro que sí —convino el agente en tono comprensivo—.

---

25. En yiddish, «torpe», «cenizo».

Total, haga lo que haga, antes o después tendrán que caérsele los dientes. Entonces, la cosa queda así.

Veinte minutos más tarde, y tras una avalancha de jerigonza actuarial que no comprendí más que a medias, ya estaba formalmente asegurado contra una multitud de contingencias punibles que pudieran acaecerme a mí o a mis allegados, ya fueran humanos o miembros brutos de la creación.

Mientras Chicanery terminaba de marcar las provisiones, de repente se detuvo en seco.

—Diantre, me he olvidado la cláusula de ahogamiento —exclamó—. Eso es lo que pasa cuando la gente no deja de parlotearte al oído.

—Pero si aquí no hay agua —objeté—. Solo ese arroyo por el que ha pasado usted al llegar con el coche. Allí no podría ahogarse ni una ardilla.

—Ja, eso es lo que creía el doctor Bundy de Keller's Church —repuso Chicanery—. El hermano de su mujer llegó una noche a casa más borracho que un cosaco de permiso, se cayó al arroyo y *arrivederci* Charlie. La viuda cobró setenta y cuatro de los grandes y el pobre Bundy se voló la tapa de los sesos. Si luego a usted le ocurre lo mismo, no me venga con cuentos.

—De acuerdo, de acuerdo —dije impaciente—. ¿La póliza tiene vigencia de forma inmediata?

—Sí, en cuanto hayamos comprobado su cheque —respondió—. Personalmente, yo siempre recomiendo pagar en metálico, así queda usted protegido desde ya.

Al instante, le entregué todo cuanto llevaba encima, luego entré en casa a buscar los ahorros para la cocina y finalmente logré juntar la prima, buena parte de ella en monedas de centavo. Chicanery se lo guardó todo en la cartera y, balanceándose sobre mi silla giratoria de estilo victoriano, me dedicó una sonrisa paternal.

—Algún día me lo agradecerá —declaró—. Más vale prevenir...

Se oyó un pavoroso estruendo de madera y metal, la silla se hizo astillas y Chicanery salió catapultado hacia atrás, describiendo esa figura que los especialistas de cine llaman el «ciento ocho». Al aterrizar, tuvo tan mala suerte que hizo caer una pila de atlas y nomenclátores que le llovieron encima como si fueran los ladrillos de un edificio, ocultándolo casi a la vista. Dando un brinco, aparté las instrucciones de navegación del estrecho de Macasar y el ejemplar de las *Aves de Menaboni* que le habían caído en la cabeza. Su cara se había vuelto del color de una vieja toalla irlandesa y resollaba pesadamente por la boca.

—¿Se ha hecho daño? —pregunté agarrándolo por los hombros y zarandeándolo con vigor. Dos años como estudiante de biología, sumados a mis amplias lecturas de las revistas de higiene ilustradas en la Sexta Avenida, me han enseñado que en caso de posible conmoción hay que estimular al paciente para que la sangre continúe circulando.

Chicanery abrió los ojos y miró a su alrededor con aire estúpido.

—¿Dónde estoy? —murmuró.

—En Pensilvania, a quince kilómetros de Riegelsville —lo tranquilicé, tratando de mantener el optimismo de mi voz—. ¿Le duele algo? ¿Puede girar el cuello?

Se me sacudió de encima con un gruñido y se puso en pie como buenamente pudo. Poco a poco, un rubor saludable fue reemplazando su anterior palidez. Parecía tan sano como un gallo de pelea, y así mismo se lo dije.

—Eso ya lo dirá mi médico —espetó comprimiendo los labios—. Podría tener una hemorragia interna. Sea lo que sea, podemos arreglarlo entre nosotros. No hay por qué ir a juicio.

Me costó enunciarlo claramente, pero al fin lo conseguí:

—¡Acaba de venderme una póliza que cubre esta clase de accidentes! —bramé—. ¡Creía que estaba siendo usted sincero! ¡*Yo* he sido sincero! ¡Ahora dígame si...!

—Oiga, señor mío —dijo Chicanery; sus ojitos se habían encogido hasta parecer dos cuentas de pedernal—. De nada van a valerle las bravatas. Si quería cobertura contra las caídas provocadas por elementos del mobiliario, debería haberlo especificado. Esa silla es una trampa mortal y a usted podrían meterlo en la cárcel por usarla. Tendrá noticias de mi abogado.

Partió arreando tal portazo que un trozo de pizarra suelta se desprendió del tejado y lo golpeó entre los omoplatos. A través de la ventana, lo vi hincarse de rodillas en posición meditativa, como un monje budista. Luego se levantó torpemente y, tras anotar algo en su cuaderno, se fue tambaleándose hasta el coche. Cinco segundos después, el vehículo desapareció por la cima de la colina, arrastrando un magnolio en flor con el parachoques. Desde entonces no he vuelto a saber de él, pero un día de estos mis herederos y cesionarios recibirán sin duda un abultado sobre con matasellos de Doyleville. Tendré que dejar recado para que me lo reenvíen a Singapur.

NO SE ACEPTAN PEDIDOS POSTALES NI TELEFÓNICOS, DISCULPEN LAS MOLESTIAS

Cuando hace un par de temporadas apareció cierto perfume llamado Chaqueneau-K, juntamente con una campaña diseñada para impedir que las mujeres lo comprasen, fueron muchos quienes se rascaron la cabeza en el Club de Publicistas de Nueva York, y más de un miembro sonrojado de la vieja guardia profetizó, contemplando con pesadumbre su *gin and french*, el fin del comercio al detalle. «Maldita sea, señores, esto no va a salir bien —mascullaban los *tories*—. Al consumidor puede vejársele, reírse de él si se quiere, pero en última instancia no se puede prescindir de la chusma. Alguien tiene que llevarse las cosas de los puñeteros estantes.» Los augurios, al final, se revelaron falsos; las mujeres, resueltas a conseguir lo inalcanzable, embaucaron a sus maridos para que se lo procurasen y, en la actualidad, cualquier *femme sognée* se consideraría *vieux jeu* sin un *flacon* de Chaqueneau-K en su *parfumoir*. (Bueno, casi cualquier *femme sognée*.) Recientemente, la técnica ha ido abriéndose paso entre otras marcas, mayormente en Macy's y en una firma de ropa de señor de Baltimore llamada Lebow Brothers. Los primeros anunciaron una rebaja en abrigos de piel, y si bien su maniobra no puede considerarse publicidad preventiva, sirvió para acotar el mercado a un pequeño puñado de miembros de la élite: «10 preciosas estolas de visón estarán de oferta mañana por 377 $. Cuesta creer que una lustrosa y mullida capa de armiño pueda costar tan poco, ¿verdad? ¡Pues

mañana, y solo mañana, puede ser suya en Macy's! Solo 10 afortuna-
das podrán llevarse estas perlas de visón», etc., etc. Lebow Brothers,
por su parte, apostrofaba en *Vogue* una chaqueta de cachemira para
varón con rimbombancia aún mayor: «El Cachemilagro... Hay
tan pocas que cada chaqueta está registrada. Tejidas en el famoso
molino Worumbo. Un milagro de cachemira que será el orgullo de
su ropero. Cada chaqueta está confeccionada con la capa base del
pelo de 20 cabras. En blanco ostra, azul medianoche, vinca y bambú».
El anuncio abre las puertas a multitud de enervantes posibilidades,
a saber: unos desaprensivos secuestran un camión acorazado con
un cargamento de Cachemilagros; o la crisis de Worumbo al descubrir, a mitad de un encargo destinado a algún petimetre de la talla de
Danton Walker, que una de sus cabras sacrificiales no tiene capa base
de pelo. Comprensiblemente, alguien podría sentirse tentado de usar
como sucedáneo el pelo de un Bedlington terrier o de un yak, aunque
me imagino que los tejedores de Worumbo son incorruptibles y que,
por si acaso, estarán bien asegurados. En tal caso, evidentemente, el
suspense llegaría por medio de algún columnista rival, pongamos Ed
Sullivan o Barry Gray, que trata de sobornar a los tejedores para que
usen sucedáneos con el fin de desacreditar a Walker.[26] En fin, que las
complicaciones dramáticas podrían ser hilarantes, sobre todo si se les
añade un holocausto shakesperiano que culmina con la muerte de
todos los protagonistas.

Presumiblemente, el resultado de estas estrategias comerciales por constricción es que el comprador medio queda desterrado
y, a menos que sea socio mayoritario de la Corporación de Yesos
Estadounidense, posea acciones en Debrett's o sea miembro del
Jockey Club de France, será incapaz de procurarse las cosas esenciales
de la vida. Quizá la forma más sencilla de hacerse cargo de esta tesi-

---

26. Danton Walker, Ed Sullivan y Barry Gray eran tres destacados periodistas en el momento en
que se publica el texto de Perelman. Walker era hombre de porte distinguido y con fama de dandi, tanto es así que la marca de whisky Lord Calvert utilizó su imagen como reclamo publicitario.

tura sea seguir a cierto individuo llamado Leo Champollion, al que se le ha roto la liga mientras cruzaba el semáforo y que ahora se dispone a entrar en una mercería de las calles Cincuenta Este. El establecimiento, profusamente alfombrado y tenuemente iluminado, carece de vulgaridades tales como vitrinas o escupideras que lo identifiquen como tienda de ropa; con un par de urnas más, podría parecer una funeraria o la sala de espera de un gastroenterólogo. Mientras Champollion, medio de cuclillas para tirar del calcetín, entra por la puerta, Elphinstone, el vendedor de cara sebosa, acaba de ajustarse una camelia en la solapa y se le acerca con aire lánguido.

ELPHINSTONE (desde la distancia): ¿Qué desea?

CHAMPOLLION: Se me acaba de romper una liga... el elástico se ha quedado suelto...

ELPHINSTONE: Lo lamento, pero no vulcanizamos goma vieja. En la Segunda Avenida hay un taller mecánico donde tal vez puedan ayudarlo.

CHAMPOLLION: No, hombre, no, no vale la pena arreglarla. Quería un par nuevo.

ELPHINSTONE (con voz relamida): ¿Conque un par nuevo? ¿Su nombre, si es tan amble?

CHAMPOLLION: ¿Mi nom...? Este... Champollion. ¿Para qué necesita mi nombre? Solo quiero un par de lig...

ELPHINSTONE: Champollion, ¿eh? ¿Pariente del ínclito egiptólogo?

CHAMPOLLION: Nooo, que yo sepa. Trabajo en la Compañía de Levadura Cattaraugus, en la división de encimas.

ELPHINSTONE: ¿Y quién le ha recomendado acudir a nosotros?

CHAMPOLLION: Nadie. He visto su cartel, donde pone «Corbatière».

ELPHINSTONE: ¿Quiere decir que no ha sido previamente presentado ni ha cumplimentado la solicitud de ingreso como cliente?

CHAMPOLLION: No... no sabía que fuera necesario.

ELPHINSTONE: Querido amigo, entre la clientela de este establecimiento figuran algunos de los más ilustres próceres del país. Si tuviéramos que ocuparnos del primer pelagatos que pasa por la puerta, ¿cuánto cree que aguantaría este negocio?

CHAMPOLLION (con voz lastimera): Pero yo no puedo ir por el mundo de esta manera, ¡como si fuera un estudiante! ¿Cómo voy a ir a ver a los clientes, con el calcetín colgando?

ELPHINSTONE: Ese es su problema. El mío es proteger el *stock* para evitar que los desharrapados entren aquí y nos lo compren delante de nuestras propias narices. Buenos días.

CHAMPOLLION: Espere, ¡le pagaré el doble de su precio! *(Su voz se vuelve incoherente.)* Soy padre de familia, tengo dos sanguijuelas... digo, dos angelitos que...

ELPHINSTONE *(transigiendo)*: De acuerdo, por esta vez haré una excepción, pero como esto se sepa va a costarme el puesto.

CHAMPOLLION: No se lo diré a nadie, de verdad que no. Diré que los he robado.

ELPHINSTONE: Está bien, ande, siéntese, que le tomaré las medidas. *(Se pone unos guantes de cirujano.)* Ahora arremánguese el pantalón, no quiero que me dé septicemia... Hmm, tiene usted unas pantorrillas francamente escuálidas.

CHAMPOLLION: Pero duras. Le daba palizas a todo el mundo jugando a *stickball*.[27]

ELPHINSTONE: Le habría venido bien un poco de polo. Veamos, podríamos enganchar esto por aquí...

CHAMPOLLION *(con desconfianza)*: Oiga, ¿y con unas ligas normales y corrientes no sirve? Ya sabe, de las de toda la vida... De color granate o azul marino. No hace falta que tengan mujeres desnudas en las cinchas.

ELPHINSTONE: No es una cuestión de talla, y en cualquier caso, cuando llegue el momento, *nosotros* decidiremos cuál es el patrón que más le favorece. Ahora lo que me importa es el contorno de la pierna, así podré rellenar el informe para el escultor.

CHAMPOLLION: ¿Eing? ¿Y eso para qué es?

ELPHINSTONE: Para ayudarle a modelar la liga, hombre de Dios. *(Impaciente.)* ¿Es que no lo entiende? Cada par se esculpe obedeciendo a las necesidades específicas del cliente, y de ello se ocupa

---

27. Juego callejero similar al béisbol, en el que un palo de escoba hace las veces de bate y el mobiliario urbano determina las dimensiones del terreno de juego.

un artista designado expresamente a tal efecto. En su caso, podría ser algún académico, como Paul Manship o Wheeler Williams, siempre y cuando no tenga usted las rodillas demasiado nudosas.

CHAMPOLLION: ¿Qué... qué pasaría entonces?

ELPHINSTONE: Ah, tendríamos que llamar a algún escultor abstracto, a Henry Moore o a Calder. Naturalmente, entonces la tarifa aumentaría y el coste de los telegramas correría de su cuenta en caso de que tuviéramos que enviar sus detalles al extranjero.

CHAMPOLLION *(incómodo)*: Si quiere que le diga la verdad, no contaba con gastar demasiado.

ELPHINSTONE: Puede que no, pero eso es porque no es consciente de las molestias que implica el proceso. En primer lugar, hay que sacar un molde de su tibia en yeso de París, luego hay que hacer un modelo en madera laminada, que después pasa por un horno a presión, se desinfecta y se envejece. Esto sirve de guía para que el escultor pueda preparar el vaciado.

CHAMPOLLION: ¡Pero yo no puedo ponerme unas ligas de piedra! Tengo que estar de pie todo el día.

ELPHINSTONE: No se lo permitiríamos. No es más que la matriz a partir de la cual elaboramos su prenda personalizada en una amplia variedad de materiales. Tenga, un muestrario, para que se haga una idea. Este de aquí, como ve, imita la textura del pino.

CHAMPOLLION: ¿Estas de aquí de qué son? ¿Plástico?

ELPHINSTONE: No, solo imitan el plástico; salen infinitamente más caras. He aquí otras en un tejido que semeja tanto la piel humana que a menudo los clientes no aciertan a encontrarse las ligas una vez puestas.

CHAMPOLLION: ¿Y eso es bueno?

ELPHINSTONE *(envarado)*: No estamos aquí para responder a preguntas metafísicas, señor Champollion. Estamos aquí para no vender mercancía.

CHAMPOLLION: Solo era una pregunta. No era mi intención ofenderlo. *(Examinando otra muestra.)* Oiga, ¿esto de aquí no es como lo que llevo puesto?

ELPHINSTONE: Nada de eso. Es lo que nosotros llamamos un *trompe l'oeil.* Parece un elástico gastado, pero no es elástico. Es griptón, el plástico más rígido que existe.

CHAMPOLLION: Carámbanos, las ciencias adelantan que es una barbaridad.

ELPHINSTONE *(con satisfacción olímpica)*: Sí, supongo que para el hombre de la calle resulta algo confuso. En fin, comencemos con el molde...

CHAMPOLLION: Esteee... Me estaba preguntando... ¿podría usted adelantarme un par de ligas, solo por un tiempo, para que pueda volver a Yonkers?

ELPHINSTONE: Absolutamente imposible. Nuestras cámaras acorazadas cierran a las tres.

CHAMPOLLION *(suplicando)*: Me basta con un trozo de hilo bramante, para que pueda acabar de hacer mis visitas. Se lo devolveré por mensajero.

ELPHINSTONE: No, pero en vista de las circunstancias agilizaremos un poco y pasaremos a la prueba psicológica. *(Pulsa el botón de un intercomunicador camuflado en una urna.)* Elphinstone a Glitenkamp. ¿Tendría la bondad de venir, doctor? *(Antes de que el aparato motor de Champollion pueda ponerse en marcha, un hombre joven entra con aire resuelto desde la trastienda. Lleva un espéculo y una bata de médico improvisada hecha a partir de un viejo costal de harina, en la parte posterior del cual aún puede leerse, en letras azules algo desvaídas, la leyenda: «Ceresota: la mejor por su sabor».)*

GLITENKAMP: ¿Prognosis de elegibilidad?

ELPHINSTONE: Si es tan amable... Solvencia, dudosa; psique, cero menos cuatro.

CHAMPOLLION *(con los ojos abiertos de terror)*: Se me está haciendo tarde. A mi jefe le va a dar un ataq...

GLITENKAMP: Vamos, vamos, nadie va a hacerle daño. Usted mire estas cartas y díganos qué le sugieren las distintas formas. Vamos allá.

CHAMPOLLION: Como si alguien hubiera derramado salsa por encima. Jugo o algo así.

GLITENKAMP: No, no, son manchas de tinta. Trate de concentrarse. ¿Y ahora? ¿No le recuerdan nada?

CHAMPOLLION: Bueno, la parte de arriba... pues... podría ser una cara, un hombre de perfil.

GLITENKAMP: ¿Alguien que usted conozca?

CHAMPOLLION: Ehm... Un momento... Se parece un poco al señor Bastinado.

GLITENKAMP: ¿Su jefe?

CHAMPOLLION: No, un vecino que es agente de crédito. Trabaja para la financiera Procrustes.

GLITENKAMP *(elocuentemente)*: Interesante. Adelante, siga.

CHAMPOLLION: Esta de al lado parece... Son como unos lápices metidos en una taza.

GLITENKAMP: Es suficiente. *(A Elphinstone.)* Obsesión por pobreza. Un pordiosero de manual. Échelo.

CHAMPOLLION *(nervioso)*: ¿He aprobado? ¿Me van a dar las ligas?

ELPHINSTONE: Usted cierre el pico e imagínese que es una carta certificada. Ya casi está en Yonkers. *(Los dos a la una, él y Glitenkamp levantan en vilo a Champollion, lo tiran al suelo y lo arrojan a los abismos del olvido.)*

GLITENKAMP *(consultando su reloj)*: Bueno, las cinco en punto. Final de un día perfecto.

ELPHINSTONE: Muy cierto. Toda la mercancía está intacta y en la registradora no hay ni un centavo. Ya le digo yo, doctor, que este negocio va a llegar muy lejos. Otro año como este y podremos trasladarnos a la avenida. *(Radiantes, los dos hombres salen y se van a preparar un anuncio a toda página en Vogue en el que celebran su quiebra.)*

TELÓN

NO ME DIGAS, GITANILLA

Cuando uno ejerce su inalienable derecho a forrar el cajón de la cómoda con papel de periódico y depositar dentro un par de camisas recién planchadas, puede estar seguro de que la calcomanía resultante acabará suscitando los comentarios de algún entrometido. Estaba yo el otro día en la óptica, esperando miópicamente a que el hombre terminara de soldarme el puente de las gafas, cuando el tipo interrumpió su trabajo y se inclinó hacia mí.

—Vaya, vaya —dijo con esa complacencia que de modo inevitable manifiestan las personas al anunciar una debacle—. Veo que el *New York Post* no ha quedado precisamente encantado con ese espectáculo que están poniendo en la Segunda Avenida, *La chica de mis sueños.*

—¿Dónde ha visto eso? —pregunté.

—En su camisa —respondió educadamente—. ¿Quiere que se lo lea? —Me apartó la corbata para ver mejor y se quitó de la lengua un resto de soldadura que le entorpecía la dicción—. «Sospecho que la trama de *La chica de mis sueños* no ha hecho ni hará las delicias de nadie; con este musical yiddish, Edmund Zayenda e Irving Jacobson cierran la temporada en el Teatro de la Segunda Avenida este fin de semana —leyó—. La historia del piloto de avión que se pierde en el mar y regresa como miembro de una banda de gitanos con amnesia ya está bastante manida.» Lo que sigue está un poco arrugado por culpa de la pinza de la corbata, pero más abajo pone: «*La chica de mis sueños* no va a marcar un antes y un después en el teatro yiddish».

—Bueno, es una opinión personal —repliqué lacónico, guardándome de nuevo la reseña bajo la pretina—. A mí me parece una idea muy fresca.

—A mí también —convino él—. Oiga, ¿cómo ha hecho para que le estampen eso en la pechera? ¿Es amigo del crítico?

—No, me paga por hacerlo —dije yo—. Hago de hombre-sánd-wich para los críticos de teatro. Ayer llevaba una reseña de Brooks Atkinson.

La novedad de esa estrategia lo dejó tan fascinado que al final tuve que dejar allí las gafas y volver a casa tanteando las paredes. Sin embargo, mientras me quitaba la camisa, me puse a pensar en el resumen de la trama, y volvió a parecerme de lo más sugestiva. Me daba la impresión de que la idea de un aviador naufragado que se convierte en miembro de una banda gitana con amnesia podía dar para un musical morrocotudo, si se trataba debidamente. (Esto es, si el único que tiene amnesia es el piloto; si la tiene la banda entera, como parece sugerir el *Post*, la cosa podría acabar yéndose de las manos.) A fin de cuentas, ¿qué tenía de tan especial la premisa de un romance entre una enfermera de la Armada y un colono francés, o entre una institutriz inglesa y un potentado siamés? Y sin embargo, ambas sirvieron como base para dos grandes bombazos: *Hit the Deck* y *Chu Chin Chow*. Dicho de otra manera: cualquier libretista puede pedirle al olmo las peras que le dé la gana, de modo que, guiado por esta máxima, he esbozado un argumento factible que surge de forma natural a partir del planteamiento original. En tanto en cuanto la producción de la Segunda Avenida, escrita por Joseph Rumshinsky y William Siegel, bajó de cartel sin que yo pudiera verla, cualquier pare-cido entre una y otra obra es, claro está, ilusorio; de hecho, he evitado todos los elementos típicos, como las panderetas, los ladrones de caballos y las marcas de nacimiento ocultas, todo ello con el fin de evitar cualquier posible conflicto. Nada podría ser más justo.

Nuestra escena inicial debería tener, a mi juicio, cierto sabor mari-nero; tal vez algún lugar de la costa balcánica donde los gitanos ten-gan por costumbre congregarse: la Dalmacia, pongamos por caso. En el horizonte se yerguen imponentes los famosos acantilados azules

de la Dalmacia, y, en el centro del escenario, medio muerto por la
exposición al cruel sol dálmata, vemos a Speed Wintringham, que
yace sobre una balsa de goma hinchable. A partir de su soliloquio,
más bien incoherente —el fondo futurista de instrumentos de viento-
madera sugiere que en realidad el monólogo podría estar sucediendo
en su cabeza—, colegimos que recuerda haber saltado de su avión,
pero nada más. En suma: tenemos a un joven piloto americano, mus-
culoso y bien parecido, temporalmente aturdido, pero no tan loco
como para que lo encierren. Cuando ya casi ha perdido la esperanza
de ser rescatado, aparece una falúa tripulada por un grupo de gitanos.
Su presencia en esas aguas —o para el caso, en cualesquiera aguas—
puede que requiera cierta justificación, pues los gitanos no se distin-
guen por ser un pueblo marinero, pero bueno, ya habrá tiempo de
insertar alguna hábil alusión a su nomadismo natural y su aversión
a las cadenas, y darle forma de tonada para que tengan ocasión de
tocar el cajón junto a la borda, así el público no tendrá tiempo de
hacer especulaciones. Uno no debe detenerse demasiado en este tipo
de detalles. En un musical que ayudé a montar y que pereció en
Filadelfia, los actores se paraban a explicar cómo era posible que unos
hoplitas tracios hubieran ido a parar al dormitorio de Dolores Gray.
Cuando alzaron la mirada, tenían una vista diáfana del interior del
Teatro Erlanger que llegaba hasta Chadds Ford. No quedaron ni los
vendedores de caramelos.

A lo que íbamos: apoyada en la barandilla del barco, cual orquídea entre los cardos, aparece una formidable rubia platino llamada
Darleen, cuya blusa no deja de resbalársele del hombro: un buen
toque de comedia y muy auténtico en lo que a vestuario se refiere,
tratándose de una joven nómada. Darleen se supone que es la hija del
patriarca gitano, Stanislas, pero, aprovechando la confusión que se
produce mientras suben a Speed a bordo, le frotan las muñecas y lo
devuelven a la vida con un trago del abrasador brandi dálmata, insi-
nuamos que los verdaderos orígenes de la muchacha son algo sospechosos. Basta con que sea una alusión al paso, por ejemplo mediante
sus escupitajos de repulsión ante la mentalidad o los modales de mesa
de sus compañeros, pequeñas muestras de contrariedad que acaba-

rán cobrando sentido más avanzada la trama. Ni que decir tiene que Darleen cae rendida nada más ver a Speed. La muchacha canta «Mi corazón se alza al cielo», una balada que combina sutilmente el deseo del amor con la mar, madre de todos nosotros. La letra que sigue, aunque sujeta a cambios, creo que puede servir de muestra:

Donde reinan las sirenas
y el rorcual canta sus penas,
hallé la perla madura
que el don de Cupido augura.
Mi corazón se alza al cielo
ante el triste viajero.
Yo te cuidaré, te curaré, te cantaré,
verás que de tu vera jamás me alejaré.

Speed, por el momento, está demasiado hecho papilla como para corresponder al amor de Darleen y se debate entre la vida y la muerte (quizá sea preferible, por consideración a los espectadores más impresionables, que se debata fuera de escena), pero entretanto Zilboor, un joven gitano misterioso y apuesto que desde hace tiempo desea a la muchacha, empieza a sentir celos del recién llegado y planea musicalmente su destrucción. Es la ocasión ideal para intercalar una imaginativa secuencia onírica en la que Zilboor se ve a sí mismo estrangulando a Speed con una cuerda de arco para luego sufrir el acoso de los demonios del remordimiento. Lo cierto es que el tema de la rivalidad es un ingenioso subterfugio por nuestra parte, ya que, una vez aludido, no volvemos a hacer referencia a él. La escena siguiente introduce un claro cambio de ritmo. Está ambientada en la Nueva York actual, en una exclusiva tienda de la calle Cuarenta y Siete Oeste, uno de esos establecimientos donde venden tostadoras, radios, planchas para hacer gofres y demás electrodomésticos, y donde lo más granado de la sociedad de Gotham se reúne para intercambiar chismes y buscar gangas. La madre de Speed, una *grande dame* descendiente de colonos holandeses ha ido allí a comprar un temporizador para los huevos y se encuentra con una compañera de bridge a la que lleva años sin ver. La conversación revela que Speed, heredero único de una gran fortuna en bienes raíces y prometido con Bibi Witherspoon, una destacada debutante, se había cansado de su vida de *playboy* unos meses atrás y se había puesto a trabajar en una oscura aerolínea griega. La señora Wintringham se muestra preocupada por la vida de su hijo, pues sabe que vuela por una de las rutas más traicioneras del mundo, la del corredor dálmata. Ella desearía que regresara a casa, que se casase con Bibi y que se pusiera al frente de los múltiples negocios inmobiliarios de su padre. Lo que no sospecha es que Speed se encuentra en Manhattan en ese mismo instante. Los gitanos, hartos de la tiranía, han emigrado de su país y han acampado en unos almacenes de la Octava Avenida. Darleen lee la buenaventura y cuida de Speed, que aún se halla convaleciente en un palé de la trastienda, mientras que Stanislas y los demás luchan por hacerse un hueco en el Nuevo Mundo marcando cartas, haciendo el timo del pañuelo y robando ropa de los tendederos. Aquí se manifiesta el contraste entre un pueblo puro y primitivo y el trepidante dinamismo de la metrópoli que lo circunda. Esto puede acentuarse con música o no, según convenga.

La trama ahora aumenta en intensidad. Bud Zapotecky, un joven agente teatral, lleva un tiempo rastreando la ciudad en busca de una gitana rubia que pueda hacer de cantante en un espectáculo de patinaje sobre hielo. Frustrado por los continuos chascos, Zapotecky regresa a casa taciturno por la Octava Avenida —en algún momento se habrá dicho que vive en Varick Street— cuando oye la celestial voz de soprano de Darleen procedente de los almacenes. Su radiante belleza es mayor de lo que había imaginado; es la muchacha ideal para el papel. No solo eso, sino que, además, Zapotecky se enamora desesperada y perdidamente de ella, y así lo declara en un número que de momento he titulado «Tú eres la respuesta a mi búsqueda sin fin». La letra es lo bastante flexible como para modificarla como sea preciso:

Más deseada que el oro de Cortés,
más lejana que el Polo del inglés.
Dichoso, como quien halla El Dorado,
yo frente a mis narices te he encontrado.
Te trajo el viento, como trae la pluma,
cual quimera perdida entre la bruma.
No hay trofeo que a ti se pueda comparar.
Ven conmigo, y que así podamos retozar,
preciosa alondra, reina del lugar.

Darleen, aferrándose a una carrera como actriz de papeles costumbristas para poder procurarle a Speed todo cuanto necesita para reponerse (su personaje, por cierto, parece destinado a convertirse en el mayor valetudinario de la historia del mundo del espectáculo), deja la quiromancia y empieza a ir a los ensayos. De resultas de ello, los gitanos se atrasan con el alquiler, y el propietario —que a la postre es el padre de Speed— no duda en desahuciarlos. Al ver al señor Wintringham, de repente su hijo recupera la memoria, pero su jubiloso reencuentro se va a pique en cuanto el viejo descubre que el muchacho adora a Darleen. Amenazando con desheredarlo si no accede, se lleva a Speed a rastras para que se case con Bibi Witherspoon, y el acto primero termina con Darleen llorando con el corazón partido en los brazos de su agente. Hay que reconocer que hasta aquí el papel de Speed en toda esta historia ha consistido principalmente en proferir gruñidos, por lo que quizá no sea fácil encontrar a un actor de primera magnitud capaz de interpretarlo. Puede que haya que recurrir a uno de segunda, o incluso que haya que suprimir al personaje, si es que tal cosa es posible sin debilitar la estructura.

El tiempo ha traído cambios sustanciales al inicio del segundo acto. De un día para otro, la belleza etérea de Darleen ha cautivado al inconmovible público y todos la señalan como la nueva reina de Broadway, un triunfo agridulce, ya que el joven y afectuoso aviador sigue habitando sus pensamientos. Escena de dolor en el camerino,

donde la muchacha se mira al espejo y canta «Nada me falta, salvo
tú», un compendio de amores difíciles de todos los tiempos. En la
letra se entretejen, muy oportunamente, otras famosas relaciones
paralelas a la de ellos, como la de Jubilee Jim Fisk y Josie Mansfield,
la de Blazes Boylan y Molly Bloom, la de Swann y Odette, etc. En
cuanto a Bud Zapotecky, ahora el mayor agente del mundo de la
farándula y ardiente esclavo de ella, Darleen no se decide a aceptarlo,
pues teme que la ame solo por las comisiones. Así se lo confiesa esa
misma noche, cantándole «¿Amas a la mujer o a la clienta?» mientras
cenan *vis-à-vis* en un club de postín. La canción es ligeramente mordaz, pero en ella subyace un tono serio:

> De lo que soy, el diez por ciento es tuyo,
> o así dice la ley, según intuyo.
> Ya lo sé, y de oírlo me incomodo:
> muchos pocos no pueden ser el todo.
> Pagaré con creces cuanto te debo,
> pero renunciar debes a este cebo.
> Lo que tengo es obra de tu empeño,
> mas ¿amarme? Despierta, es un sueño.

Tras haber mezclado hábilmente los elementos de nuestra historia, hemos alcanzado un *impasse* cuya resolución requerirá todo
nuestro ingenio. La clave está en Zapotecky. Consciente de que constituye un obstáculo para la felicidad de Darleen, se va a ver a Bibi
Witherspoon, de quien tiene motivos para creer que desea convertirse en cantante de *night-club*, y le hace una propuesta. Ávida de
éxitos, Bibi rompe su compromiso con Speed y, sin saber muy bien
cómo —aunque *nosotros* sí lo sabemos—, los amantes vuelven a reu-
nirse. Entonces, como un rayo, llega la revelación sobre los orígenes
de Darleen, cosa que allana el camino hacia la boda. Stanislas, apu-
ñalado en una reyerta fuera de escena, confiesa que la muchacha
no es hija suya, sino de un magnate de la harina de Milwaukee a la
que secuestraron durante una travesía en yate por el Adriático. Los
Wintringham conceden su más sentida bendición a las nupcias y el

telón cae durante un rutilante banquete de bodas en el que los gitanos y el *haute monde* confraternizan como hermanos.

Evidentemente, un mero resumen no puede captar la efervescencia
ni la chispa que el espectáculo ha de prender la noche de su estreno;
además, hay mil ocasiones para echarle un poco de sal y de pimienta,
por ejemplo: en un momento dado, una escuadra de hoplitas tracios
podría irrumpir por error en el dormitorio de Darleen. Lo que hace
falta son patrocinadores: un grupo de inversores dispuestos a poner
cuarenta o cincuenta mil dólares mientras alguien acaba de limar los
detalles. Si tal tarea debiera recaer sobre mí —y conste que no me
estoy ofreciendo voluntario, a menos que pudieran pagarme en billetes de cinco—, tomaría un avión a la costa dálmata, donde me pasaría
un mes o dos para captar el ambiente y plasmarlo como es debido. Al
fin y al cabo, no hay por qué tener listo el guion para la próxima temporada. Mejor dedicarle un año o dos, hasta que la fraternidad de los
críticos empiece a estar sedienta de un buen musical gitano. Cuando
llegue el momento, lo sabremos. Hasta entonces, no dejen de leer las
reseñas de teatro, o mejor aún, la pechera de mi camisa.

PARA MÍ LO ERES TODO, MÁS IMPUESTOS MUNICIPALES

Entiendo que todo el mundo está familiarizado con una revista llamada *Town & Country*. (Con la suerte que tengo, resultará que *no* hay ninguna revista llamada *Town & Country*, o que hay cinco con títulos casi idénticos: *Town & Poultry, Hound & Gentry, Grouse & Peltry*, etc.) En fin, la revista a la que me refiero es una publicación moderna que cuesta setenta y cinco centavos y habla de las cosas de la gente bien, por eso no suelen tenerla en los baños turcos Luxor ni en la mayoría de lugares que frecuento. Hace unas semanas, no obstante, mientras estaba en la tienda de pelucas esperando a que se secara la laca de mi nuevo bisoñé, me fijé en que sobre el mueble aparador había un ejemplar del número de septiembre y me puse a hojearlo. Antes de poder averiguar dónde iban a ser los próximos cotillones o cuáles eran los clubes favoritos de los Braganza, mi atención se quedó empalada en un peculiar anuncio de las Almohadas Dayton Koolfoam. Por si acaso el lector es tan patán como un servidor, que nunca había oído hablar de ellas, las Dayton Koolfoam no son unas almohadas cualesquiera; a los ojos de sus patrocinadores tienen toda una *mystique*, casi un sistema filosófico. «Sí, la Dayton Koolfoam es *más* que una almohada... es un estilo de vida —anunciaba el texto con notoria exaltación—. Su relajante dormibilidad te rejuvenece día a día. Porque es más que *espuma*: gracias a su proceso de fabricación patentado dispone de una superficie única, aterciopelada y porosa que asegura la circulación de aire fresco.» Pero lo que acabó de anonadarme fue la fotografía sobreimpresa a todo color de una joven patricia rubia que contempla una nota enviada por algún apasionado caballero en la que podía leerse el siguiente merengue: «Querida Betty... Cuando estoy lejos de ti, los días parecen semanas, y las semanas, meses. Te mando un beso... Guárdalo bajo tu Koolfoam y sueña conmigo».

Esta inveterada afición del anunciante al sentimentalismo, a uncir su producto a la vida y la estabilidad emocional del consumidor, no es, claro está, nada nuevo. La Fundación Nombres de Marca, la asociación dedicada a publicitar las marcas entre el público, lleva años explotando la misma veta. Su intervención más conmovedora fue quizá ese anuncio, hará cosa de un año, en el que se veía a una familia instalándose en su nueva casa en una ciudad extraña en la que no tenían amigos ni, tanto menos, raíces. Los miembros de la familia aparecían con la cara consternada, pero en el eslogan decía que no había motivos para la desesperación. No muy lejos podían hacerse con toda suerte de productos de fama nacional: viejos amigos, cabe entender, como la fregona O-Cedar para mamá, las latas rojas de tabaco Prince Albert para papá, el betún Kiwi para el niño y los vinos Mogen David para la niña. Podrían haber añadido una amplia selección de pistolas de confianza, como la Smith & Wesson, por si la situación se acababa haciendo de veras insoportable.

Admitiendo que Koolfoam sea la primera marca en abogar por la fertilización cruzada entre el amor y el comercio, mi única objeción a su romántica correspondencia es que atormenta más que ilumina; en cuanto levanta la liebre de la provocación, abandona inexplicablemente la caza. ¿Cuál es exactamente, pregúntome yo, la relación entre la dama y su corresponsal para que este se permita hablar con tanta ligereza de su almohada? La mayoría de los hombres, al menos en los primeros estadios del cortejo, no tienen la más remota idea de si sus amadas duermen en Utica o en papel de estaño, y aun cuando el *modus amandi* ya esté establecido, rara vez les preguntan por sus preferencias en materia de almohadas. Es posible, ciertamente, que la muchacha le haya arrojado la suya en un momento de arrebato varonil mientras tonteaban en su *garçonnière*, pero nadie que tuviera sangre roja en las venas se fijaría en la marca en un momento como ese... ¿Perdón?... Oh, creí que había usted dicho algo. Si, por el contrario, hemos de suponer que esos halagos van dirigidos a una joven esposa, ¿debemos entender que ella y su marido intercambian habitualmente cartas amorosas trufadas de publicidad? Cuantas más vueltas le da uno, más críptico se vuelve el asunto, y puesto que como bien sabe todo el mundo el exceso de cavilaciones desemboca a menudo en neurastenia, quisiera hacer una propuesta. Tengo aquí, por una coincidencia que los propensos al asombro calificarían de asombrosa, una serie de cartas de contenido muy similar a la de Koolfoam, y me parece a mí que su lectura ha de resultar en provecho del lector. Las encontré en un escritorio que adquirí en una subasta de pueblo el fin de semana pasado y cuyo anterior propietario, un hombre soltero amigo nuestro, tuvo que embarcar precipitadamente rumbo a Europa con el propósito de pasar allí una buena temporada. En circunstancias normales, vacilaría en publicar dichas cartas, dado lo íntimo de su tono, pero considerando que mi amigo no dejó ninguna dirección y que a estas alturas ya se habrá cambiado de nombre, entiendo que hacerlo no constituye ningún abuso de confianza. En cuanto a la muchacha, allá se las componga. Hasta hoy, parece habérselas arreglado estupendamente.

8 DE SEPTIEMBRE

GUY, CARIÑO:

Supongo que me tomarás por una niña boba, pero tenía que escribirte, sentía que *debía* disculparme por el comportamiento de Eliot durante la cena de la otra noche. Además, no puedo resistir la ocasión de utilizar mi nueva Parker 51, que, como tú bien sabes, hace que escribir cartas sea un deber menos penoso. Por cierto, ¿sabías que su depósito de succión patentado Vacuum-Flo, toda una revolución en el diseño de estilográficas, impide que la tinta gotee? Pues así es: adiós a los dedos manchados y a los molestos borrones. El papel, obviamente, es Wedgewood, de la casa Eaton, disponible en once atractivos colores. Para las personas puntillosas como yo, las que sabemos apreciar las cosas buenas, es como una especie de distintivo. Te encantaría su fascinante catálogo gratuito: «El papel hecho romance». ¿Por qué no lo solicitas hoy mismo?

Temo que Eliot te causara una impresión terrible en cuanto llegaste, pero el pobrecito se había resfriado volviendo de la oficina y, en lugar de usar el inhalador Vicks, que es lo que recomiendan los médicos al menor signo de moqueo, se bebió como una quinta parte de una botella de Haig & Haig. Es su whisky favorito, y supongo que el de cualquier persona con gusto, pues es ligero sin ser pesado y apenas lo bastante ahumado para que no se vea cristalino. En fin, el caso es que Eliot se pone como un basilisco cuando toma una copa de más, por eso empezó a acosarme sin piedad con preguntas como dónde te había conocido, etc. Por suerte, yo sé que es como es; si le hubiera dicho que nos conocimos en el vestíbulo del Bellyvue-Stratford, te habría partido la crisma nada más entrar. Por eso le respondí con vaguedades —que eras compañero de clase de mi hermano y ese tipo de evasivas— y enseguida se apaciguó. Las miradas torvas y la broma con el cuchillo de trinchar no eran más que su manera de presumir. Y ya que hablamos del cuchillo, ¿te fijaste en el servicio de mesa? Es la vajilla Gorham de estilo damasceno, el culmen de la elegancia desde el punto de vista de toda anfitriona. Sus maestros artesanos han puesto sus años de experiencia al servicio de esta maravillosa cubertería.

¿Por un casual estás libre el jueves? Eliot tiene que ir a Cincinnati para asistir a uno de esos insoportables congresos de aseguradoras y pasará allí la noche, así que he pensado que quizá te apetecería venir aquí a cenar. Nada demasiado estridente, estaremos solos tú y yo, pero iba a comprar uno de esos divinos jamones Hormel —son para chuparse los dedos y, como los enlatan en enormes hornos a presión, conservan todo su delicioso sabor intacto— y luego podríamos echarnos junto al fuego y charlar, si es preciso. Me muero por lucir mi nuevo *negligée* de Bergdorf Goodman. Es tan atrevido que Eliot no me deja ponérmelo cuando tenemos visita, pero no me parece justo que alguien que está en Cincinnati imponga sus antojos a la gente, ¿no crees? Le daremos una lección.

Afectuosamente,
Brenda

QUERIDÍSIMO GUY:

Seguro que no me perdonarás nunca por haberme presentado anoche en tu apacible refugio de soltero sin avisar, y espero que no pien-
ses que soy una fresca indecorosa. Ni que decir tiene que jamás se
me habría ocurrido actuar de una forma tan impulsiva si no hubiera
creído que era el único modo de salir de mi dilema. Estaba tan empa-
pada y agotada tras haberme perdido por esas ondulantes carreteras
secundarias que, en cuanto vi tu buzón, casi lloro de alivio. Y cuando
insististe en quitarme toda la ropa mojada y en compartir ese pon-
che de brandi caliente, me vinieron ganas de abrazarte. ¿Te abracé?
Guardo de ello un recuerdo un poco vago, pero sin duda es mejor así.
¿Compartes mi impresión?

Por cierto, me encantó el piso de arriba de tu guarida, con cuánta
imaginación has arreglado las paredes y los techos... Kempstone,
¿verdad? Deja una pátina estupenda y tanto constructores como pro-
pietarios dan fe de su resistencia. Y, además, puede lavarse; las telarañas y las pelusas desaparecen con solo pasar un paño. Todo lo que
has hecho allí está calculado para arrancar «ahs» y «ohs» a todo el
mundo sin excepción. ¿Me repudiarás si te hago una crítica chiquitita chiquitita, amor mío? Revolviendo por la cocina, me fijé en que
te convendría descongelar el frigorífico. Guy, tú y yo sabemos que
esos falsos congeladores disparan la factura eléctrica, y así lo aseguran concluyentemente estudios imparciales. No tardes en visitar tu
tienda Westinghouse más cercana para ver los deslumbrantes modelos de este año. Además, gracias a las generosas condiciones actuales,
puedes dejarles tu frigorífico viejo y, en algunos casos, llevarte no solo
una unidad recién salida de fábrica, sino también un dividendo en
metálico por valor de varios cientos de dólares. ¿Has oído eso? Son
los presupuestos de la gente, que suspiran.

Te contaré un secreto si juras no decírselo a nadie: Eliot empieza
a preocuparme un poco. Por menos de nada le dan arrebatos de
celos. Anoche, por ejemplo, se encaró conmigo y me preguntó que
de dónde había sacado la camisa deportiva de madrás que me pres-
taste, la de Brooks. La verdad es que me pilló a contrapié y por poco

se lo digo, pero el instinto acabó salvándome. Le dije que la tintorería la había enviado junto con la suya por error. Se pasó toda la tarde mirándola, tratando de situarla, porque, claro, es la que llevabas puesta el día que te conoció. ¿No es para morirse de risa? Sabía que te haría gracia.

Un pajarito clarividente acaba de susurrarme algo al oído. Dice que el lunes que viene, hacia las dos y media, estaré en el bar del Hotel Carverstown, en una de esas mesitas de la parte de atrás, donde está oscuro, con ganas de hacer diabluras. Si por casualidad pasas por Carverstown hacia esa hora, sería divertido ver si ha acertado. ¿No te mueres de la curiosidad? Yo sí.

Tu expectante,

BRENDA

I DE OCTUBRE

ENCANTO:

Nunca me había pasado nada tan curioso como lo de ayer por la mañana, al coincidir los dos en la sección de tapicería de Bloomingdale's. Sé, evidentemente, que a menudo vas a Nueva York a pasar el día, pero ¡qué sitio tan improbable para encontrarse con un vecino! Al final no compramos gran cosa, ¿verdad? Y eso que mientras salíamos vi muchos artículos tentadores: como esas imponentes alfombras Gulistan de dos y medio por tres y medio, cuyo espléndido y luminoso diseño combina con muebles de todas las épocas; la nueva licuadora Waring, con la que puedes preparar salsas y unas mousses esponjosas cuando los invitados se presentan por sorpresa, y un sinfín de resistentes utensilios con los que alegrar el corazón de cualquier esposa.

Los *escargots* de ese pequeño restaurante de la calle Cincuenta y Tres eran exquisitos, y qué te voy a decir del cóctel de menta y brandi: ni siquiera recuerdo cómo salí de allí. ¿Adónde diantre fuimos después? Guardo un recuerdo confuso de un ascensor y de ti peleándote con el cordón del zapato, y lo siguiente que recuerdo es al revisor zarandeándome y anunciando la parada de Flemington Junction.

Cuando llegué con el taxi, Eliot estaba que se subía por las paredes. Por lo visto me había dejado el coche en la estación, tal y como habíamos acordado durante el desayuno, pero yo apenas podía centrar la vista, ya no digamos recordar un detalle trivial como ese. Por si fuera poco, alguna entrometida —Ailsa Spurgeon, me juego lo que sea, siempre me ha odiado— le había telefoneado y le había dicho que nos había visto salir del Hotel Carverstown la semana pasada. Tendrías que haber visto qué despliegue de fuegos artificiales. Se puso como un loco y empezó a amenazar con romper hasta el último hueso de tu cuerpo y con contratar a un detective y sabe Dios qué más... Iba de farol, claro, porque no tiene la menor prueba de nada, salvo aquella hebilla de cinturón con tus iniciales que te dejaste aquí la noche que él estaba en Cincinnati. Pensé en decírtelo luego, pero no quería hacer montaña de un grano de arena. Es deprimente.

Puede que asista a un almuerzo de exalumnas en Filadelfia el miércoles, o al menos eso es lo que cree Eliot, y no creo que valga la pena desengañarlo. Entonces ¿a la una en la sección de teología de la librería Leary? Iré recatada, como corresponde al entorno, aunque podría convertirme en una bacante si el ambiente es el adecuado. Te mando un beso... Guárdatelo bajo la Chemex y calienta el café con él.

Tu arrolladora,
Brenda

6 DE OCTUBRE

POBRE CORDERITO MÍO:

No hay palabras para describir lo *desolada* que me he quedado al saber la noticia. Estoy totalmente destrozada, pero obviamente no puedo salir corriendo a mimarte y consolarte, porque Eliot lleva dos días sin moverse de casa y no deja de vigilarme como una víbora. No obstante, le daré esta carta al fontanero y con un poco de suerte la recibirás mañana.

Seguro que te quedaste de piedra al ver cómo Eliot entraba como una bala en la librería de Leary y empezaba a darte puñetazos, pero no puedes decir que no te lo advertí; cuando lo provocan es un demonio, y más listo que el hambre. Supongo que al final habrá atado cabos y habrá abierto con vapor mi última carta —ahora veo que nunca debí dársela para que la tirara al buzón— y que luego me habrá enviado un telegrama falso en nombre de mi madre para que me fuera a Nueva York. Jamás creí que pudiera caer tan bajo; se ve que no puede una fiarse *de nadie*. ¿De verdad te dejó los dos ojos morados, como va diciendo? Cuando baje la hinchazón, prueba a echarte un poco de base Max Factor. Te quedarás maravillado cuando veas cómo su textura suave y balsámica alisa las patas de gallo y tonifica la piel. Su tacto fresco sirve también para pequeños cortes y rasguños. Disponible en cualquier farmacia o salón de belleza.

Cuando estés presentable, ¿por qué no te pasas por aquí alguna tarde a primera hora para tomar una copita? O, si lo prefieres, me acerco yo a tu chalet. No temas por Eliot. De vez en cuando le dan esos arrebatos, pero luego, generalmente, se le pasan. Te envío un océano de amor, y, hagas lo que hagas, no te olvides de

Tu inseparable,

BRENDA

LLAMANDO A TODOS LOS CRETINOS

Nada tan placentero ni tan tonificante —si se me permite tomar prestado el primer verso de cierta cancioncilla salaz cuyo segundo verso haría que los cancerberos del servicio postal cayeran sobre mí igual que cayeron sobre Charles Ponzi[28]— como un cónclave anual de expertos. Sea cual sea su especialidad, de la peluquería a la genética ovina, por lo visto hoy en día las autoridades de todos los campos consideran obligado congregarse una vez al año en algún bosque sagrado, dividirse en tantos paneles como sea posible para garantizar la máxima confusión, envolverse unos a otros en telarañas verbales y, finalmente, comunicar a la prensa unas conclusiones a las que cualquier lector de periódicos habría podido llegar sin salir de la bañera. El último de estos concilios de sabios, según pude saber el otro día por el *New York Times* mientras me frotaba con la esponja, fue el del Instituto de Ingenieros de Tráfico, reunido recientemente en Búfalo. Tras una larga serie de sesudos coloquios, sus miembros anunciaron que conducir con la cabeza ocupada en otros menesteres es una de las principales causas de accidentes en las autopistas. A ningún conductor normal y corriente habría podido ocurrírsele tal cosa. Había que ser un experto para penetrar hasta el meollo del asunto.

---

28. Charles Ponzi se hizo famoso por sus estafas con cupones postales; se lo considera el inventor del fraude piramidal.

Irónicamente, si uno sigue leyendo la noticia del *Times* —y en mi caso el contraimpulso fue tan poderoso que acabé chapoteando en el agua hasta dejarla llena de espuma—, se ve que los culpables de esas distracciones no son los conductores, sino los propios expertos. Los eruditos del tráfico concedían a regañadientes que al abolir los llamados peligros habituales, tales como las curvas cerradas, los cruces, las señales de tráfico y los pasos de viandantes y ferroviarios, habían puesto en su lugar el de la mortal monotonía. Se urgió a los presentes para que desarrollaran algún método práctico para arrancar al conductor de su ensimismamiento cuando el riesgo de colisión es inminente, y algunos cerebros propusieron las siguientes ocurrencias: instalar bandas sonoras o de hormigón, vallas con mensajes de precaución, líneas de calzada dentadas que produjeran sonidos no rítmicos, etcétera. Pero la que me dejó con la esponja en vilo fue la propuesta de emitir «programas de radio especiales diseñados por psicólogos con formación específica con el fin de despertar al conductor de su letargo». Hábil solución, pensarán ustedes, pero evidentemente los expertos opinaban lo contrario. Hablando en nombre de la autopista de Nueva Jersey, su jefe de ingenieros de tráfico informó de que, «sin ánimo de restar méritos a las emisiones radiofónicas especiales, la Autoridad las rechazaba porque para para que el conductor mantuviera centrada su atención durante los 190 kilómetros de la ruta haría falta un programa de dos horas, y el coste derivado resultaría excesivo».

Esta obra maestra de la lógica merecería estar grabada en letras de oro en todos los puentes de la autopista. La Autoridad, si interpreto bien sus palabras, no tiene ningún reparo en dedicar varios millones a la construcción de esas mareantes sierpes de hormigón, pero es del parecer que contratar a un guionista y a un par de actores para evitar que el respetable se estampe conduciendo por ellas representa un gasto que linda con el despilfarro. Evidentemente, sus representantes están pensando en luminarias como Tolstói y Louis Bromfield para el guion de los programas, y en intérpretes de la talla de Judith Anderson y sir Laurence Olivier. Sostengo, no obstante, que impedir que la gente se quede en Babia en la autopista no supone un reto imposible y que para ello no se precisan presupuestos faraónicos.

Existen dificultades, eso es innegable; el ensoñado piloto debería ser llamado de vuelta a la realidad sin exigir un sobreesfuerzo de sus músculos cardíacos y sin hacerle perder totalmente el control del vehículo. El programa que idealmente cumple con estas condiciones consiste, a mi juicio, en una serie de viñetas con personajes cuya estabilidad o capricho afecta a quien maneja el volante.

Supongamos por suponer que una pareja joven normal y corriente, el señor Pedro Gershoy y señora, se dirigen a Nueva York por la autopista para cenar e ir al teatro. Su niño de cinco años, Naushon, se ha quedado con una canguro en la que implícitamente han depositado su confianza. De repente, mientras piensan con deliciosa impaciencia en la velada que les espera, por la radio suenan las voces de dos muchachas adolescentes.

MUCHACHA N.º 1: ¡Cielos! Es el mejor burbon que he probado nunca. ¿No guardan las botellas bajo llave cuando se van?

MUCHACHA N.º 2: Pues claro, pero sé dónde la guardan. Además, tengo un duplicado. Tengo las llaves de todo lo que hay en la casa. Esta es la del escritorio, y esta la del armario de la ropa...

MUCHACHA N.º 1: Vaya, tendría que hacerme copias de las de la casa de los Muspratt, así yo también me podría poner sus cosas. ¿Quién te las hace?

MUCHACHA N.º 2: Mi novio, el del taller mecánico. El chico moreno, con cara de hispano. Aprendió en prisión.

MUCHACHA N.º 1: Es *muy* cuco. Me encanta cuando rumbea, me recuerda a Desi Arnaz... ¡Oye, no tanto! Voy a volver a casa dando tumbos.

MUCHACHA N.º 2: Relájate, Ramón te acompañará. Vendrá en un rato y entonces sí que lo pasaremos bomba.

MUCHACHA N.º 1: Muy bien, pero yo paso de fumar cigarrillos de esos que huelen raro. La última vez que... ¿Qué ha sido eso?

MUCHACHA N.º 2: No he oído nada.

MUCHACHA N.º 1: Ha sonado un golpe, como si alguien se hubiera caído de la cama.

MUCHACHA N.º 2: Ah, otra vez el niño del demonio. Suele caerse hacia
esta hora de la noche, y siempre de cabeza.
MUCHACHA N.º 1: ¿Por qué no le das esas pastillitas blancas que yo le
doy a Archie Muspratt?
MUCHACHA N.º 2: Siempre se me olvida el nombre. ¿Cómo era: barca-
rol o algo así?
MUCHACHA N.º 1: Fenobarbital. Son lo más. A Arch le doy unas cuantas en cuanto sus padres salen por la puerta y se queda calladito
como un perro de escayola. Pídeselas a Loomis, el chico de la
tienda. Te dará todas las que quieras.
MUCHACHA N.º 2: Oye, he tenido una inspiración. ¿Por qué no lo llamamos y que traiga unas cuantas? Podría venir con Ramón.
MUCHACHA N.º 1: Chica, a veces me das miedo. Además de guapa, eres
un genio. ¿Dónde está la guía?

En mi opinión, semejante intercambio despejaría incluso a los
automovilistas más soñolientos, en especial a los padres con hijos de
cinco años, y los pondría en guardia frente a cualquier posible colisión.

Por si acaso el conductor —nuestro hipotético Gershoy, por comodidad— se revelase inmune al estímulo, en el siguiente diálogo la
presión se intensifica. Los interlocutores son ahora dos hombres a los
que, en las primeras dos líneas, identificamos como el propietario de
una empresa y su jefe de oficina. Tras un breve y fúnebre pasaje en el
que se alude a una caída de los beneficios en el trimestre anterior, la
conversación deriva hacia cuestiones más pragmáticas.

JEFE DE OFICINA: Mira, J. B., los dos sabemos cuál es la respuesta. La
empresa está llena de zánganos. Hay que fumigar y fumigar a
fondo.
PROPIETARIO: Pero si ya hemos echado a casi todos los que podíamos
echar.
J. O.: Tonterías. Podría nombrar a media docena de gandules que
no están a lo que hay que estar. Ese joven, por ejemplo, ¿cómo se

llama? El que casi siempre está en su escritorio contemplando las musarañas.

PROPIETARIO: Sí, yo también le tengo el ojo echado desde hace un tiempo. ¿No vive un poco por encima de sus posibilidades?

J. O.: Como si fuera un jeque. Siempre con el coche de aquí y para allá, yendo al teatro, siempre lo mejor. Gasta más en gasolina de lo que tú y yo ganamos en un mes.

PROPIETARIO: Bueno, eso tampoco significa nada. A lo mejor su mujer tiene dinero.

J. O.: Ni un centavo. Lo he comprobado yendo de incógnito a su barrio. Todo fachada, le deben dinero a todo el mundo, incluso al obstetra que les ayudó a parir a su hijo hace cinco años.

PROPIETARIO: Hmm. No me hace ninguna gracia despedir a alguien con un hijo pequeño.

J. O.: Anda, no te pongas sentimental, J. B. Ya sabes cómo es este negocio, o comes o te comen.

PROPIETARIO: Quizá si hablo con él, si le doy otra oportunidad...

J. O.: Ganas de perder el tiempo. Solo hay una cosa peor que un viejo chapado a la antigua: un joven chapado a la antigua. Dale la patada.

PROPIETARIO: En fin, tú sabrás lo que es mejor. Mándale el aviso mañana por la mañana.

J. O.: ¿Por qué no esta tarde mismo?

PROPIETARIO: Santo cielo, Torquemada, un poco de consideración. Pero si ya hemos cerrado. No se puede llamar a alguien a casa para despedirlo.

J. O.: No está en casa, estará por ahí, yendo a alguna parte con el coche. Pero bueno, si tanto te incomoda, ni para ti ni para mí. Llamemos a la policía y que salgan a buscarlo.

PROPIETARIO: Si insistes... Pero no presentes cargos. No me gustaría que lo sometieran a un tercer grado.

Para cuando el programa llegue a este punto, seguramente a Gershoy ya se le habrán derrumbado todos los castillos que hubiera podido construirse en España y, a menos que sea un hombre tremendamente flemático, se desviará por la salida más cercana mientras traga saliva para aliviar la presión de los globos oculares. Con todo, siempre existe la posibilidad de que las amenazas comunes y corrientes no hagan mella en él, en cuyo caso habrá que recurrir a una auténtica carga de profundidad. Durante el siguiente coloquio, un hombre y una muchacha conversan cautelosamente mientras de fondo se oyen los ruidos característicos de un bar de barrio: entrechocar de vasos, música de gramola, etc.

HOMBRE: ¿Cómo que una canallada? Fue él quien te envió las cartas, ¿no? Te prometió que se casaría contigo, que te compraría un Cadillac, un abrigo de visón...

MUCHACHA: Sí, pero eso fue en el cuarenta y siete. Ahora tiene mujer, una bonita casa y trabaja en otro sitio. Hace tiempo que se olvidó de todo eso.

HOMBRE: Ahí está la gracia, tontita. Le refrescaremos un poco la memoria. De hecho, estoy seguro de que estaría *encantado* de poder comprar esas cartas y quedárselas de recuerdo. Yo solo soy tu agente.

MUCHACHA: ¿Seguro... seguro que todo esto no es ilegal?

HOMBRE: Ya estamos otra vez. Te he dicho que yo antes era abogado, ¿sí o no? De acuerdo, ahora mismo no estoy colegiado, pero no nos saldrá con tecnicismos. Lo único que tienes que hacer es invitarlo a casa a tomar una copa, por los viejos tiempos. Yo me ocupo de lo demás.

MUCHACHA: A lo mejor no quiere verme. ¿No has pensado en eso?

HOMBRE: Tiéntalo... que piense que puede merecer la pena. Ponte algo suave y ceñido, escucha sus problemas, y entonces, cuando lo hayas ablandado, aparezco yo y charlamos.

MUCHACHA: Nada de violencia, Vito. Me lo prometiste.

I IOMBRE: Nunca en la vida he empuñado un arma, muñeca. Dulzura y persuasión es mi lema, por eso la gente me escucha. ¿Qué me dices entonces?

MUCHACHA: De acuerdo, trataré de llamar mañana a su despacho. Menuda sorpresa se va a llevar cuando me oiga.

HOMBRE: Sí, la sorpresa es un factor importante en este negocio.

MUCHACHA: A propósito, ¿cómo te metiste en esto?
HOMBRE: Es una larga historia. ¿Tomamos otra ronda?

Antes de que la Autoridad de la autopista de Nueva Jersey salte a mi yugular con toda suerte de objeciones, admito que estas pueden ser muchas y muy válidas. Es posible que los tres ejemplos anteriores, destinados a distintos tipos de conductores, no tengan efectos sobre otros en la misma situación: clérigos ancianos y atribulados, por ejemplo, o una comitiva de ornitólogos, o una camarera de cruceros de Goa que corre para no perder su barco. Si lo que quieren es universalidad, que emitan otra partida de bonos y contraten a James Michener. No obstante, me veo en la obligación de señalar que hay otra clase de conductor, cuyo prototipo encarna mi persona, sobre el que el programa no tendría efecto, y ello debido a una curiosa razón: inexplicablemente, no hay legislación alguna en este hemisferio que obligue a nadie a encender la radio. Tampoco hay ninguna legislación que lo obligue a uno a bañarse leyendo el *New York Times*. Supongo que tendré bien merecido todo lo que pueda ocurrirme.

SIN ALMIDÓN EN EL
DHOTI, S'IL VOUS PLAÎT

Hasta hace poco, siempre había creído que no había en el mundo nadie capaz de soltar chascarrillos con la *sang froid* de cierto humorista para el que trabajé en Hollywood en los años treinta. Es probable que no recuerden al individuo en cuestión, pero se distinguía por un gran mostacho negro, un puro y unos andares peculiares; y sus tres hermanos, que también actuaban, interpretaban con distintos grados de éxito a un mudo, a un italiano y a un muchacho de aires distinguidos. Mi respeto por Julio (por no revelar del todo su identidad) se debía al gran número de perlas que oí salir de su boca durante el tiempo que duró nuestra colaboración, sobre todo una inspirada por una discusión acerca de los hábitos dietéticos. Nos encontrábamos cenando en un hotel cerca de Broadway, el local más ruidoso que puedan imaginarse después de la feria anual de Nizhni Nóvgorod. Nuestro grupo estaba formado por una docena larga de personas —abogados, productores, agentes, corredores de bolsa, astrólogos, soplones de apuestas y sicofantes varios—, ya que, como todo farandulero de nota, mi amigo gustaba de viajar con séquito. El comedor estaba abarrotado, un pinchaúvas a sueldo de la Local 802[29] interpretaba la «Habanera» con un órgano eléctrico por encima de todo aquel bochinche y, para rematar la indigestión, de vez en cuando una pareja de bailarines de adagio se interponía lánguidamente entre los comensales y los platos. Yo estaba sentado al lado de

29. Asociación de músicos de la zona de Nueva York, fundada en 1921.

Julio, que en ese momento disertaba con gran erudición acerca de su tema favorito, las desviaciones anatómicas de las bailarinas exóticas. De repente, a media comida, caímos en la cuenta de que al otro lado de la mesa se había entablado una disputa entre varios de nuestros compañeros.

—¡No es *solo* por la religión! —aseveraba acalorado uno de ellos—. En tiempos de la Biblia sabían la leche de higiene, ¡mucho más de lo que te crees!

—¡Eso sigue sin responder a mi pregunta! —gritó el hombre al que se había dirigido—. Si pueden comer cordero, cabrito y ternera, ¿por qué prohíben el cerdo?

—Porque es sucio, so cretino —bramó el otro—. Es lo que estoy tratando de explicarte: ¡el cerdo es un animal sucio!

—¿Perdón? —intervino Julio, cortando el altercado con su voz—. ¿El cerdo un animal sucio? —Se alzó de su silla y repitió la pregunta para asegurarse de que todo el mundo en un radio de quince metros lo hubiera oído—. ¿El cerdo un animal sucio? Pero si el cerdo es el animal más limpio que pueda haber... exceptuando a mi padre, desde luego. —Y diciendo esto volvió a arrojarse cual halcón sobre su plato de *chow mein*.

Como digo, llevaba años pensando que Julio ocupaba un lugar preeminente a la hora de lanzar granadas de esta especie, hasta que un domingo hace unas pocas semanas, en la revista del *Times*, tropecé con un artículo que da fe sin lugar a dudas de que ha sido depuesto. El nuevo campeón es Robert Trumbull, antiguo corresponsal del periódico en la India y un pájaro sumamente afable con el que una vez pasé toda una tarde dando vueltas por el Qutab Minar, en las afueras de Nueva Delhi. En un artículo titulado «Retrato de un símbolo llamado Nehru», el señor Trumbull decía lo siguiente: «A Nehru se lo acusa de sentir un desprecio congénito por los estadounidenses debido a la excesiva tendencia de estos a la jactancia y el paternalismo cuando se encuentran en un entorno que les es desconocido. Se dice que en la suntuosa y refinada casa de su padre, el difunto pandit Motilal Nehru —que mandaba la colada a lavar a París—, la niñera británica del joven Jawaharlal solía hacer comentarios cáusticos sobre las maneras de mesa de los invitados americanos de su padre delante del impresionable muchacho».

Obviamente, fue esa frase, «que mandaba la colada a lavar a París», colocada totalmente al desgaire, lo que me dejó mirando a La Meca. Es evidente que Trumbull no se refería a algo puntual; quería decir que el pandit tenía por costumbre enviar su colada por correo, como hacía un servidor en tiempos universitarios. En este caso, sin embargo, no era un estudiante bisoño quien mandaba su ropa sucia a casa para ahorrarse un dinero. Un hombre lo bastante obstinado y opulento como para facturar sus trajes de un hemisferio a otro difícilmente podía hacerlo movido por razones económicas. Debía de ser un perfeccionista consumado, un tiquismiquis que quería que hasta el último pliegue estuviera impecable, y entonces, recordando mis homéricas disputas con el tintorero de la esquina, me estremecí al pensar en las complicaciones que sus transcontinentales envíos debían de haberle ocasionado. Puesto que por entonces aún faltaba mucho para que hubiera conexión aérea entre la India y Europa, no debía quedarle más remedio que facturar la ropa por mar: un mínimo de tres semanas de trayecto en cada sentido, sin contar el tiempo del lavado propiamente dicho. Cada uno de esos viajes debía de acarrear percances aduaneros, exámenes, valoraciones y tasas (a menos que Nehru padre tuviera amigos que pudieran llevarle la ropa en persona, cosa improbable, puesto que la mayoría de personas detesta transportar prendas sucias por el mundo, aunque sean las suyas). Evidentemente, el viejo caballero debía de disponer de un fondo de armario infinito si podía pasarse sin parte de él durante tres meses seguidos.

Desde mi punto de vista, no obstante, el mayor dolor de cabeza debía de ser tratar con el propio *blanchisseur*. ¿Cómo se las arreglaba el pandit Motilal para contratar un servicio o presentar una reclamación a tamaña distancia? Los posibles contratiempos son incontables: un calcetín huérfano, un botón medio pulverizado, la insistencia en petrificarlo todo con almidón pese a las más detalladas instrucciones en sentido contrario. Cuanto más lo pensaba, más claro me parecía que tuvo que verse inmerso en una correspondencia interminable con el propietario de la tintorería. Sugiero, por tanto, que si bien la naturaleza exacta de sus cartas no puede sino conjeturarse, podría ser útil —o, por el mismo precio, inútil— reconstruir unas cuantas de estas, junto con las respuestas suscitadas. Si no para otra cosa, este ejercicio debería servir al menos para ampliar la brecha entre Oriente y Occidente.

ALLAHABAD
PROVINCIAS UNIDAS
7 DE JUNIO DE 1903

Pleurniche et Cie.
124 Avenue de la Grand Armée, París

ESTIMADO M. PLEURNICHE:

Tal vez le interese saber —aunque dudo que nada pueda sacarlo de su sopor vegetativo— que su pomposa, floripondiada y analfabeta carta del 27 llegó aquí con franqueo insuficiente, obligándome a apoquinar una rupia y tres annas al cartero. ¡Qué representativo de su carácter, qué coherencia tan extraordinaria! No contento con dudar de la calidad del cambray de mis calzones, se las arregla para hacerme pagar *a mí* por el insulto. Semejante cosa trasciende la mera bellaquería, y usted bien lo sabe. El día que se instaure un premio internacional al odio, no tenga dudas del resultado, por lo menos en lo que a la India se refiere. Mi voto lo tiene asegurado.

A propósito de cosas representativas, hay algo digno de un genio en el símbolo que decora su membrete, el vellón dorado. ¿Qué enseña podría ser más adecuada para alguien que cobra seis francos por lavar un fajín? Entiendo que apelar a su sentido de la lógica sería como silbarle un aria a un sordo, pero pagué la mitad de eso al comprarlo, y eso que el musulmán que me lo vendió era el mayor ladrón de todo el bazar. Ilumíneme, estimado amigo, puesto que yo nunca me he dedicado a las artes de comercio: ¿qué se siente al estafar a un cliente de un modo tan ignominioso? ¿Regocijo? ¿Triunfo? ¿Satisfacción por la astucia con que ha logrado timar a uno de sus mejores? Se lo pregunto sin malicia alguna, por el puro deseo de comprender los oscuros recovecos de la mente humana.

Volviendo al asunto de los calzones. De nada va a servirle esa interminable cantinela sobre la mala factura de la tela, el deterioro causado por los lavados a la piedra, etc. Que fueron sumergidos en un baño de ácido lo suficientemente fuerte como para corroer una plancha de zinc, que al escurrirlos fueron estrujados con la mayor saña, que alguien los manchó deliberadamente con grasa para después arrastrarlos con el pie por el suelo de su establecimiento y que, como guinda de este sórdido maltrato, los plancharon con un hierro al rojo vivo, resulta evidente a los ojos de cualquiera. El motivo, no obstante, es menos evidente, y yo mismo he dedicado varias horas a especular acerca de por qué he sido elegido como blanco de semejante vandalismo. Solo una explicación encaja con los hechos. Sus extorsionadoras tarifas denuncian a las claras que explota usted a sus empleados, y que uno de ellos, buscando venganza, pagó su rencor con mi ropa íntima. Por más que me hago cargo de la difícil situación del pobre granuja, deseo dejar claro que yo lo responsabilizo a usted hasta el último *sou*. Así pues, deduzco del presente cheque nueve francos con cincuenta que mal pueden compensar el perjuicio infligido a mis vestiduras y a mis nervios.

Con mis más efímeros saludos. Cordialmente,
PANDIT MOTILAL NEHRU

PARÍS
18 DE JULIO DE 1903

Pandit Motilal Nehru
Allahabad, P. U., India

ESTIMADO PANDIT MOTILAL:
No hallo palabras para describir mi tribulación ante el resentimiento que percibo entre las líneas de su reciente misiva, y le aseguro por el honor de mi esposa que, en las seis generaciones que mi familia lleva regentando este negocio, la suya es la primera queja que

hemos recibido. Si tuviera que citar la nómina de clientes ilustres a los que hemos satisfecho —Robespierre, el duque de Enghien, Saint-Saëns, Coquelin, Mérimée, Bouguereau y el Dr. Pasteur, por no nombrar sino a unos pocos—, sería como pasar revista a los inmortales. Justo ayer, Marcel Proust, un escritor del que volverá a oír hablar un día de estos, pasó por nuestro *établissement* (establecimiento) para felicitarnos en persona. El trabajo que realizamos para él es de lo más exigente, pues dada su afición a tomar notas en los puños de las camisas, debemos aplicarnos con máximo escrúpulo a decidir cuáles deben lavarse y cuáles no. En otras palabras, nuestra función es tanto editorial como higiénica, y él mismo ha señalado sin reservas que tiene nuestro criterio literario en la más alta estima. De modo que le pregunto: ¿cabe pensar que una firma con semejantes credenciales pudiera rebajarse a cometer las mezquindades que usted insinúa?

Pese a todo, puede confiar en que si nuestros empleados han cometido algún descuido, tal cosa no ha de repetirse. Dicho sea entre nosotros: llevamos una temporada aplicados celosamente a la tarea de erradicar de nuestra plantilla a los elementos socialistas, resentidos que tratan de inflamar a sus compañeros proclamando absurdidades a favor de una jornada de once horas y ventilación obligatoria. Nuestra firme negativa a ceder ni que sea un dedo ha dado sus frutos, y en estos momentos disponemos de un núcleo duro de abúlicos y leales siervos, muchos de ellos tan adocenados que ni siquiera paran a almorzar, lo que supone un ahorro de tiempo sustancial y, por consiguiente, un servicio más rápido. Como ve, estimado pandit Motilal, la eficacia y la devoción al cliente guían todas y cada una de las decisiones que se toman en Pleurniche.

En lo tocante a su última remesa, todo parece estar en orden; no obstante, me permito solicitarle un pequeño favor que en el futuro nos permitirá ejecutar sus encargos con mayor presteza: ¿podría pedirle a quien sea que envía su colada que se cerciore de que esta no contiene organismos vivos? Al desempaquetar el último envío, una serpiente de color amarillo y negro, apenas más larga que un lápiz pero bastante enérgica, salió reptando de uno de sus *dhotis* e hizo cundir el pánico en la lavandería. No sin alguna molestia, logramos

decapitarla y trasladarla al Jardin d'Acclimatation, donde el conservador la identificó como un búngaro, la más letal de sus serpientes indígenas. Francamente, creo que M. Ratisborn fue algo alarmista: la pequeña emigrante me dio la impresión de ser un animalillo astuto, vivaz e inteligente, y de haber tenido tiempo sin duda habríamos podido adoptarla como mascota. Por desgracia, dado nuestro deseo por acelerar sus envíos, no es tiempo lo que nos sobra, y en este sentido nos sería de ayuda que diera usted las instrucciones que sean pertinentes, si así lo desea. Imploro acepte mis más distinguidos saludos.
Cordialmente,
OCTAVE-HIPPOLYTE PLEURNICHE

ALLAHABAD, P. U.
11 DE SEPTIEMBRE DE 1903

ESTIMADO M. PLEURNICHE:

De ser yo un hombre temperamental, sentiría la tentación de correr a latigazos a un patán que tuviera la desfachatez de presentarse como mecenas de las letras; y si fuera un filántropo, de pasarlo por el garrote para ganarme la gratitud de los pobres desdichados que viven bajo su yugo. Puesto que no soy ni uno ni otro, sino tan solo un idealista tan necio como para creer que tiene derecho a obtener aquello por lo que paga, seré yo quien le pida un favor. Ahórrese, se lo ruego, su ampulosa retórica y sus zalameras declaraciones, y muestre igual moderación a la hora de echar lejía a mis camisas. Tras un único bautismo en sus cubas, mis aljubas azul celeste han adquirido un horrendo tono verduzco y la tela se evapora al simple tacto. Dios del cielo, pero ¿a qué viene esa compulsión por eliminar todo rastro de color de mis ropas? ¿Acaso son ustedes también árbitros del buen gusto, aparte de *littérateurs*?

Por cierto, que en su afán por congraciarse conmigo, me han sometido ustedes a una de las experiencias más repugnantes desde que tengo memoria. Cinco o seis días atrás, un individuo de piojoso aspecto llamado Champignon se presentó aquí procedente de Pondicherry afirmando ser su sobrino y haber sido enviado con el fin de solventar los problemas relacionados con mi colada. La mezcla de descaro y servilismo de que hizo gala, dignas de un procurador judicial, deberían haberme puesto en guardia, pero como tengo un corazón sencillo, acaté las leyes brahmánicas de la hospitalidad y le permití pasar aquí la noche. Huelga decir que su presencia no pasó desapercibida. Tras una exhibición de glotonería que habría hecho sonrojar al mismo Falstaff, procedió a agasajar a los comensales con una disquisición acerca del arte del amor, trufada con algunas citas del *Kamasutra* tan ordinarias que una de las damas presentes cayó desmayada. Poco después, lo sorprendí en la cocina haciéndole cosquillas a una de las sirvientas, y al llamarle la atención, tuvo la grosería de mandarme a tragar sables y no entrometerme en los asuntos ajenos. Desapareció antes de despuntar el día, junto con un collar de esmalte de incalculable valor y toda la plata. Me pareció que era un precio nimio por habérmelo quitado de encima. Con todo, debo cuestionar su buen juicio, desde el punto de vista comercial, a la hora de contratar a semejante emisarios. ¿No es más seguro robar a los clientes a la pesada pero tradicional manera, con un franco aquí y otro allá, que apostarlo todo al arbitrio de un joven y arriesgarse a un posible desastre?

Suyo como de costumbre,

PANDIT MOTILAL NEHRU

PARÍS
25 DE OCTUBRE DE 1903

ESTIMADO PANDIT MOTILAL:

Confío en que habrá recibido el bulto expedido hace cinco semanas y en que nuestra labor siga siendo de su satisfacción. Me complace asimismo saber que mi pariente, M. Champignon, acudiera a visitarlo y que le fuera de ayuda. Si se le ofrece algún otro servicio, no dude en comunicárselo.

Adjunto a la presente un recorte que tal vez requiera una breve explicación. Como verá, se trata de un anuncio de periódico en el que aparece su fotografía, junto con un texto elaborado a partir varios comentarios elogiosos espigados de entre su correspondencia. Sabiendo que no se opondría a ello, me tomé la libertad de alterar alguna que otra palabra para clarificar el sentido y subrayar la buena opinión que tiene de nosotros. Esta licencia poética, por así decir, no tergiversa en modo alguno el espíritu de sus cartas; es práctica habitual en los anuncios de los teatros retocar las opiniones de los críticos, y a juzgar por los comentarios que ya han llegado a mis oídos, esto le reportará publicidad en todo el continente europeo en los años por venir. Considéreme en eterna deuda con usted.

Fraternalmente suyo,

OCTAVE-HIPPOLYTE PLEURNICHE

ALLAHABAD

14 DE NOVIEMBRE DE 1903

ESTIMADO M. PLEURNICHE:

Los abogados a los que contraté nada más recibir su carta —Messrs. Nankivel & Fotheringay, de Covent Garden, un bufete del que volverá a oír hablar un día de estos— me han aconsejado que interrumpa toda comunicación con usted, pero no puedo resistirme a la necesidad de escribirle unas últimas palabras. Después de todo, cuando su demanda por un millón de francos caiga sobre usted como un trueno, cuando los funcionarios le embarguen el negocio y se vea obligado a dormir en los *quais* y a subsistir comiendo los rabos de zanahoria que recoja de Les Halles, podría usted atribuir su tesitura, erróneamente, a mi maldad, al vudú, a los genios, etc. Nada más lejos, querido amigo. El haberme utilizado para publicitar su roñoso establecimiento no será más que un factor secundario en su ruina. Lo que lo condenó de buen principio fue la torpe incompetencia e inveterada incuria que caracteriza a todos aquellos de su profesión. Obviamente, un hombre demasiado indolente como para reponer los broches que arranca de los chalecos o eliminar el óxido que esparce sobre un chal de cachemira nuevo a estrenar es capaz de cualquier infamia, y mal puede lamentarse cuando al final le llegue la hora del castigo.

Adieu, pues, *mon brave*, y procure al menos mostrar en los muelles la dignidad que hasta el momento le ha faltado. Con los mejores deseos y la certeza de que nada de lo que he dicho habrá causado la más mínima impresión en su cerebro podrido por el vapor, se apiada de usted,

PANDIT MOTILAL NEHRU

CUENTA DE GASTOS CON SANGRE AZUL ANGRELADA Y FLAGRANTES MENTIRIJILLAS RAMPANTES

Les prometo que cuando abrí el *Times* aquella reciente mañana, en el puesto del limpiabotas, no tenía la menor idea de que contenía la noticia más impactante que ha salido de Inglaterra en una generación; la más significativa, de hecho, desde la caída del sitio de Ladysmith. Como invariablemente ocurre cuando uno pasa de los cuarenta, el periódico se abrió solito por la página de las necrológicas; eché un vistazo rápido para asegurarme de que no figurara mi nombre y luego, una vez escudriñados los chismorreos relacionados con el teatro, el cine y los libros, me puse a leer el periódico como hacen hoy en día todos los cobardes ilustrados, es decir, de atrás hacia delante. Allí, en la segunda sección, debidamente destacado, estaba el artículo de marras: lacónico y sin abalorios, aunque cargado de una especie de dignidad ofendida. «LOS LORES INDIGENTES SOLICITAN CUENTA DE GASTOS», rezaba el titular, firmado en Londres, y continuaba: «La Cámara de los Lores ha sido informada hoy de que, debido a los elevados impuestos del actual estado de bienestar, algunos de los pares se han empobrecido demasiado como para viajar a Londres y realizar su trabajo sin ningún tipo de remuneración. La Cámara Alta, a la que el último gobierno laborista despojó de gran parte de su poder, debate su posible reforma. Una de las propuestas contempla la asignación de dietas a los miembros que se tomen la molestia de desplazarse hasta Westminster. Actualmente, los lores no reciben ninguna retribución y solo se les abonan los gatos de viaje. La media de asistencia es de uno entre diez pares».

—¡Vaya, vaya! —exclamé sin querer—. Ya iba siendo hora, la verdad.

—¿Cómo dice? —inquirió el limpiabotas, dando un respingo y derramando casi el tinte de color junquillo con el que estaba pintarrajeándome los zapatos.

—La noticia esta de los lores británicos —respondí—. Los pobres están prácticamente con una mano detrás y otra delante. Como mendigos con chaqué, como quien dice. Qué situación tan irónica, ¿verdad?

El hombre me miraba de soslayo, claramente indeciso sobre la conveniencia de pronunciarse.

—¿Es usted un lord? —preguntó con cautela.

—No —dije yo—, pero creo que Inglaterra debe de estar en las últimas si sus Somersets y sus Gloucesters tienen que ponerse de rodillas a rogar dinero para las dietas.

—Sí, el mundo se va a pique —dijo él, rascándose la oreja reflexivamente con el cepillo—. Los pringados como usted y yo no podemos ni pagar el alquiler, y mientras, los duques, los condes y todos esos estafadores nadando en la abundancia.

—Al contrario —objeté—. Según esto, apenas les alcanza para trasladarse desde sus ancestrales casas solariegas a Londres.

—Eso he dicho, que está todo patas arriba —replicó. La inflexión de su voz traslucía a las claras que estaba siguiéndole la corriente a un idiota—. Oiga, ¿quiere que le cambie los cordones? Estos están llenos de nudos.

—Los prefiero así —dije gélido, y me retiré tras mi periódico. El desaire, no obstante, me costó caro; como represalia, el tipo me dejó los zapatos tan vistosamente relucientes que una vieja gorgona me confundió con un *minstrel* y me preguntó dónde tenía escondida la pandereta.

Más tarde, rumiando la noticia en un entorno más sereno, se me ocurrió que, si bien a primera vista la propuesta de las dietas podía parecer una bendición, también podía ser una fuente de oprobio para los nobles lores. Por muy augusto que fuera su linaje, al final tendrían que someterse al escrutinio de la cohorte de hurones fiscales más meticulosa del mundo entero, y justificar ante ella todas sus deducciones. Esto me hizo pensar en cómo, dadas las circunstancias, podían apretársele las empulgueras a alguien cuyos títulos se remontan cuatrocientos o quinientos años en el tiempo; cómo, en otras palabras, se las arreglará la inquisición de la hacienda británica para ser a la vez cortés e intimidante. Obviamente, el mejor modo de averiguarlo es escondernos tras los cortinajes y observar uno de estos interrogatorios. Así pues, silencio, y recuerden que todo cuanto vean y oigan a partir de ahora es estrictamente confidencial.

ESCENARIO: *El despacho de Simon Auger, inspector de la división de recursos de la Agencia Tributaria británica. Un cuarto pequeño y gris equipado con los instrumentos de tortura habituales: un escritorio, dos sillas, un mueble archivador. A modo de decoración, más que por su efecto psicológico, alguien ha colgado en la pared un kiboko, una fusta de piel de rinoceronte. Se alza el telón y vemos a Auger, un tipo dispéptico de unos cuarenta y pico años que está acabando de despachar un almuerzo frugal a base de tostadas, germen de trigo y chirivías; delante tiene abierto un ejemplar del catálogo de nobles y aristócratas de Burke. Su rostro permanece inexpresivo la mayor parte del tiempo, pero de vez en cuando esboza una sonrisa glacial, como las de las barracudas. Finalmente, suspira, deja el volumen sobre el escritorio y se toma una cucharada de jarabe digestivo Ladysmith. Suena el teléfono.*

AUGER: Auger... ¿Quién...? Ah, sí. Por favor, dígale a su Señoría que pase. *(La puerta se abre y entra Llewellyn Fitzpoultice, noveno vizconde de Zeugma. Tiene algo más de sesenta años, camina tieso como una vara, luce bigote imperial blanco y viste con una sofisticación que ronda el dandismo. Tonificada por los cuatro brandis con soda que se ha tomado durante el almuerzo, su tez —de por sí bronceada de resultas de sus veinticinco años en el Sudán anglo-egipcio— reluce como un viejo aparador de caoba.)*

ZEUGMA *(con desparpajo)*: Buenas tardes, espero no haber llegado demasiado tarde.

AUGER: En absoluto. No más de tres cuartos de hora o así.

ZEUGMA: Cuánto lo lamento. Este tráfico asqueroso, ya sabe usted. Desafío a quien sea a encontrar un taxi en Greek Street.

AUGER: ¿Su Señoría ha almorzado en el Soho?

ZEUGMA: Sí, he encontrado un local medio decente, Stiletto's. No está mal por cinco guineas: *coquilles Saint-Jacques*, caracoles, tarta y un *rosé* pasable. Tiene que probarlo algún día.

AUGER: No creo que pudiera permitírmelo, con mi sueldo.

ZEUGMA: Entre usted y yo, yo tampoco, pero lo paga la Corona, ¡ja, ja, ja! *(Con voz más sobria.)* Un desembolso profesional necesario derivado de mis deberes en la Cámara Alta.

AUGER: Desde luego. *(Garabatea una nota.)* A propósito, me parece que tuve el honor de conocer a un familiar suyo hace quince días: el Muy Honorable Anthony de Profundis.

ZEUGMA: Tony es un cachorrillo salvaje. ¿En qué anda metido?

AUGER: Un asuntillo de evasión y fraude. Muy astuto, pero los astutos son nuestra especialidad, ¡ja, ja, ja! *(Abre un expediente.)* En fin, ¿qué le parece si entramos en materia? Supongo que su dirección sigue siendo la misma... The Grange, Regurgingham-supra-Mare, Dotards, Broome Abbas, Warwickshire.

ZEUGMA: Correcto. ¿Por qué lo pregunta?

AUGER: Porque su sobrino cambió de residencia inesperadamente la semana pasada, no sé si me explico.

ZEUGMA: Me... me parece que aquí dentro hace un calor espantoso. ¿Podríamos abrir una ventana?

AUGER: Me temo que no. A quien fuera que diseñó el escenario se le olvidó poner ventanas. Como íbamos diciendo: según su declaración, durante el pasado periodo de sesiones parlamentarias realizó usted treinta y un viajes desde Warwickshire a Londres.

ZEUGMA *(mascullando)*: Una avalancha de medidas que afectaban a mi circunscripción. Decisiones cruciales. Hay asuntos que no admiten demora.

AUGER: No me cabe duda. De todos modos, viendo el diario de sesiones de la Cámara Alta, compruebo que su Señoría no habló ni una sola vez durante ese periodo.

ZEUGMA: Las malditas comisiones me tenían atado de pies y manos. Papeleos desde la mañana hasta la noche. Horas y horas encerrado con Winston. Apenas tenía tiempo de comerme un sándwich.

AUGER: Sí, la verdad es que pocos nos damos cuenta de cuán des-interesadamente emplean sus energías los hombres públicos de Inglaterra. A pesar de todo, logró usted encontrar tiempo para incluir sesenta y tres comidas, desayunos aparte, por un total de cuatrocientas cincuenta y siete libras con trece chelines. ¿Todas tenían que ver con asuntos legislativos?

ZEUGMA: Todas y cada una. *(Encendiéndose.)* ¡Contra! ¿Está usted poniendo en duda mi palabra?

AUGER: Jamás se me ocurriría tal cosa. Solo estoy haciendo lo que nosotros llamamos un sondeo superficial: para cerciorarnos de que no hay indicios sospechosos, por así decir. Pasemos ahora a la asignación correspondiente al hotel. Esas cinco suites que habitual-mente ocupaba usted en el Dorchester... ¿No es un despliegue algo excesivo para pasar una sola noche?

ZEUGMA: Cielos, señor mío, ¿qué quería usted, que me fuera a una de esas mugrientas pensiones de Kensington y que me friera yo mis propios arenques?

AUGER: Por supuesto que no, por supuesto que no. No podría imagi-narme a lady Zeugma en semejante ambiente.

ZEUGMA *(cogido a contrapié)*: Ella no estaba conmigo... ehm, es decir, la mayor parte del periodo de sesiones estoy aquí solo...

AUGER *(con tacto)*: Ya veo. Y el resto del tiempo comparte usted aloja-miento con otro legislador.

ZEUGMA: Oh... esto... más o menos. Con mi secretaria... mejor dicho, mi asesora. La señora Thistle Fotheringay, de Stoke Poges.

AUGER: Ah, eso explica los gastos varios: ciento dieciocho libras en champán, cuarenta y dos libras con diez en caviar, etcétera. Naturalmente, ni usted ni la señora Fotheringay habrán consu-mido ninguna de esas exquisiteces adquiridas a cuenta del estado.

ZEUGMA *(esforzándose por sacarse una lima de esmeril de la tráquea)*: N... No, desde luego que no. Es que me gusta tenerlas a mano para los colegas... otros vizcondes, usted ya me entiende. Lo que es yo llevo años sin tomar una gota de champán. Me cae como una patada en el hígado.

AUGER: No me diga. Entonces a lo mejor querrá examinar este

recorte de un reciente número de *Tatler*. Aquí se los ve a usted y a su... ejem... asesora, con las copas de champán en alto mientras cenan en el Bagatelle.

ZEUGMA: Maldición... es decir, caballero, ¿le importa si me lo quedo para dárselo a la señora Fotheringay? A las mujeres les gusta conservar estas chucherías sentimentales.

AUGER: Lo sé. Por eso he pensado que podía enviárselo a lady Zeugma.

ZEUGMA *(agitado)*: Espere un momento, no nos... No hay por qué... ¡Caramba, se me acaba de ocurrir una idea absolutamente genial!

AUGER: Hay que ver, surgen cuando uno menos se lo espera, ¿eh?

ZEUGMA: Ustedes los inspectores tendrán algún tipo de organización fraterna, ¿verdad? Quiero decir para llevar a la señora a Blackpool, regalarles bombones a los niños y esas cosas...

AUGER: Por supuesto. Y supongo que a su Señoría le gustaría hacer una pequeña donación a nuestro fondo.

ZEUGMA: Vaya, ¿cómo lo ha adivinado?

AUGER: En este oficio, se vuelve uno muy clarividente.

ZEUGMA: Qué cosas... Bien, supongamos que dono quinientas libras. No hay por qué usar nombres. Ponga usted: «Detalle de un amigo».

AUGER: Qué magnánimo es usted.

ZEUGMA: Tonterías... vive y deja vivir, ese es mi lema. Como yo digo siempre, al perro que duerme es mejor no despertarlo.

AUGER: Claro, y ya que estamos con proverbios, ¿recuerda ese que dice: «A la vejez, viruelas»? *(Vuelve a dejar el expediente sobre la mesa y le acerca un pañuelo a su ilustre visitante.)* ¿Quiere uno? Me parece que el suyo ya está chorreando.

ZEUGMA *(vencido)*: Oh, gracias. En fin, me ha ahorrado usted muchas tributaciones... tribulaciones, quiero decir. Chao-chao, hasta la vista. *(Se va, tropezando con su bastón y rebotando contra el mueble archivador. Auger entrecierra los ojos y tararea dos o tres compases de alguna melodía insulsa. Luego vuelve a abrir el catálogo de Burke y mordisquea una zanahoria con aire reflexivo mientras cae el telón.)*

CUCOS ANIDANDO:
NO MOLESTEN

La idea resulta tranquilizadora, pero supongo que jamás habría conocido la opinión de lady Diana Cooper, tercera hija del octavo duque de Rutland y viuda de Alfred Duff Cooper, primer vizconde de Norwich, a propósito de los pícnics si un botero de Londres hubiera preferido usar virutas de madera para envolver un zapato que debía expedir al otro lado del Océano no hace mucho. El zapato en cuestión, que paradójicamente se distingue por ser uno de los más viajados y menos usados del mundo entero, llevaba todo el invierno yendo y viniendo acompañado de una correspondencia casi tan voluminosa como el epistolario Shaw-Terry. Aun así, el empeine seguía presentando una atroz imperfección, y yo, como le dije al señor Ratisbon, algo floridamente quizá, ya estaba harto de terminar siempre a cuatro patas como un gorila del demonio. Él, en lugar de aprovechar tan ideal apertura, se limitaba a responder que me devolvía tan preciado encargo, con las modificaciones solicitadas, por correo marítimo, y me imploraba seguir considerándolo mi seguro servidor, etc., etc.

Sea como fuere, el caso es que fue gracias a una página del *Sunday Times*, el periódico de Kemsley, que el botero había utilizado para envolver dicho zapato, que supe de la repugnancia que lady Diana profesaba hacia los pícnics convencionales y del despliegue y esplendor de los que ella organizaba. Al principio de una serie de recuerdos titulada «Los placeres de la vida», la aristócrata emite una advertencia, más bien superflua, en contra de comer en cementerios y junto a carretera transitadas, y encarece al lector para que evite salir de pícnic con aguafiestas como «el que se quema con el sol», «el intolerante que siente pánico hacia las avispas» y «el que atrae a las moscas». Presumiblemente, los ingleses deben de tener algún tipo de prueba del tornasol para determinar si alguien es propenso a las moscas, para así poder dejarlo tirado en la cuneta a las primeras de cambio, pero lady Diana no entra en detalles. A cambio, lanza una filípica contra los patanes que profanan los espacios ideales, en concreto, según parece, quienes contribuyeron al desdoro de Belvoir, la residencia familiar, en tiempos ya pretéritos. «Llegaban en autobuses, se despatarraban en los bancales y las pendientes, se quitaban las botas, se soltaban el pelo, largo hasta la cintura, y lo ocupaban todo con sus cosas —recuerda llena de ira—. Devoraban el rosbif y los canapés, las empanadillas, los berros y los hojaldres de mermelada, y lo hacían bajar todo con cerveza embotellada.» Sin duda, la dama tiene razón al mostrarse disgustada con las gentes que se comían los ancestrales canapés de la familia; aunque personalmente creo que si hay alguien capaz de zamparse un mueble de tales dimensiones, difícilmente puede tachárselo de excéntrico por ayudarse con un poco de cerveza.

En majestuoso contraste con lo anterior, lady Diana cita dos memorables cachupinadas a las que tuvo ocasión de asistir, una en Chantilly y la otra en la isla de Isquia. La segunda era de auténtico *bon ton*, una fiesta exótica en torno a una hoguera en la cima de un monte y en la que los invitados consumían «salami, gorgonzola, pizza, hinojo, uvas pasas en hoja de parra, higos, jamón crudo y cascadas de chianti servido en botellas forradas de paja [...], mientras los arrieros entonaban los lamentos típicos de la isla y se peleaban por nuestras migajas junto al precipicio a la luz de la luna». Tras lo cual, supongo, los arrieros, atiborrados de migajas y convencidos de haber asistido a la mejor fiesta del mundo, ayudaron a los asistentes a bajar de la montaña, con cuidado de no arrojar a ninguno por una sima. Sin embargo, fue la excursión a Chantilly la que, en su calidad de alegre testimonio de todo lo que es posible cuando uno tiene a su disposición medios ilimitados y una desfachatez monumental, atrapó mayormente mi atención. A unos quince kilómetros de la casa que allí tenía, lady Diana había descubierto un *château* desierto cuyos jardines incluían un lago rodeado de estatuas clásicas en el que había una cabaña formidable. El propietario era una «barón desconocido» que, como dice ella con malicia, «no había respondido que sí, pero tampoco que no, a mi solicitud para utilizarla, enviada dos años antes». Consiguientemente, ella y una amiga fueron allá un domingo por la mañana con un coche familiar «cargado de sillas (no de las de cámping), una alfombra, cuadros, flores, porcelanas, cristalería, cubiertos, plata y el mejor mantel (el lugar disponía ya de una mesa abandonada para diez), sopas y pollos, quesos y tartas y melocotones y vino y hielo (en una nevera portátil)». Hallándose a medias de tan espartanos preparativos, los intrusos se vieron sorprendidos por un estruendo, y supieron por el guarda que ese día el barón había salido a hacer tiro. Asumiendo el riesgo de recibir un perdigonazo en sus ancestrales posaderas, las mujeres terminaron de disponerlo todo y se marcharon. Más tarde ese mismo día, lady Diana regresó al lugar con sus invitados, los engatusó para que creyeran que habían llegado el día que el barón daba un almuerzo y los persuadió para que aprovecharan la ocasión. Los más timoratos del grupo, llevados por los escrúpulos, trataron sin éxito de protestar, pero nadie les hizo el menor caso y, concluye satisfecha lady Diana, «hubo uno que creyó hasta el final que éramos furtivos y que todo aquello era un cuento de hadas».

De ordinario, estas travesuras no me darían ni frío ni calor, solo que, por una de esas casualidades, me han servido para clarificar una experiencia que viene desconcertándome desde que la sufrí la pasada primavera. Un sábado de mediados de abril, tras nueve semanas ausente de la casita que tengo en Pensilvania, saqué nuestro Wills Sainte Clare del garaje de Nueva York para ir a ver si los ratones tenían suficiente comida, la pintura se había desconchado a tiempo y el sótano estaba debidamente inundado. Era un día glorioso, soleado y con unas nubes de algodón, y la perspectiva de pasar una tarde serena y agradable rascando óxido y vaciando sumideros en medio de una calma rota solamente por mis fatigosos jadeos me embriagaba ligeramente. Emboqué el caminito que conduce hasta la casa tarareando una estrofa de *El rey vagabundo*. A mitad del sendero, me asaltó el oscuro presentimiento de que algo no iba bien. Estacionados frente al granero y sobre el césped, había una flotilla de vehículos: Cadillacs, Jaguars, furgonetas Volkswagen e innumerables coches deportivos extranjeros. Un par de ellos, tal y como pude observar al acercarme, estaban aparcados directamente encima de una peonias de concurso que llevaba tiempo cuidando, sin duda con el fin de protegerlas del sol. Lo siguiente que observé fue que la puerta superior del granero, la que comunica con el pajar, estaba abierta y que de ella salía una joven señorita con pantalones de mariscadora, traje de baño amarillo y un cigarrillo colgando perezoso entre los labios. Como bien sabe todo aquel que esté *au courant*, los pantalones de mariscar son terriblemente inflamables y la idea del holocausto al que podían dar pie me azotó justo en el plexo solar.

—Eh, ¿qué está haciendo ahí? —grité saltando de detrás del volante como un bey mameluco.

—Tomando el sol —respondió tan tranquila la muy bruja—. Los demás están en la casa. Entre por la verja, allí, donde están las lilas.

—¿Los *demás*? —repetí—. ¿Los demás qué?

Antes de que la chica pudiera responder, oí el confuso tumulto que llegaba del jardín, un rumor de risas y de voces, pero los arbustos de la verja me impedían ver qué ocurría al otro lado. Fui hacia la entrada principal. Antes de llegar a mitad de camino, un chófer con librea de color verde abeto me cortó el paso.

—Oiga, será mejor que mueva ese trasto —me ordenó de modo expeditivo—. Mi jefa quiere que la entrada esté despejada por si necesita algo de última hora para el pícnic.

Su jefa, y anfitriona de la fiesta, según deduje, era una tal señora Knatchbull que estaba supervisándolo todo desde algún lugar dentro de la casa, así que me fui a todo gas a buscarla. El terreno, para dignificar los mil metros cuadrados de hierbajos y diente de león contiguos a la casa, estaba *en gala* de un modo que jamás había soñado en mis veinticinco años de residencia allí. La marquesina listada que alojaba el bar había sido convenientemente clavada sobre un lecho de flores, y a su alrededor pululaba una alegre comitiva que, vestida con ropa de *sport*, intercambiaba bromas a voz en grito. Unos cuantos metros más allá, junto a la pérgola emparrada, un tipo de aire campechano repartía *shish kebabs*, hamburguesas y demás viandas que iba sacando de una barbacoa portátil. Al pasar, oí que pedía más leña, y un ayudante, que acababa de desmontar uno de los montantes de la pérgola, empezó a partirlo a hachazos. El jolgorio, no obstante, se concentraba en el porche, que para la ocasión se había reconvertido en una galería de tiro con arco. Los arqueros que trataban de hacer diana eran francamente ineptos, y la mitad de las flechas iban a parar a las ventanas, aunque eso evidentemente los traía sin cuidado, pues su aire jubiloso y jaranero atestiguaba su deportividad. La escena habría enternecido a cualquiera.

Una vez en la cocina, me di cuenta de que lo que yo había creído un encuentro informal al aire libre era en realidad algo muy distinto. En medio de un bullicio casi ensordecedor, cuatro o cinco individuos de aspecto atildado, de los que uno no suele ver atareados en la cocina, estaban partiendo carne, mezclando ensaladas y sirviendo sopa gelatinosa y vichysoisse. Pregunté por la señora Knatchbull, pero lejos de hacerme caso continuaron saqueando los armarios en busca de condimentos y utensilios. En el comedor la actividad era igual de frenética, con la diferencia de que ahí parecía reinar un poco más de orden. Varias jóvenes, bajo la vigilante mirada de una mujer imponente con aires de matriarca, sacaban piezas de porcelana y cubiertos de unos cestos y los iban colocando sobre la mesa. Alguien había descolgado nuestros cuadros y había puesto en su lugar unas telas muy *chic* de I. Rice Pereira y Morris Graves. Intuyendo que aquella capataz de busto majestuoso era la dama a la que yo andaba buscando, me aclaré la garganta para hablar. Al acercarme, un braco de Weimar que estaba echado bajo la mesita se levantó, me olisqueó la pierna y emitió un gruñido que por poco me hiela la sangre.

—¡Dagoberto, siéntate! —exclamó la matriarca—. ¡Deja a este señor en paz! —Volviéndose hacia mí, enarcó las cejas con una sonrisa expectante—. Vaya, por fin nos ha encontrado. Qué alegría que haya podido venir. Usted es el amigo ese de Botas Paleólogo...

¿cómo se llamaba? Fippinger, eso es... Milton Fippinger. Bien, señor Fippinger —agregó muy resuelta—, ahora que ha llegado puede hacer algo útil. Podría vaciar el armarito del vestíbulo para que tengamos dónde poner los abrigos.

—¿Antes no podría regular la calefacción, Lydia? —suplicó una de las ayudantas—. Nos estamos ahogando. Hemos estado tocando el termostato, pero el maldito trasto se ha salido de la pared.

En ese momento el teléfono del aparador se puso a sonar, y yo, en un acto reflejo, fui a responder, pero la señora Knatchbull me arrancó el aparato de las manos.

—¡Por Dios, no toque eso! —dijo con aprensión. Me explicó que había tomado prestada la casa ahorrándose las formalidades de tener que consultar con el propietario; no obstante, dado que era sabido que este se hallaba *in absentia*, quienquiera que estuviera llamando podía sospechar. Tras garantizarle que yo era un formidable imitador y que conocía el dialecto local como si viviera en la zona, vencí sus reparos y tomé el auricular. Era el granjero de al lado, que estaba perplejo ante tamaña concentración de vehículos en torno a nuestro granero y algo resentido por no haber sido invitado al funeral. Le confirmé que gozábamos todos de una salud robusta y que ya le avisaríamos si había que sembrar algo esa primavera, y, agradeciéndole su solicitud, le dije que se volviera a darle a la mantequera. La señora Knatchbull se había quedado claramente impresionada con mis dotes.

—Lo ha hecho usted muy bien, Milton —dijo maravillada—. Le juro que parecía el mismísimo dueño de la casa. De todos modos, será mejor que empecemos a comer antes de llegue alguien más a fisgar.

La mujer estaba tendiéndome una campanilla para llamar a los invitados cuando el chófer apareció de repente con la angustia estampada en el rostro.

—Lamento importunarla, señora Knatchbull, pero he creído que debía saberlo —dijo resollando—. Algo ocurre en el granero. Está saliendo una gran nube de humo.

—¡Oh, diantre! —dijo ella contrariada—. Que tenga que ocurrirme esto cuando ya estaba empezando la fiesta. ¿Y ahora qué hacemos?

—A lo... a lo mejor el humo escampa si abrimos las puertas del granero —me oí decir desde una gran distancia—. O mejor: ¿por qué no las cerramos para que no se vea?

La señora Knatchbull, triste como solo puede estarlo alguien a quien persiguen las Parcas, negó con la cabeza.

—No, no, el pícnic ya se ha echado a perder —dijo inconsolable—. Dentro de nada esto estará lleno de bomberos voluntarios y toda suerte de rústicos imposibles. —Luego apretó los labios con repentina decisión—. Wohlgemuth, dile a todo el mundo que se meta en los coches —le ordenó al chófer—. Vamos, niñas, nos vamos todos al Pabellón, ahí podremos comer como es debido y no como una panda de ardillas. Nunca me ha fallado. Estas excursiones campestres siempre acaban de la peor manera.

Un cuarto de hora más tarde, la compañía entera y toda su parafernalia se habían evaporado como una de la *soirées* del príncipe Florizel en *Las nuevas mil y una noches*. Se dejaron, sin embargo, una galantina de pollo, un jamón de Smithfield y media caja de Taittinger del 37 que los bomberos encontraron de su total agrado en cuanto acabaron de trabajar en el granero. Por lo que a mí respecta, todavía no sé muy bien qué pensar de aquella tarde. Todavía tengo dos gabletes de piedra de estilo alemán de Pensilvania, con la marca original en forma de estrella, y un cuadro abstracto de I. Rice Pereira por el que podría sacar cincuenta pavos si encuentro al *connoisseur* adecuado. De todos modos, si algo aprendí de ese episodio, fue que lo mejor es no salir de la ciudad, que en el fondo es mi elemento. No merece la pena ir a meter las narices en asuntos que a uno le van y le vienen.

PONGA DOS GRANUJAS A MARINAR Y AÑADA UNA PIZCA DE PELIGRO

En cincuenta y siete años, raro ha sido el día que el catador de Macy's ha podido sentarse a comer tranquilamente en casa. Siempre de aquí para allá [...], explorando Estados Unidos y Europa en busca de exquisiteces cada vez mejores, más raras, más exóticas. A medio camino entre Sherlock y Escoffier, ha volado tantos kilómetros que podría decirse que es más pájaro que hombre. Lleva treinta y ocho de sus cincuenta y siete años como catador de Macy's viajando regularmente al otro lado del Atlántico [...], siempre a la caza de algún descubrimiento: una mostaza especialmente picante en Dijon, unos copos de avena nunca vistos en Irlanda, un aceite de oliva prístino en Italia.—Anuncio publicado en el *Times*

Espaguetis italianos a la Toffenetti [...] con salsa de setas. La salsa está elaborada a partir de una antigua receta que la señora Toffenetti descubrió en un archivo entre las ruinas del viejo castillo del conde de Bonpensier, en Bolonia.—Del menú de Toffenetti

Romeo Salta, el propietario del restaurante favorito de los amantes de la comida italiana, no escatima en nada para proveer su despensa con las mayores exquisiteces. Viaja por todo el mundo para probar nuevos platos y considera lo más normal del mundo hacerse traer a diario los bastoncillos de pan desde Italia y los limones desde Cuba.—Dorothy Kilgallen en *The Journal-American*

Conocí a Norman Popenoe en el tren de París a Le Havre, aunque, ahora que lo pienso, ya lo había visto antes de subir al tren, en el bufet de la estación Saint-Lazare. Estaba yo tomándome un último *café crème*, incapaz de hacerme a la idea de que mi idilio europeo había terminado y que en quince días volvería a ser un bibliotecario anónimo en Whichita, cuando el hombre que estaba a mi izquierda se volvió hacia mí. Era corpulento y con aspecto de paleto, y llevaba un panamá de ala ancha; por un instante me recordó al difunto Sydney Greenstreet, hasta que me fijé mejor en su cara. Su fantástica nariz aguileña, flanqueada por unos ojos embozados que parecían de cuarzo, evocó en mi mente la imagen de una grotesca ave de presa, pero su boca era la de un sibarita, la de alguien que ha probado todas las cosechas y manjares del arte culinario.

—Disculpe mi atrevimiento —dijo—, pero ¿qué le ha parecido la sopa de langosta de Prunier's? ¿Quizá algo viscosa?

—¿Perdón? —dije yo, no muy seguro de haber oído bien.

—Y el fuagrás del Périgourdine —prosiguió en un tono insulso—. Demasiado sazonado, que quede entre nosotros. Al fin y al cabo, la finalidad de las hierbas es acentuar, no impregnar, *n'est-ce pas*?

Me quedé mirando al tipo totalmente atónito, tratando de situarlo. Era cierto: yo acababa de saquear mis fondos en una última orgía gastronómica, pero no recordaba haberlo visto en ninguno de los lugares que había mencionado.

—¿Nos conocemos? —farfullé, sintiendo una vergüenza poco acostumbrada.

—No lo había visto a usted en mi vida —me aseguró—. Pero no me hace falta: esas manchas en su manga lo delatan. ¿Le importa que lo corrobore? —Sin esperar respuesta, se inclinó hacia mí, olfateó la tela con nariz delicada y experta, y volvió a enderezarse—. Ya lo creo que sí —dijo con una sonrisa benévola—. También ha estado usted en Le Chien Qui Fume, pero eligió mal. Debería haber pedido el *gigot en potpourri à la Provençale*, todo un clásico. Buenos días.

Inclinó la cabeza cortésmente y, tras recoger el bastón y la cartera de la barra de zinc, se perdió entre la horda de pasajeros que pululaban por el vestíbulo. El encuentro había sido tan repentino y tan inexplicable que un cuarto de hora después, con el tren ya recorriendo los suburbios, aún no me había recuperado. Supuse que debía de tratarse de algún truco —y de los buenos, pues sus conjeturas no eran evidentes—, aunque también podía ser que el exceso de comida hubiera exacerbado mi fantasía. Dejé de darle vueltas y me retiré a leer el número de otoño del *Hibbert Journal*.

Entra su somnífera prosa y las vibraciones del vagón, debí de quedarme traspuesto, porque me desperté con la abrupta sensación de que alguien me observaba. Sentado frente a mí, con sus ojos de basilisco clavados en lo míos, estaba mi vecino del bufet. Emitió una risita obviamente destinada a tranquilizarme.

—Le debo una disculpa —dijo extendiéndome una tarjeta—. Supongo que lo he desconcertado con esa exhibición de mis poderes olfativos. Suele ocurrir. —En la carta aparecía el nombre de Norman Popenoe, y debajo, el de los famosos almacenes Passedoit, Vavasour & Munch de Milwaukee. El señor Popenoe se encogió de hombros como restándole importancia—. Podríamos decir que mi nariz es mi trabajo; soy el jefe de catadores de la empresa. Recorro el mundo descubriendo productos para quienes saben apreciarlos: crías de calamar y erizos marinos de Livorno, iguanas estofadas de Yucatán, saltamontes fritos de Somalilandia, cualquier cosa que contribuya a una vida refinada.

Me presenté yo también.

—Envidio la libertad que le da su trabajo —señalé—, pero ¿no es difícil para la familia?

—Hace veintitrés años que no me siento a comer tranquilamente en casa —admitió—. Aunque tampoco me pierdo gran cosa. Mi mujer es la peor cocinera de la cristiandad.

—La verdad es que tiene el listón muy alto —dije—. Un virtuoso como usted impondría respeto a cualquiera.

—Gracias —dijo, visiblemente satisfecho—, me halaga usted. Supongo que los dos vamos a embarcar en el *Dyspepsia*.

Confirmada su suposición, intercambiamos unos cuantos lugares comunes sobre los viajes, y el señor Popenoe, pese a su buitresca apariencia, pronto demostró tener un alma de lo más sociable. Su oficio, según supe, se caracterizaba por una feroz competencia; los catadores eran capaces de recurrir a cualquier expediente, incluida la violencia, por hacerse con el Stilton más aromático, el caviar más cremoso o el pan integral menos paladeable. Habló también de su pasado, de su noviciado en la sección de arenques y espadines de Filene's, en Boston; de sus triunfos en Scruggs-Vandervoort-Barney's, en San Luis —donde fue el primero en introducir las nueces de macadamia, la rata almizclera canadiense y las violetas escarchadas en el Medio Oeste—, y de sus años de pesadilla en Los Ángeles, justo antes de ocupar su actual puesto.

—La barbarie —dijo con un escalofrío—. Esos indios son peores que los aborígenes australianos. Lo único que les gusta es el maracuyá y las bolitas de chocolate.

Con el bullicio del embarque, perdí de vista a Popenoe, pero cuando llegó la hora del cóctel me abordó en el bar del barco. Excusándose por lo informal de la invitación, me ofreció ir a sentarme con él en la mesa del capitán. La posibilidad de un incremento en la calidad de la comida venció mi desconfianza, y no me equivoqué. El capitán Lovibond, un miope rechoncho con gafas ahumadas y una frondosa barba pelirroja, resultó ser un anfitrión dispuesto a dar hasta la última servilleta por complacernos y tiró la *table d'hôtes* por la ventana, mientras nos interrogaba meticulosamente acerca de nuestros caprichos y los satisfacía con todas las delicias a su alcance. Los motivos de tanta obsequiosidad saldrían a relucir más tarde. Nuestros compañeros de mesa eran, al igual que Popenoe, expertos en cocina, y ambos, casualmente, tenían restaurantes en Nueva York. La señora Fettucini era una criatura hermosa y desbordante, con los ojos pintados a lo Clara Kimball Young y el doble de grandilocuente; el menor de sus gestos liberaba nubes de perfume procedentes de su rotundo y encorsetado *embonpoint*. En reposo, su gesto tendía a lo huraño, pero de vez en cuando prorrumpía en una sonrisa inescrutable que daba a entender que ocultaba algún importante secreto. El señor Balderdacci, orondo y volcánico, irradiaba una teatralidad similar; en varias ocasiones a lo largo de la comida tuve la impresión de que iba a deleitarnos con alguna perla de *El barbero de Sevilla*, cosa de la que, por suerte, se abstuvo. Como supimos, ambos habían estado peinando Italia en busca de nuevos sabores con los que aderezar sus menús, y al poco rato comenzaron a jactarse de sus adquisiciones y a zaherirse mutuamente.

—Pronto tendrá que dedicarse otra vez a vender carbón, Balderdacci —se reía la dama—. Con mi nueva receta para los ñoquis, su negocio se va a ir a pique. Vale su peso en oro.

—Menos lobos —se burló el otro—. Espere a leer las críticas de los pimientos verdes que he encontrado en Milán —dijo soltando un sonoro beso con los labios—. Abajo tengo seis encerrados bajo llave. A partir del martes —anunció solemne—, unos correos especiales vestidos con gabardina como César Romero me los traerán todas las noches. Así es como trato yo a *mis* clientes.

—¿Dónde ha descubierto esta receta suya, *madame*? —preguntó el capitán.

—Oh, en un archivo viejo y polvoriento, en Lasagna —dijo ella esquivando el tema.

—¿Qué archivo? —preguntó Balderdacci, celoso—. Los he registrado todos y no he encontrada nada sobre ñoquis.

La señora Fettucini vaciló, pero al final la complacencia pudo más que la cautela.

—En las ruinas de un viejo castillo de la marquesa de Rigmarole —dijo refocilándose.

Balderdacci, efectivamente, se había quedado hecho fosfatina; era el único lugar, admitió desolado, donde no había mirado. El capitán Lovibond se atusó la barba, claramente inquieto.

—Si yo fuera usted no la dejaría en el camarote —aconsejó—. Permítame que se la guarde en la caja fuerte, señora Fettucini. Lo mismo vale para los pimientos. Me quedaría más tranquilo si pudiera tenerlos donde no los pierda de vista.

—Oh, vamos, vamos —terció Popenoe en un tono extrañamente sedoso—. Seguro que no hay peligro de que nadie les robe. ¿Quién iba a ser tan insensato como para intentar algo así, en medio del océano y delante de nuestras propias narices?

Se quedó contemplando fijamente al capitán, con una expresión en la cara que yo no sabía muy bien cómo descifrar.

—Como máxima autoridad de este barco, es mi deber anticiparme a cualquier eventualidad —dijo Lovibond con un toque gélido—. De todos modos, si se toman las necesarias precauciones, no tiene por qué ocurrir nada. Y bien, ¿me acompañan a tomar un coñac en el salón?

Cuando nos separamos, el veredicto de Popenoe sobre nuestros compañeros de pasaje no fue precisamente magnánimo. Comparó a la señora Fettucini con esos merengues descoloridos que uno evita por instinto en las pastelerías, y apuntó que las teatrales maneras de su colega enmascaraban una naturaleza taimada y artera. Yo atribuí su acritud a ciertas rencillas profesionales y no le di mayor importancia, pero a la noche siguiente tuve motivos para recordarla. La señora Fettucini se presentó a la cena resoplando como una olla a presión; cuando al fin se sosegó, nos informó de que la receta había desparecido. Los detalles no dejaban lugar a dudas de que se trataba de un acto nefando y deliberado. Quienquiera que hubiera saqueado su camarote había pasado por alto una tentadora cantidad de joyas y dinero en metálico y se había centrado únicamente en el culinario tesoro, cuya existencia, claro está, conocía.

—Bueno, eso descarta a los ladrones comunes —dijo el capitán secamente—. Es obra de alguien con un móvil. —Se quedó mirando el *embonpoint* de la señora Fettucini, sin atreverse a sostener su mirada—. ¿Hay alguien más a bordo que supiera de la receta?

Ella negó con la cabeza. Se produjo una pausa incómoda. Balderdacci carraspeó como si quisiera decir algo, pero cambió de idea. Por mi sien resbaló una gotita fría, y no era de *vichyssoise*. Inesperadamente, fue Popenoe quien rompió el silencio.

—Amigos, no saquemos conclusiones antes de tiempo —susurró—. Podría haberlo hecho cualquiera de nosotros, yo incluido. Como este señor bien sabe —dijo señalándome con la cabeza—, a veces en mi profesión nos saltamos la ética para asegurarnos un trofeo excepcional. Unos deliciosos ñoquis valdrían un dineral en Passedoit, Vavasour & Munch, se lo garantizo.

El ambiente ya estaba cargado, pero tras aquella desvergonzada confesión se volvió poco menos que sofocante. La cena fue interminable; la conversación era escueta y furtiva, y los ataques de tos, epidémicos. Tras pensar en Balderdacci como principal sospechoso, resolví que era demasiado cobarde. Entonces traté de adivinar qué motivos podía tener Popenoe para incriminarse a sí mismo, pero no llegué a ninguna conclusión. Las palabras que pronunció cuando salimos del comedor hicieron que su comportamiento pareciera aún más enigmático.

—Si yo fuera Balderdacci —dijo con un guiño conspirativo—, esta noche atrancaría la puerta con una silla. Ya sabe lo que dicen, amigo: el pimiento, como las palabras, se lo lleva el viento.

—¿Qué quiere decir con eso? —pregunté sobresaltado.

—Oh, nada... nada en absoluto —dijo disimulando una risita—. Solo que a lo mejor la mañana nos depara más sorpresas. Qué travesía tan entretenida, ¿no cree? En fin, que duerma bien.

Se fue silbando entre la oscuridad y ahí me quedé, tratando de desentrañar una madeja inextricable. Desconcertado, me fui a mi cucheta y a la relativa claridad del *Finnegans Wake*.

Al ver la máscara trágica con que Balderdacci subió a almorzar al día siguiente, supimos al instante lo que había ocurrido. El maleante desconocido había vuelto a actuar y le había birlado los pimientos que guardaba en su baúl ropero, aparentemente inexpugnable. Pálida de angustia, la víctima se balanceaba hacia atrás y hacia delante.

—Los había reservado especialmente para Kilgallen —gimoteó—. ¿Cómo podré volver a mirarla a la cara a ella y a los demás críticos... Clementine Paddleford, Nickerson...?

—Compóngase, hombre —espetó el capitán Lovibond—. Va a asustar al resto de los pasajeros. Debemos proceder con cautela. Ante todo, hay que mantener la calma.

—¡La calma! ¡La calma! —estalló la señora Fettucini, y mirando a Popenoe con unos ojos cargados de veneno agregó—: ¡Pregúntele dónde estuvo anoche! Dijo que le hubiera gustado conseguir mi receta, ¿sí o no?

La socarronería que había en la mirada de Popenoe se trocó en un destello peligroso, y se puso en pie.

—*Dolce, Signora, dolce* —dijo con una amenaza aterciopelada en la voz—. Sería inútil y absurdo hacer acusaciones que no puede sustentar. —Y tocándome el hombro añadió—: ¿Podemos hablar en privado, muchacho?

En un rincón apartado de la cubierta de abrigo, mi compañero, hablando con palpable urgencia, entró en materia sin perder tiempo. Aunque todavía era pronto para decir nada, aseguró, los acontecimientos habían llegado a un punto crítico. Necesitaba un aliado para sacar adelante su plan; ¿podía contar con mi colaboración?

—Por supuesto —dije confundido—. Pero no entiendo...

—Lo entenderá enseguida —me prometió—. Ahora escúcheme con atención. Esta noche, durante la cena, tras un tedioso prólogo acerca de su valor, le entregaré un bote de avena irlandesa que he descubierto en Maynooth para que me lo guarde. Muéstrese receloso, trate de eludir la responsabilidad, pero quédeselo. Luego llévelo a su camarote, apague la luz y escóndase hasta que yo llegue. —Aquí se detuvo, con gesto titubeante—. Tengo que advertirle que la operación entraña cierto riesgo —añadió—. La persona a la que nos enfrentamos no se detendrá ante nada para conseguir esos cereales.

—Los músculos de los bibliotecarios no son tan endebles como parecen —dije con voz queda—. En Wichita levantamos tomos que no vea lo que pesan.

—Estupendo —dijo satisfecho—. Entonces *au 'voir*, y recuerde: siga mis instrucciones al pie de la letra.

Cuando llegó la hora de la cena, de buen grado me habría desdicho de mi promesa si mi orgullo me lo hubiera permitido, y necesité un vermut de los fuertes para decidirme a cumplir el papel que tenía encomendado. A pesar de la siniestra sospecha que planeaba sobre la mesa y de las lamentaciones de los italianos, todo salió según lo previsto. Tras mucho protestar, acepté finalmente el bote de Popenoe, corrí a mi camarote y me senté a esperarlo con el corazón martilleándome en el pecho. Al cabo de diez minutos, Popenoe entró en el camarote a oscuras resollando de forma audible.

—¿Lo he hecho bien? —susurré.

—De maravilla —dijo eufórico—. Dentro de unos segundos nuestro pájaro caerá en la trampa. No se mueva.

—¿Ha visto cómo ha reaccionado la señora Fettucini al ver la avena? Los ojos le brillaban como dos aceitunas negras.

—¡Shhh! —siseó agarrándome el brazo—. Oigo pasos, ¡apague el cigarrillo!

Nos quedamos agazapados sin movernos, aguzando el oído; los pasos iban y venían. Transcurrieron siglos. Al fin, oí una llave introducirse en la cerradura y vi cómo una silueta se iluminaba en el umbral. En cuanto entró con paso sigiloso, Popenoe encendió el interruptor. Deslumbrado por el repentino resplandor y con las mejillas teñidas de un rubor culpable, ante nosotros estaba el capitán Lovibond.

—¿Buscando avena de Maynooth, capitán? —inquirió Popenoe con voz melosa—. No lo culpo. Su valor es incalculable.

—Solo... solo quería asegurarme de que estuviera a salvo —tartamudeó el visitante.

—Qué considerado —concedió Popenoe—, pero me temo que su pequeña impostura ha terminado. —Raudo como un rayo, le arrancó la barba y las gafas al capitán—. Vaya, vaya, Wagenhals —dijo exultante—, volvemos a encontrarnos, ¿eh?

—¿Quién es este hombre? —pregunté boquiabierto.

—Rory Wagenhals, de Springer, Uris & Bodkin, en Cleveland —dijo Popenoe, pronunciando cada sílaba como si fuera un toque de difuntos—. Uno de los catadores con menos escrúpulos en los anales de la venta al detalle. El avieso y diabólico genio que está detrás de todas las rapacerías culinarias de nuestro tiempo, un Moriarty tan carente de conciencia que no dudaría en robarle la cebolleta del martini o en hurtarle la crema de anchoas a un tullido si ello sirviera a sus propósitos.

—Maldito seas, Popenoe, cerdo entrometido —gruñó Wagenhals—. Algún día pasaremos cuentas tú y yo, recuerda bien lo que te digo.

Su némesis le dirigió una mirada serena.

—Lleváoslo, chicas —ordenó a las dos fornidas mozas de cubierta armadas con sendos bicheros que entretanto se habían personado—.

Y me parece que si registran la sala de mapas, encontrarán al verdadero capitán, confinado y esquilado como una oveja.

—Pero ¿cómo ha hecho para descubrir su disfraz? —pregunté mientras se llevaban a Wagenhals, que iba soltando improperios—. No me diga que lo había reconocido.

—No lo había visto en mi vida —dijo Popenoe—, pero en mi trabajo hay que tener el oído tan entrenado como el olfato. Durante la cena de la primera noche, oí a nuestro *soi-disant* capitán llamar «popa» a la toldilla y «sótano» a la bodega. Ningún marinero cometería esos errores.

—Tampoco nadie se finge culpable para librar al mundo de un rufián —dije sin disimular mi admiración—. Se la ha jugado usted, Popenoe. Podrían habérselo recompensado con un dolor de tripa agudo, como el que provoca una navaja.

—No cante victoria todavía —replicó alegremente—. ¿Se tomaría un coñac triple conmigo en el salón?

PULSO ACELERADO, RESPIRACIÓN DÉBIL, SIN MOSTAZA

Muñeca de *espresso*. En los últimos dos años han aparecido un gran número de bares donde se sirve café exprés. El doctor Kessel, traumatólogo, ha descrito una complicación de la muñeca en las personas que manipulan este tipo de cafetera. Cada taza de café requiere ejecutar tres o cuatro movimientos fuertes de muñeca en desviación radial, y en un día normal es corriente que esta maniobra se realice varios miles de veces. Quienes solo sirven cerveza no se ven afectados, ya que esta se tira con la muñeca en posición rígida y el codo flexionado.—*Revista de la Asociación Médica Estadounidense*

La nota grapada a la factura de la tienda de ultramarinos era explícita y amenazante, y cuando la señora Dresden Binswanger la leyó, sintió que el pulso se le aceleraba de manera perceptible. El señor Brunschweig siempre había dado las mayores facilidades a sus clientes, sobre todo a los profesionales liberales —sus dos hijos eran abogados, recordaba con clara intención—, pero su paciencia se había agotado. A menos que la cuenta quedara saldada en el plazo de cinco días, solicitaría el embargo de todos los bienes del doctor Binswanger, incluida la centrifugadora y hasta el último rollo de gasa médica. Dresden irguió sus atractivos hombros, cruzó el pasillo que conducía a la consulta de su marido y, en respuesta al murmullo indescifrable procedente del interior, abrió la puerta de golpe. Encorvado sobre la máquina de escribir portátil y con la cabeza coronada de humo, Webster Binswanger se aplicaba con escrúpulo a la inserción de interlineados sobre una página mecanoscrita. Pese a contar apenas treinta años, su tez cetrina y la despejada frente le hacían parecer mayor, y aunque se estaba dejando crecer bigote para acentuar su dignidad, todavía tendrían que pasar años para que la gente lo tomara por un auténtico matasanos. El hombre saludó la intromisión visiblemente molesto.

—¿Y ahora qué? —preguntó—. ¿No ves que estoy ocupado?

—La tienda —dijo Dresden con voz metálica—. Brunschweig vuelve a la carga: dice que va a ir a los tribunales. Oye, Webster —añadió en tono perentorio—, creo que esta vez va en serio.

—No tan alto, por el amor del cielo —rogó Webster—. Te van a oír en la salita de espera.

—Ahí fuera no hay nadie y lo sabes —repuso su esposa—. Es más, no ha habido nadie desde que colgaste la placa.

—Ahora resultará que es culpa mía —espetó él—. Resultará que es culpa mía que otros tres médicos se hayan instalado en el vecindario desde que llegamos. Hombres con consultas ya consolidadas.

—No, pero podrías tener algo de iniciativa...

—¿Cómo? —preguntó él ofendido—. ¿Me pongo ahí fuera a vender sándwiches?

—A mí no me preguntes —dijo Dresden—. Aunque algo sí te voy a decir. No pienso pedir prestado ni un centavo más a la familia.

—Ya estamos —tronó Binswanger—. Me extrañaba que tardaras tanto en mencionarlo. Adelante, recuérdame lo generoso que ha sido tu padre al ponerme la consulta, pagar el equipo...

Sabedora ya de que el tema era explosivo, Dresden evitó entrar al trapo.

—Mira, cariño, los dos sabemos que no es fácil —dijo ella en tono pacífico—, pero solo con que de vez en cuando entrara algo...

—Pronto será así... De verdad —la tranquilizó él, tomándola de la mano—. Espera a que termine esto. Te prometo que podrás chasquearle los dedos en la cara a Brunschweig y a quien sea. Cuando el mundo lea mis cuentos, nos daremos la gran vida.

—¿Los de misterio? —dijo ella con escepticismo—. Todo el mundo escribe relatos policíacos.

—No con personajes como los míos —replicó Binswanger exultante—. Un sabueso inglés con un intelecto afilado como un cuchillo, implacable, una máquina de pensar humana. Y su leal y fastidioso colega, antiguo médico militar. Y de fondo, el Londres victoriano: cabriolés, inspectores de policía incompetentes, el sabor de una era pretérita. Fíjate bien en lo que te digo: estos cuentos pasarán a la historia.

Y fijándose estaba cuando el desacostumbrado zumbido del telefonillo sonó en la antesala. Los dos se quedaron mirándose, incrédulos.

—¡Un paciente! —masculló Dresden con un susurro extático.

Binswanger, como si le hubiera dado una descarga, guardó su obra en un cajón, enterró la máquina de escribir y, mientras su frenética esposa trataba de poner orden en el escritorio, se puso como pudo un mandil de laboratorio. Medio minuto después, con una radiografía en la mano y una sonrisa de disculpa en los labios, salió del despacho. El paciente, un individuo rollizo que irradiaba una ansiedad casi palpable, trató de liberarse de la silla tubular donde estaba encajado.

—Lamento la espera, señor...

—Lebkuchen —añadió el paciente—. Howard Lebkuchen.

—Adelante, pase —dijo Binswanger, todo obsequioso—. Estaba terminando de examinar esta radiografía... Es de las cavidades cardíacas de uno de mis pacientes. Puede que le interese. Esta zona oscura de aquí, la que rodea el bulto...

—¿Es grave? —balbució Lebkuchen.

—Nooo, no necesariamente —dijo el doctor con tono decidido y radiante de optimismo—. De todos modos, uno no puede beberse tres tazas de café al día sin que eso le pase factura. En fin —zanjó—, estoy seguro de que usted no comete imprudencias como esas... Siéntese y cuénteme qué le ocurre.

Agradecido por haber encontrado a un oyente comprensivo, Lebkuchen procedió a explayarse. Antes de pasar a los síntomas, recitó un prólogo a partir de cuyas irrelevancias Binswanger coligió que trabajaba en una taberna cercana de la Sexta Avenida, que tenía dos hijos muy listos y que vivía en Flushing; al cabo, reveló por fin su dolencia: unas punzadas recurrentes y diabólicas en la rodilla derecha. Tras descartar la artritis, un esguince o algún problema con el calzado mediante un cuestionario de rutina, Binswanger le pidió al dolorido paciente que articulara los huesos contiguos, pero no pudo descubrir nada irregular.

—Y dice que siente dolor sobre todo cuando está trabajando —recapituló con voz reflexiva—. A ver, piense. ¿Detecta algún patrón fijo en sus movimientos? Me refiero cuando sirve las albóndigas o cuando corta la col o lo que sea que haga.

—Mi especialidad son los sándwiches —dijo Lebkuchen poniendo acento del quai d'Orsay—. Hay otra persona que se ocupa de las ensaladas y de las chuletas de ternera, y otra de los postres...

—Sí, sí —cortó Binswanger—. Lo que quiero decir es si siempre sigue el mismo procedimiento para preparar los sándwiches. Muéstreme lo que hace.

Lebkuchen pestañeó y, poniéndose en pie, hizo una demostración de su técnica. Dilatada por unas cuantas notas al pie algo extensas sobre cómo apartaba la grasa, la representación duró sus buenos tres minutos, pero el médico no hizo nada por abreviarla. Mientras, se rascaba el mentón con aire caviloso.

—Muy interesante —observó—. Pues bien, señor Lebkuchen, creo que no hay motivos para alarmarse. A falta de confirmación, que la obtendremos, claro está, diría que sufre usted un leve caso de rodilla de carne en lata.

—¿Y eso... eso qué es? —preguntó el tabernero con voz trémula.

—Nada grave, no se preocupe —lo tranquilizó Binswanger—. Se trata de un desorden industrial menor que se da entre las gentes de su oficio. Había leído al respecto, pero nunca me había encontrado con ningún caso.

—Entonces ¿cómo puede estar seguro? —preguntó afligido Lebkuchen—. Quizá debería buscar una segunda opinión.

—Me temo que es evidente —dijo cordial el médico—. Verá, cuando usted dobla el pan sobre la carne, así...

—Tampoco usamos tanto pan. Generalmente lo servimos con bollos de semillas.

—Los ingredientes son irrelevantes —agregó Binswanger—. La cuestión es que al hacerlo realiza usted un medio giro, como los gimnastas, y entonces carga el peso del torso sobre la pierna derecha. La flexión constante de la rodilla, que pivota cada vez que usted gira, le provoca espasmos clónicos, o, como ustedes los profanos dicen, calambres.

Confirmados sus temores, Lebkuchen perdió el poco aplomo que todavía le quedaba. No podía permitirse un tratamiento, dijo gimoteando, y dejar de trabajar quedaba descartado. A lo mejor con un vendaje elástico...

El doctor, hábilmente, procuró salir al paso de la tormenta diciéndole que mirara el lado bueno. A pesar de sus angustias, Lebkuchen no estaba incapacitado; podía continuar trabajando hasta que el diagnóstico quedara confirmado, hasta que Binswanger pudiera observarlo *in situ* y concluir si había pasado por alto algún factor pertinente.

—Me imagino que no podría ser esta tarde mismo, ¿verdad? —imploró el paciente—. Sé que está muy ocupado, pero si pudiera escaparse entre visita y visita...

—Tengo una agenda un poco apretada —admitió Binswanger, hojeando un cuaderno con las hojas inmaculadas—. El páncreas de la señora Moodie a las once y media... Una amigdalectomía a las dos... Muy bien, lo intentaré. Y arriba esa cabeza —le dijo ya en el umbral—. Verá como pronto le ayudo a librarse de esa carga.

—Toda suya —replicó lánguidamente Lebkuchen—. Ojalá fuera usted el que tuviera que atender esa barra en vez de yo.

Binswanger se quedó mirándolo.

—Sí —dijo como absorto—. Eso sí estaría bien, ¿verdad?

Cuando el paciente se hubo marchado, Binswanger se quedó abismado en sus pensamientos. Cuando Dresden levantó la cabeza por encima de la montaña de macarrones con atún que trataba de convertir en lo que la receta denominaba, algo enigmáticamente, «filete de Bohemia», vio que su marido estaba silbando y que caminaba dando saltitos.

Hacia las dos y cuarto volvió a reinar cierta cordura en el interior del Beehive Bar & Grill. La última oleada de amas de casa, aletargadas por efecto de la tarta de queso, se había retirado a la calle Catorce para comprar hornos Roto Broil con crédito fácil, los palillos estaban repuestos y una infinidad de fórmica y cromo relucía bajo la cegadora luz de los neones. En uno de los reservados de la parte de atrás, Binswanger y Lebkuchen reflexionaban en busca de una solución al dilema del segundo.

—Lo único que puedo decir con certeza —dijo el médico con certeza— es que está usted jugando con fuego. Esa pierna tiene que quedar inmovilizada, y no hay más vuelta de hoja.

—¿Cuánto tarda, generalmente, en curarse la rodilla de carne en lata? —preguntó la abatida la víctima.

—Nueve semanas, a menos que se pille a tiempo —dijo Binswanger—. Aunque hemos descubierto que si al principio se trata de forma adecuada, el alivio es sorprendente. —Hizo una pausa para pensar—. Oiga, Lebkuchen —dijo—, como médico me gustaría realizar un experimento controlado: estudiar el mal en condiciones reales, como si dijéramos. Quizá si yo pudiera ocupar su puesto durante un día o dos...

—¡Madre mía, doctor, eso sería una bendición! —exclamó el tabernero—. Me bastaría con poder estar sentado unas horas... Pero ¿qué hará con la consulta mientras tanto?

—Cuando se trata de la ciencia, la subsistencia puede esperar —dijo Binswanger, envolviéndose en el manto de Pasteur—. Quizá tenga que darme algún consejo sobre cómo trinchar la carne. Para complementar mis conocimientos de cirugía.

—No tiene ningún secreto, es pan comido —afirmó Lebkuchen y, medio levantándose, echó un vistazo rápido al establecimiento—. El viejo Huysmans ha salido, y, además, no sabe nada —dijo—. Venga al otro lado del expositor. Serán cinco minutos. —Las instrucciones, según lo predicho, eran sencillas, y, cuando hubieron terminado, Lebkuchen tenía los ojos vidriosos—. No tiene usted idea de lo que está haciendo por mí —dijo con fervor—. Siento como si el dolor ya hubiera remitido al cien por cien.

—Sí, suele ocurrir —convino Binswanger—. Como yo digo siempre, cuanto más ahondo en la medicina, más es lo que ignoro... Solo un detalle más: a la hora de cortarle la pechuga a Huysmans, ¿hay que hacerlo a veta o a contraveta?

—Esto es más de lo que había soñado. —A Binswanger le vibraba la voz y la taza que sujetaba en la mano temblaba mientras su esposa le servía otro café—. De verdad, Dresden, esto es impresionante. Hace seis semanas era un don nadie, un médico desconocido y desesperado, y ahora no tengo ni tiempo de recuperar el aliento entre una visita y otra...

—Es la tensión, cariño —dijo ella—. Tienes que bajar un poco el ritmo.

—Pero ¿cómo? —preguntó él, febril—. La salita de espera está llena. Desde que Lebkuchen se puso a cantar mis virtudes en la reunión del sindicato, el teléfono no ha parado de sonar. La gente viene con toda clase de dolencias, ¡algunas muy complejas! —añadió mientras apuraba el café—. Hace una hora he visitado a un tipo con un caso evidente de digitrofia, rigidez en los dedos. Al final hemos descubierto que se debe a la pala de helado que utiliza para pelar las patatas.

—Deberías escribir un artículo para la *Revista de la Asociación Médica Estadounidense* —dijo Dresden, satisfecha.

—¿Un artículo? —dijo él con sorna—. ¡Un libro entero! Las posibilidades son infinitas. El codo de pastrami, la ciática por presión al sujetar la carne, arrugas cutáneas que podrían deberse o no al exceso de salinidad de los encurtidos... y sabe Dios qué más.

—Bueno, no te entretengo —dijo Dresden poniéndose en pie al mismo tiempo que sonaba el telefonillo—. Y recuerda, ningún paciente pasadas las seis. Tenemos que vestirnos para ir al teatro.

—Recibido —respondió él, efervescente. Le dijo adiós con la mano, abrió la puerta de la salita de espera y le indicó a un paciente de cuello abultado que podía pasar a la consulta.

—Adelante, señor Papadakis —dijo invitándolo a entrar—. Siéntese, señor mío. ¿Qué tal van esos empeines?

—Me están matando, doctor —gruñó Papadakis—. Como no encuentre remedio pronto...

—Lo encontraremos, pierda cuidado —dijo Binswanger para tranquilizarlo—. Todavía es pronto para decirlo, pero tengo motivos para creer que su problema tiene que ver con su puesto de trabajo. —Juntó las puntas de los dedos, adoptando un posado agridulce digno de un especialista de Harley Street—. ¿Ha oído usted hablar del pie de salami, también llamado a veces talón de ternera?

EINE KLEINE
POLILLAMUSIK[30]

EMPIEZA LA GUERRA CONTRA LAS POLILLAS

Las polillas han empezado a comer. Aunque el tiempo siga siendo fresco, esta es la temporada en que están más hambrientas. La señorita Rose Finkel, gerente de Limpiezas Keystone en el 131 de la calle 57, aconseja tomar las siguientes precauciones:

Lavar en seco toda la ropa de invierno, aunque no tenga manchas. A las polillas les encanta la ropa sucia, y toda prenda que haya sido usada varias veces en los últimos meses debería lavarse.

La ropa limpia puede guardarse en el armario en una bolsa de plástico. No obstante, lo mejor es enviar las prendas de lana a la lavandería para que las guarden en un almacén refrigerado.

Se recomienda a los clientes que se aseguren de que sus prendas se guardan de verdad en un almacén refrigerado, y no colgadas en la trastienda de la tintorería.—*The Times*

---

30. El título es una alusión la «Pequeña serenata nocturna» («Eine kleine Nachtmusik») de Mozart.

GAY HEAD
MARTHA'S VINEYARD, MASSACHUSETTS
14 DE JULIO

Sr. Stanley Merlin
Limpiezas Hormiga Hacendosa
161 Macdougal Street
Nueva York

ESTIMADO SR. MERLIN:

Esta mañana, antes de ir a nadar, he oído por la radio que en Nueva York el calor está haciendo estragos, aunque aquí nadie lo diría. A todas horas sopla una brisita divina, y los baños de agua salobre, como se imaginará, son una delicia. Playas kilométricas de arena inmaculada, olas maravillosas, acantilados del color del arco iris... El paraíso, en pocas palabras. Aquí uno se siente tan reposado, tan completamente purificado, que mencionar algo tan sórdido como la colada parece una blasfemia. Pero ese no es exactamente su problema, ¿verdad que no? Hay otro, en cambio, que sí lo es.

¿Se acuerda usted por casualidad de un traje de gabardina pardo que le envié para planchar hará cosa de tres o cuatro años? Se trata de una prenda muy cara, confeccionada con ese material brillante de tonos tornadizos al que llaman tela solar. El reverso es rojizo, como la cayena; durante la ocupación británica de la India, como usted sabrá sin duda, se utilizó mucho para los uniformes de gala de los oficiales. Pero a lo que iba: me preocupa un poco que puedan entrar polillas en el armario de mi apartamento, donde está guardado. No es que esté sucio, nada de eso; solo tiene un pequeño lamparón de sirope de lichi en la manga derecha, del tamaño de un dedo meñique, me lo hice en un restaurante chino el invierno pasado. (Se lo describo tan solo para que lo elimine sin frotar demasiado. Lo que quiero decir es que es un traje caro y el pelo podría dañarse si a algún pazguato le diera por frotarlo con piedra pómez o vaya usted a saber qué.)

¿Tendría, pues, la bondad de mandar a su chico de los recados que pase a recoger el traje por mi piso a cualquier hora del próximo jueves por la mañana pasadas las nueve y cuarto? Debería llegar antes de las nueve y veinte, porque la doncella se marcha a en punto y montaría un cirio si tuviera que quedarse a esperar a un recadero en el apartamento, con el calor que hace. (Ya sabe usted cómo son, señor Merlin.) Dígale al chico que se asegure de que se lleva el traje que es; está colgado al lado de otro que es de sarga con bolsillos en diagonal en la solapa, y, como las venecianas están bajadas, con la oscuridad sería fácil confundirse. Flotilla, la doncella, es nueva, así que será mejor que le explique en qué armario hay que buscar. Está en el pasillo, a mano derecha según se mira hacia las ventanas del dormitorio. Si mira hacia el otro lado, naturalmente, queda a mano izquierda. Lo importante, dígale, es evitar ponerse nervioso y no mirar en el armario *de delante*, porque puede que allí haya un traje de gabardina, sin bolsillos, pero no es ese al que me refiero.

Si Flotilla ya se hubiera ido, el conserje dejará entrar al chico en el piso, siempre y cuando llegue antes de las once; de no ser así, deberá llamar al timbre de nuestros caseros (los Coopersmith), en el edificio de al lado, y pedirles la llave. Ellos no podrán dársela, claro, porque están en Amalfi, pero tienen una limpiadora yugoslava, una persona muy inteligente, a la que podrá explicar cuál es la situación. La mujer habla inglés.

En cuanto el traje esté limpio —aunque bastará, repito, con frotar la mancha con un paño de franela húmedo—, asegúrese de guardarlo enseguida en un almacén refrigerado. Hace poco leí en el periódico un artículo que me dejó intranquilo. En él se citaba a una mujer destacada en su profesión, la señorita Rose Finkel, la cual venía a decir que en algunas tintorerías se limitan a dejar la ropa colgada en la trastienda. Nuestra relación, señor Merlin, es tan larga y cordial que estoy seguro de que jamás haría usted algo tan poco ético, pero aun así he creído conveniente subrayarlo.

Ya que estamos, y puesto que me imagino qué temperaturas deben de alcanzarse estos días en su establecimiento, permítame darle un par de consejos para el calor. Coma mucho curri —cuanto más picante, mejor— y trate de dormir siestas de al menos tres horas a mitad del día. Aprendí este truco en la India, donde el sol puede llegar a ser un tirano muy cruel. Como le he dicho, es allí donde confec-

cionaban los uniformes de gala de los oficiales con tela solar. Si se la trata bien, dura como el hierro. Con los mejores deseos,
Suyo afectísimo,
S. J. PERELMAN

NUEVA YORK
22 DE JULIO

ESTIMADO SR. PERLAMAN:

Recibí la carta en la que detallaba todas sus instrucciones y leí con placer que está disfrutando de unas gloriosas vacaciones en ese lugar paradisíaco. Espero tan solo que vaya con cuidado y no sea que se pinche la mano con un anzuelo, se lo lleve la corriente o se queme tanto que tengan que ingresarlo. Ciertamente, no son esos los problemas que yo tengo. Yo soy un pobre hombre con una esposa y una familia que mantener, no como otros, a los que sus acciones y bonos les permiten sentarse en un hotel todo el verano a mirar por encima del hombro al resto de la humanidad. Además, la prensa de planchado estuvo dos días estropeada y vamos cortos de personal. Aparte de eso, todo va de perlas.

El jueves mandé al chico, tal como usted me dijo. La doncella no estaba por ninguna parte, pero para su información el muchacho encontró una nota bajo la puerta en la que ponía que lo deja. Dice que lo que usted necesita es una excavadora, no una sirvienta, y que la paga es tan exigua que le sale más a cuenta pedir la prestación. A propósito, su casera ha vuelto de Amalfi porque algunos de sus inquilinos, no dio nombres, se demoran con el pago del alquiler. La mujer dejó entrar al muchacho en su apartamento, y mientras él iba a buscar su traje rojo, ella echó un vistazo al frigorífico y la cocina, que, según afirma, están llenos de grasa. (No estoy criticando sus hábitos de limpieza, me limito a comunicarle lo que dijo.) La mujer también examinó el correo que guarda en los cajones del escritorio para ver si la oficina de correos le había remitido facturas, telegramas urgentes, etc.

No soy partidario de decirle a nadie cómo tiene que hacer las cosas. Mi oficio es el de tintorero, el suyo no lo sé, pero se engaña usted con respecto al traje indio que nos ha encargado. Todo él es una gran mancha. ¿No se habrá arrimado usted a la cocina o al frigorífico? (Es broma.) En la planta utilizaron todos los disolventes de que disponían —bencina, nafta, trementina, incluso gasolina para mecheros— y al final lograron eliminar las manchas, aunque le advierto de antemano de que han quedado unos cuantos círculos parduzcos. Además, el forro ya estaba gastado, aunque supongo que eso ya lo sabía: de acuerdo con la etiqueta, usted tiene ese traje desde 1944. Si quiere que cambiemos el forro, puedo ofrecerle uno satinado de primera calidad por 91,50 dólares, mano de obra incluida. Por último, los botones. Algunos de mis clientes son beatniks y, como van con la chaqueta abierta, no los necesitan; pero a un hombre más conservador, como es su caso, yo le aconsejaría que invirtiera otros ocho dólares.

En cuanto a su preocupación por si guardo en la trastienda la ropa destinada al almacén refrigerado, solo puedo decirle que no soy ni he sido nunca un estafador, y lo reto a demostrar lo contrario. Todas las temporadas, como un reloj, aparece algún chiflado que me toma por Santa Claus y espera que vaya a guardar su ropa al polo Norte o algo por el estilo. Mi lema es «Vive y deja vivir», cosa que, evidentemente, no puede decirse de la tal Rose Finkel, pues de lo contrario no iría por ahí destruyendo la confianza de la gente en su tintorero. Y además, ¿quién es esa? En 1951 tuve trabajando conmigo a una de estas expertas y un poco más y acabo en la quiebra. Le dijo a un buen cliente nuestro, un artista que nos traía corbatas pintadas a mano para poner a prueba su impermeabilidad, que se ahorrara el dinero y las tirara al río Harlem. A otra clienta, que trajo un vestido de noche con una mancha en la cintura, le recomendó que se comprara un babero. Me sorprende que usted, que tiene estudios medios, un hombre que se las da de inteligente, preste oídos a esas patrañas. Pero en este oficio hay que ver de todo. Recuerdos a su señora.

Atentamente,

S. MERLIN

GAY HEAD,
MASSACHUSETTS
25 DE JULIO

ESTIMADO SR. MERLIN:

Aunque me hago cargo de su difícil tesitura y soy plenamente consciente de que ahora mismo su establecimiento debe de ser un infierno —lo que es yo, le escribo esto vestido con un suéter de cachemira importado—, debo decir que malinterpretó mi misiva. El único motivo por el que aludía a las turgencias (perdón, a las advertencias) de la señorita Finkel a propósito del almacén refrigerado era porque estaba preocupado por uno de mis trajes favoritos. No lo acusaba a usted de embaucador y me niego a compartir la opinión, tan extendida entre quienes tratan con ellos de forma asidua, de que todos los tintoreros son unos granujas. Como comprenderá, resulta molesto saber que mi traje llegó a su establecimiento en un estado ruinoso y, para ser brutalmente sincero, me pregunto si no se le caería a usted en una cazuela de sopa por el camino. Pero cada cual debe lidiar con su conciencia, Merlin, y, aunque lejos de estar encantado, estoy dispuesto a creer que la suya está bien limpia.

En respuesta a su pregunta sobre la identidad de la señorita Finkel, huelga decir que nunca la he visto, si bien parece razonable creer que si un periódico serio como el *Times* publica sus consejos, tiene que ser una autoridad. Además, si la práctica de no llevar la ropa al almacén no fuera común, ¿qué motivos tendría para sacar el asunto a colación? No, amigo mío, es inútil y mezquino que trate de denigrar a la señorita Finkel. Por su modo de atacarla, deduzco que puso el dedo en la llaga, en alguna zona vulnerable de nuestra relación, y esto me lleva al núcleo de la presente.

En ningún lugar de su carta confirma usted que *efectivamente* haya enviado mi traje de tela solar al almacén refrigerado, ni, por consiguiente, que *no* lo tenga escondido en su trastienda. Aprecio demasiado mi paz mental como para quedarme aquí esperando royéndome las uñas de ansiedad. Por tanto, lo urjo a que me responda de forma inequívoca a vuelta de correo urgente: ¿tiene usted mi traje o no? A menos que reciba una respuesta clara en las próximas cuarenta y ocho horas, me veré obligado a tomar medidas.

Atentamente,

S. J. PERELMAN

NUEVA YORK

27 DE JULIO

ESTIMADO SR. PERLEMAN:

Si todo lo que usted sabe hacer durante su retiro veraniego es quedarse en casa para escribirme cartas de amor sobre la señorita Rose Finkel, debo decir que lo compadezco. Rose Finkel, Rose Finkel... ¿Por qué no se casan, si tan loco está por ella? Así podría lavarle los trajes y meterlos en el frigorífico... una vez limpio también este. ¿Qué quiere de mí? A veces creo que todo esto lo estoy soñando.

Mire usted, voy a hacer todo lo que me pida. ¿Quiere que le envíe un paquete con el traje para que pueda examinarlo bajo el microscopio a ver si tiene agujeros? ¿Quiere que cierre la tienda, que les dé una semana de vacaciones a los empleados para que se vayan a la montaña y que se lo lleve en persona con mi Cadillac? Se lo he dicho una, dos y un millón de veces: su traje está guardado en un almacén refrigerado. No lo llevé yo en persona, pero le di instrucciones a mi asistenta, que lleva once años a mi servicio. Para ella no tengo secretos, y usted tampoco. Me dijo que leyó algunas de las cartas que encontró en sus pantalones.

Hoy aquí el tiempo es más bien cálido, pero estamos tan ocupados que ni nos damos cuenta. A mi sastre le dio anoche un golpe de calor, así que ahora me ocupo yo de hacer los arreglos, planchar, extender los resguardos y esconder la ropa de los clientes en la trastienda. También de buscar psiquiatras en las páginas amarillas.

Atentamente,

S. MERLIN

GAY HEAD,
MASSACHUSETTS
29 DE JULIO

ESTIMADO SR. MERLIN:

Mis peores dudas se confirman al fin: ha sido usted incapaz de afirmar categóricamente y sin tergiversar que *vio* cómo guardaban mi traje en el almacén refrigerado. Pese a saber que, ahora que el Raj británico ha caído, la prenda es irremplazable, y pese a saber que constituía la piedra angular de mi fondo de armario, el *sine quan non* del gusto y la elegancia, usted lo puso deliberadamente en manos de su subordinada, una correveidile que, tal y como usted mismo admite, tiene por costumbre revolver en mis bolsillos. Su displicente dejación de responsabilidad, por tanto, no me deja alternativa. Hoy mismo he delegado en un íntimo amigo mío, Irving Wiesel, para que visite su negocio y averigüe la verdad. Con él puede usted poner sus cartas sobre la mesa o no, como prefiera. Cuando Wiesel haya terminado con usted, no tendrá ni cartas ni mesa.

Sería superfluo, a estas alturas de nuestra relación, recordar algunos insignificantes, aunque reveladores, actos de vandalismo, como su afición a dejar agujas clavadas en mi ropa de lluvia, prensar los botones hasta media solapa y demás. Pero aunque ahora pase por alto estos detalles, no cante victoria. Ya me explayaré en un lugar más conveniente, es decir, en los tribunales. Le deseo mucho éxito en su próxima vocación.

Atentamente,

S. J. PERELMAN

NUEVA YORK
5 DE AGOSTO

ESTIMADO SR. PERLMAN:

Confío habrá recibido ya las dos placas que le ha remitido mi radiólogo; su nombre aparece impreso en tinta blanca sobre la úlcera para que tenga la satisfacción de saber que usted, y solo usted, es la causa de mi muerte. Yo quería que también pusiera: «Aquí yace un hombre honrado que durante años trabajó como un perro, arrastrándose bajo la lluvia y la nieve para que sus hijos tuvieran pan que llevarse a la boca, y vean cómo se lo paga un cliente», pero me dijo que no cabía. ¿Está satisfecho, so cosaco? Hasta mi radiólogo se pone de su parte.

No hacía falta que me dijera que Wiesel era amigo suyo; lo llevaba escrito en la cara desde que entró por la puerta. O mejor sería decir que se arrastró: apenas se tenía en pie por efecto de esos cócteles en los que usted y sus compinches bohemios se bañan. Ni buenos días ni explicaciones ni nada. Se fue como un ratero a la parte de atrás y lo puso todo patas arriba, lo tiró todo al suelo. No me habría importado que destrozara el archivador que me costó varios cientos de dólares instalar. Pero antes de que pudiera impedírselo, el tipo se fue derecho al probador. Póngase por un momento en mi lugar. Una dama joven y refinada de Boston, en su primera visita al Village, está esperando que le quiten una mancha del vestido mientras hojea el *Harper's Bazaar*. De repente, un bruto que a sus ojos bien podría ser tanto un policía como un yonqui descorre la cortina. Su amigo Wiesel.

No pienso rebajarme a insultarlo, es usted un hombre enfermo y además está de vacaciones, así que le propongo una cosa. Está usted en deuda conmigo por la limpieza del traje, la destrucción de mi trastienda, la consulta con el médico y las molestias en general. Yo lo estoy con usted por el traje, que ya puestos le comunico que está *kaputt*. Esta mañana me han llamado del almacén refrigerado. Al parecer, los círculos parduzcos se han caído y ellos no asumen ninguna responsabilidad por un traje que parece un colador. Estamos, pues, en paz, y espero que a su regreso seguiré teniendo el privilegio de servirle a usted y a su familia como todos estos años. Todos los encargos tienen garantía y nuestra especialidad son las puntadas invisibles. Por favor, dele mis recuerdos a su encantadora esposa.

Siempre suyo,
STANLEY MERLIN

MONOMANÍA, LO NUESTRO SE HA ACABADO

Mi inmediata reacción cuando aquella cabeza tachonada con reóstatos de aluminio se me quedó mirando desde la verja del jardín el pasado martes fue de perplejidad. Era improbable, pensé, que perteneciera a un correo del espacio exterior, pues nadie de una importancia tan trascendental habría elegido una casa infestada de malas hierbas en Pensilvania para aterrizar. Además, sus rasgos eran demasiado tradicionales para tratarse de un nuncio interplanetario; en lugar de las orejas de elefante y la afilada probóscide para las que la ciencia ficción me había preparado, la aparición presentaba una nariz pecosa de tipo eslavo y una papada curtida a base de frecuentes riegos con malta. En ese momento, mientras me levantaba, medio mareado por el esfuerzo de separar un verbasco de los pepinos, caí en la cuenta de que su espinoso peinado era en realidad una permanente y que la voluminosa masa con vestido a cuadros que se extendía debajo era el resto de la señora Kozlich, nuestra mujer de la limpieza.

—Espero no haberlo asustado —dijo con voz temblorosa—, pero he creído que lo mejor era venir y hablar con usted en persona. El fin de semana pasado, mientras usted y su señora estaban fuera, ocurrió algo extraño. —La mujer lanzó una mirada nerviosa hacia las treinta y tres hectáreas de los alrededores y bajó la voz—. Un hombre quemó un sillón en su casa el viernes por la noche.

—Sí, lo sé —respondí—. Quería decírselo para que no se alarm...

—Me asusté tanto que por poco me desmayo —continuó como si no me hubiera oído—. Eran sobre las cinco, y mi sobrina Kafka y yo estábamos limpiando las ventanas del piso de arriba cuando vimos aparecer un coche por el camino. Me pareció que era el suyo...

—Era el mío, señora Kozlich —dije delicadamente—. Escúcheme un momento. Volví de la ciudad expresamente *para quemar* ese sillón. ¿Entiende?

Era evidente que no, o si lo entendía, no estaba dispuesta a perder la oportunidad de dar su recital dramático. El coche, continuó la señora Kozlich sin pararse a respirar, cruzó el prado que queda al lado del granero y aparcó junto al barranco donde guardo los botes de pintura viejos, los canalones que gotean y las mosquiteras de las ventanas para futura referencia. El conductor (que, desde la posición elevada y distante de las mujeres, guardaba conmigo un asombroso parecido) descargó un sillón de gran tamaño, le arrancó cuidadosamente el tapizado y, mientras ellas seguían mirando absortas, le prendió fuego.

—Dé la vuelta y vaya a ver, si no me cree —me desafió—. Los muelles todavía están tirados por el suelo, donde el hombre estuvo pateándolos. Cuando se hubo marchado, mandé a Kafka a echar un vistazo y la chica encontró un par de retazos como de piel de caballo o algo así. Debía de ser un sillón de cuero.

Efectivamente lo era, pero lo que la señora Kozlich había visto, y por prudencia me guardé de decírselo, era el fin de un sueño: una búsqueda romántica que había comenzado aproximadamente veintidós años atrás. No consigo recordar en qué momento nació en mí el deseo de poseer un sillón almohadillado de cuero negro. Quizá algún viejo miembro de la profesión médica de Rhode Island, de los que vivieron enteramente a mi costa cuando yo era niño, tuviera uno en su consulta, o quizá hubiera visto algún prototipo deteriorado por el uso en las salas de profesores de la Universidad Brown. Sea como fuere, entre las fantasías que nutrí hasta la edad adulta —un sueldo principesco y una elegante goleta de pirata para navegar por la Gran Barrera de Coral, por mencionar solo dos—, figuraba una imagen nítida de cómo debía ser mi estudio. La decoración variaba de vez en cuando: a veces las paredes estaban cubiertas de libros; otras, llenas de extraños trofeos, como los antílopes de la señora

Gray o un sitatunga, o incluso desnudas, a excepción de unas cuantas joyas de la pintura impresionista. Sin embargo, el centro, la piedra angular del decorado no cambiaba nunca: un amplio y mullido
sillón, bien pulido, en cuyas profundidades pudiera uno arrellanase
para hojear con cara soñolienta el último número de alguna revista
inglesa. Puede que a su lado hubiera una librería giratoria de caoba,
pero no estaba seguro. Temía que mitigase el contundente impacto
barroco del sillón.

Para cuando a mediados de la década de los treinta tuve mi propia
casa con chimenea y comencé a rondar las salas de subastas en busca
del *fauteuil* imaginado, descubrí que era una quimera. Los marchan-
tes me decían con aire compungido que curiosidades como esas estaban tan extinguidas como las alfombras de bisonte y las botinas. Los
sucedáneos que me proponían ofendían mi dignidad: nudosas mons-
truosidades de plástico rojo que se inclinaban al tocar un muelle, res-
baladizas abstracciones de piel falsa que se hundían hasta un palmo
del suelo provocando una incomodidad prenatal. Cuanto más insistía
yo, más mordaces se volvían ellos. «Oiga, Grover Cleveland —me
espetó finalmente uno de ellos a mi tercera visita—, tenemos armo-
nios y flotadores, diávolos y trineos, pero sillones victorianos... *niet*. Y
ahora, si me disculpa, tengo a aquí a otro pelma que quiere una mesa
redonda como la del rey Arturo.»

El primer indicio de que mi unicornio, por más que inalcanzable,
existía en realidad llegó en 1938. Estábamos viendo un *western* de
Tim McCoy en un cine de pueblo, cuando de repente, a medio bostezo, me quedé electrizado al reparar en los muebles del despacho del
sheriff. Al lado de un secreter de persiana de la época, había un sillón
de brazos voluptuosamente acolchado que no solo estaba forrado
de cuero, sino que además (y aquí mis ojos se llenaron de lágrimas)
los contornos estaban resaltados con remaches de latón. Me puse en
pie de un brinco. «¡Ahí está! ¡Ahí está! —exclamé en tono aflautado;
con la agitación se me había puesto voz de contralto—. ¡Ese es mi
sillón!» Estaba tan fuera de mí que, para ser sincero, tuvo que inter-
venir el gerente para convencerme de que volviera a sentarme; según
otras versiones, que mi esposa ha ido espigando entre los comercian-

tes del lugar, sucumbí a una especie de posesión demoníaca. Con todo, tomé nota de la productora por si en algún momento visitaba Hollywood, y cuando poco después la oportunidad se presentó, procedí a seguir el rastro del sillón. Fue relativamente sencillo. En cuestión de minutos, el departamento de arte de Columbia me facilitó el nombre del almacén que les suministraba la utilería y, tras llenarme los bolsillos con viruta suficiente como para salvar cualquier posible obstáculo, salí disparado hacia allí. El director de la empresa, un tipo de aire astuto con el pelo gris y abombado como el teclado de una linotipia, era la amabilidad en persona.

—Pues claro que me acuerdo de ese mueble —reconoció con voz sedosa—. Venga por aquí, por favor. —El montacargas nos dejó en una gran sala oscura del piso sexto donde había almacenados muebles de todas las épocas concebibles. El hombre penetró en el laberinto y retiró una funda—. Aquí está —dijo—. ¿Se refiere usted a este?

Me envolvió un resplandor inefable. El sillón era mucho más hermoso de lo que mi memoria cinematográfica recordaba. No hallaba palabras. Aquello era un refugio, un paraíso; podía verme repantingado en él, con pose de coadjutor, devanando nuevas cosmogonías, citando abstrusas referencias a la navaja de Ockham y el relojero de Paley.

—Cielo santo —farfullé mientras extraía un fajo de billetes—. ¡Me ha... me ha hecho usted muy feliz! ¿Cuánto es?

—¿Cuánto es qué? —preguntó él, impasible.

Le expliqué que estaba dispuesto a comprarlo, a comprar el almacén entero, si era preciso. El hombre profirió una carcajada sardónica y me dijo que me secara la barbilla.

—No está a la venta, amigo —dijo cubriéndolo de nuevo con la mortaja—. ¿Sabe usted lo que sacamos al año alquilándolo? Solo el mes pasado la usaron en *Jinetes insensatos* y *Los tambores del Yazoo*...

Salvo esposarme al sillón, hice todo cuanto se me ocurrió para obtenerlo: traté de sobornarlo, le dije que lo necesitaba por motivos médicos y lo amenacé con picapleitos, pero el hombre se mostró inamovible. Me fui de allí tan abatido que a lo largo de la década siguiente me volví algo paranoico. El suministro mundial de cueros negros acolchados, les decía a menudo a mis amigos, estaba en manos de un pequeño círculo de decoradores de interiores, hombres que no se habrían detenido ante nada para aplastarme. Un día se lo estaba contando a uno de ellos, un magnate de la publicidad y auto-denominado experto en conseguir lo imposible, mientras estábamos en un baño turco, cuando mi amigo de repente me cortó.

—Espera un momento —dijo Broomhead imperiosamente—. Aparte de en Hollywood o el Reform Club, ¿hay algún sitio donde tengan sillones de esos?

—Sí, en Washington —respondí—. Tienen algunos en los pasillos del Senado, y de los buenos, pero agenciarse uno de esos es imposible...

Mi amigo se sacó de la toalla un lápiz de oro macizo del diámetro de una aguja y garabateó una nota que le entregó al masajista.

—Relájate —me conminó—. Se acabaron tus preocupaciones. Casualmente conozco a un par de políticos que estarían dispuestos a... a tirar de unos cuantos hilos para contentar a Curt Broomhead.

Di por hecho que aquello no era más que una fanfarronada, hasta que su secretaria me telefoneó un mes después. Cierto señor X, cuyo nombre era mejor relegar al anonimato y que trabajaba en cierta oficina del gobierno envuelta también en el misterio, estaba en cama con bronquitis, pero en cuanto se repusiera estaba dispuesto a expe-dir el artículo solicitado por el señor Tuftola, que, me confió entre susurros, era el pseudónimo que había adoptado su jefe para llevar a cabo esa transacción. Pese a la euforia por la noticia, no pude reprimir cierta desazón. Me inquietaba que algún anciano legislador, algún caballero sureño como los de las novelas de George Cable[31], con su blanca barba imperial y su artritis, pudiera verse ignominiosamente depuesto de su silla por razón de mi capricho. Estaba seguro, además, de que durante nuestra conversación telefónica había oído un suave clic, como si la línea estuviera pinchada. Antes de que pudiera ento-nar el *miserere mei peccatoris* y pedirle a Broomhead que desistiera, aquello se había convertido ya en una bola de nieve. Empezaron a

31. Ver nota 18.

proliferar telegramas y mensajes en los que se me advertía que el presente del señor X andaba de camino, y una galletita china de la suerte me confirmó definitivamente que el destino me deparaba una sorpresa. Quince días más tarde, dos orangutanes con uniforme de repartidor depositaron una caja de formidables dimensiones delante de la puerta de nuestra casa de Nueva York. Tras una virulenta riña por motivos jurisdiccionales, se marcharon dejando en manos mías y del portero la tarea de subir el cargamento hasta el tercer piso; tras otra discusión aún más virulenta, lo subimos, y después el portero se marchó dejando a mi cargo la labor de abrir la caja. Retiré el relleno enfebrecido y salivando a mares, pero mi emoción pronto se apagó. Dentro había una rígida y deprimente silla de sala de juntas jalonada de tachuelas salida del despacho de un prestamista de tercera. La etiqueta del reverso, no obstante, sugería otra cosa. En ella ponía: «Propiedad del Depto. de Estado de los EE. UU.».

Demostrar con pruebas que el joven robusto con sombrero de paja y gabardina que me estuvo siguiendo todo el mes siguiente era una gente del FBI es imposible, del mismo modo que tampoco puedo jurar que mi correo fuera sometido a fluoroscopia a lo largo de ese mismo periodo. Lo único que sé es que durante una temporada pasé por más tribulaciones que un prófugo de Graham Greene, aunque ello no tuviera efectos purificadores sobre mis ideas religiosas. Al final, tanto me consumió el miedo que doné el sillón a un bazar benéfico y tomé una decisión. El único modo de conseguir mi ideal era mandar fabricarlo expresamente, y con ese propósito me abrí un fondo secreto en la Asociación Nacional de Falsificadores y Sustractores de Moneda. A principios del pasado verano, le llevé los intereses devengados, junto con un grabado en acero en el que se detallaba hasta el último arabesco que mi fantasía había concebido, a un amigo que trabaja en la venta al por mayor en el Centro de Diseño de Mobiliario. Mi amigo examinó pacientemente el esquema.

—Es tu dinero, Sidney —dijo—, pero yo que tú me daría una vuelta por las salas de subastas...

Arrojé mi sombrero al suelo de la sala de exposición y lo pisoteé como si fuera Edgar Kennedy.

—¡Basta! —grité—. ¡Tú hazme ese sillón y guárdate tus puñeteros consejos! ¡Si quisiera consejos, me iría al psiquiatra!

—Para el carro, amigo —dijo agarrando un escabel para mantenerme a raya—. De acuerdo. Tardará seis semanas. Y no vengas a buscarlo —añadió rápidamente—, servimos a domicilio.

El resultado no era una obra maestra, en el sentido que empleamos esa expresión para referirnos a unas flores de Odilon Redon o a las esculturas jemeres del Musée Guimet, pero andaba cerca. Era la joya de los sillones, una maravilla del más intricado capitoné, un monumento a las artes del acolchado. En cuanto te hundías en su refulgente y negro seno, te embargaba al instante una *douceur de vivre* desconocida hasta entonces. De los labios te salían apotegmas dignos de La Rouchefoucauld, epigramas lapidarios que pedían a gritos aparecer en los ladillos de *McCall's* y el *Reader's Digest*. Para dormir no era ideal, eso es verdad; al principio, su magnificencia me superaba y yo me limitaba a sentarme encima con cautela, sujetando un ejemplar en piel de cabra de *El lago Alberto* de sir Samuel Baker a la altura de los ojos. Luego intenté hojear el último número de alguna revista inglesa, pero por algún motivo no logré pasar de los anuncios de Ovomalt y ropa interior térmica. Al fin, encontré la clave en las campanudas frases de Max Lerner y, acunado por su retórica peristáltica, me dormí como un bebé. Una vez dentro del sillón, Lerner en mano, la hipertensión parecía tan lejana como las capitales asiáticas con las que el autor no dejaba de dar la vara.

Pero cuando Buda sonríe y todo es de color de rosa, más vale ir buscando el refugio para tornados más próximo. Tras una semana de dicha, mi esposa y yo fuimos a Willimantic a comprar unos cuantos carretes de hilo de época. Por el camino, me informó de que la criada nueva había recibido órdenes de limpiar a fondo el piso en nuestra ausencia. Hay que decir que cuando entramos por la puerta el apartamento estaba como los chorros del oro: las alfombras habían sido lavadas con champú, la plata estaba bruñida como un diamante y los muebles relucían con mil destellos. Mientras yo estaba con la boca abierta cual carpa de Fontainebleau, mi esposa salió de la cocina blandiendo una nota y un pincel reseco.

—¡Qué tesoro! ¡Qué maravilla! —dijo entre sonrisas—. ¡Adivina qué ha hecho la chica! ¡Ha lacado todas las mesas, incluso la tabla del pan y la escalera! Se ha pasado dos noches...

—¿Por qué... por qué está esa sábana encima de mi sillón? —pregunté con voz temblorosa.

—Para protegerlo, tontorrón —dijo impaciente—. Mañana mismo voy a doblarle el sueldo, le haré firmar un contrato de por vida...

Me alejé de ella en dos zancadas, tiré de la sábana y me encontré con un espectáculo inenarrable, insufrible. El cuero parecía el lomo de un caballo picazo blindado con una coraza de escamas de laca gris anaranjada soldadas a su superficie hasta el fin de los tiempos. Jamás, ni siquiera entre las torturadas abominaciones de vinilo y cebra de los peores chamarileros de la calle Ocho Este, había visto nada tan repugnante. Con un gran alarido, caí de rodillas y, acariciando el bulboso reposabrazos, rompí en convulsos sollozos. Media hora después, metí en el maletero un bidón de veinte litros de queroseno, salpicando sin cuidado la aspiración de toda una vida. Luego cerré la trasera y, con el rostro lleno de pesar, me dirigí hacia el centro para tomar el túnel Holland.

RETRATO DEL MIMO
ADOLESCENTE

Sueño de amor narra los episodios más destacados de la vida de Franz Liszt [...]. La música corre a cargo de Jorge Bolet, uno de los más destacados pianistas norteamericanos [...]. La anécdota más llamativa del rodaje de *Sueño de amor* fueron las lecciones que Dirk Bogarde recibió de Victor Aller con el fin de que el actor fuera capaz de realizar una ejecución visual impecable sobre la banda sonora que Bolet había grabado previamente. El maestro Aller es el profesor de piano más famoso entre las estrellas de Hollywood. Dirk Bogarde, ¡que jamás ha tocado una nota en su vida!, no solo tuvo que aprender a tocar el piano, sino que tuvo que aprender a tocar como el genial Franz Liszt.—*The Journal-American*

El día comenzó, como es habitual en mí, a paso de caracol. Llegué a mi estudio de Carmine Street hacia las diez menos cuarto, cerré el tragaluz y encendí la estufa de queroseno —el oxígeno, por muy esencial que sea para la aeronáutica y el submarinismo, es la muerte para el proceso creativo— y me senté a desayunar el café con el pastelillo que compro todas las mañanas cuando salgo del metro. Luego vacié los ceniceros en el vestíbulo y lavé unos cuantos pinceles mientras escuchaba la WQXR y estudiaba la tela que tenía montada en el caballete. Poco antes de las once me quedé sin excusas para no emprender la actividad cerebral y me puse a mezclar colores. Ese es, inevitablemente, el momento en que a algún

pelmazo se le ocurre telefonear, y el que llamó ese día era el peor de
todos: Vetlugin, mi marchante. Su voz temblaba de emoción.

—¿Te ha llamado? ¿Qué ha dicho? —preguntó febril.

El viejo Vetlugin, la Torre del Balbuceo: cada vez que abre la boca
empieza la confusión; el tipo tiene un don para enredarlo todo. Tras
valerosos esfuerzos, por fin logré extraer algo con sentido entre sus
desatinos. Un pez gordo de Hollywood llamado Harry Hubris, supuestamente uno de los jefes de producción de la Twentieth Century-Fox,
exigía discutir cierto asunto de la máxima importancia. Vetlugin, que
siempre huele dónde puede haber un kópek, se había apresurado a
darle mis señas, en contravención directa de mis órdenes.

—No me ha dicho cuál es la naturaleza exacta del asunto, pero me
huele que tiene que haber pasta.

—Óyeme bien, Judas de Besarabia —gruñí—, ¿cuántas veces te he
dicho que nunca, bajo ninguna circunstancia, divulgues...?

Como siempre ocurre con las sanguijuelas, discutir fue inútil; tras
mascullar no sé qué sobre mi ingratitud, colgó y me dejó allí mor-
diéndome el rabo. Pasó media hora hasta que me calmé lo suficiente
para seguir trabajando, pero cuando sonó el timbre de la puerta supe
que el mal ya estaba hecho, y una simple mirada al personaje que
subía brincando las escaleras confirmó mis temores. Desde el llamativo sombrero de terciopelo hasta la punta de sus zapatos de estilo
inglés, se veía a la legua que era un charlatán digno de Sardi's[32]. El
sobretodo azafrán que llevaba echado sobre los hombros como si
fuera un empresario de espectáculos debía de haberle costado como
mil doscientos dólares.

—Oiga, tiene que ser una broma —exclamó sacudiéndose con cuidado un trocito de yeso de la manga—. No me diga que esos magnífi-
cos cuadros abstractos suyos los pinta usted *aquí*.

—Solo cuando nadie me interrumpe —dije con tono elocuente.

—Pues se está jugando usted la vida —declaró—. He visto cuchi-
triles en mi vida, pero, chico, este se lleva la palma. Si le mostrara

32. Sardi's es un famoso restaurante neoyorquino, cerca de Times Square, frecuentado en la
época por escritores, periodistas y gente del teatro.

una foto a alguien, me dirían que está retocada. —Alargó una pata—. Harry Hubris —dijo—. Supongo que ha oído hablar de mí.

Aparte de fingir un ataque de escrófula, no había escapatoria ahora que Vetlugin me había delatado, de modo que lo invité a pasar.

El hombre hizo un rápido inventario ocular de la decoración.

—Nunca lo entenderé —dijo encogiéndose de hombros—. Me mata ver que los artistas tienen que encerrarse en un antro de mala muerte para concebir una obra maestra. Pero bueno, allá cada cual. Zuckmayer, quiero que sepa que para mí es usted uno de los nueve mejores pintores de nuestro tiempo.

—No me diga —respondí—. ¿Quiénes son los otros ocho?

—Amigo, no me tire de la lengua porque podría hablar toda la noche —dijo—. Poseo la que quizá sea la colección más importante de Los Ángeles y alrededores: cinco Jackson Pollocks, tres Abe Rattners, dos de sus...

—¿Cuáles?

—Así de memoria no me acuerdo —dijo con irritación—. Tengo la casa llena de cuadros, no esperará que recuerde todos los títulos. Pero vamos a lo que íbamos. ¿Qué me diría si le ofreciera dos mil pavos por una hora de trabajo?

—Me crearía más desconfianza de la que ya tengo, que no es poca.

—Una respuesta sincera —aprobó—. En fin, esa es mi propuesta, y no tema, todo es perfectamente legal. ¿Por casualidad no habrá leído la biografía de Irving Stonehenge sobre John Singer Sargent, *El bostoniano torturado*?

Negué con la cabeza y él frunció el ceño.

—Es usted el único en todo el país que no la ha leído —dijo—. En mi humilde opinión, de ahí puede salir la mejor película biográfica desde *El loco del pelo rojo*. Imagínese tan solo a Rob Roy Fruitwell en el papel protagonista y dígame qué podría salir mal.

Lo visualicé tan bien como pude, pero como nunca había oído hablar de ese buen hombre no me valió de nada.

—¿Quién es ese? —pregunté.

—¿Rob Roy? —El desprecio de Hubris ante mi ignorancia era olímpico—. El mayor reclamo en potencia del cine contemporáneo, nada más —afirmó—. Bien asesorado, Fruitwell podría ser el nuevo Kirk Douglas, y —agregó, bajando la voz— le diré una cosa en la más estricta confianza. Cuando se haya hecho el hoyuelo la próxima primavera, no va a haber quien los distinga. Pero mi principal dolor de cabeza, y el motivo por el que he venido a visitarlo, es el siguiente: el muchacho es un actor nato y lo hará de miedo interpretando a Sargent, pero hasta ahora solo ha salido en *westerns* de tercera, películas de vaqueros. Necesita la ayuda de un experto... un artista profesional como usted.

—Estimado señor Hubris —dije—, si cree que puedo transformar a un patán en un maestro con una lección...

—Por el amor del cielo, piense un poco, ¿quiere? —imploró—. Lo único que tiene que enseñarle son los gestos. Enséñele a coger un pincel, para qué sirve la paleta, de qué lado del tubo sale la pintura. El pobre tarugo no sabe lo que son la belleza ni las musas. Hace dos años estaba conduciendo autobuses en Fort Wayne.

—Pero yo nunca he tratado con actores —objeté—. No tengo ni idea de cómo piensan.

—Con Rob Roy Fruitwell no va a tener usted ese problema, hermano —me aseguró Hubris—. Sencillamente no piensa. Es como una bola de matzo, una esponja sensible que absorberá la información que usted le dé y luego la replicará en la pantalla.

—Bueno, tengo que pensarlo —dije—. Ahora mismo estoy preparando una exposición...

—Eso me ha dicho su marchante —dijo—. Y créame, señor Zuckmayer, me siento como una rata al presionarlo, pero la cuestión es que estamos en un brete. Empezamos a rodar el viernes y anoche hice venir a Rob Roy en avión desde la costa solo para que se reuniera con usted.

—Entonces puede meterlo en otro avión y mandarlo de vuelta —empecé a decir, pero me detuve. A fin de cuentas, si el bocazas ese se moría de ganas de aflojar un fajo de billetes por una hora de mi *savoire faire*, sería de locos aferrarse a la propia dignidad; desde luego, a mi anémica cuenta corriente no le habría venido mal una transfusión. Obviamente, al verme titubear, Hubris redondeó la oferta: no solo estaba dispuesto a pagarme otros quinientos, sino que me firmaría un talón en el acto si me reunía con Fruitwell esa misma tarde—. Bueeeno, está bien —cedí—. Dígale que se presente aquí a las cuatro y veremos qué se puede hacer.

—¡Así me gusta! —trinó Hubris, sacando una pluma—. Recuerde bien lo que le digo, Zuckmayer: esto marcará un punto de inflexión en su carrera. ¡Cuando los críticos vean su nombre en los créditos, «asesor artístico del productor Harry Hubris», la industria entera vendrá a llamar a su puerta!

—No hace falta que me meta miedo —dije—. Limítese a firmar el talón.

Hubris no hizo ningún esfuerzo por disimular que mi comentario lo había ofendido.

—Es usted un bicho raro —dijo—. ¿Por qué todos los artistas son tan antisociales?

Yo lo sabía, pero la respuesta me habría salido demasiado cara. Y necesitaba el dinero.

Después de almorzar me entretuve en el taller de marcos hablando de una nueva moldura de alga sobre papel de estaño para la exposición, y no volví al estudio hasta las cuatro y quince. Delante había aparcado un enorme Cadillac de alquiler cuyo chófer, una especie de matón patibulario de uniforme, estaba de pie frente a una pandilla de adolescentes que chillaban y agitaban cuadernos de autógrafos. Tuvimos una buena trifulca hasta que pude demostrarle que yo era inofensivo, pero al final me dejó subir al taller, donde me esperaba la impía trinidad. Fruitwell era un buey de tamaño medio con una tonsura a lo Brando y fundas en los dientes, y debajo de su traje italiano llevaba puesto un suéter de cuello alto que no dejaba de subírsele dejando su tórax a la vista. Su agente, un tipo retaco y gordo indistinguible de un tapir, parecía que hubiera acabado de llegar de una cacería, pues llevaba puesto un chaleco Tattersall y una americana larga de montar. El tercer miembro del grupo, un esteta barbudo vestido enteramente de gamuza, lucía en el cuello una cadenilla de plata de la que colgaba un silbato.

—Soy Dory Gallwise, el ayudante de dirección —se presentó—. Hemos tenido que forzar la cerradura para entrar. Espero que no le importe.

—En absoluto —dije—. Lamento que el taller esté hecho una pocilga... pero ya sabe cómo somos los bohemios.

—Oh, no está tan mal —dijo con voz congraciante—. Claro que, como le estaba diciendo a Rob Roy, el estudio que tendrá él cuando interprete a Sargent será mucho más imponente. Del tamaño del Carnegie Hall, de hecho.

—*Natürlich* —dije yo—. Entonces, antes de comenzar, señor Fruitwell, ¿tiene alguna pregunta sobre arte? ¿Algo que quiera que le aclare?

El joven, absorto en la contemplación de un torso que había en la pared, tardó un poco en responder. Luego alzó la cabeza con aire adormilado.

—Sí, esto de aquí —dijo—. ¿Qué se supone que es? ¿Una mujer?

Admití que había incluido ciertos elementos femeninos, y él se echó a reír.

—¿De verdad ve eso cuando mira a una chica? —preguntó con una sonrisa confusa—. Chico, tendría que verlo un médico, ¿no crees, Monroe?

Su agente me guiñó un ojo para apaciguarme.

—Bueno, yo no diría tanto, Rob Roy —dijo por ganar tiempo—. El señor Zuckmayer reacciona de un modo particular al mundo que lo rodea, mediante el intelecto, podríamos decir. Recurre a ciertos elementos que...

—No me salgas por peteneras —replicó el otro—. He salido con Mamie van Doren, Marilyn Maxwell y Diana Dors, y te aseguro, compadre, que no tienen esquinas como esas. A este tipo le falta un tornillo.

—Ja, ja... ¿Y a quién no? —Añadió Gallwise con forzado regocijo. Luego carraspeó nervioso—. Bueno, muchachos, no le hagamos perder el tiempo al señor Zuckmayer, es un hombre muy ocupado. —Abrió su cartera y sacó una bata y una boina—. Toma, Rob Roy, ponte esto, para que te vayas acostumbrando a su tacto.

—Oye, un momento —dijo Fruitwell, avanzando hacia Monroe con cara de pocos amigos—. ¿Qué narices vamos a hacer? ¿Una película de época? Me dijiste que podría llevar suéter y vaqueros.

—En las escenas de amor, muchacho —puntualizó Monroe—, pero cuando sales dibujando y soñando tus obras maestras tienes que parecer un artista. Es lo que forja tu identidad.

—Claro, es como la estrella de latón del sheriff —añadió Gallwise.

—O el uniforme blanco del autobusero —agregué por ayudar.

Fruitwell se volvió y me lanzó una mirada larga y penetrante. Luego, concluyendo, evidentemente, que sus oídos lo habían engañado, se puso el hábito a regañadientes y durante el cuarto de hora siguiente se prestó a la charada. Enseguida me di cuenta de que Hubris le había hecho un halago al describirlo como un tarugo. El muchacho, completamente desprovisto de coordinación y retentiva, se movía como un elefante, tiraba los tarros de pigmento, se cortaba con la espátula de la paleta y, en un arrebato de torpeza casi inspirada, consiguió salpicar de barniz los ojos de Monroe, dejando momentáneamente ciego al pobre infeliz. Estando este último postrado y gimiendo bajo los emplastos que Gallwise y yo habíamos preparado para paliar su tormento, Rob Roy se asomó al tragaluz para acallar a sus admiradores. Como estos, entretanto, se habían dispersado, su dadivoso gesto no sirvió de nada, y, cuando Monroe se hubo repuesto, se lo encontró visiblemente enfurruñado.

—¿Qué, ya hemos terminado de jugar a los beatniks? —inquirió—. Pues andando. Si el pintorcillo este tiene que contarme algo más, que telefonee a Hubris o ya me lo explicarán los del departamento de investigación, en la costa.

—Rob Roy... muchacho —suplicó Gallwise—. Nos iremos en nada, pero tienes que colaborar diez minutos más. Quiero que el señor Zuckmayer te vea ensayando un par de escenas... ya sabes, para asegurarnos de que no metes la pata. Veamos —dijo desplomando su peso sobre una silla—. Haz la escena en la que Vincent Youmans trata de que vuelvas con tu mujer.

—Un momento —protesté—. ¿Qué pinta *Youmans* en todo esto?

—Una licencia poética que nos hemos tomado para justificar la banda sonora —dijo apresuradamente—. Es un joven estudiante de Harvard que se hace amigo de Sargent. ¿Recuerdas el guion, Rob Roy?

Fruitwell arrugó la frente simulando cavilar.

—No pasa nada... escupe lo que te salga para dar la idea general —dijo Gallwise—. Vamos, yo te doy la entrada, haré de Youmans.

—Hola, Youmans —dijo Fruitwell con voz monocorde—. ¿Dónde te habías metido?

—Oh, estaba estudiando contrapunto en Cambridge —dijo Gallwise—. Desde luego, John Singer, estás en el ojo del huracán últimamente. Todo Beacon Hill habla de cómo dejaste tu trabajo en la bolsa y abandonaste a tu familia. ¿Es verdad que detrás de esto hay un par de atractivos ojos azules, como dicen las malas lenguas?

Fruitwell soltó un bufido cínico, como el de un perro cuando quiere una galleta.

—¡Mujeres! —exclamó con sorna—. Estoy harto de los conjuros de esas criaturas estúpidas. Quiero pintar... pintar, ¿me oyes? ¡Tengo que expresar lo que siento en mi interior! ¡La agonía, el sufrimiento!

Su agente, que seguía el recital desde detrás de un pañuelo arrugado, dio un paso al frente y lo abrazó.

—Por favor, no cambies ni una palabra, ni una sílaba —suplicó—. Repite eso delante de la cámara y palabra de Monroe Sweetmeat que te darán el Oscar. ¿Qué opina usted, Zuckmayer? —preguntó nervioso—. ¿Suena veraz desde el punto de vista de un artista?

—Absolutamente —convine—. Ha captado la pura esencia del imperativo artístico. Solo una crítica. —Gallwise me miró con rígida expectación—. El señor Fruitwell lleva la bata puesta del revés. El público podría confundirlo con un barbero.

—¿Cómo podrían confundirlo con ese diálogo? —preguntó.

—Eso mismo es lo que quiero decir —respondí.

—De acuerdo, lo tendremos en cuenta —rumió el ayudante de dirección—. Recuérdalo, Rob Roy. Ahora la escena principal, cuando el director del hotel te da tu gran oportunidad. La cuestión aquí, señor Z., es que Sargent está en Nueva York y no tiene un centavo. Es Navidad, el casero le ha cortado el gas y está muerto de hambre.

—Dile lo de la cebolla —dijo Monroe con una risita.

—Hemos decidido añadir un punto de comedia —explicó Gallwise—. Está tan hambriento que al final tiene que comerse el bodegón, una cebolla y un arenque.

—¿Cómo? ¿El lienzo? —pregunté.

—No, no... los objetos que está pintando —dijo impaciente—. El caso es que cuando ya ha tocado fondo, aparece Tuesday Weld, la chica del guardarropa del St. Regis, que está secretamente enamorada de él y ha convencido al director para que Sargent pinte un mural de Nat King Cole en el bar de los hombres.

—Bajo el pseudónimo de Maxfield Parrish —añadí yo.

—Me cago en la leche —estalló Fruitwell—. ¡Tengo a ocho periodistas del *New York Post* esperando para entrevistarme! ¡Vamos *ya* con la escena!

Gallwise dio un paso atrás, como si se hubiera encendido un alto horno.

—Eh... pensándolo mejor, quizá no sea necesario —balbució; le temblaba un músculo de la mejilla—. Solo quiero corroborar un pequeño detalle. A mitad de la escena, señor Zuckmayer, Sargent toma a Tuesday entre sus brazos y de repente le viene una idea para la mayor de sus obras, *El beso*. ¿Cómo reaccionaría un pintor en esa situación? ¿Qué es lo que diría exactamente?

—¿Para anunciar que he tenido una inspiración, quiere decir? —dije pensando—. Bueno, yo siempre me doy un golpe en la frente y uso una sencilla palabra griega: eureka.

Fruitwell se quitó la bata y se la arrojó a su agente.

—¿Y para eso me haces venir en avión desde la costa, fantoche? —gruñó—. ¡Cualquier alcornoque podría haberte dicho lo mismo!

Llenó de indignación, se fue hacia la puerta, nos fulminó a mí y a mis artefactos con una mirada y desapareció. Monroe se fue tras él con el gesto desencajado.

Gallwise permaneció inmóvil unos instantes. Luego, tragando el nudo que tenía en la garganta, guardó la bata en la cartera como un sonámbulo y cruzó el umbral, desde donde me miró con unos ojos que parecían salidos de una crucifixión de Fra Angélico.

—Es su temperamento —se disculpó—. Pero no tema, señor Zuckmayer, en la pantalla no se notará. Cuando llega el momento, el chico se porta.

Cuando se fue, la penumbra del atardecer parecía el nirvana, tanto es así que dejé que el teléfono sonara más de un minuto. Sabía quién era, y tras un día como ese no necesitaba que nadie le pusiera la guinda de Besarabia. Aunque, claro, también sabía lo insistente que puede llegar a ser Vetlugin. Descolgué.

—Soy yo, *továrich*. —Hablaba en susurros, como un conspirador, y por un momento me costó reconocerlo—. Dime, ¿qué cuadro quieres que le dé al señor Hubris? —preguntó sin respirar—. Él dice que se merece el más grande, por la publicidad que va a reportarte la película. A mí me parece que...

—Yo me ocupo —atajé—. Llámalo.

—Pero le he dicho que estabas trabajando... que tenía órdenes de no molestarte...

—He terminado —dije—. Es la hora de la catarsis.

Y lo era.

HASTA LA VISTA, DULCE POLLUELO

[OTRA CIRUELA DE LA TARTA ANTROPOMÓRFICA QUE CONTIENE *NACIDA LIBRE, ANILLO DE AGUAS RELUCIENTES, ETC.*][33]

El resplandor de los primeros rayos del amanecer teñía de plata las ventanas de mi suite del Sherry-Netherland cuando me desperté, me desperecé voluptuosamente y, tras envolverme en un *peignoir*, fui a posarme sobre el tocador. Aunque no soy excesivamente dada a vanidades —nosotras, las Leghorn, aunque menos exuberantes que las Orpington y las Wyandotte, nos enorgullecemos de nuestras líneas clásicas—, mi imagen reflejada en el espejo me llenó de satisfacción. La opulencia de la cresta y las carúnculas, el plumaje níveo del pecho y la elegancia aristocrática de mis dos patas amarillas, realzadas por los dos cuidados espolones, daban fe de un pedigrí labrado a lo largo de generaciones. ¿Habría en toda la metrópoli soñolienta que me rodeaba, me pregunté, una sola gallina que gozara de la mitad de mi celebridad y de mi éxito, alguna ave que pudiera rivalizar con mi supremacía? Poseía belleza, riquezas y la adoración de las multitudes; sin embargo, a lado y lado de mi encorvado pico

---

33. *Nacida libre (Born Free)*, de Joy Adamson, y *Anillo de aguas relucientes (Ring of Bright Water)*, de Gavin Maxwell, son dos libros publicados en 1960 con animales como protagonistas, una leona y una nutria, respectivamente.

podían verse las pequeñas, aunque reveladoras, muescas de mi descontento, y yo sabía que, a pesar de su aparente relumbrón, el mío era un triunfo inútil. Había conquistado cimas jamás soñadas en el mundo de los volátiles, pero a qué terrible precio.

Cloqueando de impaciencia, me sacudí de encima ese humor introspectivo y salté hacia el salón. El olor de los cigarros, los ceniceros desbordados y los vasos de cóctel eran testigos mudos de todos los parásitos —agentes y abogados, contables y representantes— que se engordaban a mi costa. Aquí pasaban ellos alegremente las noches, bebiéndose mi whisky y (tal y como sospechaba a veces) riéndose de mi ingenuidad. «No es más que una estúpida Leghorn —los oía comentar cínicamente entre ellos—. Exprimidla mientras podáis.» En fin, pensé, al menos no me hacía ilusiones de que la lealtad y el afecto pudieran comprarse con dinero. S. G. Prebleman se había ocupado *de eso*. Al pensar en el primero y el mayor de mis benefactores, me embargó una angustia tan intensa, un anhelo tan agudo de estrecharlo entre mis brazos, que tuve que sujetarme de una cortina hasta que recuperé el equilibrio. Luego, revoloteando hasta el alféizar de la ventana, contemplé el verdor de Central Park y me abandoné a una procesión de recuerdos agridulces.

Yo no era más que una bolita de pelusa amarilla en una incubadora de Nueva Jersey, ¿por qué, entre toda aquella revoltosa nidada, los hados habían tenido el capricho de elegirme precisamente a mí para la grandeza? Recordé lo anónima que me había sentido al salir del huevo, ensordecida por el clamor de mis hermanas, y al verme arrojada en medio de aquel tropel hacinado en torno al comedero. Apenas se me hubo secado el plumón, me metieron en compañía de otras muchas en una caja, en la que recorrimos la vorágine del circuito de correos hasta ser depositadas a las puertas de una ferretería en Perkasie, Pensilvania. Comenzó una etapa idílica para nosotros, los polluelos; los transeúntes nos adulaban, nos sonreían y nos hacían fiestas, y nosotras, creyéndonos el centro del universo, nos pavoneábamos como las favoritas del harén. Con el tiempo, no obstante, empecé a cansarme del cacareo de mis compañeras, y es que la mayoría eran hembras descerebradas y sin ningún interés fuera del estrecho y limitado mundo de nuestro corral. Su única ambición era aparearse con algún gallo altanero, concebir progenie y anquilosarse en un almacén refrigerado. Yo, llevada por un rabioso inconformismo, heredado a saber de qué remoto gallo de pelea, me mantenía al margen de las demás, y cuando —tanto para mi sorpresa como para la de ellas— descubrí que podía verbalizar mi inconformismo, me granjeé una enemistad universal. Lo cierto es que era una pollita muy parlanchina, ¿de dónde habría sacado aquella facultad? El sufrimiento que me causaba aquel ostracismo social era mayor de lo que yo podía soportar, hasta que un día supe que el don de la palabra era tabú y, al instante, decidí hacer voto de silencio. Si mi locuacidad había de condenarme a ser una paria, nunca jamás, juré, volvería a abrir la boca.

Fue en este momento crucial que apareció un catalizador, la persona que había de cambiar mi vida: S. G. Prebleman. Como él mismo me confesaría más tarde, Prebleman no era más presciente que yo del trascendental encuentro que iba a producirse; esa mañana, él y su esposa habían ido en coche a Perkasie para comprar una hamaca nueva y unos cuantos bulbos de cebolla; el impulso que los llevó a adquirir también unos cuantos polluelos fue totalmente espontáneo. Aun antes de verlo, el sonido de su voz tocó una fibra profunda y sensible en mi ser.

—¿Catorce centavos por cabeza? —lo oí exclamar incrédulo—. ¡Cariño, esto es una ganga! Podríamos meter unos cuantos en el granero y darles de comer las sobras. ¡Reduciríamos el coste de la compra a la mitad!

—Por Dios, ¿es que no tenemos ya bastantes problemas? —protestó con hartazgo una voz de contralto—. Cualquier día te dará por criar chinchillas.

—Lo cual sería una idea estupenda, supongo —replicó la voz masculina—. Para tu información, Ojos Claros, las chinchillas se pagan a un pico. El otro día leí un artículo en el *American Boy*...

—Ay, Señor, la senilidad —interrumpió ella—. El *American Boy* dejó de publicarse hace décadas. Pero no me hagas caso, sigue leyéndolo si así eres feliz. Mira, te espero en el aparcamiento.

Mientras sus pasos se alejaban, un rostro rubicundo dividido por un bigote de color picazo apareció en lo alto. Durante unos instantes, sus ojos nos devoraron con avidez desde detrás de las gafas de montura de acero; en ese momento, nuestro mundo volvió a dar un vuelco. Apiñadas en una cesta en el suelo del coche, una docena de nosotras entramos dando tumbos en una nueva y más incierta fase de la vida. Prebleman, cuyos conocimientos en materia bucólica procedían en su mayor parte de la lectura de *Walden*, no tenía la menor idea de cómo criar aves domésticas. Utilizando varias mosquiteras, construyó un corral precario y, en lugar de la tradicional dieta a base de maíz molido, nos daba patatas fritas, aceitunas y anacardos húmedos, *hors d'oeuvres* rancios, suflés que no se habían levantado y sobras por el estilo. Por extraño que parezca, gracias a este régimen me desarrollé —de hecho, debo admitir que fui la única, pues el resto de mis camaradas cayeron casi de inmediato— hasta convertirme en un ave rolliza y bien parecida. Siendo la única superviviente de mi bandada, era normal que me ganara un lugar privilegiado en los afectos de Prebleman. Cada vez que tiraba una carretilla de botellas vacías a la basura (un ritual diario, por lo visto), se paraba a regodearse con mis progresos. Yo no sabía qué era lo que me deparaba el futuro, hasta que, un día de primavera, Prebleman se inclinó sobre el corral para darme la noticia.

—Hola-hola, preciosa —arrulló relamiéndose los labios—. Mm-hmm, ya te veo en una bandeja con salsa la semana que viene, con esa jugosa masa rellena flotando a los lados. ¡Ñam, ñam!

Horrorizada ante la suerte que me esperaba, y echando mano del único medio a mi alcance para evitarla, di un paso al frente y recuperé la facultad del habla.

—¡Vampiro, más que vampiro! —le espeté—. Conque para eso has estado mimándome y cebándome...

—¿Qué has dicho? —dijo él temblando y mortalmente pálido.

—¡Ni la mitad de lo que pienso decirte! —dije como si nada—. Espera a que les cuente mi historia al *Confidential* y a los tabloides. ¡Maltratador! ¡Lotario! ¡Beodo! ¡Estás más acabado que un cordero en Pascua!

El hombre se tapó los oídos con los dedos y retrocedió.

—¡Socorro! ¡Socorro! —gritó—. ¡Está hablando! ¡La he oído! ¡Una gallina que habla!

Se fue corriendo cuesta abajo y, segundos más tarde, su agitado balbuceo empezó a retumbar por la casa. Por lo poco que pude deducir, su recital fue interpretado como un simple ataque de nervios, pero, cuando hacia el anochecer reapareció con una ofrenda de paz en forma de cuenco de *kasha* con leche, al instante percibí en él un profundo cambio. Sus maneras eran más conciliadoras, casi serviles.

—Verá usted, señorita, nosotros no somos caníbales —dijo titubeando—. Perdone si eso que he dicho antes le ha puesto la carne de gallina... quiero decir...

Cuando el arrepentimiento es sincero, una no puede por menos de mostrase magnánima; le pedí que olvidara el incidente, y pronto establecimos una relación la mar de sana. Tras responder a unas cuantas preguntas suyas acerca de mis habilidades verbales, me hizo una propuesta de lo más atractiva: en esencia, se trataba de colaborar para narrar la historia de mi vida. Si bien la oferta era muy halagadora, me sentí obligada a señalarle que yo nunca había escrito nada.

—Bah, ni falta que hace —me aseguró—. Lo único que tiene que hacer usted es hablarle a la grabadora, deje la pluma en mis manos... esto... perdón, deje que yo lo escriba.

—Pero ¿no resultará aburrida la vida de una gallina? —objeté—. Temo que a los lectores no les parezca demasiado apasionante.

—Amiga mía, le aseguro una cosa —dijo Prebleman, sacando un contrato y una estilográfica—: a los tres días de que haya aparecido su libro, encabezará la lista de los más vendidos. Saldrá en el programa de Paar, en el de Sullivan, en el de Como... Tendrá dónde elegir. Solo con los derechos para las revistas sacaremos trescientos de los grandes. A eso súmele los derechos para el cine, la adaptación teatral y, por supuesto, del diario que usted llevará mientras tanto y que George Abbott convertirá en un musical, y entonces, vuelta a empezar. Ya se puede ir despidiendo del corral, amiga mía. ¡A partir de ahora dormirá entre sábanas de percal!

La imagen de mí misma luciendo unos diamantes del tamaño de un huevo y su meliflua afirmación de que nuestro acuerdo era mejor que el de Zsa Zsa Gabor con Gerold Frank me dejaron tan encandilada que no podía pensar con claridad y, aunque me parecía que el noventa por ciento de Prebleman era algo excesivo, firmé. El proyecto requirió que ambas partes hiciéramos ajustes en nuestras respectivas agendas. Para no despertar las sospechas de su esposa, mi colaborador me propuso trabajar por las noches. Le dije que, a diferencia de él, yo era congénitamente incapaz de dormir durante el día. Al final, acordamos reunirnos a las tres de la noche, aunque para ello tuviéramos que recurrir al café y las tabletas estimulantes. De vez en cuando, nuestros ardores creativos llegaban a despertar a la señora Prebleman, pero su esposo, siempre tan sagaz, me metía debajo de la bata y se hacía el sonámbulo.

Relatar las penalidades que sufrimos hasta que nuestra misión estuvo cumplida no nos llevaría a ninguna parte. Baste decir mi historia provocaba en todas partes reacciones que iban desde el escepticismo a la más pura hostilidad. Una y otra vez, Prebleman se ofreció en vano a llevarme ante los editores para demostrar la legitimidad del manuscrito. Lamentablemente, la única vez que le concedieron una reunión —un discurso ante los socios de Charnel House— a mí me había dado laringitis y el encuentro terminó entre abucheos. Finalmente, Arthur Pelf, una comadreja que de ordinario publicaba repertorios de consejos espurios sobre sexo y libros de curiosidades relacionadas con la flagelación, aceptó financiar la obra. El resto es historia literaria; de un día para otro, *Un pico de oro* se convirtió en una sensación y su fama corrió como la pólvora. En quince días se agotaron cinco ediciones, Sol Hurok me ofreció una gira por cincuenta de las principales ciudades del país, y David Susskind anunció un programa en el que él, Julian Huxley y yo debatiríamos sobre el tema «¿Qué fue antes?». La respuesta de la crítica fue abrumadora. John Barkham y Virgilia Peterson acuñaron superlativos suficientes como para llenar un libro, publicado poco después en Bernard Geis Associates y a partir del cual George Abbott escribió un musical que cayó de cartel en New Haven el mismo día del estreno.

Pero mi satisfacción no había de durar mucho. Aunque los ingresos procedentes de estas y otras fuentes, como discos y juguetes mecánicos, eran astronómicos, yo no vi ni cinco. Prebleman me tenía encerrada en un mugriento hotel del West Side neoyorquino, bajo el ojo vigilante de un amigo suyo que había sido boxeador, y él, mientras tanto, se daba una vida de gran lujo en el Waldorf y se embolsaba la parte del león de nuestras ganancias. Cada vez que yo hacía la más mínima alusión al dinero o las cuentas, él se ponía a la defensiva o armaba un cirio, acusándome de ingratitud y venalidad. Me dolía que el éxito nos hubiera distanciado, pero nada podía hacer más que rogar a los cielos que pusieran fin a mi intolerable situación. La liberación llegó de forma inesperada. Una tarde que mi custodio se había ido al barbero, uno de los mozos del servicio de habitaciones entró sin hacer ruido con una funda de almohada.

—¡Shhh! —advirtió—. El necio es atrevido y el sabio comedido.

—¿Qué... pero qué significa eso? —pregunté.

—Que me he puesto este disfraz para sacarla de aquí —susurró—. Me llamo Phil Wiseman[34], del departamento de Talentos Amalgamados. Nosotros podemos disolver su contrato con ese sabandija.

—Eso dicen todos los agentes —respondí con incredulidad—. ¿Y si Prebleman me lleva a juicio?

—No se atreverá —replicó Wiseman—. Podríamos hacerle chantaje por cruzar la frontera estatal con una gallina. Vamos... métase en la bolsa.

La idea de un plan tan maquiavélico se me antojaba aborrecible, pero era mi única escapatoria, de modo que, si bien a regañadientes, accedí. Wiseman me llevó a toda prisa a un escondrijo de Fordham Road, una carnicería kósher donde estuve viviendo de incógnito entre otras Leghorn hasta que el litigio hubo terminado. Tal y como había previsto, Prebleman hizo cuanto pudo por desacreditarme, pero al final lo convencieron para que aceptase una compensación en metálico. Nunca volvimos a vernos; muchos meses después oí decir que se dedicaba a frecuentar varios oscuros criaderos de Pensilvania, donde murmuraba patéticamente a los polluelos de las cajas a

34. En inglés, «hombre sabio».

medida que iban naciendo, con la esperanza de que se repitiera su suerte.

Y aquí estaba yo, pensé mientras miraba a las palomas que sobrevolaban los almacenes Bergdorf Goodman, la criatura más afortunada y, a la vez, la más solitaria del mundo entero. Lo tenía todo —mi propio programa de televisión, una columna sindicada en los periódicos, butacas reservadas en todas las *premières*, joyas, coches, pieles—, pero todo aquello era espuma. Con mucho gusto habría renunciado a todo por volver a acariciar con el pico la bata de aquel hombre, por acariciar su mandíbula prognática y ver esos ojillos reluciendo a la luz de la lámpara. Y es que me he dado cuenta de que, a pesar de su avaricia, su deslealtad y su marrullería en general, S. G. Prebleman ha sido el tonto más adorable al que jamás haya conocido.

RESPUESTAS BLANDAS
AHUYENTAN LOS *ROYALTIES*

¡Por favor, no le dé más importancia! —le grité a mi *vis-à-vis* por encima del bullicio de la fiesta—. ¡No pasa nada!

—¡No le oigo! —me gritó ella, arrugando la nariz con frustración—. ¿Qué ha dicho?

La chica era una hipertiroidea común y corriente, llevaba puesto un vestido verde de espiguilla y tenía una cosa de piel que le colgaba encima de la cara; con todo aquel tumulto nos habíamos quedado pegados el uno al otro como las figuras de un friso indio, solo que sin ninguna intimidad. Mi manga izquierda, en la que ella acababa de verter dos terceras partes de su cóctel, estaba chorreando, y de repente me asaltó la terrible premonición de que quizá tuviera que pasarme el resto de la eternidad adherido a esta especie de ifrit, a menos que se produjera algún milagro. Quiso la Providencia que así ocurriera: en algún lugar de la barahúnda un borracho se fue al suelo, con lo que el eje de la fiesta se desplazó y yo me encontré cara a cara con Stanley Prang.

A pesar de que a lo largo de dos décadas habíamos ido coincidiendo por pura carambola en distintas partes de Nueva York, lo único que yo sabía de Prang era que trabajaba en algún gran sello editorial y, según me parecía recordar, siempre tenía el dedo puesto sobre el pulso literario de los británicos. Dado que él, a su vez, siempre se había mostrado igualmente incurioso con respecto a mí, nuestros encuentros se habían lubricado a base de intercambiar sonrisas y lugares comunes sobre el tiempo. Ese día, sin embargo, al tipo debió de subirle la adrenalina al verme, porque sus pupilas se dilataron hasta adquirir el tamaño de una uva y, aferrándome del brazo, se me llevó al corredor adyacente.

—Quiero que leas algo —dijo febril mientras extraía un sobre—. Veintitrés años trabajando con autores y nunca me había ocurrido nada parecido. —Fui a coger el sobre, pero él me golpeó la mano, decidido a terminar su preámbulo—. De todos los ingratos que habitan la Tierra —declamó—, de todos los gusanos, amargados y criticones que puedas echarte a la cara, los escritores son los peores. Los mimas, les corriges las faltas, alivias su infeliz ego, te desvives por complacerlos, y ¿qué te dan a cambio? Una patada en la cabeza. Ni un asomo de gratitud, de aprecio, solo quejas y más quejas. En fin —añadió al ver que su ardor no iba a prender fuego en una pila de hojas húmedas—, por eso mismo es por lo que pienso enmarcar este documento. ¡Es algo histórico!

La misiva, un conjunto de garabatos poco menos que indescifrables escritos sobre un papel turquesa, era obra de cierta novelista, demasiado eminente, a decir de Prang, como para ir pregonando su identidad. El tono era emotivo, casi elegíaco. Acusaba la recepción de una novela suya que acababa de publicarse y describía el volumen como una obra maestra del arte de la impresión, un hito en la historia editorial. Todo en él —fuente, formato, encuadernación— daba fe de un gusto inmensamente refinado; de hecho, declaraba, la composición era tan exquisita que temía que pudiera poner en evidencia la torpeza de sus bagatelas. La belleza de las guardas solo podía compararse con la ingeniosidad de los encabezados de capítulo, y, en cuanto a la camisa, mandaría replicar su imponente diseño en un *negligée*. La sinopsis del editor era algo descomedida, cierto; en honor a la verdad, ella no podía considerarse a la par de Dostoievski, Dickens, Balzac, Flaubert y Zola, pero quizá esos encomios fueran necesarios para estimular las ventas.

—¡Y eso no es todo! —agregó Prang con vehemencia—. El día que lo publicamos envió flores a todo el departamento de edición y nos rogó que le redujéramos los *royalties* a la mitad porque tenía la impresión de que la parte que habíamos destinado a publicidad era demasiado generosa.

—¡Cáspita! —dije yo—. Bueno, espero que me envíes un ejemplar. ¿Es bueno?

—Ilegible —replicó—. Terrible. Pero eso no es lo importante. La reacción de esta dama arroja una nueva luz sobre los autores —dijo sacudiendo la cabeza perplejo—. A lo mejor los muy mamones son humanos, después de todo.

Por un instante, consideré reivindicar mi profesión con un gesto llamativo y estamparle un directo a su mandíbula, pero entonces pensé que él también podía reivindicar la suya con un directo a la mía, así que lo dejé correr. Con todo, al recordar ese episodio más tarde, me pregunté si el testimonio de la dama, pese a su extremada magnanimidad, acaso podía acarrear consecuencias aciagas. A lo largo de los años, los editores han aprendido a aceptar la desconfianza, el rencor y la perversidad de los autores; de hecho, sobre ello se cimenta su propia existencia. Si de repente a los escritores les diera por agasajar a sus mecenas como si fueran perritos falderos y cantar sus virtudes a los cuatro vientos, su *amour-propre* se extinguiría de un día para otro, generaciones de ejecutivos adiestrados para postrarse y humillarse quedarían obsoletos y la estructura entera del negocio acabaría por desintegrarse. A modo de correctivo ante semejante peligro, así como de ilustración de cómo un artista creativo decidió combatirlo, aporto aquí la breve correspondencia entre Marshall Crump, un prominente editor neoyorquino, y Cyprian Wynkoop, un poeta novel:

13 DE FEBRERO

ESTIMADO SR. WYNKOOP:

Supongo que a todo el mundo se le hace un nudo en la lengua cuando le escribe a uno de sus ídolos, tanto si uno es un cualquiera que le envía una carta de admiración a Sinatra como si es un importante editor de Nueva York que se propone elogiar a un genio como usted. Este es mi tercer intento de rendirle homenaje; los otros dos los he tirado a la papelera porque, francamente, temía que le parecieran algo exagerados. Sea como fuere, y a riesgo de concitar su animadversión, diré lo que me había propuesto decirle. En mi humilde opinión, Cyprian Wynkoop está destinado a figurar entre los grandes de la literatura de todos los tiempos. Se alza como un coloso entre sus contemporáneos y ocupa ya un puesto en el Olimpo, a pesar de estar vivo todavía y en plenitud de facultades. A sus detractores (no es que tenga usted ninguno, señor Wynkoop, solo es una manera de hablar) yo les digo: muéstrenme un escribiente que le llegue a Wynkoop a la suela del zapato. No pueden, ¡voto a tal!, y le diré por qué. Porque Wynkoop es un gigante entre pigmeos.

Me lo imagino con una sonrisa sardónica en su rostro, mientras con su pipa de espuma de mar en la mano lee estas líneas en su estudio. Oigo cómo se pregunta: ¿de dónde saca semejante cucaracha los arrestos y la petulancia para dirigirse a un inmortal? La respuesta, señor mío, es que me niego a seguir amordazado. Existe una conspiración de silencio destinada a mantenerlo a usted en la sombra, y no pienso tomar parte en ella. Sus actuales editores, Winograd & Totentanz, lo están crucificando. Sin que usted lo sepa, han puesto a la venta su último y brillante compendio de poemas, *Zarabanda para una alegre hetaira*, en una tienda de saldos de Nassau Street. Qué sintomático de estos tiempos que nos ha tocado vivir: el Keats estadounidense a treinta y nueve centavos por obra y gracia de una pareja de vendehúmos que, me consta, comenzaron su carrera haciendo demostraciones de abrillantadores para plata en el paseo marítimo de Atlantic City. A qué extremos son capaces de llegar estos tunantes para hacer sitio en el almacén...

En fin, solo quería hacerle llegar esta información en pago por las profundas sacudidas que siento cada vez que veo una de sus obras, lo cual, ahora que se venden a treinta y nueve centavos, sin duda ocurrirá a menudo. A propósito, si por cualquier motivo llegara a sentirse usted incómodo con sus actuales editores, sepa que nosotros estaríamos dispuestos incluso a hipotecarnos por contar con su pluma en nuestro catálogo. ¿Qué hace el jueves a la hora del almuerzo? Si lo considera oportuno, podríamos vernos en la Puritan Doughnout Shop de la Novena Avenida con la calle Veintiocho. Yo, generalmente, voy a comer al Plaza o al 21, pero si nos viera algún

columnista, a Winograd & Totentanz les herviría la sangre, y, tal y
como están las cosas, va a necesitar usted a todos los amigos de que
pueda disponer.

Lo saluda cordialmente,

MARSHALL CRUMP

22 DE FEBRERO

ESTIMADO SR. CRUMP:

El ruido en el local de las rosquillas era tan ensordecedor el otro
día que su propuesta no me quedó del todo clara, y aquella colilla de
cigarro que no dejó usted de mascar durante todo el almuerzo no
contribuía precisamente a clarificar su dicción. De aquí que esté algo
confuso y no sepa si me ofreció un avance de veinticinco mil dólares
por mostrarle las primeras veinticinco páginas de una novela o veinticinco dólares por las primeras veinticinco mil palabras. Sea cual sea
el caso, salí de allí con la impresión de que es usted un embaucador
con mucha labia al que más vale no quitarle el ojo de encima, y su
frenética insistencia para que yo apoquinara ochenta y cinco centavos por mi parte de la cuenta acabó de incomodarme. Nótese que
mientras que usted consumió una ternera a la parrilla con puré de
nabos y remolacha, bizcocho con frutos secos y café, yo solo me
comí dos donuts de gelatina y una tarrina de natillas. Si su sello ha
publicado tantos superventas como dice, ¿por qué en nuestra primera
reunión debería poner yo cuarenta centavos de más? Creo que es un
mal augurio de cara a futuras relaciones profesionales.

En otro orden de cosas, señor Crump, tras mucho meditarlo, y a
pesar de la repulsión que causó usted en mí, he decidido desoír los
dictados del sentido común y permitirle que publique mi próximo
libro. Los detalles económicos no tienen importancia; mi principal
motivo es el altruismo, la *réclame* que su mísera editorial adquiriría
con mi obra. No es preciso que le describa la consternación que esto
ha provocado en mi círculo. Todos mis amigos presienten el desastre,
los tachan a ustedes de ladrones, chamarileros y cosas aún peores. Yo
mismo presiento que he cometido una locura, pero quijote y bobo

como soy, estoy dispuesto a ir de cabeza al matadero. Con mis mejores deseos y sin hacerme las menores ilusiones,
Suyo,
CYPRIAN WYNKOOP

27 DE FEBRERO
ESTIMADO WYNKOOP:
Lamento haberme hallado ausente del despacho cuando usted nos visitó ayer. El embrollo de la devolución de nuestro cheque por valor de veinticinco dólares se debe a un estúpido error administrativo del que asumo toda la responsabilidad. A la señorita Overbite, nuestra contable, le habían puesto unas gotas en los ojos debido a las gafas nuevas y, cuando salió del especialista para irse a casa, tomó el autobús de White Plains por equivocación. Al ver que no volvía después del almuerzo, di por hecho que se había fugado y anulé varios pagos. Si dentro de dos semanas —mejor tres, más vale prevenir— vuelve usted a depositar el cheque, no debería haber ningún problema.

Y ahora la gran noticia, muchacho. Anoche me quedé hasta las dos leyendo las once páginas que nos trajo de su nueva novela. Soy un lector exigente, Wynkoop, pero esto es la perfección, el no va más. No le sobra ni una palabra ni una coma. Salvo el héroe, la chica y sus padres, que no son nada del otro mundo que digamos, es lo más alegre, lo más trágico, lo más introspectivo y lo menos deprimente que he leído en varios lustros. Aunque no le añadiera ni una línea, sería una obra de arte por derecho propio, y aquí es donde mi agudo instinto de editor me pide que intervenga. Propongo que no lo toquemos, que publiquemos este fragmento de prosa imperecedera como una *nouvelle*: se venderá como los garbanzos y le abrirá el apetito al público mientras llega el producto terminado el próximo otoño. La idea ha tenido un impacto tan sensacional en la oficina que un par de compañeros se han quedado varios minutos sin habla. El caso es que el libro ya está en el linotipista y dentro de dos semanas recibirá usted las galeradas. La única pega que encuentro es que no sé de dónde vamos a sacar un retrato suyo con la suficiente clase como para incluirlo en la camisa. ¿Podría tomar un avión para Canadá este fin de semana para que Karsh le saque unas fotos? Si su agenda de escritor está demasiado apretada, hágamelo saber y le diré a Karsh que tome él el avión. Entretanto, reciba un saludo de

Su devoto admirador,

MARSHALL CRUMP

15 DE MARZO

ESTIMADO SR. CRUMP:

Ayer dediqué casi una hora entera a descodificar el desquiciante mensaje telefónico que le dejó usted a la lituana que me hace la limpieza. Finalmente, me pareció entender que Hollywood ha ofrecido trescientos quince mil dólares por los derechos cinematográficos de mi *nouvelle*, que me han elegido para el Libro del Mes y el Club del Libro, y que William Inge y Gore Vidal están peleándose por adaptarla al teatro. Si todo lo anterior ha ocurrido ya o es inminente, lo ignoro, dada la tendencia de la mujer a mezclar los tiempos verbales pasados y futuros. Con todo, una cosa es segura: a fuerza de mover mi libro de aquí para allá, usted lo ha devaluado y degradado sin remedio. Su tan cacareada reverencia ante mi talento y sus zalamerías de sicofante no son más que un expediente con el que camufla sus verdaderos fines: rubricar mi nombre en la lista de los más vendidos, maniatarme con lisonjas y riquezas y transformarme en un escritor de pacotilla.

Los abogados a los que he contratado para exigir daños y perjuicios por la humillación y la pérdida de ego resultantes de sus vilezas están seguros de que cualquier jurado me indemnizaría sin titubear con hasta medio millón de dólares. No obstante, antes de poner su marrullería en evidencia ante los tribunales, estoy dispuesto a hacerle una propuesta. Retire la *nouvelle* de los canales tradicionales de venta y publique una edición limitada de cien ejemplares, solo para coleccionistas, impresos en vitela japonesa. A pesar de que haya echado usted a perder todas mis esperanzas de convertirme en un autor de culto, quizá todavía esté en mi mano recuperar mi integridad de antaño.

Suyo,

Cyprian Wynkoop

28 de marzo

Estimado Cyprian:

Mis disculpas por no haber contestado antes; he estado convaleciente de una leve apoplejía que sufrí el día que recibí su carta. (Por favor, no se sienta responsable: exceso de trabajo, agravado por culpa de otros escritores, etc.) Debido a mi ausencia, ha habido un poco de descontrol en la oficina. Mi ayudante, la señorita Overbite, olvidó notificar sus deseos al impresor, así que los treinta y cinco mil ejemplares de la primera edición en tapa blanda han salido ya para las librerías. Naturalmente, la he despedido y he anulado el pago al impresor, pero, aun así, hay que admitir que todos somos humanos. A la vista de mi estado, he hecho cuanto he podido.

Por fortuna, también tengo buenas noticias. Seguramente los críticos se han olido nuestra tesitura y han decidido hacerle un favor: ni uno solo ha reseñado su libro. Menudo ejemplo de cortesía profesional, ¿no le parece? Solo un autor de su talla podría esperar esta clase de favores, aunque quizá los bolígrafos que distribuyo todos los años entre la prensa tampoco nos hayan venido mal en este sentido.

En lo que respecta a las ventas, esperamos bastante movimiento, porque su obra está corriendo de boca en boca por todo el país. Para animar un poco la cosa, hemos puesto el libro a treinta y nueve centavos en unos cuantos puntos clave, como las terminales de autobuses, las tiendas de saldos de la zona de Nassau Street, donde comen los corredores de bolsa, etc. En fin, muchachuelo, ahora me despido; si algún día pasa cerca de la oficina, asómese y charlaremos un rato. Se sentirá como en casa ahora que hemos decidido fusionarnos con Winograd & Totentanz.

Siempre suyo,

Marshall Crump

30 DE MARZO

Estimado Sr. Crump:

Decir que me ha engatusado, que ha socavado para siempre mi amor propio y que ha destruido en mí cualquier aspiración a la pureza artística sería un pálido simulacro de la verdad. Acabo de llegar de Brentano's, donde he visto con mis propios ojos cómo se vendían media docena de ejemplares de mi *nouvelle* en otros tantos minutos. La imagen de esa clientela desgreñada y embrutecida manoseando mi obra como si fueran calzoncillos me ha soliviantado hasta tal punto que me he puesto a gruñir. «¡Basta! —me apetecía gritar—. ¿No os dais cuenta de que me estáis privando de lo que es mío por derecho, so filisteos? ¿De que cada libro que compráis ahonda mi deshonra?» Eso era lo que me apetecía gritar, pero por algún motivo no he podido.

Tal vez la pesadilla en la que usted me ha sumido sea una ordalía necesaria; tal vez salga de ella convertido en un artista más noble. Sea como fuere, por la presente se disuelve formalmente nuestra colaboración. Acabo de firmar un contrato con un desconocido editor de Filadelfia especializado en almanaques y libros de ajedrez. Puede que no tenga un despacho lujoso, un chivo expiatorio como la señorita Overbite ni un par de patanes sin principios como socios, pero al menos sabe cómo mantener las obras de sus autores alejadas de las manos de la gente. Le deseo cuantos sinsabores puedan concebirse y quedo,

Siempre suyo,
Cyprian Wynkoop

AGÁRRENSE LAS CARTERAS, QUE VIENE EL LUJO

Hace cuarenta y cinco años, cuando el vodevil estaba en su apogeo y yo me pasaba los días colgado como un deshollinador en el gallinero del Keith-Albee de Providence adorando a semidioses como Grace LaRue, Tom Patricola, Julian Eltinge y Williams & Wolfus, había un célebre contorsionista cuyo número nunca dejaba de cautivar al público. Lo anunciaban como «Desiretta, el hombre que lucha consigo mismo», y aparecía vestido con un leotardo multicolor adornado con escarapelas, se calentaba haciendo rotaciones al ritmo de *El vals de la duda* y entonces, gruñendo y jadeando ferozmente, manipulaba su torso de tal modo que creaba la ilusión de que hubiera dos oponentes enzarzados en combate. Varias décadas más tarde, un colega mío, antiguo monologuista y malabarista que había tenido trato profesional con Desiretta, me contó una anécdota sobre él que desde entonces siempre se ha mantenido fresca en mi memoria. Un día, de camino al siguiente destino de su gira por el Medio Oeste, Desiretta fue a sentarse por casualidad en un vagón en el que viajaba un grupo de personas que no estaban del todo bien de la cabeza; por lo visto pertenecían a una institución local y habían salido de pícnic. Él estaba medio adormilado con el último número del *Semanario Teatral de Zit* y no se había percatado de que sus compañeros de viaje no eran del todo normales, cuando el guardián del grupo entró y empezó a contar a su rebaño para asegurarse de que ninguno de los miembros se hubiera extraviado.

—Veintidós, veinticuatro, veinticinco —murmuró señalando a los pasajeros con el dedo. Entonces, al ver a Desiretta, hizo una pausa y titubeó—. Perdone, amigo —se disculpó—, pero ¿quién es usted?

El acróbata lo miró pestañeando.

—¿Yo? —dijo él—. Soy Desiretta, el hombre que lucha consigo mismo.

—Ah, claro, claro —se apresuró a decir el otro—. Veintiséis y los dos que están detrás de usted, veintiocho...

Siendo como soy un hombre que ha tenido que pelear consigo mismo para comprender las nuevas tendencias del mercado, llevo un tiempo sintiendo cierta afinidad con Desiretta, entremezclada con el temor de que todos los agentes implicados en el proceso de ventas —tanto vendedores como compradores— estén un poquitín chiflados. Mis dudas empezaron en diciembre, poco después de que Neiman-Marcus, los almacenes de ropa de Texas, anunciaran una nueva línea de prendas de lujo en esta misma revista[35]. La ropa que aparecía en el anuncio, un kimono para hombre y un vestido de mujer, estaba elaborada con una fibra que el texto identificaba como «Shahtoosh: la fibra más preciosa del mundo, obtenida del pelo de la garganta del salvaje y escurridizo íbice del Himalaya». Hasta qué punto los íbices eran salvajes y escurridizos y no estaban dispuestos a dejar que les esquilaran la garganta me quedó claro al ver que el precio era, respectivamente, de 1.500 y 1.795 dólares por unidad. No obstante, en ese momento necesitaba con urgencia algún presente con el que embellecer las cestas que estaba preparando para Navidad, así que, chasqueando los dedos con total indiferencia, pedí media docena de vestidos y kimonos. Difícilmente habría podido prever la reacción que suscitaron. A los destinatarios de los regalos, todos sin excepción, se les pusieron los pelos de punta, ya fuera por una reacción refleja al pelo de la garganta, ya porque creyeran que aquello representaba un intento de abrumarlos con mi munificencia. La ocurrencia me costó mis buenos diez mil pavos, pero no me arrepentí. Me sirvió para distinguir a los amigos de verdad de los farsantes.

Al ponerme delante un producto tan costoso y *recherché* que el

---

35. El relato de Perelman se publicó en la revista *New Yorker* el 20 de febrero de 1965.

mero hecho de poseerlo elevaba mi posición social, Neiman-Marcus, evidentemente, estaba empleando una técnica de ventas de lo más tradicional y con la que yo estaba familiarizado desde la infancia. Poco más de una semana más tarde, sin embargo, otros almacenes, Ohrbach's, me provocaron una gran confusión al adoptar un enfoque diametralmente opuesto. En la sección «El mundo de las mujeres» del *New York Post*, debajo de la fotografía de dos personas ojerosas y malnutridas, aparecía este singular pie de foto: «A la cabeza de la lista de los suéteres más deseados entre las chicas este año: a la izquierda, el sobrio jersey que ha vuelto a todas locas por su moderno y novedoso diseño "a lo pobre" y por su comodidad combinado con una chaqueta. De importación italiana, mohair turquesa con cuentas de colores a juego: 17 $». La revelación de que a partir de ese momento lo pobre era lo sofisticado, de que la indigencia era sinónimo de elegancia, me dejó anonadado. He aquí un auténtico *bouleversement*, una transposición hodierna de la parábola del rico epulón y el pobre Lázaro. Al pegar el oído a la página, casi pude distinguir las voces de un coro angélico.

Cada cual se ha formado su juicio sobre cómo esta estratagema de la pobreza puede afectar, cuando gane impulso, al equilibrio entre vendedor y consumidor. El mío —mi juicio, quiero decir; mi equilibrio ya no es lo que era desde que practico lucha libre— he decidido plasmarlo en una cápsula teatral cómoda y fácilmente digerible. Tómese *cum grano salis*:

ESCENARIO: *El salón de Le Ginz & Popkin, una firma de alta costura situada entre las calles Cincuenta y Sesenta Este. La dirección ha hecho todos los esfuerzos por evitar la ostentación en el plano decorativo. El suelo está sin alfombrar, los muebles consisten en media docena de cajas de naranjas y un roñoso sillón estilo Morris, y toda la iluminación procede de una única bombilla desnuda que pende del techo. Se alza el telón y vemos a Cosmo Le Ginz, un tiparraco cetrino con un flequillo que le parte la cabeza en dos; lleva puesto un traje sencillo con un llamativo chaleco y está supervisando a un obrero ocupado en romper una pequeña zona de la pared para dejar la madera al descubierto.*

Le Ginz *(retrocediendo para examinar el efecto)*: Así está bien, ¡déjelo así! Solo le hacía falta un pequeño retoque.

Obrero: Lo que usted diga, jefe. ¿Tiene una escoba para que pueda barrer el yeso?

Le Ginz: No, no, déjelo, insisto. Es esencial para el conjunto.

Obrero *(a quien de repente se le ha encendido el instinto creativo)*: ¿Sabe lo que quedaría bien, tal vez? Un agujero de ratonera ahí en el rodapié, tapado con una placa de estaño.

Le Ginz: Bueno, quizá cuando lancemos la colección de primavera. Ahora mismo en el presupuesto no hay espacio para fruslerías.

Obrero: Usted manda. *(Se cuelga las herramientas al hombro y sale; al mismo tiempo entra Nate Popkin, el otro socio, siempre con cara de habérsele roto alguna tripa.)*

Popkin: A ver, Cosmo, ¿qué tienes en contra de la señora Floodgates?

Le Ginz: Anda, Popkin, no me tires de la lengua con la mujer esa...

Popkin: Una dama socialmente prominente, con un marido que todo lo que toca se vuelve oro, una persona que vale, por lo bajo, doscientos millones de dólares y que nos ruega de rodillas que le dejamos ver la nueva línea, y tú vas y ni siquiera dejas que entre en la tienda. Dime, muchacho, ¿qué sentido tiene eso?

Le Ginz: Nate, escúchame bien. Cuando tú y yo montamos este negocio no teníamos más que un sueño y pensábamos que el dinero era enemigo de lo *chic*. Hemos trabajado como esclavos y hoy tenemos la que quizá sea la clientela más elegante e insolvente de Nueva York. ¿Estás dispuesto a destruir semejante logro por un puñetero puñado de dólares?

Popkin *(con humildad)*: Chico, tienes razón... A veces el vil metal me ciega y pierdo de vista nuestro objetivo inicial. Lo que pasa es que no me parece justo tenerlas en ascuas de esta manera.

Le Ginz: ¿A quiénes?

Popkin: A ella y a su hija: llevan tres días esperando en el vestíbulo. ¿No puedes dedicarles cinco minutos para resolver su problema con un poco de tacto?

LE GINZ: Está bien, de acuerdo, pero mételas por la parte de atrás. Como corra la voz de que admitimos a esta clase de gente, al cuerno nuestra imagen como empresa.

(Popkin sale y deja a Le Ginz solo en el escenario, sin ni siquiera un teléfono o un soliloquio, desliz que este compensa sacándose un ramo de flores de papel del bolsillo y poniéndose a arreglarlo. Entran la señora Floodgates y su hija Botticella. Visten sendos trajes confeccionados con achús, un tejido elaborado a partir del pelo de bucarán extraído de los lomos de las Biblias de Gutenberg.)

BOTTICELLA: ¡Mira, mamá, qué maravilla de local! Tiene ese aire mugriento que los directores italianos captan tan bien en sus películas.

SRA. FLOODGATES: Sí, austero y sin rococós, como su artífice, al que, por cierto, veo por ahí. Señor Le Ginz, soy Drusilla Floodgates. Mi hija Botticella pronto dará el salto a la palestra social.

LE GINZ: Y está buscando un vestido a la altura de la ocasión, claro. ¿Le importa que le haga una pregunta impertinente?

SRA. FLOODGATES: Un genio de la aguja y el hilo como usted no tiene por qué pedir permiso a simples mortales como nosotras.

LE GINZ: Es usted muy amable. Señora Floodgates, ¿qué le hace pensar que es usted lo bastante pobre como para permitirse mi ropa?

SRA. FLOODGATES: La verdad es que no tenía ninguna intención de pagársela, si es eso a lo que se refiere. A veces mi marido y yo dejamos pasar hasta diez años antes de abonar nuestras facturas.

LE GINZ: Pero me está dando a entender que al final las pagan.

SRA. FLOODGATES: Solo cuando hemos agotado todos los recovecos de la ley, cuando ya no nos quedan más tretas ni martingalas. Por esa parte no sufra, señor Le Ginz. Cuando yo le compre algo, puede usted esperar sentado.

LE GINZ *(escrutando pensativamente a Botticella)*: Aunque hiciera una excepción, técnicamente es un problema tremendo. La muchacha está hecha un desastre: pelo brillante, porte erecto, sin tics. Habría que transformarla por completo para que armonice con mis creaciones.

BOTTICELLA: Oh, señor, por favor, si al menos me permitiera probarme algo...

SRA. FLOODGATES: Aunque sea para que pueda presumir delante de las amigas. Las chicas lo veneran, lo adoran...

LE GINZ: Bueeeno, va en contra de nuestra política, pero por una vez me saltaré las reglas. Quítese el vestido. *(Mientras Botticella se apresura a obedecer, Le Ginz abre la puerta de un armario donde hay colgadas varias prendas, revuelve un poco entre los vestidos y elige uno.)* A ver qué tal, esta textura debería contrarrestar un poco su color de piel... No se mueva, que le subo la cremallera... Ya.

BOTTICELLA: Fascinante, no hay palabras. Mira cómo se arruga por aquí, mamá.

LE GINZ: Ahora se lleva así, al desgaire... queda muy distinguido. El material también es de primera. Es un hilo basto, como el *bouclé*, hecho a partir de sacos de turba.

SRA. FLOODGATES: Sí, ya veo la etiqueta en el orillo: «Auténtico musgo de Míchigan». Pero ahora con franqueza, señor Le Ginz: ¿usted cree que es... en fin, lo suficiente desaliñado para una puesta de largo?

LE GINZ: Oh, pero el modelo acabado no es así, ni de lejos. Habría que rasgar el dobladillo, añadirle un poco de grasa de pollo... darle un poco de carácter, vamos.

SRA. FLOODGATES: ¿Tú qué opinas, tesoro?

BOTTICELLA: Es requetesúper. Me encanta.

SRA. FLOODGATES: Estupendo, entonces todo el mundo contento...

LE GINZ *(abruptamente)*: Al contrario, *madame*, no podríamos estar más en desacuerdo. Lo lamento, pero ahora que se lo veo puesto, me doy cuenta de que su hija no le favorece al vestido. Me temo que tendrá que probarse otra cosa.

SRA. FLOODGATES: Pero ¿cómo... cómo se atreve? ¿Insinúa que mi Botticella es incapaz de parecer un espantapájaros?

LE GINZ: Señora, Floodgates, la mona, aunque se vista de arpillera, mona se queda. Su hija nunca será *chic* mientras tenga tanto dinero, y eso es algo que no puede esconderse. No hay nada más falso que una falsa desharrapada.

SRA. FLOODGATES *(retorciéndose las manos)*: ¿Y qué vamos a hacer? El acontecimiento social del año... Las revistas ya nos han prometido que van a sacar la foto de Botticella con su vestido...

LE GINZ: Ojalá pudiera rebajar nuestro nivel de exigencia para contentarla, pero eso no va a ser posible. Discúlpeme. *(Se va hacia la salida, pero se detiene en cuanto ve llegar a Virgil Floodgates, un plutócrata arquetípico, que entra de sopetón agitando incontrolablemente la papada.)*

FLOODGATES: ¡Drusilla! ¿Dónde te habías metido?

SRA. FLOODGATES *(agitato)*: ¿Qué ocurre, Virgil? ¿Qué ha pasado?

FLOODGATES: ¡Un desastre, una calamidad total y absoluta! ¿Sabes nuestra mansión de treinta y seis habitaciones de Hobe Sound, la de los once baños, enorme jardín y muelle particular en el que está atracado nuestro yate privado, un auténtico palacio flotante revestido de caoba y palisandro? Pues resulta que un huracán se lo ha llevado todo por delante. Y espera, que eso no es lo peor. Esta mañana, mientras Spaulding, el mayordomo, estaba en el zapatero, algún miembro de la hermandad de la mano larga ha desvalijado el apartamento de Park Avenue, se ha llevado todas las joyas, la ropa, la colección de huevos que Fabergé diseñó para el zar de Rusia y multitud de bibelots de valor inestimable.

SRA. FLOODGATES: Oh, Virgil, las posesiones de toda una vida, absorbidas como si hubiera pasado una esponja gigante.

FLOODGATES: Sí, y si la intuición no me engaña, este telegrama que me he metido sin abrir en el bolsillo augura una nueva catástrofe. *(Lo abre, se tambalea.)* ¡Cielo santo!

SRA. FLOODGATES: ¿Más malas noticias, querido?

FLOODGATES: Lo que faltaba. Juguetes Passaic, S. A., en la que invertí hasta el último centavo de nuestra fortuna dejándome llevar por alguien que me sopló que los diábolos iban a volver a ponerse de moda, ha quebrado. *(Con gravedad.)* Es el golpe de gracia. Ya me veo pálido de frío vendiendo castañas asadas delante de la biblioteca.

BOTTICELLA *(con alegría)*: ¡Te quiero, papá! ¡Acabas de hacerme la chica más feliz del mundo!

FLOODGATES: ¿Qué? ¿A qué viene eso? ¿Qué es lo que has dicho?

BOTTICELLA: Ahora podré quedarme el vestido, ¿verdad, mamá? ¿Verdad, señor Le Ginz?

LE GINZ: Pues claro que sí, cariño. Dadas las circunstancias no se me ocurre nadie que pudiera llevarlo con mayor distinción. Lléveselo y, cuando le haya llovido encima, vuelva a traerlo para que le hagamos los últimos ajustes.

SRA. FLOODGATES: Gracias al cielo, después de tantas desgracias... Es verdad que no hay mal que por bien no venga. Nunca podré pagárselo, señor Le Ginz.

LE GINZ: Eso espero. *(La señora Floodgates y Botticella salen con Floodgates mientras le explican lo ocurrido, y Le Ginz se frota las manos y sale corriendo para informar a Popkin de la venta.)*

TELÓN

EL SEXO
Y EL MUCHACHO SOLTERO

Veamos: ¿qué es exactamente lo que sabemos sobre Phil? Tiene veinticinco años, trabaja en un banco de inversión y estudió en Yale. Sabemos que le gustan las chicas, porque, según él mismo admite con franqueza, posee una libreta negra en la que las divide meticulosamente en cuatro categorías: «bonitas», «para ir a la cama», «para ir a fiestas» y «para conversar». Es evidente que cualquier pájaro que se permite tantas categorías ha de ser condenadamente atractivo, y Phil no se molesta en negarlo: «De media, me llaman dos o tres chicas cada noche [...]. Siempre las mismas. Pero llaman. Sí, vienen a casa y me preparan la cena, y sí, se quedan a pasar la noche, y sí, se quedarían a vivir conmigo si se lo pidiera». Efectivamente, menudo tigre, el tal Phil, o al menos eso es lo que se deduce al oír la cinta. Ah, pero me estoy precipitando. No tiene usted ni idea de a qué cinta me refiero ni de dónde salió, ¿verdad? Permítame que lo ponga en antecedentes.

Bien, señor mío, todo comenzó por culpa de alguna lumbrera del consejo editorial de la revista *Mademoiselle*, que celebraba su trigésimo aniversario con un número cuyo tema podría resumirse a grandes rasgos como «¿De qué hablan los hombres?». La idea, en pocas palabras, era que cinco jóvenes mundanos de Nueva York discutieran con libertad acerca de las técnicas y estrategias que emplean para atraer astutamente a las mujeres solteras. En las veintiuna columnas del artículo resultante, «¿Cómo se salen los solteros con la suya?», el quinteto de participantes, guiados por un moderador, estaba formado por Spencer, publicista; Tom, empleado de aerolínea; Max, editor en una revista; Larry, corredor de bonos municipales, y el ya mencionado Phil, el pillastre con el don para las féminas. A primera vista, la yuxtaposición de elementos de pelaje tan diverso podía esperarse que redundara al menos en el descubrimiento de varios métodos de conquista novedosos. El resultado, sin embargo, fue un cúmulo de flatulentas obviedades salpicadas con palabras como «comunicación», «relación» y «química». Spencer, por ejemplo, proponía un plan maestro basado en incentivos y que se desarrollaba a lo largo de tres citas con la presa, siguiendo el siguiente esquema: «La primera noche vas a cenar a algún sitio bien, donde esencialmente lo que haces es hablar mucho y conocer a la persona [...]. La segunda cita suele ser bastante informal. Quizá en una hamburguesería o en un cine de la calle Cuarenta y Dos [...]. La tercera cita es: cena en mi apartamento [...]. Soy bastante buen cocinero». Presumiblemente, esta estrategia culinaria genera un ardor que alcanza su culmen en la cuarta cita, en el apartamento *de ella*, con los dos arremangados e intercambiando recetas como locos.

La reacción de Phil ante tan premeditada campaña fue, por lo visto, desdeñosa en extremo. «Yo, con la vida que llevo, siempre actúo sobre la marcha», dijo, sin duda pasándose el dedo por el bigotillo a la manera del difunto Lew Cody. Para ilustrarlo, sacó a colación uno de sus recientes *amours*, surgido a raíz de un encuentro fortuito con una dama a cuya fiesta había acudido: «Era una muchacha muy sincera y tímida, así que a la semana siguiente la llamé para quedar. Nos vimos una noche entre semana. Yo quería hinchar una pelota de fútbol [deseo razonable para alguien recién graduado en Yale] y tenía un amigo que tenía una bomba para hinchar pelotas, así que fuimos a su casa a hincharla y luego salimos a tomar una copa». Phil tuvo la galantería de no confesar si después de eso su *petite amie* había pasado a engrosar la lista de «para ir a la cama». A lo mejor tenía una quinta categoría secreta: «para hinchar pelotas de fútbol».

En general, la *conversazione* de *Mademoiselle* no hizo ninguna contribución significativa a las técnicas de seducción, aunque logró otra cosa: hacer una generalización sobre las mujeres que me pareció revolucionaria. El mérito corresponde a Phil, de quien no puede decirse que fuera hombre de andarse con rodeos: «Me da la impresión de que se van a la cama contigo más rápido si creen que te interesan como seres humanos, aunque no sea verdad [...]. Como no seas amable y las trates como seres humanos, no llegas a ninguna parte».

La magnitud del descubrimiento de Phil, la audacia con que postula que las mujeres pertenecen a la misma especie que los hombres y que, por fuerza, deben ser vistas como hominoides me dejó paralizado sobre la silla. Me atrevería a decir que, aunque la transcripción no lo indique, sus interlocutores guardaron un instante de asombrado silencio. La pregunta que inmediatamente se hace uno es, claro está, cómo llegó Phil a semejante conclusión. ¿Fue el resultado final de un doloroso proceso de prueba y error o una revelación repentina y cegadora? Sugiero que tal vez sea posible extraer alguna pista a partir de unos fragmentos de lo que imagino es su diario. Merece la pena examinarlos unos instantes.

25 DE FEBRERO

Otro día duro en la oficina. En cuanto he entrado esta mañana y la chica nueva de centralita me ha visto, he sabido que iba a tener problemas. He notado que su primera reacción era de incredulidad; lo que quiero decir es que seguramente ha visto a tipos como Robert Goulet o Marcello Mastroianni en la gran pantalla, pero que uno de ellos se materialice en carne y hueso delante de ella ha debido de parecerle cosa de magia. Yo me he quedado ahí, tranquilo y sin darle mayor importancia, mientras ella luchaba por recuperar el control de sí misma, y entonces le he preguntado si había llegado algún mensaje para mí.

—Ay, madre mía —ha murmurado—. Tu voz es tal como me la imaginaba: áspera y a la vez suave. ¿Estás ocupado a la hora del almuerzo?

—Poquito a poco, niña —he dicho, parándole los pies—. Ponte a la cola. Ya te avisaré cuando haya una vacante.

—Estoy disponible día y noche, y no es preciso que me avises con demasiada antelación —ha dicho ella—. Ay, señor, necesito que alguien me pellizque para saber que no estoy soñando. ¿Te importaría?

Me he sentido fuertemente tentado, pero sabe Dios que mi vida ya es bastante complicada.

—Lo siento, pequeña, no eres mi tipo —he dicho—. Y entonces, ¿ha llamado alguien?

—Alguien llamado Vivian Reifsnyder —ha dicho—. Quiere ir esta noche a tu casa y prepararte la cena. Ah, sí, y otra... una tal señorita Foltis, o Poultice. Se ha ofrecido a quedarse toda la noche.

Le he dicho que no me pasara más llamadas sociales por hoy, por urgentes que fueran, y me he ido a mi mesa. Menos de una hora después, me ha llamado por el intercomunicador.

—Phil, cariño —ha dicho—. Soy Sondra, de la centralita. Espero que no te importe que te llame así.

—Me parece que vas un poco deprisa.

—Pues no he hecho más que empezar, papi —ha dicho—. Mira, he estado pensando: tú eres un chico de Yale, y debes de tener el apartamento lleno de banderines sucios que necesitan una mano de limpieza. Una amiga mía tiene lavadora. ¿Por qué no se los llevamos esta noche y luego salimos a tomar unas copas?

No está bien que yo lo diga, pero soy un tipo bastante sofisticado y hay un montón de chicas que han tratado de tirarme el anzuelo, pero esta ha sido una entrada tan inusual que a punto he estado de picar. Me he quedado ahí pensando dónde estaba la trampa, y de repente he caído. Yo no tengo banderines en casa, así que ¿cómo iban a estar sucios? Todo aquello era una artimaña de Sondra, un pretexto para emborracharme lo suficiente como para caer en sus zarpas. Sin embargo, en lugar de humillar a la chiquilla con acusaciones, he preferido actuar con cautela. Le he dicho que deje de hacer el indio y que no es más que una fresca que no encaja en ninguna de mis categorías. Eso la ha puesto en su sitio, vaya si no. Ha gimoteado de forma extraña, como un animal, solo que ha sonado... no sé, casi humano, aunque, claro, eso es imposible. Supongo que estoy trabajando demasiado.

I DE MARZO

Me pregunto si la gente se para a pensar alguna vez en lo fastidioso que es ser tan criminalmente guapo, en lo que supone aguantar a todas las vendedoras, camareras y recepcionistas babeando, tratando de quedar contigo y pidiéndote el número de teléfono. De verdad, me dan ganas de subirme por las paredes cuando oigo a todas esas féminas resoplando y silbándome cuando camino por el andén del metro. Y peor aún en el bus, donde te rodean como moscas y se quedan mirando tu perfil e ignorando al conductor, que les pide que se muevan hacia el fondo. A menudo me pregunto: pero ¿estas cabezas de chorlito pertenecen a mi misma especie?

Pensemos en Sondra, por ejemplo. Pensaba que la había espantado para siempre después de aquel primer asalto, pero al cabo de un día o dos volvió a las andadas; no de forma abierta, sino de un modo tan solapado y turbio que al principio ni me di cuenta. Una tarde, al volver del almuerzo, me la encontré llorando a moco tendido delante de la centralita. Tenía un pañuelo arrugado apretado sobre los labios y parecía tan desconsolada que cometí la insensatez de preguntarle si le ocurría algo. Resumiendo mucho, su problema era que para el concurso de Miss Metro, en el que era finalista, necesitaba tomarse las medidas, y que, como vivía sola, no tenía a nadie que la ayudara a tomárselas con precisión. La pobre chica estaba desesperada, era evidente; tenía todo el material necesario —la cinta métrica, un cuaderno, un lápiz—, pero si nadie le echaba una mano, era muy probable que la descalificasen. De pronto, mientras meditábamos cómo sacarla de esa tesitura, tuvo una inspiración.

—¿Cómo no se me ha ocurrido antes? —exclamó—. Oh, Phil, ¿podrías hacerlo tú? Solo como un favor. Ya sé que me odias...

—Yo no te odio —la corregí—. Sencillamente, por lo que a mí respecta, no existes.

—Ya lo sé —dijo ella con humildad—, pero es que este concurso significa mucho para mí. Por favor. Nunca más te volveré a pedir nada. —Abrió la libreta y sacó la cinta métrica—. Toma, enróllala por aquí.

Estaba yo obedeciendo sus instrucciones cuando, sin aviso de ningún tipo, se retorció con la agilidad de una anguila y, pegando su boca

contra la mía, me apresó en un beso. Necesité de todas mis fuerzas
para arrancar sus brazos de mi cuello y apartarla. Supongo que el
estupor ante mi rechazo y la desilusión pudieron más que ella, porque se cayó desmayada. Antes de nada quiero aclarar que, en general,
soy un tipo muy decente; me molesta que la gente sufra y cambio el
paso por no pisar un gusano siempre que puedo evitarlo. Pensé en
buscar a alguien para que le echara un cubo de agua encima a Sondra
o para que le frotara las muñecas, pero lo cierto es que no se lo merecía. A fin de cuentas, me había puesto en una situación terrible blo-
queando la centralita para impedir que entraran llamadas de chicas
dispuestas a prepararme la cena y pasar la noche en casa. De modo
que la dejé ahí tirada para que se las arreglara como pudiera. Aunque
es curioso: mi conciencia puritana, o lo que sea que te inculcan en
Yale, estuvo remordiéndome el resto del día. A lo mejor toda mi
escala de valores estaba gagá y esa loca era una persona de verdad...
no del todo humana, pero casi... No, demasiado fantasioso. Ojalá
supiera algo más de biología.

3 DE MARZO

En fin, supongo que me la estaba buscando y que tendría que
haber visto venir los tiros. Percibo que cada vez que las cosas van bien
y empiezo a felicitarme, el Destino me pone piedras en el camino.
¡Y menudo pedrusco, este último! He perdido mi libreta negra. Ni
yo entiendo por qué una pérdida tan pequeña como esta me tiene en
ascuas, pero lo cierto es que cuando comprobé que no la tenía me entró
el pánico. No es que necesite los números de teléfono de las veinte o
treinta muñecas que tenía ahí apuntados; estoy seguro de que pronto
serán ellas las que se pongan en contacto conmigo, y ello por la sencilla
razón de que no pueden vivir sin mí. Lo que me preocupa es que no sé
cómo demonios voy a acordarme de las categorías: con cuáles hablo,
a cuáles les permito un revolcón, etc. Menudo banquero de inversio-
nes estoy hecho, años de esfuerzo invertidos en clasificar a todas esas
chicas, total, para que todo acabe hecho un revoltijo indiscernible.

Después de eso ocurrió una cosa muy extraña. La manada entera
empezó a telefonearme, sí, pero las llamadas eran breves y siempre

con el mismo estribillo: «Adiós y hasta nunca». Jamás había oído a alguien tan furioso. «Conque soy guapa pero no el tipo de chica que te llevarías a una fiesta, ¿eh?», gritaban. «Conque buena para la cama, pero no para hablar, ¿eso es lo que crees?» Una tras otra fueron crucificándome, diciéndome que me perdiera, o, mejor aún, que me partiera un rayo. Juraría que hasta sabían qué puntuación les había puesto en la libreta. Todo muy siniestro.

En cualquier caso, por el momento mi vida es mucho menos agotadora. Ahora puedo relajarme en casa y ver la tele sin que ninguna de esas bobas me alborote el pelo o trastee por la cocina. A veces me pongo nervioso y me pongo a caminar de un lado a otro de la habitación, pero ya se me pasará. A lo mejor me busco un perro o un gato para que me hagan compañía.

5 DE MARZO

Llega un momento en la vida en que uno tiene que ser sincero consigo mismo, y gracias a Dios soy lo bastante adulto para admitirlo: estaba equivocado. Sondra es un ser humano, igual que yo. Puede que su cerebro no esté tan bien desarrollado como el mío. Puede que nunca llegue a estarlo. Con todo, a la luz de lo ocurrido anoche, el concepto que tengo de ella ha cambiado.

La verdad es que cuando llegué a casa estaba bastante hecho polvo y seguía dándole vueltas a la pérdida de la libreta. En cuanto cerré la puerta y encendí la luz, enseguida tuve la sensación de que había alguien más en la estancia. Me di la vuelta y mi corazonada se confirmó: era Sondra. En una mano tenía una gran bolsa llena de comida y en la otra un camisón doblado.

—¿Qué haces aquí? —empecé a decir, y entonces, sabe Dios por qué, el enigma que venía consumiéndome quedó resuelto al instante—. ¡Has sido tú! —grité—. Has sido *tú* quien me ha robado la libreta, ¿verdad? ¡Has sido tú quien ha llamado a todas esas chicas!

Sus ojos se llenaron de lágrimas.

—Sí —dijo—. Oh, Phil, lo que he hecho es atroz, abominable, pero tenía que convencerte de que soy una mujer. Tenía que demostrar que estaba dispuesta a cualquier cosa por tenerte.

Para mi sorpresa, mis ojos también se llenaron de lágrimas, y eso que soy un cínico encallecido. A su torpe y absurda manera, Sondra lo había arriesgado todo para expresar su devoción. ¿Me merecía yo todo eso? ¿O quizá no era más que un cruel don Juan sin ninguna consideración por sus amantes ocasionales? De mí dependía mostrarle cuál era mi verdadero yo, y eso mismo fue lo que hice. Recogí la bolsa de comida muy cordialmente y preparé cena para los dos. Luego puse mi cama a su disposición, la arropé y me preparé una especie de camastro en el suelo. Esta noche cenaremos fuera, en algún lugar donde podamos comunicarnos y conversar sobre nuestra relación y nuestra química... ¿Será esto el amor? No lo sé. Cuando dos seres humanos se juntan, puede ocurrir cualquier cosa.

PARACAIDISTA DE MI CORAZÓN, DIME UNA COSA: ¿ERES HOMBRE O RATÓN?

«Pequeña, taimada, escurridiza, tímida bestia —cantó Robert Burns, tras mojar su pluma en *schmalz*[36] tres veces destilado, apostrofando a un ratón—. ¡Oh, cuánto pánico alberga tu corazón!»[37] Que esas pequeñas criaturas son capaces de producir un pánico inmoderado en los corazones ajenos es bien sabido, por supuesto, pero al parecer hasta hace poco nadie había tenido la imaginación para emplearlas deliberadamente como instrumentos de terror. La primera sospecha que tuve acerca de esta conversión fue a través de una noticia procedente de Gran Bretaña publicada en el *Times*. «Rita Houlton, dependiente, estaba sola en una pequeña tienda de los suburbios de Londres —decía—. Entraron dos hombres jóvenes, uno de ellos con una bolsa de papel. Sin mediar palabra, el joven colocó la bolsa sobre el mostrador y la abrió. De la bolsa salieron cuatro ratones blancos, y de la tienda salió Rita dando gritos. A continuación, los jóvenes se marcharon por una puerta lateral, se metieron en el camión de reparto de la tienda y se lo llevaron.» Poco después, en la península Ibérica, se produjo otro ataque prota-

---

36. El *schmalz* o *schmaltz* es un producto derivado de la grasa de pollo o ganso que se utiliza para cocinar. Es típico de la cocina asquenazí.

37. Robert Burns, «A un ratón», poema recogido en *Poems, Chiefly in the Scottish Dialect*, 1785.

306 PARACAIDISTA DE MI CORAZÓN, DIME UNA COSA: ¿ERES HOMBRE O RATÓN?

gonizado por roedores, esta vez de tipo político. Según el *Times* de Londres, durante un concierto en Madrid de un conjunto de cantantes y bailarines de La Habana, un grupo de exiliados cubanos comenzaron a armar alboroto, gritaron insultos a los artistas, lanzaron bombas fétidas e inundaron el auditorio de panfletos. «Alguien soltó varios ratones en el patio de butacas (aunque hay quien asegura que eran ratas) —señala con fruición el corresponsal—, con lo que las mujeres comenzaron a gritar y a chillar, aumentando así la confusión.» Sin embargo, fue otra raza igualmente volátil, aunque más industriosa, la de los italianos, la que perfeccionó esta arma. *Esta semana en Roma*, un boletín con información de interés para los turistas, informó de que Luigi Squarzina, autor de una obra de teatro titulada *Romagnola*, había demandado a una banda de mamporreros neofascistas por intentar sabotear su estreno. Según el mismo artículo, otros dos casos de disturbios con origen en la misma fuente también habían sido noticia, «uno de ellos, sobre todo, por el hecho de que desde los palcos se lanzaron ratones con paracaídas al patio de butacas».

La selección de ratones lo suficientemente comprometidos con la causa como para convertirse en paracaidistas, su adoctrinamiento y el entrenamiento necesario para llevar a cabo tal tipo de tácticas son procesos tan complejos que solo alguien como Hanson W. Baldwin[38] sería capaz de explicarlos. No obstante, hay un aspecto en todo este asunto que pide a gritos —nunca mejor dicho— ser dilucidado: ¿qué clase de persona es el artesano que confecciona estos minúsculos paracaídas? ¿A qué problemas y presiones tiene que hacer frente? En lugar de enredarnos en hipótesis abstrusas, echemos mano de algo más breve y sutil, como una obrita de teatro, y veamos si así podemos averiguar algo acerca de su temperamento y sus cómplices. Tomen asiento, por favor, se alza el telón.

---

38. Conocido periodista del *New York Times*, experto en asuntos militares y autor de numerosos ensayos de tema bélico. En 1943 ganó el premio Pulitzer por su cobertura de la guerra del Pacífico.

ESCENARIO: *Un taller situado en el quinto piso de un edificio del barrio romano de Trastevere. Bajo la tenue luz que se filtra a través de las ventanas del fondo, casi opacas por el polvo y la acumulación de telarañas, se entrevén dos pequeñas figuras sentadas de piernas cruzadas en un banco de trabajo. Parecen estar ocupadas tejiendo algo invisible, pues ambas tienen la mirada puesta en sendas lentes de aumento, con la ayuda de las cuales van pasando una aguja, enhebrada con un filamento imperceptible a simple vista, a través de unos festones de nailon. Baldassare Volante, el mayor de los dos y jefe de la empresa, es una especie de Pulgarcito lleno de arrugas que, de puntillas, mediría apenas metro veinte. Beppo, su aprendiz, le saca media cabeza escasa; es un joven de unos veinte años, aspecto de gallito, con una cabellera indómita de bucles rubios y un mentón tan parecido al de Kirk Douglas como para hacer estragos en cualquier corazón femenino.*

VOLANTE *(dejando un paracaídas ya terminado en lo alto de una pila)*: ¡Basta! Con ese van treinta y cinco; con eso, más los quince tuyos, ya tenemos terminado el encargo de la Twentieth Century-Fox. ¡Sí, señor! Beppo, unos cuantos pedidos más de accionistas minoritarios empeñados en arruinar la junta anual y habremos hecho el agosto *(avremo fatto l'agosto)*.

BEPPO: Con todo el respeto hacia lo que acaba de decir, *signor* Volante, y con el debido respeto hacia su persona, ¿me permite compartir respetuosamente lo que pienso?

VOLANTE: Respeto, respeto… ¡Sácate la polenta de la boca de una vez! ¿Qué quieres decirme?

BEPPO: Solo que mi conciencia me obliga a advertirlo, *padrone*. Nuestro negocio está en serio peligro.

VOLANTE *(agitado)*: Has oído rumores… habladurías…

BEPPO: No, no es eso…

VOLANTE *(agarrándolo del pescuezo)*: ¡Alguien nos ha vendido a la policía, al Ministerio de Sanidad! ¿Quién? ¡Desembucha, cacho perro!

BEPPO: Señor, se lo ruego, por la virtud de mi santísima madre… Sus miedos no tienen fundamento…

VOLANTE: Ha sido Serafina, la *portiera*, vieja bruja… Hace dieciocho años me ofreció su cuerpo y yo la desprecié. Ahora me ha traicionado.

BEPPO: Pero, *commendatore*... olvida usted que nuestro producto no es ilegal. Fabricamos paracaídas en miniatura para todo aquel que los necesite.

VOLANTE: Sí, ahí llevas razón, ahora que lo pienso. Somos una empresa de servicios, ¿no?

BEPPO: Justamente. ¿Somos nosotros los responsables si luego los utilizan para sembrar el caos? Cuando una anciana célibe, desquiciada por los celos, arroja un frasco de ácido sobre un voluptuoso desnudo de Tiziano, ¿hay que echarle la culpa al apotecario que se lo vendió?

VOLANTE: Desde luego que no. Brillante analogía, Beppo. No me había dado cuenta de que tenías talento para la poesía.

BEPPO: Todo un halago, viniendo de alguien por cuyas venas fluye la sangre de Dante Alighieri, *eminenza*. Mi más humilde agradecimiento.

VOLANTE: Vas a llegar lejos en este oficio, muchacho. Pero, dime, ¿de qué peligro hablas, entonces?

BEPPO: De la superespecialización, señor. Tenemos que diversificar, se lo ruego. Dada la confusión del combate moderno (*il chiasso del combattimento moderno*), el guerrero aerotransportado, ya sea hombre o cuadrúpedo, necesita un mínimo equipo para sobrevivir.

VOLANTE: Anda, no empieces otra vez con eso. No tenemos herramientas para fabricar trajes de paracaidista ni relojes a prueba de impactos.

BEPPO *(suplicando)*: Pero al menos un par de botas, señor, aunque solo sea por el efecto psicológico. La amenaza nace ya tocada si tiene que arrojarse de los cielos con los cuatro pies desnudos.

VOLANTE *(tajante)*: Si Ícaro podía ir con los pies desnudos, los ratones también. Basta de *schmoos*[39].

BEPPO: Defiero a su juicio infinitamente superior, *eccellenza*. He

---

39. Ver nota 11.

hablado como corresponde a mi juventud, en un arrebato de impetuosidad.

VOLANTE: Ya veo, *figliuolo*. De todos modos, tengo otros asuntos en que ocuparme. Hoy es un día señalado, Beppo. Como todo el mundo sabe, mi hermosa hija Ippolita, que acaba de licenciarse en la Universidad de Perugia, llegará a casa en cualquier momento y tengo que ir a la *drogheria* a comprar unos pasteles y vino para celebrarlo.

BEPPO: Defenderé el fuerte con mi propia vida hasta que vuelva, maestro.

VOLANTE: Déjate de proclamas... y no metas las zarpas en la caja. *(Sale.)*

BEPPO *(riendo)*: *Che riso sardonico!* Poco sospecha el pobre bufón que Ippolita y yo llevamos meses de relaciones secretas, que todos los días intercambiamos ardientes epístolas y que tan esclavo soy de sus encantos que por ella robaría las estrellas para ensortijarlas en su pelo. *(Se pone nervioso al oír unos golpecillos en la ventana del fondo. Corre hacia ella y, al abrirla, se ve a Ippolita, una deliciosa mezcla entre Claudia Cardinale y Anouk Aimée cuyos ojos rezuman una inteligencia a la par de la de Amy Lowell. En la mano lleva su maleta y su diploma.)* ¡Ippolita, *carissima!* ¿Qué haces aquí?

IPPOLITA: No hay tiempo para explicaciones *(non c'è tempo per spiegazioni)*. Ayúdame a entrar. *(Beppo obedece, no sin esfuerzo, ya que la chica es bastante más alta que él.)* Escúchame, tengo que decirte algo antes de que vuelva mi padre. Se avecina una terrible crisis.

BEPPO: ¿Qué ocurre?

IPPOLITA: ¿Has oído hablar de un sello editorial americano llamado Barber & Farber? Concéntrate, devánate los sesos.

BEPPO: Déjame pensar. Creo recordar... Claro, por supuesto: ¡el paquete grande que hay en el estante! Iba a enviarles un pedido por correo aéreo urgente.

IPPOLITA: Doscientos paracaídas, ¿correcto?

BEPPO *(asombrado)*: Sí, pero ¿cómo demonios lo has sabido?

IPPOLITA: Porque Barbara Sparber, mi compañera de piso en Perugia, es la hija de Marboro Sparber, un distinguido editor de Nueva York y enemigo mortal de Barber & Farber. ¿Me sigues?

Beppo: Creo... creo que sí.

Ippolita: Bien. Anoche, ya tarde, Marboro Sparber telefoneó a Barbara y le dijo que su superventas *El puerto de Scarborough*, de Sahbra Garber, iba a ganar el National Book Award la semana que viene... ¿Por qué pones esta cara?

Beppo *(con voz queda)*: Ehm... No, por nada, por nada. Sigue.

Ippolita: Escúchame bien, porque ahora viene lo bueno. A Marboro Sparber le ha llegado el chivatazo de que, momentos antes de que anuncien el premio en el gran salón del Hotel Astor, unos mercenarios de Barber & Farber se proponen hacer un estrago entre el público de los palcos. A una señal convenida, las luces se apagarán y doscientos ratones rebozados en fósforo para que brillen en la oscuridad caerán sobre los invitados, el noventa por ciento de los cuales son mujeres. Hasta el burro más burro podría adivinar las consecuencias.

Beppo *(imaginándose las consecuencias)*: ¡Sería una catástrofe, *un panico universale*!

Ippolita: No cabe duda. La estampida resultante desacreditaría el National Book Award, convertiría al padre de mi amiga Barbara en el hazmerreír del mundillo editorial y pondría fin a su noviazgo con Tabori Czabo, un chico húngaro de Harvard por el que está coladita. Beppo, tenemos que impedir que esta ruin estratagema tenga éxito.

Beppo: Repámpanos, cariño, pero ¿qué puedo hacer? No soy más que un pobre aprendiz...

Ippolita: Tonto. Pero qué bobo eres. ¿Es que no te das cuenta? Tú y solo tú puedes mandar todo ese plan a hacer puñetas.

Beppo *(astutamente)*: ¿Me estás diciendo que no envíe los paracaídas a Barber & Farber?

Ippolita: Nada de eso, estúpido. Envíaselos, claro que sí... ¡Pero antes, pínchalos todos con una aguja para que no floten!

Beppo: ¿Y para qué iba a servir eso? Entonces los ratones caerían aún con más fuerza sobre su objetivo.

Ippolita *(restándole importancia)*: Oh, en cuanto el elemento teatral quede neutralizado, el público, adormilado por los discursos, ni siquiera se dará cuenta. Así pues, ¿qué me dices?

BEPPO: Ippolita… ¿eres consciente de lo que me propones? Me estás pidiendo que sacrifique la reputación de tu padre. Él, que ha trabajado duro tantos años para hacerse una clientela…

IPPOLITA: Bah, déjate de sentimentalismos. Te estoy dando la oportunidad de elegir.

BEPPO: Creo… creo que no te entiendo.

IPPOLITA: Entre el amor y el deber, panoli. O haces lo que te pido o tú y yo hemos terminado, *capisci?*

BEPPO *(con una nobleza que habría sido la envidia de Sydney Carton[40])*: De acuerdo, pues. Puedes azotarme las plantas de los pies, puedes hacerme picadillo, puedes arrojarme al Vesubio… pero jamás traicionaré a Baldassare Volante. Adiós.

VOLANTE *(abriendo la puerta de golpe)*: ¡Bravo! ¿Qué te había dicho, Ippolita?

IPPOLITA: Beppo, *angelo mio*… ¡Ven a mis brazos! *(La chica se agacha y lo toma entre los brazos.)* Oh, cariño, ¡qué feliz me has hecho!

BEPPO *(atónito)*: ¿Estoy soñando? ¿Estoy en el Paraíso? ¿Qué ha ocurrido?

VOLANTE: Que acabas de superar la prueba con nota. Quería estar seguro de mi yerno.

BEPPO: Entonces… toda esa historia de los editores ¿era mentira?

IPPOLITA: De cabo a rabo. Papá y yo nos la hemos inventado de principio a fin.

BEPPO: Pero el Hotel Astor existe, estoy seguro. Una vez me fumé un puro de esa marca.

IPPOLITA: Pura coincidencia. Te garantizo que no existe nada llamado National Book Award… Y si existiera, unos cuantos ratones aquí y allá no iban a cambiar nada.

BEPPO *(emocionado)*: *Signor* Volante, quiero que sepa una cosa. No ha perdido usted una hija, ha ganado un hijo.

VOLANTE: Retiro lo que he dicho antes sobre tu talento poético.

40. Personaje de *Historia de dos ciudades* de Charles Dickens. Carton es un abogado que decide salvar la vida del condenado al que ha representado dejando que lo ejecuten en lugar de este.

(Resignado) Allora, hijo mío, llévatela, y algún día, sin duda, descenderá otro guerrero de los cielos... Pero esta vez será un bípedo y no irá atado con cordeles. *(Ippolita se sonroja decorosamente, música nupcial y...)*

TELÓN

DEMASIADA ROPA INTERIOR
MALCRÍA AL CRÍTICO

Los deprimentes seis pisos de mi pequeño edificio de la calle Cuarenta y Seis Oeste se alzaron ante mí con el mal gusto de siempre cuando el taxi se detuvo delante, pero, al pisar la acera, reparé en un añadido nuevo que me llamó la atención. Sobre la moldura de falso mármol que rodeaba la entrada había una elegante placa de bronce en la que ponía «Jampolski Arms» con letras en bajorrelieve. Guzek, el portero, acababa de pulirla con una gamuza y contemplaba el resultado con los ojos entornados y una colilla de puro colgando de los labios.

—¿De qué va esto? —pregunté—. No me diga que el edificio ha cambiado de manos mientras yo estaba en Boston.

Guzek se encogió de hombros.

—Es idea del propietario —dijo—. Dice que el edificio necesita un poco más de clase.

—Pero ¿quién es Jampolski? —dije yo—. Si él se llama Sigmund Rhomboid.

—Su esposa por derecho consuetudinario —dijo él—. Lo ha elegido por esos brazos blancos tan maravillosos que tiene.[41]

La idea de que debajo de aquel áspero caparazón curtido en Gotham se escondiera un hombre tierno, y de que ya no hubiera tro-

---

41. Se juega aquí con el doble sentido de *arms* en inglés: «brazos» y «armas», en su sentido de escudo o blasón. Con esta última acepción aparece a menudo como parte del nombre de hoteles, pubs y edificios.

vadores como Nick Kenny o Odd McIntyre para encomiarlo, hizo
que por un momento se me formara un nudo en la garganta, pero
volví a tragármelo y entré en el vestíbulo. Me dio la bienvenida la habitual acumulación de cartas de acoso —patéticas apelaciones de espías
atómicos que solicitaban un nuevo juicio, amenazas de la Agencia
Tributaria—, junto con la jeremiada semanal de Roxanne. Los Ángeles
era un desierto cultural, nuestro divorcio le había provocado migraña
e insomnio permanente y en el sobre adjuntaba una factura de I.
Magnin que se me había pasado por alto. Para acabar de rematarlo,
la mujer de la limpieza no había quitado el polvo de la casa, debido,
según me explicaba en una nota escrita en lineal B, al repentino fallecimiento de su hermano en Richmond. Pobre mujer: era el duodécimo
familiar que enterraba desde Navidad. Si la cuenta era correcta, lo
único que superaba su récord era el *Diario del año de la peste* de Defoe.

Acababa de salir de la ducha cuando recibí la llamada de Ned
Bluestone. Su voz sonaba en clave de do y tan llena de ansiedad que
el auricular me tembló en la mano. Que por qué no le había telefoneado o enviado un telegrama después de la primera función en
Boston ni me había puesto en contacto con él tras mi llegada. Que
qué clase de agente de prensa desaparecía del mapa varios días. Que
en toda su experiencia como productor...

En ese momento solté un grito agudo que sirvió para abreviar
la consabida epopeya de cómo sus Alegres Comadres de Bluestone
habían dado el salto a Broadway desde los circuitos de provincias.

—¿Qué problema hay? ¿Qué pasa? —preguntó.

—Es la señora Jampolski —dije sin aliento—. Acaba de bajar en
cueros por la escalera de incendios seguida por un hombre con pies
de cabra. Te veo luego.

Para cuando llegué a la oficina, Bluestone ya había volcado parte
de la adrenalina sobre sus subordinados, uno o dos agentes y unas
cuantas llamadas internacionales, pero seguía temblando de forma
incontrolable y, con esa tez verduzca, podría haber hecho de saltamontes en una fantasía de Karel Čapek.

—Anda, desembucha, haz el favor —me espetó—. ¿Cuál es el veredicto? ¿Tenemos espectáculo?

—Ned —dije yo—, ahora que ya has hecho el bar mitzvá, ese reloj de oro que llevas representa tus responsabilidades como adulto. Prepárate para lo que te voy a decir: es un fiasco.

—No lo has comprado —dijo haciendo gala de su instinto de hombre de la farándula.

—Te lo diré de otra manera —dije—. Hay cosas soporíferas, como *Sonrisas y lágrimas*, que adormecen al espectador. *Saltémonos la cena* va más allá: lo saca de quicio. No quiero alarmarte, pero el estreno de esta obra en Broadway será otra Noche de los Cuchillos Largos. Te destriparán, te echarán a los perros.

Para mi sorpresa, Ned asintió con aire sombrío.

—Lo supe nada más leer el guion. Me pareció espantoso, pero cuando esa señora Anchas Caderas y su joyero, Sterling Flatware, se ofrecieron a poner la guita, perdí el mundo de vista. Quizá si recurrimos a Abe Burrows...

—Ni hablar —dije—. Créeme, no hay nada que él ni nadie pueda hacer para salvar eso. Cancélalo, te lo ruego.

—¿Cómo? ¿Y sacrificar las fiestas que ya tengo organizadas? —dijo apartando la idea de su mente con un gesto—. No seas cafre. Todavía nos queda una salida, y es una idea genial: un golpe maestro. —Cogió un recorte que tenía encima de la mesa—. Lee esto.

El artículo, titulado «No son tan duros», procedía de la sección de teatro del *News* e iba firmado por James Davis. Decía así: «Los críticos de Broadway que se dejan el sobretodo en la butaca y se pasan los intermedios fuera del teatro como si tal cosa, mientras los demás tiemblan de frío, no son tan duros como parecen. El criado de uno de estos críticos nos informa de que *todos ellos* llevan dos o tres capas de ropa interior debajo de los pantalones y la chaqueta».

—La verdad es que he tratado con mentes rebuscadas a lo largo de la vida, pero la tuya es como el laberinto de Hampton Court —dije perplejo—. ¿Qué tiene que ver esto?

—¡*Schlemiel*![42] ¡Idiota! ¿Es que no lo entiendes? —graznó Bluestone—. Sobornamos a los respectivos criados para que se olvi-

42. Ver nota 25.

den de la ropa interior extra unos cuantos días antes del estreno, de modo que para entonces los críticos estarán resfriados y griposos. Los sustituirán los reseñistas de segunda fila, que suelen ser afables y cordiales partidarios de vivir y dejar vivir, no como esos buitres.

—Ned, me duele tener que decirte eso —respondí—, pero creo que se te ha aflojado un tornillo. Los nervios de esta producción...

—Lo he estudiado desde todos los ángulos y no puede fallar —dijo cerniendo toda su mole sobre mí—. El *Almanaque del granjero* prevé temperaturas bajo cero para el resto del mes. Hablaré con los jefes de sala para que, en los espectáculos que preceden al nuestro, sienten a los críticos al lado de la puerta, donde les dé una buena corriente. Si es necesario, les sentaremos a alguien detrás para que les estornudé encima. Te garantizo que la noche del estreno toda la panda estará con fiebre guardando cama.

Habituado como estoy a las histerias del mundo del espectáculo, supe que discutir era inútil.

—En fin, a mí toda esta historia me parece un desatino —dije—. Además, ¿cómo es posible que Umlaut, del *Times*, y Jack Chopnick, del *News*, puedan permitirse tener criado, con sus sueldos?

—¡Precisamente! —dijo Bluestone lleno de júbilo—. Eso es lo que los hace vulnerables. Seguramente su servicio trabaja por cuatro chavos, así que si les damos una propina para que se olviden de la ropa interior extra, les parecerá dinero llovido del cielo. Toma, estos son los nombres que mi secretaria ha conseguido haciéndose pasar por reportera del *Times*. Ponte manos a la obra, y sobre todo ándate con pies de plomo, por el amor de Dios. Si esto se filtrara, sería dinamita.

Aunque Eric Ambles y Graham Greene hubieran aunado esfuerzos con E. Phillips Oppenheim, habrían sudado tinta para maquinar las intrigas a las que me dediqué la semana siguiente. Haciéndome pasar por Sigmund Jampolski, propietario de la Lavandería a Mano La Fragancia, llamé a los criados en cuestión —todos ellos ingleses, según resultó— y me ofrecí sinceramente para hacerme cargo de sus coladas. Les expliqué que el prestigio derivado de tan eminente cometido era tan inmenso que estaba dispuesto a hacerlo sin cobrar nada; es más, les ofrecí una gratificación de veinte dólares por pieza a cambio del privilegio. La presteza con que respondieron me convenció de que podía pasar tranquilamente a la segunda y más delicada fase del plan. Los invité a todos, comenzando por Yelverton, el hombre de Umlaut, a tomar una copa. Nuestro primer encuentro era puramente social; yo loaba las virtudes de Gran Bretaña, fingía un profundo interés por su trabajo y sus problemas, y hacía lo posible por granjearme sus simpatías. En nuestra siguiente reunión, como quien no quiere la cosa, la conversación se desviaba hacia sus empleadores. Entonces yo decía que cualquiera que se pusiera dos o tres capas de ropa interior, como había publicado el *News*, tenía que ser un poco hipocondríaco.

La reacción de Yelverton, análoga a la de los demás, me llenó de esperanza.

—¿Un *poco*? —repitió—. ¡El señor Umlaut pierde la chaveta en lo que respecta a la salud! Ah, Jampolski, nadie sabe lo que tengo que soportar: las cataplasmas, los vahos, las interminables quejas sobre sus sufrimientos y dolores. Todo imaginario, claro.

—A causa de la inseguridad y de su humilde cuna, sin duda —dije yo—. Puede que esto, Yelverton, le parezca extraño viniendo de un lavandero, pero soy licenciado en psicología por la Universidad Loyola, y solo hay una manera de lidiar con esta gente. Hay que privarlos de su muleta: en este caso, el exceso de ropa interior. ¿Por qué no se la limita a una pieza un día de estos?

—Dios del cielo, jamás me atrevería —dijo él escandalizado—. ¿Y si le agarrara frío en el hígado?

—Bobadas —dije con impetuosidad—. De repente se daría cuenta de que se ha librado de su neurosis y le estaría eternamente agradecido, lo idolatraría.

—Hmm, quizá. —Parecía dudoso—. No hay criado al que este hombre vea como un héroe, ¿sabe usted?

—A menos que se lo gane —dije—. Le diré una cosa, Yelverton. Estoy tan seguro de que mi teoría es sólida que estoy dispuesto a jugarme el dinero por ella. ¿Por cien dólares se sentiría tentado a probarlo?

Su rostro reflejó tal mezcla de azoramiento y suspicacia que no quise presionarlo; preferí dejar que el veneno circulara por sus venas. Poco después, me telefoneó con una contrapropuesta que verbalizó no sin titubeos. Una amiga suya —en realidad, su prometida— se había encaprichado de cierto broche de diamantes que se vendía por cuatrocientos treinta y cinco dólares en Lambert's. ¿Me parecía una inversión sensata? Tú sí que sabes de psicología, so truhán, pensé, y le pedí algo de tiempo para considerarlo.

Cuando llamé a Bluestone para que me diera el visto bueno para el gasto, el hombre soltó un berrido como si lo estuvieran desollando.

—¿Qué es esto, un comedor de caridad? —gritó—. ¡Ofrécele un reloj suizo de los baratos o algo por el estilo! Mi primo el de la joyería podría hacerme un descuento.

—Tenemos el mismo problema con Copestone, el pájaro que trabaja para Wasservogel, el del *Post* —dije—. Nos pide un abrigo de vicuña. Y Rowntree, el de Zemel, de *Women's Wear*, ha dejado caer no sé qué de un coche deportivo.

Siguió una diatriba de la que entendí que Bluestone estaba decidido a llamar al fiscal del distrito para presentar cargos por extorsión, pero cuando logré intercalar las palabras «efecto bumerán», se serenó. Me dio permiso para llegar hasta doscientos dólares; cualquier cosa por encima de ese precio se consideraría vampirismo y se deduciría directamente de mi estipendio. En cuanto a la tarea de persuadir a los criados para que ejecutaran su trapacería de forma sincronizada, Bluestone optó por mostrarse magnánimo.

—Bueno, tampoco hay por qué degollar a toda la tropa —aconsejó—. No quiero que todos los críticos acaben en la cama con una neumonía, basta con dejar un poco de espacio para que los peces chicos puedan darnos un espaldarazo. Inmoviliza a los hombres clave, pero recuerda: siempre dentro de la ley.

Al final, y tras un pródigo despliegue de adulaciones, alcohol y un mínimo de dinero, logré imponerme a Yelverton, Copestone y Clunes, este último, ordenanza de Chopnick en el *News*. Entretanto, el papel de Jampolski se me hacía cada vez más arduo; a punto estuve de perder el juicio dirigiendo a la cohorte de mensajeros que debía recoger y devolver la colada de los críticos. Menudos criticones, esta

gente de la prensa: señalaban las imperfecciones de mi trabajo —un
puño arrugado, un botón perdido— con la misma inquina que las
de las obras que reseñaban. Con todo, la mecha prendió a tiempo.
El termómetro había caído, mis tres títeres habían reducido el aisla-
miento de sus empleadores y *Saltémonos la cena* cerraba en Boston
para estrenar en Broadway cuando el Hado dejó caer un rayo. Sin
darse cuenta, Irving Cubbins, nuestro protagonista masculino, se
había prendido fuego al tupé mientras fumaba en la cama del Hotel
Touraine; tenía el cráneo tan quemado que parecía un fricasé, de
modo que hubo que traer a otro zombi desde la Costa. Para que el
reemplazo tuviera tiempo de aprenderse su papel, Bluestone envió la
producción hacia Filadelfia una semana. A la mañana siguiente, me
telefoneó desde la taquilla en un estado que lindaba con el delirio. El
espectáculo había hecho furor entre los reseñistas, nadie recordaba
nada parecido, y la cola de la taquilla obstruía el tráfico desde el teatro
hasta Valley Forge. Por consiguiente, todos los planes quedaban anu-
lados; el estreno en Nueva York sería una ceremonia por todo lo alto
a la que debía asistir lo más granado de la crítica, que sin duda sabría
apreciar semejante joya del teatro.

Pincharle el globo a esas alturas equivalía a un infanticidio, pero no
podía dejar de decirle la verdad.

—El daño ya está hecho, Ned —dije—. Es demasiado tarde.
Umlaut está en el Lenox Hill con laringitis, a Wasservogel tuvieron
que sacarlo anoche del Alvin con los ojos irritados y Chopnick tiene
anginas o tosferina, su médico no ha acabado de confirmarlo.

—¡Por mí como si tienen el cólera! —bramó—. Tú asegúrate de
que estos tres estén en su butaca el martes por la noche, aunque haya
que llevarlos en camilla. Diles a las enfermeras que les den jugo de
naranja, vitaminas... ¡llama a Michael DeBakey a Texas para que dé
una segunda opinión!

—Sus deseos son órdenes, *mon général* —respondí obediente-
mente, y colgué.

Despejé mi escritorio, tomé un taxi hasta el 21 y me pasé cuatro
horas almorzando con la chica más guapa que conocía —una muñe-
quita que me recordaba a Aileen Pringle—, tras lo cual, para desqui-

tarme un poco, firmé los noventa dólares de la cuenta a nombre de Bluestone.

Lamentablemente, *Saltémonos la cena* no fue el bombazo del siglo como auguraba su productor. Las invectivas que suscitó en Nueva York, de hecho, habrían dejado atónito incluso a un *connoisseur* como Hugh Kingsmill. Los críticos de segunda fila asistieron vestidos con una sola capa de ropa interior y la votaron el mejor alucinógeno del año y la peste más mortífera que ha asolado el mundo del teatro desde *La escalera*. Después de eso, Bluestone se pasó a la televisión, donde pronto lo pusieron al frente de una cadena entera. Cuando seis meses más tarde me postulé, por medio de un intermediario, para trabajar en su departamento de prensa, al parecer se quedó de piedra.

—Ni me nombres a ese cabronazo —gruñó—. Él fue la causa de uno de mis mayores desastres.

CINCO BICEPITOS, Y DE CÓMO SE FUERON VOLANDO[43]

DETECTADOS VARIOS CASOS DE ALERGIA AL TRABAJO

CARAMANICO, Italia (Reuters): Hay personas literalmente alérgicas al trabajo, según un informe presentado en un congreso de médicos celebrado en Italia. El informe asegura que la actividad muscular puede liberar una cantidad excesiva de histamina, un potente estimulante químico localizado en los tejidos corporales, lo que provoca sarpullidos y alergias.—*The Times*

HOUSTON, Texas (AP): Un psiquiatra de Illinois ha declarado que el país sufre una epidemia de adicción al trabajo. El doctor Nelson J. Bradley asegura que la adicción al trabajo reviste las mismas características que la adicción al alcohol o a los narcóticos [...]. El adicto al trabajo siente un acuciante deseo de trabajar, desarrolla una tolerancia cada vez mayor y padece síndrome de abstinencia cuando no trabaja, afirma Bradley, según el cual uno de los indicadores más certeros de adicción al trabajo es la tendencia a hacer horas extras. Otro ejemplo de ello serían las personas que dicen llevar diecisiete años sin tomarse vacaciones.—*The Post*

---

43. El título en inglés es un eco del de la novela de Margaret Sidney *Five Little Peppers and How They Grew* (1881, inédita en castellano), adaptada al cine con el mismo título por Charles Barton en 1939.

322

Era un establo de estilo alemán de Pensilvania, del tipo de los que Andrew Wyeth y Charles Sheeler inmortalizaron en sus telas, una prominente nave de piedra a la que a lo largo del último siglo y medio habían ido añadiéndose varios transeptos de madera —un cobertizo para el carro, un granero, una camareta y un silo—, y, cada vez que llegaba en coche a casa, su imagen erigiéndose sobre las lomas y los campos aledaños me producía una sensación renovada de estabilidad y paz. Aunque hoy en día es un edificio puramente ornamental —almacén de leña, estanterías viejas y picos oxidados—, simbolizaba la continuidad, y las marcas en forma de estrella visibles en la fachada eran un gesto de conciliación con el destino, lo cual me reconfortaba. En los últimos dos inviernos, sin embargo, el tiempo y los elementos habían hecho avances perceptibles. La pintura de casi todo un lateral se había descascarillado, a los gabletes les faltaba parte del estuco y de un día para otro lo pintoresco se había vuelto decadente. El día que un vecino fisgón me paró en la oficina de correos para decirme, con dulce acritud: «No soporto ver cómo desaparecen los lugares con solera», supe que en el pueblo no se hablaba de otra cosa. Había que pintar el establo —doscientos cincuenta mortales litros, recordaba de otra ocasión— y de nada valía fruncir el ceño. Me fui a buscar a un contratista.

El señor Trautwein, universalmente reconocido como un genio en su profesión, vivía a cincuenta kilómetros, en una encantadora y retirada aldea menonita. La pintura fresca fulguraba en las casas que flanqueaban la suya; los postigos relumbraban como el terciopelo fino, los porches resplandecían. La vivienda de Trautwein, sin embargo, era la casa más descuidada que he visto fuera de Gorbals, en Glasgow. Los desgastados listones de madera no dejaban ver el menor rastro de pigmento, las canaletas pendían lánguidas del tejado y el terreno estaba sembrado de latas de trementina, cristales rotos, pedazos de tela y otros detritos similares. Consternado ante semejantes portentos, estuve a punto de poner los pies en polvorosa, pero, recordando el viejo dicho que en casa del herrero cuchara de palo, decidí perseverar. Trautwein, un ciudadano de nariz alargada con bigote a lo Chester Conklin, estaba ocupado con un *western* que esta-

ban echando en la tele y que según él lo mantendría ocupado el resto
de la semana, pero finalmente consintió en acercarse al cabo de uno
o dos días para hacerme un presupuesto. Con ese instintivo don de
la oportunidad que tienen los rústicos, se presentó una noche justo
en el momento en que mi mujer estaba sacando el suflé del horno, y,
cuando me fui con él a inspeccionar el establo, la atmósfera se cargó
de forma abrupta. A Trautwein se le mudó la cara al comprobar la
magnitud de la tarea.

—Está demasiado deteriorado —dijo con voz lúgubre—. Esos
maderos chupan la pintura como si fueran esponjas. Yo que usted lo
echaría todo abajo y usaría la madera para hacer leña.

Respondí, algo altivamente, que no me habían nombrado primer
ministro del pueblo para presidir la demolición de mi establo, pero
evidentemente el hombre no captó la alusión.[44]

—Lo que usted diga —dijo indiferente—. Es su dinero, no el mío.
¿Quiere que lo hagamos con el pulverizador o a brocha?

—A mano —dije haciéndome eco de los consejos aprendidos en
La guía del consumidor—. Con meticulosidad, a la manera tradicional. Quiero que pinte cada rincón y cada esquina con la mejor pintura que encuentre, al diablo los gastos. Este edificio ya estaba aquí
cuando los pieles rojas rondaban esos bosques, hermano, ¡y a Dios
pongo por testigo —prometí emocionado— que aquí estará cuando
regresen!

Tras asegurarme que se grababa a fuego mis deseos en el corazón,
Trautwein se fue y transcurrió un mes sin que tuviera noticias de
él. Telefoneé a su casa media docena de veces y todas y cada una de
ellas tuve que soportar largas e inanes conversaciones con quienes
diría que eran sus hijos o un grupo de chimpancés; era posible que
los estuvieran criando juntos a modo de experimento. Al final lo aco-
rralé, pero él me bombardeó con excusas. El tiempo era demasiado
húmedo para pintar y los insectos demasiado numerosos, en todo el

---

44. El narrador parafrasea las famosas palabras de Winston Churchill en un discurso del 10 de
noviembre de 1942: «No me han nombrado primer ministro del rey para presidir la liquidación
del Imperio británico».

país escaseaban las escaleras y entre sus ayudantes se había declarado una epidemia de artritis. Una mañana de agosto, cuando ya hacía tiempo que mis esperanzas se habían desvanecido, una camioneta sin distintivo ninguno, como esas que se utilizan para transportar pieles caras, estacionó delante del corral y dos personas vestidas con mono de trabajo y boina a juego se apearon. Lo primero que pensé fue que eran Andrew Wyeth y Charles Sheeler, pero enseguida se presentaron como emisarios de Trautwein: Russell Mulch y Howard Compost eran sus nombres. Mientras descargaban el equipo, enseguida me fijé en que eran muy distintos. Compost se movía con un vigor que rozaba lo maníaco; levantaba las cubas de pintura de cinco en cinco, cargaba las piezas del andamio como si fueran palillos chinos y lanzó una polea con tal fuerza que defolió la mitad de las capuchinas que teníamos plantadas en la barca. Mulch, por el contrario, parecía poco menos que un inválido: tenía un tono pálido y linfático, y cada paso que daba parecía que fuera a ser el último. Me quedé horrorizado al ver cómo forcejeaba para abrir un bote de masilla, con unos goterones de sudor del tamaño de uvas de Catawba perlándole la frente. Para cualquiera que tuviera un ojo clínico como el mío —además, como antiguo estudiante del preparatorio de medicina, tenía alguna idea de patología—, a aquel hombre le faltaba hierro en la sangre. Estaba en las últimas.

Sea como fuere, en ese momento había otros asuntos que reclamaban mi atención —concretamente, encalar manojos de zanahoria para preparar los adornos florales del recibidor—, de modo que hice prometer al dúo que respetarían el sabor tradicional del establo y me retiré. Una hora o dos más tarde, tras comprobar que era imposible vigilarlos con los prismáticos desde el dormitorio, salí a investigar. Compost, en un derroche de energía casi sobrehumano, había imprimado él solo dos terceras partes del exterior, reforzado los clavos de las tablas, sustituido las planchas de hierro ondulado del silo, pintado las partes metálicas con esmalte anticorrosivo y en ese momento estaba sentado en el tejado, al más puro estilo suicida, espantando a las palomas mientras rellenaba las grietas de la limatesa. A Mulch, su compañero, no se lo veía por ningún lado, y, por horrenda que fuera la conjetura, me pregunté si no se habría ido a los campos a morir. Mis temores pronto quedaron disipados; estaba tendido en nuestra hamaca bajo los arces, estornudando de forma convulsiva y desfigurado por unas virulentas ronchas coloradas.

—Veo que ha tocado las ambrosías, ¿eh? —dije fijándome en sus pupilas dilatadas y sus muñecas flácidas—. Aunque también podrían ser los efluvios de la laca; recuerdo que una vez el profesor dijo algo de eso en una clase de farmacología. Da igual, que no cunda el pánico, enseguida lo remediamos.

Preparé una solución débil de bicarbonato, sirope de higos y mostaza de Dijon —que yo habría preferido administrar por vía intravenosa, pero el pulso y la respiración (los míos, quiero decir) lo desaconsejaban—, y el hombre consiguió ingerirla. Lamento decir que los síntomas persistieron, y cuando Trautwein llegó al atardecer para comprobar cómo iba el trabajo me encontró francamente desconcertado. Cuando le pregunté por Mulch se mostró claramente evasivo, pero al final desembuchó. El tipo era alérgico al trabajo; bastaba con que agarrase una brocha para que una oleada de histamina inundara su sistema y consumiera su vitalidad.

—Ocurre cada vez que hay que hacer algún trabajo —confesó—. A veces el pobre diablo no puede ni bajarse de la camioneta. Justo lo contrario que Howard —añadió señalando a la parhilera, donde Compost estaba haciendo equilibrios como si fuera Bird Millman mientras daba brochazos alocadamente entre la penumbra—. Podría seguir toda la noche. Y yo no me atrevería a detenerlo, no sea que al parar le den los retortijones. Hay que saber cómo manejar a esta gente.

—Pues a mí se me ocurre una manera —sugerí—. ¿Por qué no me trae a *dos* adictos al trabajo? Así acabaríamos en la mitad del tiempo.

—¿Quiere decir que le diga a Russell que se vaya? —preguntó incrédulo.

—Ehm... Solo temporalmente, hasta que el trabajo esté acabado —dije—. Hay que ser justos, pero pagarle a alguien para que se quede repantingado en una hamaca...

Trautwein apretó los labios.

—Debería denunciarlo a usted a las autoridades —dijo indignado—. ¿No le da vergüenza impedirle a alguien trabajar solo porque tiene los tejidos sensibles? El hombre tiene gente a su cargo, tiene hijos, y usted quiere quitarles el pan de la boca. Jamás había oído nada tan monstruoso.

Estuve tentado de decirle que si los hijos de Mulch eran como los suyos, que se pasaban el tiempo desinformando a la gente por teléfono, seguramente estarían demasiado ocupados para comer, pero me abstuve. Al final, dimos con un *modus vivendi*: le pediríamos a Compost que pintara con dos brochas para compensar lo que no hacía su colega, y al otro le reduciríamos la paga a la mitad. Era una solución equitativa y, desde mi punto de vista, nos permitiría convivir a todos en armonía.

A la mañana siguiente, una hora antes de romper el día, los perros se arrancaron con ladrerío espantoso. Compost había llegado, había instalado un reflector junto al establo y se había puesto a raspar el óxido acumulado en los caños al compás de la *Marcha del Washington Post*. Mulch, por su parte, no se presentó hasta las once. Tras un par de endebles brochazos, cayó de bruces sobre las malvas y tuvimos que trasladarlo al porche, donde pude tomarle la temperatura y suministrarle agua de cebada y unas cuantas revistas. A modo de agradecimiento por el celo de Compost, mi esposa le preparó una cesta de pícnic con una lata de fuagrás, una gallina de Cornualles y un excelente vino de Mâcon, pero el detalle fue inútil; él insistió en saltarse el almuerzo para seguir trabajando. Su compañero, sin embargo, dio buena cuenta de la colación y, a decir verdad, revivió lo suficiente como para tomarse un traguito de *vieux marc* y fumarse un puro. Tras improvisar un esfigmomanómetro a partir de una bomba para bicicletas y el indicador de un viejo calentador de agua —las gentes de la profesión médica estamos entrenados para arreglárnoslas con lo que sea que tengamos a mano— le tomé la presión arterial y vi que había motivos para la esperanza. El peligro no había pasado todavía, pero, si reposaba lo suficiente y no volvía mover un dedo en su vida, todo apuntaba a que Mulch podría salir adelante.

En el establo, la situación era menos halagüeña. Al atardecer, el denuedo de Compost, lejos de remitir, se había redoblado; había soltado temporalmente la brocha y, tras levantar un cuarto de hectárea de tejas, se había puesto a remendar la cubierta. A las diez y media, estando mi esposa y yo sentados frente a la caja de Pandora, con los dientes apretados mientras escuchábamos los eufuismos de Susskind, de repente pensé que el mozo se había pasado diecisiete horas seguidas trabajando sin cesar.

—¿En qué demonios nos hemos convertido? ¿En Simon Legree[45]? —exclamé—. La gente pasará por ahí y lo verá con los murciélagos revoloteando a su alrededor... ¡Voy a decirle que pare ahora mismo!

—¿Es que te has vuelto loco? —dijo mi mujer, muy pálida—. Está enganchado: ¡si lo detienes, le dará un patatús y a la que te despistes te habrá caído encima una demanda por un millón de dólares!

Si bien las ideas de mi esposa en materia inmunológica eran primitivas, no se puede negar que estaba dotada de cierto instinto para las leyes. En cualquier caso, el asunto se resolvió al día siguiente. Ni Compost ni Mulch se presentaron, y el lugar estaba más desierto que el Hadramaut. Dejé pasar veinticuatro horas antes de volver a telefonear a Trautwein, con el desconcertante resultado de costumbre. Eones más tarde, me devolvió la llamada. Mulch había sufrido una recaída mientras manejaba un mondadientes y habían tenido que ingresarlo.

—¿Y dónde está Howard Compost, que es el que importa? —protesté.

—Ah, el traidor ese —dijo furioso—. Lo he despedido. Al mismo tiempo que trabajaba en su casa, estaba con otro encargo en Perkasie. Pero no se preocupe, terminaremos su establo en menos que canta un gallo. Mañana al rayar el alba tendrá ahí a tres tipos que trabajan más que un mulo.

Trautwein cumplió su palabra. Apenas había yo terminado de rociar el terreno contra la fiebre del heno, la mosca de la avena y la alergia a los caballos —yo también tengo unas membranas suma-

---

45. Simon Legree es el malvado y codicioso dueño de una plantación en la *La cabaña del tío Tom*, de Harriet Beecher Stowe.

mente delicadas, pero no por eso voy por ahí dándome golpes en el pecho—, cuando Trautwein llegó con su coche y abrió la trasera, de donde se bajaron un trío de muchachos de nariz alargada fácilmente identificables como sus hijos, los mayores de los siete. En medio de un tremendo griterío, se abalanzaron brocha en mano sobre el establo, como si fueran seguidores del Mahdi en Jartum, pero cumplieron, y cumplieron bien. He oído decir que algunos vecinos afirman que el establo parece haber sido pintado con las manos. En fin, ande yo caliente y ríase la gente. Por lo menos repele el agua, que es más de lo que puede decirse de la mayoría de establos de esta región de Pensilvania.

¡SEA UN PARDILLO!
¡TIRE USTED LA PASTA!

Atoro pasado todo son agüeros, así que dejemos una cosa clara desde el principio. Si me propongo relatar la crónica de los percances a que dio pie aquella nota que encontré en una botella en Martha's Vineyard, no lo hago por mover a compasión ni para disculpar mi conducta. Si tener un gesto totalmente desinteresado —caritativo, en realidad— es delito, entonces me declaro culpable y merecedor de todo cuanto me ha ocurrido. Es posible que fuera impulsivo y demasiado sentimental, pero les aseguro que en ningún momento de todo aquel embrollo actué movido por motivos bajos o innobles. Al contrario: quiero pensar que, aun habiendo hecho el primo, me desenvolví en todo momento con una dignidad y una gentileza que muy pocos primos habrían exhibido estando en mi posición. Eso es lo que quiero pensar.

Las circunstancias en las que hallé la nota no pueden ser más prosaicas. Estaba yo paseando una mañana por South Beach, en Vineyard, entre los acantilados de Gay Head y de Zack, cuando vi, justo delante de mí, un frasco de esos en los que habitualmente se guardan las aceitunas. En el trozo de papel que había dentro, escrito por una mano claramente joven, ponía lo siguiente: «Me llamo Donald Cropsey. Tengo doce años. Vivo en el 1322 de Catalpa Way, Reliance, Ohio. He estado una semana de visita en Nantucket. Lancé esta botella al agua desde el ferri que va de Nantucket a Woods Hole, Mass., el sábado. Por favor, escríbame una nota diciendo cuándo y dónde la ha encontrado».

Los niños de doce años, y más los que se dedican a ensuciar la costa con cristales, siempre me ponen de mal humor, pero por algún motivo aquel mensaje me desarmó. Estaba escrito en un estilo directo y sin afectaciones, no había en él ni un ápice de apocamiento ni de sumisión, y exudaba esa independencia varonil tan característica de los avispados jóvenes que se describen en las obras de Horatio Alger y Oliver Optic. Me guardé la nota en el bolsillo —en sentido figurado, claro, pues solo llevaba puesto el bañador— y más tarde ese mismo día respondí a la petición de Donald. Tras explicarle en qué circunstancias había encontrado su mensaje, lo felicité por su vigorosa y pulcra retórica, así como por su perspicacia al haber tomado como ejemplo a dos maestros de la prosa inglesa como son Hazlitt y Defoe. No obstante, y para evitar que su ego se le creciera demasiado, me apresuré a señalar que su caligrafía presentaba graves imperfecciones. «Discúlpame, muchacho, por ser tan directo —escribí—, pero esta letra de escuela moderna no te hace justicia. No puedo subrayar lo suficiente la importancia de una buena caligrafía en lo que a labrarte un futuro se refiere. Poseer una letra firme, con mayúsculas bien definidas, es requisito en cualquier negocio, ya sea una contaduría o un establecimiento mercantil, y hasta en profesiones como las leyes y la medicina. Sugiero, por tanto, que te apliques a perfeccionarte en el ejercicio que se conoce como "movimiento Hammond", manteniendo la muñeca flexible en todo momento, y que practiques dibujando la letra *l* de costado».

Al releer la misiva antes de cerrarla, pensé que no estaría de más incluir unas cuantas palabras a modo de recomendaciones de lectura. Le aconsejé que se familiarizara con las obras de Henty, con los relatos de Harry Castlemon («Frank en Vicksburg», «Frank en el buque cañonero», etc.), con *Hacia el fin* de Ralph Henry Barbour y con cualquiera de las obras de Altsheler que cayera en sus manos.[46] También podía revisar los archivos del *American Weekly* de Hearst, añadí, citando

---

46. Todos los autores citados fueron célebres autores de ficción juvenil entre finales del siglo XIX y principios del XX. Muchas de sus obras son de tema aventurero y presentan a personajes, generalmente jóvenes, de carácter ejemplar.

ejemplos de algunas de las curiosidades que ahí podían encontrarse: el
S.S. *Vaterland* colocado en posición vertical junto al edificio Singer para
comparar sus tamaños, el ojo de una mosca común aumentado cien
veces, los baños de leche y demás secretos de belleza de Lina Cavalieri
y Gaby Deslys, los consejos sobre salud física de Jess Willard y las reve-
laciones del conde Boni de Castellane acerca de los Cuatrocientos de
la alta sociedad. Para terminar, le expresaba mis mejores deseos y lo
alentaba a pisar fuerte, arrimar el hombro y dejarse el pellejo en todo
cuanto hiciera, actitud que le aseguraría la compasión de personas
influyentes que algún día podrían ayudarlo en su carrera.

Ya casi me había olvidado de aquel episodio cuando, un mes más
tarde, en Nueva York, recibí una carta de una tal señora Rhonda
Cropsey. Estaba escrita en un papel con membrete de un hotel del
centro, y en ella se identificaba como la madre Donald y me daba
efusivamente las gracias por mi epístola. Se había tomado la libertad
de abrirla, ya que su hijo se encontraba en El Moribundo, California,
visitando a su padre, de quien estaba separada. Mi carta le había parecido tan brillante, tan sumamente inspirada, que antes de reenviarla
había sacado una copia que había leído a diario hasta que todas y cada
una de sus sílabas se habían quedado grabadas en su corazón.

«Debe de ser usted una persona maravillosa —continuaba—. Una
especie de santo, me imagino. ¿Quién, si no, iba a tomarse la molestia de responder a un niño al que ni siquiera conoce, o de esbozar un
plan de estudios para ensanchar los horizontes del chiquillo? Nunca
en mis veintiocho años (sí, así de joven soy, aunque hable como una
vieja trasnochada) he sentido tanta gratitud hacia alguien. Haría lo
que fuera por compensárselo... Pero bueno, estoy malgastando su
tiempo con mis tontos cumplidos; supongo que no puedo evitar confesar la admiración que siento hacia mi héroe. Sea como fuere, la
razón por la que me pongo en contacto con usted es que voy a estar
un día o dos por sus latitudes para comprar algunas *frivolités*, y me
preguntaba si sería posible que nos viéramos cinco minutos para discutir los próximos pasos en la educación de Don. ¿Sería tan amable de
llamarme enseguida? Porfa, por favor.»

Aquello me ponía en un serio aprieto. En mis manos tenía la carta de una madre que me adoraba, sin duda una mujer chapada a la antigua salida de algún villorrio perdido de Ohio y decidida a dejarme sordo, mudo y ciego cantando las virtudes de su pequeño tesoro; y aun así, ignorar su petición habría sido como propinarle un bofetón en plena cara. Dediqué diez minutos a dar vueltas al problema y finalmente tuve una inspiración. Complacería a la mujer y la llamaría por teléfono, pero, por mucho que insistiera y suplicase, evitaría encontrarme con ella.

—¿Hola...? Sí, soy Rhonda Cropsey. —Su voz no era en absoluto como me la había imaginado. Hablaba con tono grave y resuelto, y transmitía un delicioso temblor que producía un cosquilleo en el espinazo—. Ooh, ¿de verdad es usted?

—¿Quién, si no? —balbucí—. Quiero decir... hola. Sí, soy yo. Verá... esto... me han anulado una cita. Generalmente estoy terriblemente ocupado, pero podría estar en algún lugar del centro, como el bar del Plaza, dentro de media hora, siempre y cuando no le venga mal a usted.

En absoluto, se apresuró a responder, era perfecto. A continuación, le describí pormenorizadamente a qué bar me refería, para que no me esperase en el Salón de las Palmeras o en la Sala Eduardiana. Mis miedos eran infundados; lejos de ser una boba provinciana, la señora Cropsey resultó ser no solo una mujer despierta, sino también una madre joven, recatada y tremendamente atractiva. Su talle era un pelín demasiado sensual para describirla como una auténtica belleza, pero lo compensaba con algunos rasgos que habrían hecho las delicias de algún pintor prerrafaelita, como Burne-Jones o Dante Gabriel Rossetti. Bajo la abundante cabellera trigueña recogida bajo una redecilla, sus dos ojos azules observaban el mundo con una inocencia que encogía el corazón. Su falta de sofisticación se hizo tanto más evidente cuando le pregunté qué le apetecía beber.

—Pues... la verdad es que lo más fuerte que he tomado nunca es jugo de frutas —confesó cariacontecida—. Este cóctel que está tomando usted, el sidecar, ¿qué lleva?

Le expliqué que era un digestivo suave, consistente en un poco de brandi y unas gotas de Cointreau, y al oír eso, pidió otro para ella. Pasado un rato, la tensión inicial se había desvanecido y empezamos a charlar como dos viejos amigos. Parecía imposible, señalé, que una muchacha tan joven pudiera tener un hijo de doce años, y ella se mostró igualmente incrédula al oírme admitir, entre risas, que tenía poco más de treinta años. A juzgar por la cultura y la magnanimidad implícitas en la carta que le había enviado a Donald, ella esperaba encontrarse con un hombre que tuviera el doble, cuando no el triple, de mi edad.

—¡Madre mía, qué diferencia entre usted y mi marido! —murmuró, frunciendo su encantadora frente con una sombra de dolor—. ¿Sabía que ese puerco me daba unas palizas de campeonato?

Dado que nunca había visto al puerco en cuestión, no me veía en condiciones de emitir ningún juicio, por lo que mi reacción se limitó a mover lastimeramente la cabeza y a pedir otra ronda antes de reconducir hábilmente la conversación hacia su hijo. ¿Exactamente qué tipo de consejo quería que le diera a propósito de su formación? Las mejillas de la señora Cropsey adquirieron un sonrojo culpable y la mujer agachó la cabeza compungida. Si bien era cierto que le preocupaba el bienestar de su hijo, reconocía que también había otro motivo por el que se había puesto en contacto conmigo. Había seleccionado varios vestidos, trajes y abrigos en unos almacenes de la Quinta Avenida y quería que yo, su único amigo en Nueva York y hombre con un criterio y un gusto intachables, eligiera cuál de ellos le favorecía más. Era consciente de que aquello constituía un terrible abuso por su parte, máxime cuando su deuda conmigo era ya tan grande, pero concediéndole ese último favor me consagraría definitivamente en sus afectos, me elevaría al Olimpo... En vano argumenté que no era yo quién para juzgar en cuestiones de moda femenina; pero cuanto más vehementes eran mis negativas, más insistentes se volvían sus ruegos, hasta que al final, derrotado por una mezcla de lisonjas y sidecars, me rendí y acepté.

A decir verdad, las decisiones que la señora Cropsey sometió a mi parecer se revelaron más bien intrascendentes. Examiné con ojo experto las prendas seleccionadas, comparé varios detalles relativos al diseño y la factura, y elegí sin vacilar las que me parecían mejores. Las vendedoras se quedaron francamente asombradas ante mi sagacidad y pensaron sin duda que debía de ser algún pez gordo del Distrito de la Moda. Tanta era la armonía que se respiraba y tanta la solicitud del personal, que mi compañera acabó comprándose unos cuantos artículos más: un costoso *negligée*, un par de bolsos de importación, seis pares de zapatos y unos cuantos broches de diamantes que podían combinarse con ropa informal. A petición suya, y a cambio de un suplemento extraordinario, las compras fueron enviadas por mensajero a su hotel, y uno de los jefes de sección, frotándose las manos y haciendo obsequiosas reverencias, nos acompañó hasta la oficina de crédito, donde debía formalizarse el pago. De repente, mientras rebuscaba en el interior del bolso, la mujer emitió una exclamación de sorpresa.

—¡Mis cheques de viaje! —gritó—. No están... ¡me los han robado! No... no... ¡un momento! Ahora que lo pienso... me los he dejado en el hotel.

Seamus Mandamus, mi abogado, se quedó mirándome fijamente por encima de las gafas durante varios segundos mientras tamborileaba con los dedos en la mesa.

—Ya veo —dijo con infinita compasión—. Y supongo que entonces usted la ayudó. Suscribió un cheque por la cantidad correspondiente y se fue con ella al hotel para que la mujer pudiera devolvérselo.

Lo miré fascinado.

—¿Cómo lo ha sabido?

—Oh, puro instinto. —Su sonrisa irradiaba la más profunda benevolencia—. Y ahora permítame que adivine. Cuando llegaron al hotel, la señora Cropsey recordó otra cosa. En realidad *no* se había dejado los cheques en la caja fuerte del hotel, como creía al principio, sino en la habitación. Y entonces usted la acompañó arriba. ¿Correcto?

—No era una habitación... era una suite —corregí—. Tenía un salón con cocina, un dormitorio...

—Sí, sí, ya sé lo que es una suite —dijo él, impaciente—. El caso es que había una botella de whisky escocés y hielo en la cocina, de modo que lo invitó a servirse una copa mientras ella iba al dormitorio a buscar el talonario.

—¡Esto es increíble! —exclamé—. Parece como si hubiera estado usted allí, se lo juro.

—Amigo, si yo hubiera estado ahí, ahora no estaría usted aquí con esa cara de palo —repuso—. Un pequeño detalle: ¿cómo explica usted esa botella de licor, a la vista de que la dama había dicho previamente que lo más fuerte que tomaba eran jugos de frutas?

—Pues... eh... en ese momento no lo pensé —dije—. Estaba un poco amodorrado por culpa de los sidecars.

—Y la presión de las compras y todo eso —dijo asintiendo bondadosamente—. Aunque me imagino que la modorra se le pasó de sopetón en cuando reapareció la señora Cropsey, ¿verdad? ¿No se sorprendió al ver que se había puesto una ropa más cómoda, una ropa más... ceñida y transparente?

—¡Que me aspen si no es usted clarividente! —dije maravillado—. La verdad es que aquello me dejó a cuadros. Pero entonces, antes de que pudiera recuperar el aliento, entraron dos energúmenos con una cámara. Hubo un flash cegador y...

—No es preciso que siga —me interrumpió—. Lo que ocurrió es evidente, es un procedimiento de rutina. Y entonces, cuando se fueron, la rubia se puso histérica, rompió a llorar y se encerró en el dormitorio, ¿no?

—Me ha quitado usted las palabras de la boca —dije—. Estuve media hora dando golpes en la puerta, pero nada. No he sabido nada más de Rhonda Cropsey.

—Hasta ahora —replicó amablemente Mandamus—. Por si todavía no lo ha entendido, es mi doloroso deber iluminarlo. Es usted tercera parte implicada en el proceso de divorcio de Cropsey contra Cropsey, y, además, unos importantes almacenes están furiosos por la anulación del pago de un cheque y lo han demandado por mil ciento ochenta y cinco dólares en mercancías. Me pregunto si ha aprendido algo después de esta experiencia.

Naturalmente, algo había aprendido, pero no estaba dispuesto a admitirlo delante de ese picapleitos. La próxima vez que vea una botella en la playa —o donde sea— pienso apretar los labios y apartarla del camino de una patada. Y eso vale para todos los mocosos de doce años del ferri de Nantucket y también para sus puñeteras madres.

¡HABRASE VISTO! ¿DE DÓNDE HAN SALIDO ESE PAR DE ZÁNGANAS CON CURVAS DE GUITARRA?

Y yo me pregunto: ¿sería indiscreción que un hombre casado expusiera sus intimidades y confesara que el otro día se encontró yendo en el mismo bote que una atractiva mujer inglesa que excitó sus sentidos? Oh, puedo leerles el pensamiento; se están imaginando ustedes a una alegre pareja salida de una de las primeras novelas de Compton Mackenzie, deslizándose perezosamente río abajo en una batea mientras contemplan ensoñados los chapiteles de Cambridge, Cicely arrastrando la punta de su parasol entre las lilas mientras yo, Leslie Howard, renacido en pantalón de franela, manejo el remo y la apostrofo con un verso de Robert Herrick. (Mientras, sin saberlo, en la lejana Sarajevo un serbio fanático prepara el golpe que ha de acabar con nuestro sueño dorado para siempre.) Pues bueno, se equivocan: estaba usando la metáfora en sentido prosaico. Quería decir tan solo que cuando leí en el *Times* de Londres la carta de la señora Janet Barney, de Pangbourne, Berkshire, en la que esta solicitaba ayuda, mi corazón se identificó con ella porque en cierta ocasión yo me había visto en un trance casi idéntico. La señora Barney —cuya carta, por cierto, confirma que es una persona encantadora, de esas a las que uno apostrofaría encantado— rogaba a las mujeres de la página que le dieran consejo sobre cómo actuar con respecto a unas muchachas importadas desde el continente para ayudarla en sus labores como madre. «Quisiera apelar a las lectoras con más experiencia

—escribía— para que me facilitaran unas cuantas reglas que aplicar a las *au pairs*. No sé qué es lo que estoy haciendo mal. Sospecho que es mi culpa si las muchachas se toman cada vez más libertades. Cuando llevan un tiempo con nosotros, se comen todo cuanto hay en la casa, vuelven tarde, usan toda el agua del baño, se ponen los calcetines de los niños y desaparecen cuando más se las necesita. Por mí parte, yo cumplo mi parte del acuerdo: lecciones de inglés, una paga generosa, excursiones, platos tradicionales y demás, pero por algún motivo la que termina lavando los platos soy yo, mientras que la *au pair* se va a jugar al tenis con mi raqueta y mis amigos. ¿Quién puede ayudarme para que no me pase lo mismo con la próxima?»

Aunque en mi caso no había niños de por medio, mis problemas derivados de haber acogido a dos jóvenes extranjeras se parecían tanto a los de la señora Barney que sus palabras me pusieron la carne de gallina. (Bueno, metafóricamente.) Debería explicarles que, hará cosa de un año, empecé a preocuparme por la cantidad de trabajo que suponía para mi esposa la vida en el campo. En lugar de tocar a Chopin al piano o de pintar primorosas y evocadoras acuarelas, como yo había imaginado, siempre estaba ocupada con tareas tan agotadoras como inútiles. Siempre subiendo y bajando las escaleras, pasando la barredora de la alfombra por los rincones, colgando papel atrapamoscas del techo, puliendo colapez junto a la estufa y acarreando quintales de hielo, que en cualquier momento podían resbalársele y aplastarle un pie, a la nevera. Además de encalar el gallinero —tarea cuyo valor es, cuando menos, discutible—, había empezado a hacer canoas de recuerdo con corteza de abedul para sacarse algún dinero, como si la asignación que yo le daba no fuera lo bastante generosa. A mí me ofendía que una mujer refinada y sagaz, una intelectual educada en las mejores escuelas de labores, empleara sus energías en inanes ocupaciones, y así mismo se lo dije. Para mi sorpresa —pues había previsto que esgrimiera firmes objeciones—, me dio a entender que estaba dispuesta a abdicar tan pronto como yo pudiera encontrar a otra esclava.

—Espera un momento —dije yo—. Las mujeres de la limpieza no crecen en los árboles, ¿sabes?, y no son baratas. Algunas cobran hasta treinta y cinco centavos la hora... ¿Qué has dicho?

—Nada —dijo ella—. Muy bien, ¿y qué tal una pareja?

—Cariño —protesté—. Cae por su propio peso que si una persona gana treinta y cinco centavos la hora, dos personas saldrán el doble de caras.

—Muy bien, pues entonces podemos ir buscándonos un robot —me espetó, con una impetuosidad que sonó como cuando uno cierra de golpe la puerta de zinc del congelador—. No esperarás que nadie trabaje gratis para ti, ¿no?

—Un momento... creo que me has dado una idea —dije—. ¿Por qué no buscamos *au pairs*? Un par de jóvenes europeas que sepan apreciar una buena casa de campo, paseos a tutiplén y la oportunidad de pulir su inglés con nuestros discos Linguaphone.

Para ser sincero, al principio la idea de supervisar a dos forasteras inmaduras la llenó de consternación, pero al final capituló y llamé a una agencia de Nueva York especializada en esa clase de servicios. Diez días después, me notificaron que Denise Savoureaux y Cosette Oscillant llegarían en autobús a Trenton a mediodía del día siguiente, así que me fui a recibirlas. En cuanto las muchachas aparecieron en la terminal, me embargó una sensación como la de quien acaba de meter el pie en arenas movedizas (*qui a posé son pied dans un sable mouvant*). Lejos de ser adolescentes, se trataba de dos jóvenes señoritas cuya anatomía provocó un revuelo perceptible en cuanto llegaron a la puerta; de hecho, al presentarnos apenas pudimos oírnos debido a los silbidos de los lobos que sonaban de fondo. Denise era una rubia suntuosa de ojos verdes, como esas que se ven comiéndose con los ojos a los marineros en las sentimentales postales francesas, y su compañera, una morena sensual con una sonrisa picarona que se enrollaba en torno a los varones presentes como una boa constrictor. Cuando me acompañaron hacia la salida con esas minifaldas y esas blusas tan ligeras, estas últimas de redecilla, se diría que, más que caminar, ondulaban. A mí me entraron los calores, me sonrojé y de repente me sentí transportado a Marsella, convertido en traficante de productos sudamericanos. En lugar de con una camisa a cuadros debería haberme presentado con un suéter de cuello alto, una gorra y una colilla de Gauloises colgada del labio inferior.

Por suerte, la ilusión de ser Pépé le Moko se disipó durante el viaje de vuelta, lo que me permitió corregir un par de malentendidos con respecto a las muchachas. La descripción de la agencia, según la cual eran antiguas estudiantes de la Sorbona, era pura fantasía; Denise había trabajado en el guardarropa del Crazy Horse Saloon, en la Rive Droite, y Cosette como manicura en la barbería del Hôtel George V. Por consiguiente, su inglés, que por lo que me habían dicho era muy básico, era en realidad mejor que el mío, y mucho más subido de tono. Además, lo habían pulido bajo la tutela de su primer empleador en Estados Unidos, un periodista deportivo de Long Island: un individuo lascivo cuyas manos, según me dijeron, sonriendo al recordarlo, siempre se iban adonde no debían. ¿Y dónde habían trabajado después?, les pregunté. Últimamente en Las Vegas, en un espectáculo tipo Le Lido en el Caesars Palace. Aunque el ambiente era desenfadado y agradable, su indumentaria consistía en poco más que un puñado de plumas, por lo que habían preferido buscar un entorno más hogareño, como el del lugar adonde las estaba llevando. Yo me callé y dije adiós a los brioches, los cruasanes y las quiches Lorraine que me había prometido. ¿Cómo demonios iba a instalar una rampa como aquellas a las que estas dos muñecas estaban acostumbradas en nuestro modesto comedor?

Por lo menos, la reacción de mi mujer al ver a Denise y a Cosette dio pie a la esperanza; si sintió mareos o la tentación de caerse desmayada, disimuló y se condujo con una sofisticación y un aplomo irreprochables. Con todo, insistió en que se alojaran fuera de la casa, ya que, como ella misma señaló sin darle mayor importancia, nuestra proximidad podía degenerar fácilmente en una farsa a la francesa. Así las cosas, acompañó a las chicas a la casita de invitados, situada en un anexo a unos cuantos metros de distancia, y, conminándolas a ponerse algo menos cómodo que aquellas blusas transparentes, las invitó a relajarse y familiarizarse con la casa.

—Están muy decepcionadas porque no tenemos piscina —me explicó mi mujer en la cocina mientras empezaba a preparar un plato tradicional para que las dos jóvenes se sintieran como en casa: trucha azul con almendras—. Quizá deberías pedir presupuesto para ver cuánto costaría poner una provisional. Ah, y ya puestos, pregunta por el granero, creo que sería ideal para poner un casino. Supongo que esta casa debe de ser un chasco después de haber estado en Vegas.

A juzgar por la circunspección mostrada hacia la *pièce de résistance* y por las miradas significativas que intercambiaron sus asesoras, quedó claro que la *cuisine* de la *madame* no las había dejado precisamente anonadadas. No obstante, se mostraron tolerantes con el vino, dando a entender que la botella de Beaune que yo llevaba veinte años guardando era una cosecha lo suficientemente decente. Con la esperanza de que nos ayudaran con los platos, lavé unos cuantos para que vieran la técnica, pero en lugar de ello bostezaron y se retiraron a la galería, donde dieron buena cuenta de mi *vieux marc*. Como la televisión se había estropeado hacía unas semanas, nos entretuvimos contemplando las luciérnagas. Cosette preguntó si había algún velódromo en la zona o alguna *discothèque* para los jóvenes.

—Hay una pista de patinaje en Frenchtown —respondió mi esposa—. En cuanto a los jóvenes, no hay muchos por aquí. Hay uno que viene a cortar el césped, pero vino hace nada.

—Bueno, pues llámelo para que vuelva a venir —dijo Denise, con sus ojos verdes relampagueando como los de un leopardo al acecho—. *Mon Dieu*, escucha qué silencio, Cosette. Este sitio es un sepulcro.

La calma duró tan solo hasta la llegada, al día siguiente, del lechero, el cual, tras ver a las muchachas, salió raudo a avisar a los vecinos. Al cabo de una hora, el camino de entrada a la casa estaba atascado de vehículos de todo tipo: camionetas, tractores, deportivos, patinetes y carretas. Carpinteros y fontaneros a los que llevábamos años suplicando en vano que vinieran a hacer reparaciones esenciales revoloteaban por ahí ofreciendo sus servicios y regateando con los presupuestos. Apareció un camión Nards, Backs y Reedsworth Smiles, un trío de electricistas que se ofrecieron a cambiar la instalación de la casa a precio de coste, y se presentaron también varios granjeros que durante años habían desdeñado nuestras tierras asegurando que estaban erosionadas y baldías, y que ahora se peleaban por sembrarlas, insistiendo en regalarnos las semillas. En medio de tan cataclísmico bullicio, Denise y Cosette instalaron su corte en la cocina, donde dispensaron Coca-Colas por docenas a sus congestionados y sudorosos admiradores y les enseñaron a bailar el java. Tanta era la agitación y el griterío que al final no pude soportarlo más y me llevé a mi mujer a la barbacoa, donde pudimos comer en paz. Aprovechando nuestra ausencia, las muchachas se habían despedido a la francesa, pero habían dejado una nota en la que nos informaban de que se habían ido a nadar al Delaware, cuyos remolinos pueden ser traicioneros si no hay manos que te puedan sacar del agua. Por lo visto las había, porque, cuando regresaron a casa a las tres de la noche, las palmadas y los oo-la-las que reverberaban por el valle confirmaron que estaban vivas, si bien algo cansadas.

A la vista de la cantidad de café, antiácidos y bolsas de hielo que necesitaron a la mañana siguiente para pasar la resaca, no es de extrañar que mi esposa me confundiera con Eric Blore en el papel de comprensivo mayordomo en algún musical de la RKO. Aun así, el eterno femenino que habitaba en ella no cejaba: cada vez que yo pasaba un momento de más en la casita de invitados, mi mujer entraba con los brazos en jarras y me sacaba gentil pero firmemente, tirándome de la oreja. Ya durante el desayuno, su velada sugerencia de que Denise y Cosette ayudaran con las tareas de la casa fue acogida con un silencio hosco que persistió hasta que dos jóvenes llenos de pústulas aparecieron con una lancha montada en un remolque para llevárselas a la costa de Jersey. Durante los tres días siguientes, apenas si las vimos. De vez en cuando aparecían para usar el teléfono o darse un baño —sin ningún tipo de consideración por las toallas, debo añadir, que lo suyo nos costó lavarlas—, pero su frialdad ponía dolorosamente en evidencia que nuestros intentos por entablar lazos de amistad con ese par de petreles llegados de costas extrañas habían fracasado. Pese a todo, una noche dio la impresión de que su humor había mejorado como por arte de magia; sus ojos traviesos relucían, las risas estremecían sus generosas figuras y estaban radiantes de emoción contenida. Al indagar, averiguamos que el festival de las artes de la zona, que se celebraba todos los años, había programado un espectáculo de revista y que el director las había invitado a tomar parte. Era una oportunidad espléndida para implicarse en la vida artística de la comunidad, por lo que les di mi más sincera aprobación.

—¿En qué consiste vuestro número? —pregunté, lleno de orgullo por ver representada a la familia—. ¿Canciones típicas, *chansons* de la Bretaña y la Provenza? ¿O baladas tristes como las de Edith Piaf y Aznavour?

—*Oui, oui... peut-être* —respondieron distraídamente, y se marcharon a ensayar. El instinto me decía que era mejor no atosigarlas. Querían libertad para dar rienda suelta a su creatividad, para expresarse plenamente y sin ataduras. Y yo eso lo respetaba. Señal de que tenían carácter.

Resultó ser señal de mucho más que eso. El espectáculo fue un éxito de público —la mayor asistencia en años—, entre el que había muchos carpinteros, fontaneros, electricistas y granjeros, gentes todas ellas que no suelen frecuentar el teatro. Nosotros invitamos a un grupo de amigos, personas prominentes del mundo del espectáculo, que se morían de ganas de ver cantar a las chicas. Su número comenzaba con unos muchachos con la cara pintada de negro tocando panderetas con gran profesionalidad, mientras a los lados varios actores intercambiaban chistes sobre robar gallinas y maquinillas de afeitar. Cuando la algazara se aplacó, la orquesta y un redoble de tambor anunciaron la entrada de nuestras *protégées*, que aparecieron caminando sinuosamente desde los bastidores. Llevaban puestos unos vestidos adherentes que amenazaban con explotar cada vez que tomaban aire, guantes largos de ópera y, en el pelo, unos penachos improvisados con pajas de escoba. Al son de «A Pretty Girl Is Like a Melody», la pareja inició un lento número de estriptis tan calorífico como los de Georgia Sothern, salpicado de movimientos que ponían frenéticos a sus admiradores. Animadas por un coro histérico de voces, se quedaron en tanga y pezoneras, y se disponían ya a quitarse también estas cuando una de las auxiliares lanzó un zapato volando contra las candilejas y las sacó a rastras del escenario.

De camino a la terminal de autobuses de Trenton al día siguiente, Cosette lamentó que nuestra relación hubiera empezado con el pie izquierdo (*commencé sur le pied gauche*). Siempre ocurría lo mismo cuando había una mujer mandona cerca, observó Denise, encogiéndose de hombros a la manera típica gala; de hecho, les habría gustado prepararme algún plato regional, como la *cassoulet* o la *ratatouille*, pero qué podían hacer: la señora de la casa les habría arrancado los ojos con las uñas en un ataque de celos. Mientras las ayudaba a cargar el equipaje, oí que el conductor accedía a dejarlas en un local cerca de Perth Amboy llamado el Diamond Bikini. Tendré que pasarme por allí algún día. Probablemente sea el único bar de carretera de Nueva Jersey, si no del mundo, que puede presumir de tener a dos *au pairs* de pura cepa.

DESAPARECIDAS:
DOS MUJERES DE BANDERA.
NO HAY RECOMPENSA

ACTRIZ INDIA DEJA EN LA ESTACADA A TRECE PRODUCTORES
El productor cinematográfico Gunwantrai N. Naik ha presentado una demanda ante el Tribunal de la Presidencia contra la actriz Rajshree por haberle ocasionado cuantiosas pérdidas al abandonar la India a mitad de rodaje de su película en colores *Deedar* [...]. Ya son trece los productores que aseguran haberse quedado en la estacada a media película en cintas en las que Rajshree interpretaba el papel protagonista.—*Variety*

Como dijo Noël Coward, solo los perros rabiosos y los ingleses salen a la calle con el sol de mediodía, y, chico, qué razón tenía. Cuando aquella tarde salí del Hotel Taj Mahal de Bombay estaba más que rabioso: estaba que ardía. Era consciente de que si pasaba un minuto más en aquel cuarto, aguantando la regañina de Donna Crumbshaw, ella iba a acabar con el labio abotargado y yo con cargos por amenazas y agresión. Con las mujeres la paciencia tiene un límite, y ella venía zurrando la badana desde Hong Kong. El caso es que en cuanto me hube echado al cuerpo un par de copas, sentí que me había desquitado. Me disculparía, me tragaría el orgullo, le daría un beso y se lo compensaría por el bien de la paz familiar, pero aquel sobre encima de la cama me decía que el pícnic se había terminado. El mensaje de su interior estaba envuelto en una docena de billetes de cien dólares y decía: «Lo siento, supongo que todo esto ha sido un error. Adiós y nada de resentimientos, aunque lo mejor para ti sería que te murieras y libraras al mundo de semejante alimaña. Lo que hay en el sobre debería alcanzarte para volver a Nueva York. Atentamente, Donna».

De modo que aquel era el fin del sueño dorado que había comenzado, de todos los lugares, en el departamento de artículos de equipaje de los almacenes Altman, menos de dos meses atrás. Sentado ahí, en Bombay, recordé lo preciosa que me había parecido cuando la vi aquella primera tarde, durante la liquidación de mediados de invierno. Fishmouth, el jefe de sección, me había llamado para que la atendiera diciendo que necesitaba un conjunto a juego para irse a dar la vuelta al mundo. Con algún carcamal afortunado, pensé escrutando aquellos ojos seductores y aquel chasis envuelto en el traje hecho a medida. Todo en ella era sinónimo de clase, *crème de la crème* y Registro Social[47]; era sublime. Tenía pocos números, pero para que no se dijera que servidor no había querido probar suerte, le hice la pregunta de costumbre —qué clase de equipaje prefería su marido— y la sorpresa fue más que grata.

—Me da exactamente lo mismo —dijo—. Acabo de divorciarme. Es por eso que me voy a dar la vuelta al mundo: para olvidar.

«Y yo soy el hombre que puede ayudarla», murmuré para mis adentros, lanzándole aquella sonrisa que había aprendido de Lawrence Harvey, de hombre de mundo y, a la vez, terriblemente comprensivo con sus problemas. La mujer eligió sin hacerme gastar demasiadas energías, así que pude dedicarlas a venderme bien a mí mismo. En cuanto obtuve su nombre y dirección, que figuraban en su tarjeta de cargos, el resto fue fácil: la falsa angustia por si en el almacén tenían el diseño elegido, que si podía llamarla en cuanto lo hubiera comprobado, etc., etc. Ella me siguió la corriente: qué

---

47. En Estados Unidos, el Registro Social es una guía donde figuran los nombres y señas de las familias tradicionalmente asociadas con la élite social.

alegría, con los tiempos que corren, encontrar a alguien tan atento, alguien que se preocupa de verdad...

Cualquiera que nos hubiera oído habría adivinado lo que había de ocurrir y, en efecto, ocurrió: fue instantáneo. El primer bar donde nos encontramos no estaba precisamente al lado de su apartamento, pero los siguientes fueron quedando cada vez más y más cerca, hasta que, al final, el animal que habitaba en nosotros terminó por imponerse. Fue un romance tórrido y maravilloso, una competición entre dos seres civilizados por ver quién era el más salvaje una vez corridas las cortinas. Pero de repente empezaron las complicaciones. Una mañana, Fishmouth apareció en el almacén, adonde yo había ido a echar una cabezadita para quitarme la resaca. Al parecer, él estaba igual que yo, pero como no había sitio para los dos me dijo que en adelante podía dormirla en mi casa.

—Excelente, ¡ahora podemos irnos juntos de viaje! Piénsalo, cariño. La semana que viene estarás tirado en las playas de Waikiki.

—Ya estoy tirado —dije yo—. No tengo ni para pagar el alquiler de la semana que viene.

—Ni falta que hace —dijo—. Yo te lo adelanto y ya me lo devolverás cuando ganes tu primer millón. Mañana mismo te vas a Brooks a comprarte ropa mientras yo llamo a la agencia de viajes. ¡Yupi!

En fin, a mí ese plan no me satisfacía del todo, pero pensé que, si protestaba, Donna se llevaría un disgusto, así que cedí. Como decía, todo fue como la seda hasta Hong Kong. Estuvimos en Manila y Honolulú como dos tortolitos, pero luego, en Kowloon, comenzaron los sinsabores. Donna no dejaba de refunfuñar a causa del calor, el ruido y los escandalosos precios. Sin embargo, su verdadero problema eran los celos. Bastaba con que mirase a otra dama para que ella pusiera el grito en el cielo y me tachase de frívolo y cruel. Algunas de estas chinitas son bastante *zoftick*,[48] y cuando te guiñan el ojo es inevitable corresponderles con una sonrisa. En nuestro segundo día ahí, estaba yo haciéndole unas paternales carantoñas

48. Ver nota 16.

a la muchacha del puesto de cigarrillos cuando de repente apareció Donna. Señor, menuda escena. Poco menos que le salían espumarajos por la boca. ¡Y qué lenguaje! Como yo no estaba dispuesto a rebajarme a su nivel, me marché, me tomé unas cuantas cervezas y terminé con un par de muchachuelas en una sala de fiestas con bailarinas de alquiler. A partir de ese día, no me dejó ni a sol ni a sombra. En Singapur, Bangkok y Calcuta, ya fuera mañana, tarde o noche, cualquier excusa era buena para pincharme y mortificarme, pero lo de Bombay ya fue la guinda. Donna había perdido un broche de diamantes en algún cajón o maleta, Dios sabe dónde, y, en lugar de preguntarme con buenos modales si acaso lo había visto, me acusó de habérselo afanado.

Aquello me enfureció, pero logré contenerme. Le dirigí una sonrisita gélida, como Barton MacLane en *The Late Show*, y le dije:

—¿Estás llamándome ladrón?

—No, pensándolo mejor, lo retiro. —Hasta entonces nunca había reparado en que su boca parecía una ratonera—. Te faltan agallas para robarme. No eres más que un embustero, un gigoló de pacotilla, y lamento el día en que te vi.

Eso, claro está, le habría hecho perder la templanza a cualquiera, así que me marché y la dejé con su ataque de histeria. Más tarde, al releer la nota, al fin até cabos. La conciencia debía de reconcomerla, de lo contrario no se habría deshecho de semejante capital. En fin, adiós y hasta nunca, pensé. Podría haber sido muchísimo peor; tenía un billete de avión para volver a casa y más de mil pavos en el bolsillo, así que no había motivos para ir llorando por las esquinas. Me pasaría un par de semanas por Europa a la bartola, y, si no se presentaba nada mejor, regresaría a Nueva York. Así pues, me fui a la agencia de viajes del vestíbulo para reservar el vuelo y ahí fue donde por primera vez vi a Shasta Allahjee.

Reconozcámoslo: en el Lejano Oriente hay mujeres bonitas hasta debajo de las piedras, pero esta era tan imponente que empezaron a castañetearme las rodillas. Su cara era como la de Ava Gardner a los diecinueve años combinada, digamos, con una Catherine Deneuve oriental; y qué atributos... a su lado, Elke Sommer parecía una uva pasa. Supongo que el empleado que la estaba atendiendo notó mi reacción y la advirtió, porque la muchacha se giró con una sonrisa tímida e inquisitiva, como diciendo: «¿Nos conocemos?». Fuera o no ese su significado, yo tenía la respuesta y no dejé pasar la ocasión.

—Perdone la intrusión, señorita —dije—. No recuerdo dónde nos hemos visto antes, pero tengo su nombre en la punta de la lengua. Es algo así como Venus... no, no me lo diga...

El empleado era uno de esos adulones que gustan de dárselas de pez gordo.

—Es la señorita Shasta Allahjee, nuestra estrella de cine más famosa. Seguramente la habrá reconocido por algunos de los muchos éxitos que ha protagonizado.

—Pues claro. Qué estúpido —dije—. Hace años que admiro su trabajo, señorita Allahjee. Yo también me dedico al mundo del cine: Gary Goodspeed, el productor independiente.

A la muchacha le pareció una coincidencia extraordinaria, pero al día siguiente le esperaba otra mayor, cuando al embarcar en el avión con destino Estambul y Roma se encontrara al productor independiente sentado en el asiento de al lado. La noche anterior había hecho mis deberes, había leído varias revistas para informarme sobre la escena cinematográfica local y me había aprendido unas cuantas cosas para estar en la onda. Casi todas las películas que se ruedan en la India —y se ruedan por millares— hablan del amor del sha Jahan por su esposa, Mumtaz Mahal, y de cómo este construyó el Taj Mahal en su recuerdo, y, por lo visto, mi muñeca había participado en todas ellas. De modo que, sirviéndome de mi voz más meliflua, comencé a elogiar su talento y predije que si algún día iba a Hollywood, le lloverían los Oscars.

—Qué curioso que hayamos coincidido de esta manera —dije—. He estado buscando localizaciones y actores para mi próxima producción, una película épica de doce millones de dólares sobre la historia del Taj Mahal, y me parece a mí que sería usted perfecta para el papel de la protagonista.

—No, no, en absoluto, no puedo ni considerarlo. —Parecía algo nerviosa y azorada—. Tengo demasiados compromisos, la gente no deja de hacerme propuestas a todas horas. Por favor, no hablemos más de esto.

Su respuesta me vino de perlas porque yo solo lo había dicho para romper el hielo, así que me puse hablar de mis impresiones de la India: lo pintoresco de sus costumbres, la suculenta comida llena de moscas, la sabiduría que Occidente podría aprender con el estudio de su filosofía. Después de almorzar, pasé a temas más personales y observé que su piel y su pecho tenían la misma textura que los de Audrey Hepburn, solo que en su caso resultaban tanto más apetecibles por ser mucho más joven. Ella no lo negó; sencillamente se quedó ahí sentada, paladeando mis palabras con los ojos cerrados, y entonces supe que iba por buen camino. Al llegar a Estambul ocurrió algo peculiar. Al bajar del avión para dirigirnos a la terminal, oí unos gritos procedentes de la zona de acompañantes, situada en lo alto. Dos tipos con turbantes indios estaban ahí, con unas latas de película en la mano, y nos gritaban cosas.

—¿Qué les pasa a ese par? —pregunté—. ¿Qué quieren?

—No les haga caso —dijo ella aferrándome del brazo—. Volvamos al avión, ¡rápido!

Total, que volvimos a subir las escaleras y durante los veinte minutos siguientes le dio una buena tembladera. Al cabo de un rato conseguí calmarla, pero no quiso explicarme a qué había venido ese ataque de pánico. Fuera lo que fuese —un trauma religioso o simples nervios—, logré que jugara a mi favor y seguí haciéndome de mieles con ella. Le dije que sabía lo duro que es ser una estrella de cine famosa: que si la falta de intimidad y de vida familiar, que si las hordas de majaras pidiendo autógrafos y donativos, y todas esas sanguijuelas, agentes, abogados y contables, que se pegan como lapas al talento de uno. La muchacha se tapó los oídos con un pañuelo y se trasladó a otro asiento para dejar claro que todo aquello no le interesaba, pero yo sabía que estaba haciendo progresos. Entretanto, pensé un poco. Si su destino era Roma, el mío también; valía la pena dar un rodeo si así había de caer tan exótica gachí. En cuanto hubimos aterrizado, fui a la zona de recogida de equipajes a buscar la bolsa donde llevaba los trajes y, en cuanto vi que se subía a un autobús donde ponía

«Hotel Flora», me monté corriendo en un taxi y puse rumbo a via Veneto. Por el grito que dio cuando la saludé en el vestíbulo, cualquiera habría dicho que había visto un fantasma.

—Hola, señorita Allahjee —dije con serenidad y *savoir faire*, como si fuera Ray Milland—. ¿Usted también se aloja aquí? Oiga, ¿por qué no come algo conmigo esta noche y luego nos vamos a remar por el Tíber?

Y ahí fue cuando toda la labor de zapa que había hecho en el avión obtuvo su recompensa; la chica se rindió con una sonrisa, dijo que conforme, y nos dimos cita en el bar a las siete y cuarto. Me presenté a la hora en punto, atento como un zorro, y ya había empezado a dar cuenta de mi martini helado cuando, bingo, un par de espantapájaros como los que habíamos visto en Estambul —puede que los mismos; cuando se ponen esos trapos en la cabeza nunca los distingo— entraron de repente blandiendo sendas latas de película. Los únicos clientes del bar eran una vieja bruja forrada de diamantes y su señor marido, que estaban pasando el rato en un rincón, de modo que los del turbante se volvieron hacia mí y me preguntaron si acaso estaba esperando a una dama de extracción india.

—Así es —dije—. Tengo una cita con una dama extraccionista india... Nos arrancamos las muelas por turnos. ¿Se puede saber qué demonios les importa a ustedes?

Antes de que pudieran abrir la boca, Shasta apareció en la puerta vestida con un sensacional sari dorado y multitud de accesorios que temblaban como si fueran gelatina. Al ver a los dos tipos dio un respingo y se marchó corriendo; todo fue tan rápido que a ninguno de los dos le dio tiempo a verla. En cuanto se hubieron esfumado, telefoneé a su cuarto, y, cuando al cabo de ochenta timbrazos respondió, lo hizo llena de temor.

—Tendremos que dejar correr lo de esta noche, señor Goodspeed... Lo siento... No, no puedo explicárselo... Me voy a Suiza mañana a primera hora... No, no, imposible. Adiós y buena suerte.

Hasta Don Rickles se habría dado por vencido después de eso, pero no Gary Goodspeed, productor cinematográfico. Fui a buscar al conserje, lo unté con unos cuantos cientos de liras y conseguí un

DESAPARECIDAS: DOS MUJERES DE BANDERA. NO HAY RECOMPENSA

asiento a bordo del vuelo de Ginebra en el que ella había reservado. A los quince minutos de salir de Roma, me saqué las gafas de sol oscuras, avancé por el pasillo y me dejé caer sobre el asiento de al lado de la estrella india. Esta vez fui yo quien se llevó la sorpresa: la chica ni siquiera pestañeó; qué tremenda artista.

—Mira, cariño —dije—. Vengo fijándome en ti desde que estábamos en Bombay y por fin lo veo claro. Estás huyendo. Alguna hermandad secreta, los Asesinos o qué se yo, te anda persiguiendo. ¿Es verdad?

Ella se quedó mirándome un buen rato, tratando de decidir si confesar o no, hasta que por fin se rindió.

—Gary —dijo, y, aunque yo me llamo Julius, sentí un cosquilleo en los dedos de los pies—, ¿puedo confiar en ti?

—¿Confiar en mí? —dije—. Yo por ti me tiraría por un...

—Déjalo, no hace falta que te tires por ningún sitio —cortó ella—. Escúchame. Me he... En fin, me he portado mal. Esos hombres a los que viste ayer no son asesinos, son productores de cine. Que viene a ser lo mismo, supongo —admitió—. Pero el caso es que no quieren matarme a mí... Solo mi carrera. Porque dejé sus películas sin terminar, por eso.

—No te sigo. ¿Cuántas películas has dejado sin terminar?

—Diecisiete —respondió—. Todas trataban sobre el sha Jahan y Mumtaz Mahal. —Aquí se le quebró la voz—. Y ahora amenazan con demandarme, con hacerme chantaje, con quedarse con lo poco que tengo... un taller ilegal de costura, una fábrica de fideos, cuatro o cinco hoteles en Cachemira —dijo reprimiendo un sollozo—. Imagínate qué pensará la gente, qué humillación. Nunca podré volver a mirar a la cara a mis admiradores. Me tirarán *ghee* rancio, me pintarán bigotes en los carteles. Oh, Gary, ¿qué va a ser de mí?

—No sufras, muñeca —dije tocándole el hombro y dejando lo demás para futuras sesiones—. Al fin y al cabo, ya te has librado de cuatro de ellos.

—Pero los demás me perseguirán hasta Ginebra, París, Londres —dijo desesperada—. Tú no sabes cómo son los indios cuando quieren venganza, yo sí.

—Claro, claro —dijo yo, tratando de pensar algo—. Espera, espera un segundo. Si pudiéramos reunir a toda la panda en Londres y juntar... Sí, claro que sí, ¡funcionará! Ahora escúchame atentamente, Shasta, esto es lo que vamos a hacer...

—Muy bien, caballeros, pues esta es la propuesta —concluí y me puse en pie. Los diecisiete hombres reunidos en aquella suite del Dorchester no dejaron escapar ni medio sonido: sijs, hindúes, musulmanes, todos con los ojos pegados sobre mí como gato que observa a un ratón—. Permítanme que recapitule para que lo entiendan mejor. Si ustedes demandan a mi clienta, pasarán cinco años antes de que la denuncia llegué a los tribunales, y la indemnización, aunque ganen, será ridícula: cuatro perras, calderilla. Si por el contrario combinamos todo su material en una sola película, tenemos un taquillazo que será la envidia de todos los cinefórums: la película más larga y soporífera desde la trilogía de Satyajit Ray. Sí, señores —añadí—, puede que los aquí reunidos estemos a punto de lograr el mayor avance en materia de anestésicos jamás visto en los anales de la ciencia. Piénsenlo. Yo estaré en el dormitorio con la señorita Allahjee, que es donde debo estar.

Tras muchos dimes y diretes, finalmente se pusieron de acuerdo, y lo demás es historia. Huelga decir que la película se ganó a todos los críticos, incluso a Jonas Mekas. Dijeron que era un hito cinematográfico, a ratos algo repetitiva, pero en cualquier caso un monumento de celuloide capaz de rivalizar con el propio Taj Mahal, la película del año. Después de eso, Shasta saltó a Hollywood y al estrellato, y su forma de agradecérmelo fue pegarme la patada en cuanto me pilló desnudo en la ducha con su doble. De modo, pues, que vuelvo a trabajar en la sección de artículos de equipaje de los almacenes Altman, y de aquí no pienso volver a moverme. La próxima vez que alguien quiera un juego de maletas para irse a dar la vuelta al mundo, que la atienda Fishmouth. Gary Goodspeed, *geboren* Julius Wolfbane, ya ha aprendido la lección.

MIENTRAS TANTO, EN EL DIQUE SECO...

A finales de una tarde de otoño de 1946, un hervidero de actividad impropio de Filadelfia bullía en los pasillos del Hotel Warwick de Filadelfia. La puerta de la suite 1713 se abría a cada momento para dejar pasar a una procesión de camareros cargados con una docena de copas de whisky escocés cada uno, cosa que habría llevado a cualquiera a deducir que allí dentro se estaba celebrando una buena juerga. No obstante, la atmósfera festiva era ilusoria, pues en realidad lo que estaba haciendo Hyman Bellwether, el ocupante de la suite, era aprestar una última defensa que recordaba a la de El Álamo. Bellwether, un productor de Broadway que con sus sortilegios nos había enredado a unos cuantos —un compositor, un letrista, a mí y a otro libretista— en una moribunda comedia musical, se disponía a realizar un esfuerzo desesperado destinado a postergar el inevitable desastre. El espectáculo era un bodrio, los trescientos mil dólares del presupuesto y sus creadores estaban agotados, y todos los implicados sabían que la obra no pasaría del sábado por la noche, tan cierto como que la Tierra es plana. La única excepción en aquel piélago de pesimismo era el propio Bellwether. Con un empecinamiento lindante en la majadería creía que podía salvar los muebles si los inversores le facilitaban suficiente oxígeno como para mantener el telón levantado unos cuantos días más. De qué embelecos se valió solo Dios lo sabe, pero de algún modo logró atraer a nuestros benefactores, dos ricas matronas de Nueva York y sus maridos, al Warwick, con la esperanza de que su elocuencia, reforzada con ingentes inyecciones de jugo de uva, lograra aflojar los cierres de sus carteras.

Mis colegas y yo estábamos congregados en la suite, más sobrios que un témpano, aguardando la llegada de los mecenas con perceptible angustia, cuando reparamos en que Bellwether estaba preparando una misteriosa especie de vudú: mientras tarareaba una de las poco memorables tonadas del espectáculo, iba vertiendo las sesenta copas de whisky que le había suministrado el hotel en tres botellas vacías, con su frente de hombre de Piltdown arrugada en ademán de concentración. Finalmente, uno de nosotros, más dotado que los demás para las matemáticas, abrió la boca.

—Oye, Hymie —observó—, esas copas cuestan un dólar y cuarto cada una, con lo que sale a veinticinco pavos la botella. En la tienda las venden a siete cincuenta la caja.

Bellwether le lanzó una mirada de olímpico desprecio.

—Tu comentario demuestra lo bien que conoces tú a los ricos, chico listo —se burló—. Piensa un poco. La gente con pasta solo bebe de botella, es su rasgo distintivo. Además —añadió con voz razonable—, a fin de cuentas todo esto acabará saliendo del bolsillo de esos panolis, ¿o no?

Y salió —vaya si salió—, aunque al final fue inevitable que una semana más tarde la obra cayera del cartel como un saco de patatas. De todos modos, Bellwether tenía razón y hace poco recordé sus palabras mientras leía en *TV Guide* un artículo de Maurice Zolotow sobre las tribulaciones que actualmente sufren los guionistas en la Costa. Por varios motivos —la frecuencia de las reposiciones, el declive de los espectáculos de sesenta minutos, el incremento de las películas rodadas para la televisión, la concesión del horario de máxima audiencia a las cadenas locales por parte de Comisión Federal de Comunicaciones—, los escribientes de la industria se han visto azotados por una grave escasez de encargos. El polvo se acumula sobre las máquinas de escribir y muchos de quienes antes se calzaban en Lobb se han visto obligados a ir por el mundo con zapatillas de caucho, a redoblar sus visitas al frenólogo y a practicar las más estrictas economías. Veamos, por ejemplo, el caso de cierto escritor, hasta nada muy solvente, quien, según Zolotow, «ha tenido que renunciar a ciertas cosas durante la presente sequía. Antes organizaba unas cenas fabulosas, con chefs, baristas y camareros reclutados especialmente para la ocasión. Ya no. La criada que tenía en casa ha tenido que ser despedida. "Le saqué el polvo a mi querida y sacrosanta madre, que Dios la bendiga, y ahora viene a mi casa a limpiar y cocinar tres veces al día", asegura». Por muy conmovedora que pueda parecerme esta renovación del vínculo filial, detecto cierto tono de acritud, una sombra de las molestias y las recriminaciones que sin duda pronto han de llegar. «¿Y qué ha sido de mí todos estos años en que tú estabas ganando una fortuna? —oigo aullar a la vieja dama—. Mi sopa de pollo no era lo bastante buena para Su Excelencia. No, tenía que tener baristas, camareros, criadas... ¡Sinvergüenzas, sanguijuelas, gandules!» A lo mejor la Brigada de Homicidios de Hollywood debería ponerle a un hombre en la puerta, por si acaso.

Pero el pasaje del artículo de Zolotow que me hizo recordar el episodio de Filadelfia fue el siguiente: «A muchos [escritores] les da igual lo que comen o beben: lo que les importa es impresionar a sus amigos y contactos del mundillo. Olga Valence, guionista de documentales y películas, me habla de un amigo suyo que, aunque vive en la indigencia, está convencido de que debe mantener las apariencias cuando recibe a un productor de televisión, cosa que ocurre de vez en cuando. "Cree que los productores recelan de los guionistas muertos de hambre y que no quieren darles encargos", explica Valence, "así que él sigue sirviéndoles Chivas Regal, Canadian Club, Old Fitzgerald, burdeos franceses de los caros y demás. Yo me preguntaba cómo se las arreglaba, hasta que hace poco me pidió que fuera a su casa a ayudarlo. Lo que hace es rellenar las botellas vacías de whisky escocés y vino de marca con lo que venden en el supermercado. Dice que hasta el momento nadie ha notado la diferencia"».

El reportaje del señor Zolotow me causó una gran consternación, pero no pude evitar ponerme a pensar en cómo reacciona el televidente medio ante crisis como esta. ¿De verdad simpatiza con la tesitura de esos chicos de oro cuyo nombre ve todas las noches en la pequeña pantalla, esos semidioses supuestamente inmunes a las congojas que atenazan a los mortales comunes y corrientes? A lo mejor, pensé, si se las viera cara a cara con sus cuitas —si los problemas a los que ahora se enfrentan fueran puestos en escena de forma vívida—, ello lo movería a compasión. El siguiente *tableau vivant* no pretende arrancarle las lágrimas a nadie, pero quizá sirva para que todos nos mostremos más resignados con el destino que nos toca en suerte.

ESCENARIO: *La residencia en Coldwater Canyon de Lester Zircon, en tiempos un próspero guionista televisivo. La decoración del salón es más bien espartana: las estanterías ya no ostentan piezas de cerámica precolombina y la compañía financiera ha embargado el piano de gran cola. Las paredes revelan unas visibles manchas grisáceas, vestigios de lo que había sido una colección de Jasper Johns y Willem de Koonings. Cuando se alza el telón, Zircon, cuyo demacrado rostro de cuarenta y dos años tiene más tics que un reloj suizo, está discutiendo con un viejo criado filipino vestido con una chaqueta blanca.*

LESTER: Vamos a ver, papá, ¿cuántas veces voy a tener que repetirlo? Grimalka y yo estamos pelados, tiesos, sin blanca, ¿lo entiendes? No tenemos ni para comer, ¡llevamos siete meses comiendo macarrones y galletitas dietéticas. Lo hemos perdido todo: los coches, la casa de la playa, la caja orgónica, hasta la máquina de escribir eléctrica.

ZIRCON PADRE: ¿Y por qué das esta fiesta, si estás tan esquilado?

LESTER: Porque por fin he convencido a Lucas Membrane, el productor de *El show de la carcajada*, para que venga a cenar. Si lo manejo bien, podría darme un segmento de media hora, líneas de diálogo para pulir.

ZIRCON PADRE: Verás, a mí no me importa echarte una mano, pero este maquillaje café con leche, Lester… ¿Te parece bonito, pintar a tu padre como si fuera un espalda mojada? ¿Y si me dice algo en español?

LESTER: ¿En español? El mendrugo ese apenas sabe hablar inglés… es un tarado. Tú dale de beber todo lo que pueda, y, diga lo que diga, tú no contestes… gruñe.

ZIRCON PADRE: Como si fuera el tonto del pueblo.

LESTER: Esa es la idea. Lo principal es que no se dé cuenta de que estamos a dos velas. No se fía de la gente que necesita dinero. ¿Dónde está mamá?

ZIRCON PADRE: Grimalka está probándole una especie de disfraz brasileño, con una bandana. Parece una gitana.

LESTER: Bien, asegúrate de que no abra el pico, pase lo que pase. *(Entra Grimalka Zircon, con paso inseguro y la cara pálida. Parece que vaya a desmayarse.)* ¡Grimalka! ¿Qué te pasa?

GRIMALKA: No... no lo sé, habrá sido el olor de la carne. No estoy acostumbrada...

ZIRCON PADRE *(sirviendo una copa de licor a toda prisa)*: Toma, bébete esto.

GRIMALKA: No puedo. Esta tarde se me ha derramado un poquito sobre la alfombra y ha salido humo. No pasa nada... Se me pasará enseguida. *(Se oye el motor de un coche fuera de escena. Grimalka mira por la ventana.)* Son ellos. ¿Por qué van hacia la parte de detrás de la casa?

LESTER: Ni idea. *(Nervioso.)* Cariño, enciende el equipo de música, baila el Charleston o algo. Trata de parecer distendida.

GRIMALKA: ¿Cómo? Se llevaron el equipo hace semanas.

LESTER: Espera un segundo *(Revuelve en un armario y saca una pandereta.)* Yo toco la pandereta y tu chasquea los dedos. ¡Vo-do-de-o-do! *(Los Membrane hacen su entrada por la puertaventana de la parte de atrás. Él es un tipo rollizo, con aspecto de sapo, de unos veintinueve años, con una sonrisilla sarcástica permanentemente estampada en la cara; su esposa es una rubia cadavérica con una sonrisa mordaz.)*

MEMBRANE: Oye, ¿qué es esto, un recital flamenco? Ándese con cuidado, Zircon, hoy en día a la gente le da un infarto por menos de nada.

LESTER *(exuberante)*: No en esta casa, amigo mío. A Grimalka y a mí nos sobran las energías. Todos los fines de semana vamos a esquiar a Sun Valley.

SRA. MEMBRANE: Ah, ¿así que es por eso que han cubierto la piscina? Pensaba que quizá era porque no podían permitírsela.

LESTER: ¿Está de broma? Entre nosotros, necesitaba espacio para meter la caja fuerte. Tengo tantas acciones que ya no me cabían en el banco. Pero no hablemos de nimiedades. Aguinaldo, a ver qué quieren de beber nuestros invitados.

MEMBRANE: Para mí Dom Pérignon, y mi mujer quiere... ¿tienen *slivovitz* rumano del de verdad? *(Con un gruñido, Zircon padre sirve dos vasitos de vodka de supermercado, que los Membrane sorben con deleite.)* Excelente cosecha. Embotellado en el *château*, supongo.

LESTER: ¿Dónde, si no?

MEMBRANE: Chico, qué falta me hacía. Hemos visto algo horrible viniendo para aquí.

GRIMALKA: ¿Un accidente?

SRA. MEMBRANE: No, a una panda de guionistas hambrientos esperando la pensión de desempleo. Parecía que estuvieran en esas colas del pan que dicen que había cuando la Depresión.

MEMBRANE: La verdad es que esos vagabundos no me dan ninguna lástima. Hay trabajos a mansalva, pero son demasiado holgazanes para trabajar. Por cierto, Zircon, ¿qué es ese cartel de «Se vende» que hay en su césped?

LESTER *(al vuelo)*: Esos idiotas de la inmobiliaria... Mira que *les dije* que el asunto no estaba zanjado. He estado regateando para ver si compramos Pickfair Manor, porque necesitamos una casa más grande, y ellos van y me ponen la casa en venta. *(Su madre, vestida como Carmen Miranda, entra con una bandeja de comida.)*

GRIMALKA: Espero que no les importe comer con el plato en las piernas. Hemos llevado la *chippendale* a que le quiten la carcoma.

MEMBRANE *(con humor)*: Pobre mesa, qué mala pata.

LESTER: ¡Vaya, esa sí que es buena! Daría para un número en *El show de la carcajada*. Un tipo que entra en la tienda de muebles...

MEMBRANE *(gélido)*: Por favor... Nunca hablo de negocios en reuniones sociales. ¿Qué vamos a cenar, estofado de ternera?

SRA. ZIRCON *(furiosa)*: ¿Qué se cree que es, carne de reno?

GRIMALKA: Mamá... quiero decir, Mazeppa: ¡te has dejado las tortas de patata!

SRA. ZIRCON: Trabajo como una esclava para vuestros invitados y el hippie este tiene las...

GRIMALKA *(llevándosela afuera)*: Déjalo, ya las traigo yo.

LESTER: Nunca contraten a una criada que no duerma en casa, chicos. Nos trajimos a esta mujer de Cuernavaca y ya ven cómo nos lo agradece.

MEMBRANE: Qué me va a contar. ¿Conoce a T. S. Eleazer?

LESTER: ¿El guionista que ganó el Emmy el año pasado?

MEMBRANE: Ese. Lo cierto es que desde entonces va un poco a salto de mata, y por pena le dije que me hiciera de hombre de los recados. Nos robó tantos filetes del congelador que tuve que demandarlo. Lo condenaron a seis meses de trabajos para la comunidad.

LESTER: Hablando de televisión, señor Membrane, a ver si me ayuda a resolver una apuesta que he hecho con un amigo mío. ¿A qué atribuye usted su éxito en este medio?

MEMBRANE: A no rodearme nunca de perdedores.

LESTER: ¡Eso es justamente lo que yo le dije! Que usted siempre contrata a guionistas de primera división... y con eso me refiero a los que no están muriéndose de hambre. ¿Correcto?

MEMBRANE: Déjeme que le diga algo, camarada *(mordiendo la punta de un cigarro)*. Yo no contrato a nadie, sea quien sea. Estoy siguiendo una nueva política que va a revolucionar este negocio. Los guionistas son cosa del pasado. Nadie los necesita.

LESTER: Ehm... sí, claro, pero ¿quién va a inventarse las tramas?

MEMBRANE: Quien sea, los actores, su filipino, incluso la pánfila esta con la que me que casé. ¿Cree que para eso hace falta talento? Si hasta yo, con lo ocupado que estoy, podría sacarme de la chistera una docena de situaciones con las que uno no pararía de reírse. Esta casa, por ejemplo.

LESTER: No lo sigo.

MEMBRANE: Imaginemos que aquí vive un tipo ya madurito, como usted, un pobre mamarracho al borde del subsidio. Se le ocurre que si invita a su jefe a comer y le da suficiente jabón, a lo mejor le saca algún encargo. Así que monta una tapadera y les pide a sus padres que hagan de mayordomo y de cocinera.

MIENTRAS TANTO, EN EL DIQUE SECO...

LESTER *(balanceándose adelante y atrás)*: ¡Madre mía, menuda imaginación! Yo mismo podría sacarle jugo a esa situación durante treinta y nueve semanas. Lo tiene todo: humor, *pathos*...

MEMBRANE: Claro, y yo sería un imbécil si se la regalara. Voy a pulirla, se la venderé a alguna gran cadena y me aseguraré de que me caiga un buen pastizal como asesor creativo.

SRA. MEMBRANE: Tengo que decirlo, aunque sea mi marido, pero todo lo que Lucas toca se convierte en oro.

MEMBRANE: Sí, la verdad es que no me ha ido mal en el mundo del espectáculo. Poco me imaginaba yo lo que me deparaban los dioses cuando me dedicaba a vender abrillantadores de plata a puerta fría en Cleveland.

GRIMALKA *(entra con los ojos irritados de llorar)*: Lo siento, pero ha habido un problema con las tortas de patata. A la cocinera se le han caído al suelo.

SRA. MEMBRANE: Bueno, no pasa nada, de todos modos teníamos que irnos. En Parke-Bernet van a subastar los efectos de varios guionistas en bancarrota.

MEMBRANE: Estamos en contacto, Zircon. Por cierto, puede que tenga algo para usted: tengo algo que necesita que le den una pasadita.

LESTER *(entusiasmado)*: ¿Quiere que le pula algún guion? Eso se me da de perlas.

MEMBRANE: ¿Y qué tal se le dan los Fleetwood? Venga por la mañana: doble capa de cera y un buen pase de gamuza, con brío. ¿Se ve capaz?

LESTER: Espérese y verá. Trabajé en un túnel de lavado antes de trasladarme aquí.

MEMBRANE: Ya, se nota cuando uno lee sus guiones. Buenas noches.

GRIMALKA *(mientras salen)*: Lester, será mejor que vayas a hablar con tu madre. Ha amenazado con meter la cabeza en el horno.

LESTER: No la culpo, teniendo en cuenta el modo en que ha humillado al señor Membrane... De todos modos, seguro que es un farol. Ya se ocupará mi padre de ella.

GRIMALKA: No estoy tan segura. Él ya tiene la cabeza metida dentro.

LESTER *(con filosofía)*: Bueno, dos bocas menos que alimentar.

GRIMALKA: Hmm, eso es verdad... ¿Sabes qué? Creo que voy a comer un poco de estofado, sería una pena tirarlo.

LESTER: Ahora sí que te escucho. Y pongámosle un poco de música a la cena. *(Recoge la pandereta y se pone a tararear «I've Got a Pocketful of Dreams».)*

TELÓN

BAJO EL EXIGUO *ROYALTY* SE ALZA LA FORJA DEL PUEBLO[49]

La antesala ovalada de Diamond & Oyster, mis editores, había sido renovada desde mi última visita con una gran placa en bajo-rrelieve donde figuraba su logotipo, una ostra tachonada de diamantes con el lema «*Noli unquam oblivisci, Carole: pecuniam sapentiam esse*» («No lo olvides, Charlie: el dinero es la sabiduría»), y debajo, una recepcionista rubia y ovalada increíblemente parecida a Shelley Winters. Cuando hubieron transcurrido treinta y cinco minutos sin noticias de Mitchell Krakauer, el editor al que quería ver, empecé a manifestar síntomas de paranoia. Hasta entonces nunca había tenido problemas para verlo; ¿qué estaba ocurriendo? ¿Quizá algún muchachuelo con chaqueta de parches recién salido de la Universidad de Antioch le había susurrado al oído que yo era *vieux jeu*, un trapo viejo, un *nie kulturni*? ¿O quizá Krakauer había averiguado por tortuosos medios que Shelley Winters había actuado en una obra de teatro mía de 1941, titulada *La víspera de Navidad*, y por eso había plantado a su doble ahí delante, para mofarse de mí como si fuera un bufón? Noté que me hinchaba como un pez globo ante aquel velado insulto. Imposible, nadie podía ser tan mezquino, y sin embargo, en estos tiempos de ventas de cuatrocientos mil dólares y saldos instantáneos, la adoración a esa mala perra, la diosa del Éxito, puede más que el respeto a los mayores. Me puse en pie, con las mejillas ardiendo.

---

49. El título es una paráfrasis de los dos primeros versos del poema «The Village Blacksmith» de Henry W. Longfellow.

—Señorita, llame otra vez al señor Krakauer. No entiendo por qué no contesta.

La recepcionista puso los ojos en blanco con cara de martirio.

—Vamos a ver, señor, ¿cuántas veces tengo que decírselo? Si me dijera para qué desea usted...

—Querida señorita —dije aferrándome al borde de la mesa para mantener el equilibrio—, permítame que la ilumine: cuando firmé mi primer contrato con esta casa, usted estaba flotando en líquido amniótico. Diamond & Oyster ha publicado once de mis libros. Si tengo que pasar una prueba de Rorschach para publicar el duodécimo, quizá es señal de que ha llegado la hora de que me vaya con mis papeles a otra parte.

—¡Ah, es usted un autor! —exclamó— ¿Por qué no me la ha dicho antes? ¿Cómo ha dicho que se llama?

—El realidad me llamo Travis Nuthatch, pero firmo como Israel Zangwill.

—Muy bien, señor Zangwill. Siéntese ahí y veré qué puedo hacer.

La muchacha se puso a trastear con su aparato y yo volvía a sentarme, sereno y reconfortado después de nuestro intercambio. Pasó el rato. Innumerables mensajeros fueron llegando cargados de galeradas, dibujos y almuerzos de oficina. Tres o cuatro muñecas graduadas en Vassar y Bennington, solicitantes de trabajo con sus diplomas en inglés medio y poesía georgiana abrazados contra sus encantadores bustos, pasaron por mi lado para someterse a las entrevistas y las insinuaciones de algún subordinado lascivo. Incluso apareció una manada de decrépitos escritores —sudaneses, lapones, bosnios, trobriandeses— a los que invitaron a empellones a pasar, mientras que yo seguía allí sentado, como un paria excluido del templo de las letras que él mismo había contribuido a erigir. Entonces me asaltó una idea tranquilizadora. Para ser justos, yo no tenía cita previa con Krakauer; me había presentado llevado por un impulso, sin telefonear, y quizá él estuviera en una reunión o, más probablemente, montando a caballo. La pasión de Krakauer por la equitación era proverbial, estaba obsesionado con ese deporte. Su despacho estaba repleto de estribos, bridas y trofeos que atestiguaban su pericia ecuestre; iba al trabajo con pantalones de montar y cuando hablaba se daba toquecitos en la pierna con la fusta. Con todo, estuviera donde estuviese en ese momento, pensé resentido, su secretaria no era quién para dejar a una celebridad como Israel Zangwill, muerto *o* vivo, plantado en la antesala.

—¡Hola! —exclamó una familiar voz británica—. ¿Cómo usted por aquí? —El dueño de la voz era un caballero rubicundo y atildado con bigote imperial y envuelto en un gabán corto—. ¿Se acuerda de mí? Arthur Maybrick, de Edouard & Russell, la mercería de Clifford Street.

—Pues claro —dije levantándome—. ¿Cómo está? Me dijeron que se jubiló cuando cerró la empresa.

—No soportaba estar sin hacer nada. Ahora trabajo en Tautz, ¿recuerda? El taller de ropa deportiva que estaba en Grafton Street. De hecho, es por eso que estoy aquí. Acabo de hablar con el señor Krakauer. ¿Lo conoce?

Curioso por saber qué compran los editores que tenga la mitad del valor de lo que venden, me moría por conocer los detalles. Resultaba que en una subasta reciente en Parke-Bernet, Krakauer, tras una feroz puja, había adquirido un par de pantalones que Tautz le había hecho a John Huston cuando era Maestro de Raposeros de los Galway Blazers, en Irlanda. Como Krakauer medía sesenta centímetros menos que Huston, había sido preciso hacer notables ajustes en la entrepierna, y Maybrick había volado desde el otro lado del océano para supervisarlos.

—Contando mi tarifa y los gastos del hotel, le costará ochocientos dólares bien buenos —me dijo—, pero tengo que decir que no le he oído decir ni mu.

—Yo tampoco. Llevo una hora aquí esperando.

—No me diga —dijo Maybrick, bajando la voz—. La verdad es que para ser editor tiene un despacho la mar de extravagante, ¿no le parece?

—¿Lo dice por los arreos y todo eso?

—No, no, me refiero a lo otro —dijo con aire misterioso—. Oh, bueno, ya lo verá usted mismo.

—Señor Zangwill —trinó la recepcionista—. Ya puede usted pasar.

Tras estrecharme la mano y exhortarme a visitarlo la próxima vez que viajase a Londres, Maybrick se marchó y yo crucé el vestíbulo. Calpurnia, la secretaria de Krakauer se levantó de su puesto frente a la máquina de escribir al verme entrar. La muchacha no solo llevaba puesto un bombín y un fular de caballista, sino también un delantal de los de montar a mujeriegas que parecía algo excesivo para la cantidad de barro que llega hasta el piso veintiocho de un rascacielos.

—Ah, es usted —dijo, y añadió, algo confusa—. ¿Dónde está el señor Zangwill?

Yo me encogí de hombros.

—¿Quién sabe? Es una de esas preguntas metafísicas. —Y señalando la puerta con el mentón añadí—. ¿Mitchell está libre?

—Lo estará en un momentito. Está terminando una cosa.

Me dejé caer en una silla, cogí un número de *The Field* y me sumergí en sus páginas. A mitad de un artículo sobre la escasez de secaderos en East Anglia, algo hizo que me pusiera muy rígido. Desde el interior del sanctasanctórum de Krakauer llegaba un profundo jadeo, como de un gigante inhalando aire, seguido de un golpeteo metálico. Alarmado, me volví hacia Calpurnia, pero ella seguía escribiendo a máquina, aparentemente impertérrita. Momentos después su teléfono sonó, y la mujer me indicó que podía pasar.

La transformación de aquel lugar era tan impresionante que me quedé boquiabierto. El escritorio de nogal moteado, las lujosas butacas, las láminas deportivas, los cachivaches ecuestres... todo había desaparecido y su lugar lo ocupaba una escena salida de un poema de Longfellow: un taller de forja del siglo xix en miniatura. Krakauer, ataviado con un mandil de cuero, estaba inclinado sobre un yunque, ocupado en dar martillazos a una herradura. Esparcidos por todas partes podían verse los instrumentos tradicionales del oficio: la fragua llena de carbón al rojo vivo, los fuelles, las tenazas, un banco de trabajo repleto de herramientas y varias pilas de barras de hierro.

—¡Adelante, hombre, adelante! —me saludó alegremente Krakauer. Se secó el honesto sudor de la frente con un pañuelo y se sacó una lata de tabaco—. ¿Mascas?

Yo dije que no con la cabeza, todavía sin dar crédito.

—Por el amor del cielo, ¿qué ha pasado aquí? Nadie me había dicho... quiero decir, ¿qué es todo esto?

—Ya lo sé —dijo él—. Todo el mundo se quedó de piedra cuando hice el cambio, pero supongo que has estado fuera, ¿no? En fin, siéntate por ahí mientras te pongo al día, ¿te va bien ese cajón de madera?

—Antes de que empieces —dije yo—, ¿a qué te dedicas ahora?

—Oh, sigo en la edición, pero de otra manera. Supongo que sabes quién era Gaston Gallimard, ¿verdad?

—Sí, claro, el famoso editor francés. Murió el año pasado, ¿no?

—Correcto. Publicó a Proust, a Sartre, a Gide, a Malraux... Pues bueno, esto es lo que dijo antes de morir, a los noventa y cuatro años. —Me tendió un recorte de periódico protegido con plástico—. Es su necrológica del *Times*. Lee el último párrafo.

«Si pudiera volver a vivir mi vida —decía—, elegiría como ocupación principal algo que no tuviera nada que ver con la edición, como por ejemplo la farmacia o la fontanería. Así mis ingresos me permitirían publicar en mis ratos libres solo lo que me reportara placer, sin tener que preocuparme lo más mínimo por la vertiente comercial.»

—Y tú has hecho realidad su sueño —dije maravillado.

—Lo he intentado. Naturalmente, para dedicarse a la farmacia o a la fontanería hay que estudiar muchos años, pero para alguien como yo, que se pasa la mitad de la vida montado a caballo, todo esto —dijo señalando en torno— es casi una segunda naturaleza. Y te quedarías pasmado si supieras lo que gano con las herraduras. Cosa seria.

—¿Y cuántos buenos libros no comerciales has descubierto?

—Hasta ahora ninguno —admitió, cruzándose de brazos—. Pero mira qué bíceps. No verás brazos tan fibrados como estos en Knopf o en Viking. En fin, basta de hablar de mí. Intuyo que tienes un nuevo libro en el horno.

—Mira, Mitchell —dije—, no quiero pavonearme, pero esto va a ser lo mejor desde *Los miserables*, habrá que reimprimir tres veces antes de que se publique. El protagonista es un nuevo Jean Valjean. Ya veo a Jack Nicholson en el papel de...

—Por Dios, acabo de decirte que no quiero más superventas. Quiero algo oscuro, con la aureola del fracaso.

—Algo de eso hay también —me apresuré a decir—. Hay lujuria, brutalidad, compasión, intrigas en el extranjero, suspense... Todo el espectro de las emociones humanas. La idea se me ocurrió en Londres, el verano pasado.

—¿Te molesta si continúo trabajando mientras me lo cuentas? —preguntó recogiendo el martillo.

—No, basta con que no te vayas de la habitación. Muy bien, pues la idea surgió de la forma siguiente. Era julio y yo me alojaba en el Hotel Brown's de Mayfair. En el boletín del hotel, un pliego titulado *El Candelabro*, leí que el coronel Sanders, fundador de Kentucky Fried Chicken, también se había alojado allí. Durante su última estancia, había abierto el local número cien de Kentucky Fried Chicken en el Reino Unido, concedido varias ruedas de prensa, visitado el castillo de Windsor, almorzado en la Cámara de los Lores y estado de pícnic en la abadía de Woburn. El pájaro es toda una celebridad en Gran Bretaña, como... bueno, como Israel Zangwill.

Krakauer pestañeó.

—Qué casualidad que hayas mencionado su nombre. Me acaban de decir que va venir a verme.

—Estupendo, pero lo que ocurrió entonces fue aún más extraño. Cuando tomé el ascensor del hotel una hora más tarde, ¿quién estaba ahí sino el coronel Sanders en persona (con su perilla, su corbata de cordón y toda la pesca) y otro tipo con pinta de ser su socio? El tipo ese trataba por todos los medios de convencer al coronel para que comprase un puñado de acciones del imperio del pollo de Frank Perdue y quitarlo así de la circulación. Pero en balde. El viejo decía que no con la cabeza, hasta que al final soltó una expresión británica que nadie ha oído jamás al sur de la línea Mason-Dixon: «Cuando san Juan agache el dedo». ¿Lo ves, Mitchell? ¿Lo entiendes?

—¿Si entiendo qué? —dijo interrumpiendo el martilleo—. Quería decir que nanay, que la idea era un disparate.

—Maldita sea, ¿tengo que hacerte un mapa? El tipo era inglés, ¡un impostor! De repente lo vi todo claro. ¡Diez contra uno a que el verdadero coronel Sanders estaba arriba atado como un pollo mientras esos dos estafadores se disponían a manipular sus acciones para sacarse unos millones! ¡Pam! Al instante, antes de llegar a la planta baja, ya tenía lista mi novela. La historia principal, la de los dos coroneles Sanders, está chupada; puedo utilizar la trama de *La gran imitación* de E. Phillips Oppenheim, mezclándola con personajes de la vida real, como Robert Vesco y Meyer Lansky, como hacen Doctorow y Capote. El narrador de la acción sería yo mismo, un joven periodista brillante y tenaz (una mezcla entre el inspector Javert y Leslie Howard) que les pone las peras a cuarto a los malhechores y acaba ganándose a Cicely Mainwaring, la virtuosa sobrina del coronel.

—¿Y ya tienes algo escrito?

—¿Te has vuelto loco? —bufé—. ¿Crees que iría por ahí con un pedazo de historia como esa? ¿Para qué, para que me la birle alguno de esos golfos de la Liga de Autores?

—Claro, muy inteligente por tu parte. Aunque hay otra razón aún mejor para no escribirla: es demasiado comercial, chico, demasiado fácil. Sí, ganaríamos un fortunón, pero si eso es lo que quieres, te has equivocado de sitio. Soplan vientos de cambio en Diamond & Oyster, amigo mío.

—No es eso lo que pone en vuestro logotipo.

—¿La cosa esa? Te contaré un secreto. El sobrino de Max Oyster pinta carteles: pintó ese para una marisquería de Queens, pero quebró. —Se frotó las manos con un retal de algodón y me rodeó el hombro con un gesto paternal—. Escúchame bien. Tu próximo libro debería tratar sobre la profunda revelación mística que tuviste en la India.

—¿Yo tuve eso?

—Seguro que sí, en alguno de esos áshrams o lo que sean... Es lo que le pasa a todo el mundo. Descárgate. Escribe una serie de epifanías poéticas sobre la muerte y la copulación, con amplios márgenes, como Kahlil Gibran, algo a lo que yo pueda aferrarme. Podría comerme diez mil ejemplares de una obra como esa, si está bien hecha.

—Pero nadie te garantiza que el libro sea un fiasco. Imagínate que Barbara Walters lee un fragmento por error y al día siguiente un millón de oyentes salen a la calle gritando en busca de su ejemplar.

—Hmm, tienes razón. No podemos permitirnos correr un riesgo como ese. Quizá el libro no debería ir destinado al público adulto. ¿Qué tal una tierna historia de amor entre una niña y un poni, contada desde el punto de vista del poni? Como *La colina de Watership* o *El salmón Salar*.

—¡Espera, Mitchell, espera! —grité inspirado—. Hace un tiempo tuve una idea... ¿cómo era? Tenía el título y todo. ¡Ya me acuerdo! *Smokey y el millonario: la saga de una trucha.*

—Smokey la trucha... —dijo paladeando las palabras—. Sí, me gusta. Huele bien, ¿sabes a lo que me refiero? Veo un almacén entero lleno de ejemplares a la espera de ser convertidos en pulpa. ¿Dónde se ambienta?

—En Barney Greengrass, el Rey del Esturión, en la avenida Amsterdam. Arranca en la víspera de Navidad. En el local no se ve ni un arenque, ni una sardina, ni un platito de Novy. No quedan existencias, salvo una trucha solitaria llamada Smokey, que tiembla de frío en su pecera. Se siente muy desgraciado: todo el mundo está en casa sirviendo jalá en los salones, adornando el árbol con macarrones kósher, pero ¿qué significa el Yule para el pobre Smokey? Morirse de frío en un almacén oscuro con un gato hambriento que lo mira con avidez.

—¡Brillante! —exclamó Krakauer exultante—. ¿Y sabes a quién le encargaremos la cubierta? ¡A Salvador Dalí! Todas y cada una de las espinas de Smokey hábilmente delineadas...

—¿Qué es esto, una reunión de producción? —interrumpí—. Estoy tratando de contarte una *historia*. Total, que llevados por el flujo de conciencia de Smokey reconstruimos su pasado: su nacimiento en el lago Superior, repleto de mozas, el día que estuvo a punto de ser devorado por un lucio, paparruchas de esas. Entonces, de improviso, le viene a la cabeza un incidente olvidado hace mucho tiempo. Un tipo rico de Groisse Pointe está ahí pescando cuando de repente el anzuelo se le enreda con un barril de cemento y el hombre está a punto de caerse por la borda.

—¿Qué pinta un barril de cemento ahí en el lago?

—Y a mí qué me cuentas —dije yo, impaciente—. Dentro hay

alguien metido, alguno de los matones de la banda de Dion O'Banion. El caso es que Smokey se da cuenta de que el pescador corre peligro, nada a su rescate y parte el sedal con los dientes. Evidentemente, el pescador apenas tiene tiempo a verlo, pero, eternamente agradecido, jura que si algún día tiene ocasión, saldará su deuda con el pececillo.

»Y ahora —proseguí fluidamente—, pasamos al piso cuarenta y dos del Waldorf Towers, la víspera de Navidad, donde un hombre vestido de esmoquin, Daniel Mariana Trench, poderoso magnate del Medio Oeste y cazador de fama internacional, se halla sentado a solas, desconsolado. Todos sus millones, sus cuarenta Rembrandts, los soberbios especímenes de órice beisa, gran kudú y lechwe del Nilo abatidos con su fusil y que ahora lo observan desde la pared, todo le sabe a nada, pues no tiene amigos. Las cuatro mujeres con las que se ha casado y los hijos que le han dado no piensan más que en su dinero; en ninguna parte hay un alma a la que pueda acudir en busca de compañía. Finalmente, con el corazón lleno de pesar, manda que le preparen el coche; *faute de mieux*, celebrará la Natividad con un tentempié a medianoche. En cuanto el soberbio y lujoso Daimler atraviesa Central Park en dirección a Barney Greengrass...

—¡No digas más! —ordenó Krakauer—. Ya sé cómo sigue: ya puedo oír el repentino grito de Trench al reconocerlo: «¡Smokey! ¿De verdad eres tú?». Y también sé de dónde has robado la trama, pero en la versión de Shaw, Androcles no se comía al león.

—Tampoco Trench se come a Smokey —dije yo con firmeza—. Más tarde los encontramos a los dos en el Waldorf Towers, frente al fuego del hogar; puede que Smokey vaya vestido con un pequeño esmoquin pardo, y ambos brindan mientras las campanas saludan el Yule.

Durante cinco segundos enteros, Krakauer se quedó inmerso en sus cavilaciones.

—No —dijo al fin—. Es como las historias de Pollyanna, se vendería como rosquillas, pero me temo que tenemos que rechazarla: es demasiado alegre, demasiado optimista. Habías creado un clima de desesperación maravilloso al presentar a Smokey sufriendo en su pecera, parecía una escena de Louis-Ferdinand Céline. Esperaba que el gato se le comiera la lengua y, ya puestos, todo lo demás. Pero lo has estropeado todo con ese *bubbe meise*[50] sobre Daniel Mariana Trench. No es la línea de Diamond & Oyster, muchacho. Lo siento.

Lo dejé de pie frente a su yunque: un idealista de cuyo rostro surcado de profundas arrugas acababan de evaporarse los últimos vislumbres de un sueño. Luego, mientras me alzaba el cuello de la gabardina, salí a la calle lluviosa y crucé la ciudad en dirección a Harcourt Brace Jovanovich.

---

50. En yiddish, «cuento de viejas».